徳間文庫

スクランブル

蒼穹の五輪

夏見正隆

徳間書店

目次

プロローグ 5
第Ⅰ章 黒い魔物 31
第Ⅱ章 青い衝撃 171
第Ⅲ章 五番機の黒猫 337
第Ⅳ章 赤のスモーク 505
第Ⅴ章 蒼穹の五輪 633
エピローグ 821

プロローグ

6

石川県　小松
航空自衛隊・小松基地

司令部前エプロン
〇八三〇時。

「ですから」

ヘルメットを被(かぶ)り、飛行服姿で搭乗梯子(とうじょうばしご)を登る鏡黒羽(かがみくろは)に、足下から栗栖友美(くりすゆみ)は言った。

「この機体のピトー・プローブが昨日、氷結で閉塞したトラブルは、プローブのヒーティング・システムの断線ではなくて、ヒーターのコントローラーの不具合でした」

「――――」

黒羽は搭乗梯子を登り切るとひらり、とコクピットの射出座席へ跳び込む。

今朝はスクランブルではない、通常の訓練飛行だから急ぐ必要は無いのだが、習慣だ。

座席の硬いクッションの上におさまる。

「コントローラーはモジュールごと替えました」

後から、つなぎ作業服姿の栗栖友美も栗鼠のようにスルスル梯子を登って、コクピットの左脇――機付き整備員がパイロットの発進準備を手伝う際の定位置につく。片足を梯子の最上段の一つ下に残し、キャノピーを跳ね上げたコクピットの縁に半分腰かける、器用な座り方。

「ですから、今回のフライトで、速度データがおかしくなることはありません」

「――分かった」

黒羽は、ヘルメットの下の顔に酸素マスクを右手で当てながら、うなずく。

短く吸い、エアの具合を確かめながら左手の中指でサイドパネルの赤いスイッチを押し込み、酸素マスクを〈一〇〇パーセント〉モードにする。

左横の友美の方は見ない。

代わりに、右方向へちら、と一瞬だけ視線をやる。

猫のような、人に言わせると『一度見たら忘れない』きつい切れ長の目。

エプロンの右横には、一緒に発進する僚機――もう一機のＦ15Ｊのライトグレーの機体がある。

一番機だ。

流線型の機首の上に跳ね上げたキャノピーの下、同じようにオリーブグリーンの飛行服姿のパイロットがグレーのヘルメットを被り、脇についた整備員に手伝われながら発進準備をしている。

横顔は若い男――黒羽よりも航空学生で一期、先輩にあたる。

(――――)

黒羽は視線をすぐに戻し(横へ目をやったのは一瞬)、右手で酸素マスクをヘルメットの脇の留め具に引っ掛け、シートの五点式ハーネスを両手で自分のウエストと両肩にかけ、みぞおち前のバックルにカチ、カチッと留める。

同時に左脇で栗栖友美が黒羽の左腰から伸びるGスーツのエアチューブを摑み、半身をコクピットのシートの横へ突っ込むようにして高圧空気システムのアウトレットにねじ込んで接続する(カチッ、と音がする)。そのままの姿勢で、続いてヘルメットから垂れ下がる光ファイバーケーブルの先端をHMDシステムのリセプタクルへ接続する。

「それから、INSは立ち上げてあります」

友美は「よし」と小声でつぶやいた後、身を起こして黒羽に計器パネルを指した。

「このままで、いいですか」

「いい」

あまりに愛想が無いか、と思った。

最近は、機体についてくれている様々な地上スタッフたちへも、気を廻せるようになっていた。

外部センサーの一つ——機首側面にあるピトー管が雲の中で氷結し、一時的に速度表示が滅茶苦茶になるというトラブルが、この機体で昨日起きていた。友美たち整備員が夜通し作業して、原因を突き止め、直してくれた。

状態の良い機材を提供してもらうことで、初めてパイロットは能力を発揮できる。お題目のように言われてきたことだが、実感するようになったのは最近のことだ。

「——ありがと」

小声で、続けた。

「…………」

横で栗栖友美が、意外な声を聴いたかのように、こちらを見た。

大きな目を瞬き、こちらを見るのが分かる。えっ、鏡二尉に礼を言われた……？　とでも言うかのような、驚く仕草。

「助かる、このままで行く」

「は、はい」

ＩＮＳとは、Ｆ15Ｊ戦闘機が搭載する慣性航法装置（イナーシャル・ナビゲーションシステム）を指す。

機体の運動すべてを、レーザー・ジャイロによって積算し続ける。電源を入れたならば、機の所在する位置を緯度・経度の数値で入力し、システムを立ち上げる手順になっている。算出された三次元運動のデータは、航法に使われるだけでなく、様々なシンボルとなってパイロットの目の前のＨＵＤ（ヘッドアップディスプレー）に投影される。機体の姿勢もＩＮＳが連続的に計算している。

レーザー・ジャイロが自立し、ＩＮＳが使える状態になるまでに一二〇秒を要する（アラート待機に当てられた機体は、あらかじめジャイロを自立させておく）。

通常の飛行では、パイロットが搭乗してから、自分で位置データを入力するのが正規の手順だ（テクニカル・オーダーにはパイロットの行なう手順として記載されている）。しかし整備員が気を利かせ、あらかじめ司令部前エプロンの緯度と経度を打ち込んでくれていることがある。

正規の手順ではないぞ、と叱って、立ち上がっているＩＮＳをわざわざ一度シャットダウンして、自らの手で位置データを入れ直す古参のパイロットも中にはいる（入れた数字が正確かどうかは、自分の責任となる）。

小松基地に居を置く第六航空団では、整備員の練度は全国随一であるし、大部分のパイロットは「いいよ、このまま行く。サンキュー」と言って、時間を節約して出発していく。

黒羽は、新人パイロットとして小松基地へ赴任した当時は、整備員の入れた数字を信用せず、自分で入力操作をやり直していた。

最近になってようやく、任せるようになってきた。

「あの、今日は」

横で栗栖友美が言う。

「頑張ってくださいね」

「――――」

ちらと、左横を見る。

黒羽よりも年下の女子整備員（小柄で、栗鼠のような印象だと毎回思う）。

今、この子の口にした「頑張ってください」には意味がある。

これから沖合のG空域で実施される〈演習〉――そのことを言っている。

今日は早朝から、基地全体にも何となく、気合のようなものがみなぎっている。

隊員たちの動きに、それが現われている。

なぜなら〈演習〉は、他の航空団との対戦だからだ。

それも相手にするのは『最新鋭の強敵』――

――『お前たちは』

(――――)

ふと、声が蘇る。

黒羽は目をしばたたく。

――『お前たちは、強敵を相手にする。第三航空団からDACTの申し入れがあった』

最新鋭機と手合わせ、か。

思わず、唇を結ぶ。

〈演習〉の実施が言い渡されたのは一昨日。

急なことだった。

小松に居を置く第六航空団・第三〇七飛行隊はF15J要撃戦闘機を運用している。十二名のパイロットで編成される飛行班が、四つある。

黒羽の所属する第四飛行班に、隊長の火浦二佐から召集がかけられたのは、一昨日の夕方近くのことだ。

「――――」

黒羽は思い出す。

「日勤の者には」

飛行隊作戦室。

司令部棟一階にある。階段教室のような造りの空間だ。

一昨日の夕刻のこと。

ここでは大勢のパイロットたちを一堂に集め、ブリーフィングが行なわれる。

窓からはブラインド越しに、西日が差していた。作戦室では、大規模な訓練や演習が実施される前に、任務の内容について説明が行なわれる。段々になった席につくパイロットたちに説明をするため、正面の壇上に演台と、背後には壁一面のスクリーンがある。

「終業時刻間際に集まってもらったわけだ。済まないのだが、聞いてくれ」

鏡黒羽は、今年で二十七歳になった。

飛行幹部候補生課程を修了し、この小松基地へ新人戦闘機操縦者として赴任してから、そろそろ六年が経とうとしている。

空自へは航空学生として、高卒資格で入っている。一人前のパイロットとなっても自分は若いつもりだったが、いつの間にか二十代後半となり、少なくない〈事件〉も経験し、階級も昇進して二等空尉になっていた。

後輩たちも入って来た（最近では女子も珍しくない）。黒羽は『飛行隊で一番若い新人』から、中堅と呼ばれる層になった。

「第四飛行班の諸君」

壇上に立つ、飛行服姿の長身の男は、作戦室の全員を見回しながら告げた。

「我々は、急に〈演習〉を行なうこととなった。明後日だ」

三〇七空の隊長がじきじきに、第四飛行班のパイロット全員を集め、急な『説明』――

何だろう。

今、〈演習〉と言ったか……？

段々の席につく十一名のパイロットたちは顔を見合わせる。

（――――）

黒羽は、隣席の風谷修二尉がこちらをちら、と見るのが分かったが。

視線をそちらへは向けず、壇上を注視していた。

小松基地に居を置く第六航空団には、F15イーグルを運用する飛行隊が二つある。

自分が所属するのは、その一つ――第三〇七飛行隊だ。隊長は、目の前の火浦暁一郎二佐。長身の男だ。

火浦は年齢は三十代後半、室内でもトレードマークの黒サングラスを外さない。最近では口ひげを生やすようになった（男子パイロットには若くしてひげを生やす者が多い）。基地内の女子隊員たちの間では『結構似合う』との評判だ。かっこいい、と口にする若い女子隊員もいる（そういえば隊長はまだ独身らしい）。長身で、同じくらいの背格好の月刀慧三佐（隊長の片腕である第一飛行班長）と並ぶと、刑事ドラマに登場する主役俳優のコンビに見えなくもない。

ドラマ、か――

一瞬、よぎった思いを軽く頭を振って打ち消す。

壇上を見る。

いまスクリーンを背に、壇上に二人いる——中央の演台の火浦二佐の一メートルほど右横に、月刀三佐ではなく、女性幹部が一人、立っている。

黒羽と同じオリーブグリーンの飛行服姿。背丈も黒羽と同じくらい、ほっそりして見えるが筋肉はある。両腕を後ろにして立つ姿勢は、体幹がしっかりしているらしくぶれない。

隊長の横から、階段教室の全体を目で確認する様子。

漆沢美砂生一尉。

第四飛行班長、黒羽の直属の上司だ。

漆沢美砂生が一等空尉へ昇進し、飛行班長となったのは一年ほど前。順番としては、新人として第六航空団へやって来たのは黒羽より後だったが、大卒の一般幹部候補生出身で、自衛隊へ入る前には一般企業での職務経験も有るらしい（大手の証券会社だったか……？）。OLをしていたのが、どうして空自の戦闘機パイロットとなったのか。色白で博多人形のような容貌は、連日の飛行任務で日焼けしても黒くはならない。

防大や、一般大学を出ていると、自衛隊の組織内では昇進が速い。漆沢美砂生の場合は、第六航空団でこれまでに上げた『戦歴』もあり、飛行班長になるのは速かった（新人時代には黒羽と同じ三等空尉として、一緒に編隊を組んだこともあった）。

（——なんだか）

壇上の二つの飛行服姿を見て、黒羽は心の中で息をつく。

なんだか、前にも見た『構図』だ……。

「ご武運を」

左横から、栗栖友美の声。

我に返り、目をやると、小柄な女子整備員（化粧気は無いのにきれいな顔をしている）はこちらへうなずき、コクピットの脇から搭乗梯子を伝ってたちまち姿が見えなくなる。

梯子が外される。

「——」

黒羽は回想を止め、エンジン始動の手順に移る。

行こう。

フライトの始まりは、F15Jイーグルのエンジン始動——やるべきことはすべて『手』が覚えている。

何千回、いや何万回繰り返したか。

まず左手が動く。セットアップ手順——左右二基のエンジンを束にしたスロットルレバーを手前へ叩くようにして〈CUT OFF〉位置にあるのを確かめ、続いてレバー前方にある燃料コントロールパネルで供給スイッチが〈AUTO〉にあることを確認、続いて左の親指でエンジン火災警報装置をテスト（赤い警告灯が一瞬点く）、さらに前方の兵装管制パネルでマスター・アームスイッチがOFF位置にあるのを人差し指で確認、同じ指でレーダーの機能選択スイッチが〈STBY〉にあるのを確認。続いて――

手は、流れるように動く。

通常操作の手順を、考えなくても手が『やってくれる』ように地上で練習しておくこと。そうすれば、そのぶん余裕が出来、周囲の状況把握に思考力を回せる。

黒羽は初級課程の訓練学生の頃から、自室でのイメージ練習（イメージフライトと呼ばれる）をしつこいくらいに、おそらく同期生たちの十倍くらいは多くこなしてきた。なぜ初めからそうしていたのかと言うと、『祖父』のノートに「そうせよ」と書いてあった。

想念練習を繰り返し、手順は手足に覚え込ませよ――

高校二年の夏頃までは、自分がまさか、航空自衛隊に進んで戦闘機パイロットになるなど、思ってもいなかった。想像もしていなかった。

だから自分の血筋にかつて『戦闘機搭乗員』がいたなど、知りもしなかった。そんな世界に、全く関心が無かったからだ。

しかし、ある事情から、急に空自パイロットを目指すことにして、親にも学校にも言わずに防衛省の航空学生採用試験を受けて三次試験まで進み、合格の通知を得た時（合格者には地方本部の採用担当幹部が、半ば『親の説得』のため直接知らせに来るので、その時点で受験したことはばれる）。

驚いて反対するかと思った高齢の父親（黒羽は双子の妹の露羽と共に、遅くなって生まれた）は、「そうか」とただうなずいた。父が驚かないことに、黒羽の方が意外に感じた。

当時通っていたミッション系女学院の制服を着た黒羽に、父はどこかから古い三冊のノートを出して来て手渡した。

「持って行きなさい」

「え」

「お前のお祖父ちゃんの遺品だ。何かの役に立つ」

（――まだだな）

右手で計器パネル正面から右サイドにかけ、VSD画面の表示選択、ヘッドアップディスプレー（HUD）の表示選択、無線周波数のセット、敵味方識別装置（IFF）の設定、高度計への現在気圧値の入力、TEWSスコープのテスト、集合警告灯の点灯テストと進めてから手をパネル右下に突き出すジェットフューエル・スターター（JFS）のハンドルにかけ、黒羽は思った。

まだ、手の動きに無駄がある――『振付け』を改善すべきだ。

それでも、JFSハンドルを引くことで機体尾部からフィイイインッという高速回転音が立ち上がるのは、列線に並ぶ八機のイーグルの中で黒羽の機が一番早い。

「―――」

目を前方へ。

つなぎ作業服の小柄な姿が、機首左前方の『定位置』へ駆けていく。

栗栖友美は振り向くと、周囲をさっ、と目で確かめ、コクピットの黒羽へ右手を上げて見せる。親指を立てて『周囲クリア、エンジンスタートよし』の合図。

「―――」

黒羽はJFSハンドルを引いた右手を上げ、キャノピーの外へ出すと、指を二本――人差し指と中指を立てた。

機付き整備員の友美と、周囲で待機する数名の整備員たち（車輪付き大型消火器を足下に置き、万一の際にはすぐ消火にかかれるよう備えている者もある）へ向け『右エンジン始動』の合図。

整備員全員が自分の指に注目すると黒羽は視線を下げ、ＪＦＳハンドルの横にある緑ランプが点灯しているのを確かめてから左手でスロットルレバーを掴み、始動する順番を間違わないように人差し指と中指を一度伸ばしてから、人差し指だけを曲げて右側第二エンジンのフィンガー・リフトレバーに掛ける。

「スタート、ナンバー・ツー」

低くつぶやき、人差し指でスロットルの前側にあるリフトレバーを引き上げ、離す。

ガコンッ

背中のどこかで、何かがメカニカルに繋がる軽いショック。高速回転するジェットフューエル・スターターのシャフトが右側第二エンジン回転軸に接続され、コンプレッサーを廻し始めた。

ウォンウォンウォ

視野の左下——同じものが縦二列に並ぶエンジン計器群の三段目右側、〈Ｎ２　ＲＰＭ〉と表示された円型計器の中で針が立ち上がる（単位はパーセントだ）。

立ち上がった針の尖端が一八パーセントを過ぎる瞬間、黒羽の左手は左右が束になっているスロットルレバーの右側だけを、親指で〈CUT OFF〉から〈IDLE〉位置へ押し進めた。

ドンッ

小松基地　司令部棟

「相変わらず、エンジンスタートが速い」

司令部棟二階。

第六航空団防衛部オフィス。窓からはエプロンが見渡せる。

飛行服姿の長身が腕組みをし、発進の様子を眺めている。

黒いサングラスに口ひげ。

「通常操作の速い人間は、空戦も強い」

つぶやくように言うと。

「そうですね」

横に立つ、もう一人の飛行服姿——同じくらいの長身がうなずく。野性味のある彫りの深い横顔。袖の階級章は三等空佐だ。

「機体の操作を、手が勝手にやってくれるくらいになると。その分、周囲の状況把握に思考力を回せる。上空では、わずかな差は大きい」

「うん」

窓際に立って眺める二人が視線を向けているのは。

司令部前の駐機場に、横一列にずらり並んだ八機のF15戦闘機の、向かって左から二番目の機体だ。

イーグルは双発のエンジンを始動し終わると、機体左右のエア・インテーク（空気取り入れ口）がカク、カクとお辞儀するように下がる。

アイドリング回転に達したF一〇〇‐IHI‐二二〇Eターボファンの甲高い唸り（この響きを『オオカミの遠吠え』と喩える人もいる）。

コクピットのパイロットが風防の上に両手を出し、左右の親指を外へ向ける。

整備員たちが呼応し、機体左右から駆け寄り、素早い動作で主車輪に噛ませたチョーク（車輪止め）を外して退避する。

並んでいる左端の一番機、そして右手に並ぶ残り六機のF15も、次々にエンジンを始動。

左右のインテークをお辞儀させ、パイロットの合図により整備員たちが車輪止めを外しにかかる。いずれも練度は高く、もたつく機はない。しかし二番機だけが他の七機よりも明らかにひと呼吸半くらい、速い。

小柄な女子整備員が、二番機の流線型の機首の前方で右手を上げ、親指で『発進準備完了』を合図。

パイロットも軽く右の親指を上げ、応える。その操縦席の頭上から涙滴型のキャノピーが下りて、閉まる。

「みんな、鏡のことを」

野性味のある男――三十代半ばの長身のパイロットは、顎で二番機を指す。

「天才のように言いますが。酒も呑まず、遊びにも行かず。あれが洒落た格好などしているところを見たことがない」

「――」

黒サングラスの男は、腕組みのまま苦笑の表情になる。

「――いったい何が面白くて、か」

「そうですよ。火浦さん」

そこへ

「火浦隊長。ここだったか」

オフィスの入口から、声がした。

日本海上空

G訓練空域・南端。

高度三〇〇〇〇フィート。

「真田(さなだ)三佐、当機はただ今、オン・ステーションしました」

カマボコ型の内径を持つ機内空間に、機首方向を向いて幾列も並ぶ管制席の一つから、要撃管制員の一曹が振り返って告げた。

「所定の位置で監視旋回を開始。当機に続き、スカイネット・ツーも対象位置──空域北側で位置につきました。データリンク、すべて異状なし」

「わかった」

呼ばれた男は、うなずくと管制席へ歩み寄り、コンソールの画面を覗(のぞ)き込んだ。

奥まった細い目。

男の年齢は四十代の初めか。航空自衛隊の通常の制服を着ており、飛行服姿の他の乗員たちと格好が違う。

長方形の情況表示画面に屈(かが)み込み、細い目をさらに細める。

「予定通りの位置取りだな」

「はい」

床は、微(かす)かに揺れて――上下している。

前日のうちに静浜(しずはま)基地へ入り、この機体――E767早期警戒管制機のレーダー監視システムの調整作業にかかっていた（結局、気づいたら徹夜をしていた）。

水平飛行に入った機が、少し揺れるように感じるのは。

興奮して徹夜などして、ふらついているのかも知れない。しかし先ほどの離陸前ブリーフィングで機長から『今日は日本海上空の大気は不安定で、積乱雲が林立しているので多少は揺れるだろう』と告げられている。気流の状態にもよるのかも知れない。

「真田三佐」

一歩後れる形で、一人の女性幹部が歩み寄り、一緒にコンソールを覗いた。

こちらは飛行服姿だ。左胸にウイングマーク。右胸には『ミサイルに乗って空中サーフインをする黒猫』のパッチをつけている。

「この布陣で、探知できるのですね？」

「理論通りならね」

真田と呼ばれた男は、腕組みをする。

「見た通りの配置だ、漆沢一尉。この機──スカイネット・ワンの他に、E767AWACSがもう一機。それに加えて水面のイージス艦〈みょうこう〉のSPYレーダー、標的艦〈ひゅうが〉自体のレーダーもある」

「──────」

女性幹部は、説明を聞きながら画面を見やる（飛行服の左胸のネームは『M URUSHIZAWA』）。

AWACS──早期警戒管制機の管制席の情況表示画面は、昔のレーダー・スコープのような円型ではない。

長方形のCGのマップ上に、処理された情報だけがシンボルとなって浮かぶ。画面の左端──マップの西の端に、赤い舟形のシンボルがいくつか。艦船を意味するそれらは、舳先を画面の右手──東へ向けている。そして画面の中央下側に、赤い三角形のシンボル。

その横に〈SN01〉という表示。

「これが、この機ですか」

色白の女性幹部は、赤い三角形を指して訊く。

「今、私たちの乗っているE767?」

「そうだ」

男は技術者らしく、階級が下の女性幹部へも丁寧な口調だ。

「今回は、我々は『侵攻軍』の役です。だから赤いシンボルが『味方』を意味する」

「――――」

男は、横長の画面の端から端を指し示す。

「見てくれ」

「日本海に、このように斜め長方形に広がるG訓練空域――つまり本日の〈演習〉の舞台だ。この空域の中央の南端、ここに本機。そして対をなす位置――北側の端に、もう一機のE767を置く」

男は長方形の画面の上下の縁を指して言う。

「この上の端にいるのがスカイネット・ツー、すなわちもう一機のE767です。そして、こちらの西の端からはイージス艦〈みょうこう〉を初めとする護衛艦隊に守られ、某国空母に見立てた標的艦――ヘリ搭載護衛艦〈ひゅうが〉が進んで来る。今回は、我々は西から襲って来る某国の侵攻勢力を模擬するわけですが」

「――――」

「対する防御側は、三沢基地からF35戦闘機四機、F2戦闘機八機を発進させて迎え撃つ。侵攻側は、二機の早期警戒管制機に空域を見張らせたうえで、空母から艦載機を発艦させて前方海面を制圧、攻撃隊が接近できないようにする。侵攻側の艦載機の役は、小松からF15戦闘機八機を上げ、G空域の中程に展開させ、空母の直衛と前衛をやらせる――つまり漆沢一尉、あなたの部下たちだ」

「はい」

「その通りですが」

漆沢一尉、と呼ばれた女性幹部はうなずくが、色白の顔の中で唇を結ぶ。

「初めに話をうかがった時には、こんな大規模な〈演習〉だとは知りませんでした。私たちはただ、三沢から来るF35と、G空域でDACTをすればいいのか、くらいに」

「そう思っていた？」

「はい」

「それでいい」

真田治郎三佐は、屈んでいた姿勢から腰を伸ばすと、息をついた。

「今回の〈演習〉は最高機密だ。ぎりぎりまで、現場の部隊へは詳細を知らせない。何しろわが国の安全保障について、重要な意味を二つも持つからね」

「二つ……？」

「そうだ」

真田は、漆沢美砂生の顔の横に指を二本、立てて見せた。

「今回の〈演習〉には、重要な意味が二つある。まず――」

そこへ

「真田三佐、漆沢一尉」

別の要撃管制員が、後方の管制席から声をかけた。

管制員は皆、頭から通信用ヘッドセットを掛けている。

「小松から連絡。アグレッサー役のF15八機、発進します」

第Ⅰ章　黒い魔物

1

小松基地　司令部棟

「火浦隊長。ここだったか」

背後から、声がした。

「始まるようだな」

「――――」

火浦暁一郎が振り向くと。

がらんとした防衛部オフィスの入口に、制服の幹部が立っている。

中肉中背、火浦と月刀ほどの長身ではない。肩に二等空佐の階級章。

飛行服ではないが、胸にウイングマークをつけている。その右横に一歩下がる形で、書類ホルダーを抱えた女子幹部を従えている。

「これは」

火浦は、横の月刀と共に、威儀を正すと敬礼した。

「おはようございます。部長」

オフィス内には事務作業中の人員が数名いたが、みなデスクから立ち上がると、火浦と同じように入口に立つ人物へ敬礼をする。

「うん」

短く答礼すると、制服の人物は『みんな、続けてくれ』というように手で促した。

年齢は、四十になるかならないか。

火浦とそう変わらない歳で、階級も同じ二佐なのだが、決定的に違うのは役職だ。

日比野克明二佐。

第六航空団の防衛部長だ。小松基地の実務を、ほぼすべて仕切っている。多忙なので、司令部の事務方の幹部がいつも秘書のように付き従っている。

「連中、出るようだな」

日比野は、窓際へ歩み寄ると、並んでエプロンを見渡すようにした。

『――レッドアグレッサー、チェックイン』

横のデスクの上には航空無線を受信できるエアバンド・ラジオが置かれ、小松管制塔の周波数をモニターしている。

ちょうど、エンジンスタートを終え発進準備の整った編隊の中で、無線による点呼が行なわれるところだ。

声は若い男で、酸素マスクをつけて内蔵マイクで呼んでいるから、無線のボイスには呼吸音が混じる。

『ツー』

低めのアルトの女子の声が、すぐに応える。

レッドアグレッサーは編隊の名称、チェックインというのは『通信を確立させよ』という編隊長からの指示だ。

『スリー』

続く声は、鼻息の荒そうな若い男の声。

さらに『フォー』『ファイブ』『シックス』と切れ目なく声が続く。

今朝は数が多い（合計八機による編隊行動となる）。

「今日の一番機――編隊長は」

日比野は、ずらりと並んだ八機のイーグルの、向かって左端の機を見やる。

すべての機体の機首の前で、整備員が右手を上げ『発進ＯＫ』の合図を出している。

「風谷二尉か」

「はい」

火浦は、日比野と並んで編隊の一番機を見やる。

風谷か、と言われたのは。

日比野にも、声の硬さとか調子で、メンバーの見当はつくのだろう。

「風谷は、先月『多数機編隊長』資格を取得したばかりですが。飛行班長とも相談をして、今回のリーダーにしました」

「うん」

日比野は、『隊長と班長が相談して決めたのなら、それでよい』と言うかのようにうなずいた。

「実はな、今回の〈演習〉の話が持ち上がった時、侵攻軍の艦載機の役は教導隊にやらせよう、という意見もあったのだが」

「はい」

火浦は、自分のところへ『〈演習〉を行なう』という決定が下りて来る前に、たぶん航空総隊の上層部でさまざまな意見のぶつかり合いはあったのだろう、と想像はしている。通知が来たのが一昨日の午前中で、〈演習〉の規模の大きさを思うと『急だ』という印象だ。

ぎりぎりまで知らせてこなかったのは、機密を護(まも)るためもあるだろうが、今回の侵攻軍側の『敵機』役をどこの部隊にやらせるかで綱引きがあったのかもしれない。

日比野の言う『教導隊』は、航空総隊・飛行教導群所属の飛行教導隊を指す。凄腕のメンバーばかりで構成される仮想敵専門部隊だ。

「うちの若い連中に経験を積ませるいい機会と思って、リモート会議で私が手を挙げたんだ。三〇七空には様々な『実績』もある。中国戦闘機の模擬をするなら教導隊の方が巧(うま)いかもしれないが」

「はい」

「三〇七の連中にも、例えばアメリカ軍のF22と手合わせした経験がある。三沢のF35の対戦相手として、面白いんじゃないか、と私から提案した」

なるほど。

そういうことか。

ぎりぎりの準備期間で大仕事をさせられるのは、現場としては大変なのだが。

だが確かに。日比野の言うように、近年になって三沢基地の第三航空団に配備された国際共同開発のステルス戦闘機F35と模擬空戦をやれるのは、飛行隊のパイロットたちにはいい経験だ。

最新鋭のステルス機との戦いを、大規模なシチュエーションの中で行なえるのだ。

「飛行教導群からは、文句は出ませんでしたか」

「いや。あっさり譲ってくれたよ」

日比野は腕組みをし、息をついた。

机上のエアバンド・ラジオから『レッドアグレッサー・フライト、リクエスト・タクシー』という声。

列線に並ぶ左端の一番機――編隊長機のパイロットが、小松基地の管制塔に地上滑走の許可を求めている。

『レッドアグレッサー・フライト、タクシー・トゥ・ランウェイ24』

応える管制官の声。

滑走路24へ向け、編隊で滑走せよという指示に加えて、『QNH、29・92』と最新の気圧値を通知した。

『ラジャー、タクシー・トゥ・ランウェイ24』

了解を告げる声と共に、左端の一番機が身じろぎし（パイロットが両足を踏み込んでパーキング・ブレーキを解除した）、ゆっくりと前進し始める。

脇に並ぶ整備員たちが一斉に敬礼。キャノピーの中のパイロットも右手を上げ、答礼する。

「あっさり、ですか？」

「そうだ」

F15 レッドアグレッサー編隊 二番機

「――――」

行こう。

地上滑走の許可が出た――

鏡黒羽（かがみくろは）は、横の一番機がブレーキをリリースして進み始めるのを視野の右端で摑（つか）むと、その左翼端が自分の真横を通過するタイミングで自分も両のラダーペダルを踏み込んだ。

どこか背中の方で、機体を止めている制動ロックが解除される感覚。しかし踏んだ足はそのままだ。

踏み込んだ両足はそのままに、まず身体（からだ）の姿勢を正す。

ラダーペダルを踏む両足の親指の反発力を利用するようにして、顎を引く。引いた顎を、両耳で引っ張り上げるようにして頭の位置を決めると、視野が広くなり、左右の真横までが一度に摑める。

地平線の左右の端を両耳で摑むようにして、背中はシートに預け、みぞおちで前方の地平線を摑む（もちろん前方は司令部の建物なので『仮想の地平線』だ）。

踏み込んだままの両足を『ハ』の字にして、両足の親指で地平線を押さえるようにし、そこで初めてペダルにかけた力を抜くと、機体はスムーズに前へ出る。

機首はまったく上下動をしない。

スロットルも動かさない。イーグルはアイドリング推力で滑るように前へ出る。

視野の左横で、整備員たちが一斉に敬礼する。

頭を動かしたくないので、黒羽はスロットルに置いた左手を上げ、答礼の代わりにする。

また『愛想がない』とか言われるかな……。

しかし、いったん作った〈構え〉を、出来れば崩したくない。

機体を前へ出し、誘導路のセンターラインへ乗せる——駐機場に真横に引かれた黄色いラインが近づいて来る。いったん、黄線を踏み越える。自分の数メートル背後にある主車輪にラインを跨がせるように、右ラダーを踏み込んで行く。みぞおちでターンする方向を『見る』ようにし、黄色いラインを『自分の目の前に来い』と念じながら足を使うと。ぴたり、と機体は黄色い誘導路のセンターライン上に、一度で乗る。

司令部棟　防衛部オフィス

（ほう）

火浦暁一郎は、黒サングラスの下で、Ｆ15二番機の動きを思わず追っていた。

走り出しで、機首がまったく上下動しない——

滑るように動き出す。おまけに最初の直角ターンで、左右に振れもせず、黄色い誘導路のセンターラインに一回で機体を乗せた（ふつうは一回でぴたりとは乗らない）。

滑らかに出て行く。

些細な操作だが……。

隣で、月刀も同じように目で追っているのが分かる。

だが

反対側の左横で、日比野が話を続ける。

「実はな」

「あっさり譲ってくれたのには、理由があるんだ」

「――あっさり譲った理由、ですか」

二番機の鏡黒羽の操縦ぶりに、思わず一瞬、目を奪われかけたが。

日比野と、三〇七空が今回の〈演習〉における『敵機』役を任された経緯について話していたところだ。

航空総隊の会議で、おいしい役をもぎ取って来てくれたのは、現場にとって大変ではあるが有難い。

〈演習〉は、海上自衛隊とも合同で行なう。大規模な模擬戦だ。

やりがいは、ある。

聞けば〈仮想敵〉――おおっぴらには口にできないが中国人民解放軍の空母機動艦隊が、わが国の領域へ侵攻してきた事態に、航空自衛隊がステルス戦闘機F35とマルチロール機F2を使い、どのようにこれを撃退するかという一つの『実験』だ。

海上自衛隊のヘリ搭載護衛艦〈ひゅうが〉が、おそらくは新規に就役する中国空母の役をする。イージス艦〈みょうこう〉も参加（これは『中国版イージス』と呼ばれる〇五五型ミサイル巡洋艦を模擬するのだろう）する。そしてさらに数隻の護衛艦。

これらの機動艦隊は、中国本土から発進した早期警戒管制機（ＫＪ２０００メインリングが来るだろう）二機の支援を受け、空母からは艦載機（Ｊ15戦闘機だろう）を多数発艦させ、航空優勢を保ちながら進んで来る。このままではわが国の領土である離島の一つが占領されてしまう。

航空自衛隊は、これを迎え撃つわけだが――

「会議で、飛行教導群の幹部が言うには。『中距離ミサイルにやられるだけの役なら、わざわざ自分たちが出て行くまでもない』とさ」

「？」

火浦は、自分と歳の変わらない防衛部長の横顔を見る。

日比野克明は制服の胸に航空徽章（きしょう）――パイロットのしるしであるウイングマークをつけているが、Ｆ15でフライトをするのは月に一度だという。

日比野が防衛大学校を出てから飛行幹部候補生コースに入り、戦闘機パイロットの資格を得たのは主に『現場を知る』ためであり、もともとの志望——というか役目は、幕僚として組織をマネジメントすることであるらしい。

空自の戦闘機パイロットには、三つの出身ソースがある。

高卒で航空学生として入隊した者と、防大卒、そして少数だが一般大学出身の幹部が存在する。

現場で主力となり、長く飛ぶのは航空学生出身パイロットだ（火浦も月刀もそうだ）。一方で、防大と一般大出身者は、若いうちは現場で飛ぶが、いずれ航空団の役職者となって組織のマネジメントをするようになる。現在の空自のトップ——航空幕僚長も防大卒で、戦闘機パイロット経験者だ。大卒者は偉くなっていく。

火浦は、自分が年齢的に戦闘機に乗れなくなり、隊長を退いた後、三〇七空の飛行隊長になるのは漆沢美砂生だろうと思っている。女性だが、見かけ以上に根性はある。飛行班長に就任する前、指揮幕僚課程を修了したが、驚いたことについでに陸自へ研修に出て『レンジャーバッジ』を取得してきた（想像だが、男の部下に舐められないためか）。今回の〈演習〉でも先頭を切って飛びたがっていたのだが、航空団の判断で出撃はせず、静浜へ出張させられた。警戒航空隊のＥ７６７に便乗し、戦場を俯瞰して勉強した方が将来のためになる、ということらしい——

「実はな」

日比野は続けた。

「先月、教導隊が巡回指導で三沢へ行ったらしい」

「三沢へ、ですか」

火浦の横で、月刀が思わず、というふうに口を挟んだ。

「教導隊が?」

「そうだ」

日本海上空　G空域

E767　スカイネット・ワン

「小松では、レッドアグレッサー編隊八機が移動を開始」

〈演習〉の進行をモニターしている要撃管制員の一人が、自分のコンソールの画面を指した。

ボーイング767旅客機を改造した早期警戒管制機の機内は広く、情報処理に使われるマルチモード画面を備えた管制席は十四席ある。それぞれに管制員がつき、様々な情報処理に当たっている。

「滑走路へ向かいます。間もなく離陸」

「わかった」

漆沢美砂生はうなずくと、真田治郎(さなだじろう)三佐と共に、主任管制員の画面へ目を戻した。

「三佐。うちの飛行班は、Ｇ空域には慣れています。十五分もあれば、所定の配置につけます」

「うん」

真田はまた腕組みをして、Ｇ空域を俯瞰している情況表示画面を注視する。

〈演習〉に使われる斜め長方形の、横長の空間――Ｇ空域。その左端（西の端）では、赤い舟形のシンボル多数が舳先(へさき)を右手――東方向へ向けている。

赤い群れ――〈仮想敵艦隊〉の中核となっているのは、中国空母を模擬する護衛艦〈ひゅうが〉だ（実際、形状も空母に似ている）。

知らされた〈演習〉の手順によれば。中国機動部隊を模した艦隊は、東方向へ三〇ノットで進行する手はずだ。

しかし、画面のマップ上では（当然だが）ほとんど動いているように見えない。

「漆沢一尉。これから大事な『実験』を行なう。この目的は二つあるわけだが」

「はい」

美砂生は、先ほどの説明を続ける真田の言葉に注意を集中する。

急な〈演習〉の実施で、しかも自分の飛行班が参加するというのに、指揮官の自分はここにいる。

航空団の上層部から『お前はE767に乗れ』と言われた。

現場の指揮は、風谷修二（おさむ）尉に任せてきたのだが――

「うちの飛行班が、役に立つとよいのですが」

今回は、敵機の役だという。

それも飛行教導隊の代わりらしい。

いったい、どんな〈演習〉になるのか――

「うむ。一つ目の目的だが」

真田は続けた。

「迫りくる中国の機動艦隊を、わが空自のF35とF2の連合部隊がどのように迎撃し、これを阻止するか」

「その戦法を、実地に検証するのですね」

「そうだ」

真田は、マップ画面の右端——東方を手で指す。

「敵艦隊に対しては、まずこちら——空域の東から、Ｆ35四機が先鋒となって近づく」

「——」

「ステルス機Ｆ35は、まず敵艦隊前面を哨戒中の艦載機群を殲滅、後続のＦ２部隊が攻撃をしやすくする。同時にその優れたセンサーで敵の中核である空母の位置を特定、照準データを後続のＦ２へ送る。対艦ミサイルを抱いて行くのはＦ２部隊の役目だが。うまくすれば、Ｆ２八機は一度も水平線上に顔を出さず、十分に離れた位置からＡＳＭ２対艦ミサイルを全弾発射、安全に帰投することが出来る」

「——」

艦載機群を、殲滅——

簡単に言われる。その敵艦載機の役をするのが、うちの飛行班なのだが。

美砂生も思わず腕組みをし、まだ航空機のシンボルの無い画面を見る。

「でも三佐。そう簡単に……？」

「その通り」

真田はうなずく。

「机上で計画した通りに、ステルス機による敵艦載機群の殲滅がうまく行くか――？　それを検証するのが今回の〈演習〉の目的の第一だ」

「はい」

「当然、中国側はF35に攻撃されることを想定し、策を練るだろう。見たまえ」

真田はマップ画面の上と下、そして左端を手で示す。

「このように、中国本土を発進した早期警戒管制機二機を、艦隊の左前方四五度の上空、右前方四五度の上空に配置。そしてフェーズドアレイ・レーダーを備えた対空巡洋艦を、艦隊の先頭――言わば『扇の要』の位置に置く」

「…………」

「F35のステルス性能は、RCS――〈レーダー有効反射面積〉が実に〇・五平方メートル。これはF15戦闘機の実に五〇〇分の一だ。レーダーで捉えようとしても、例えて言えばゴルフボールが空を飛んでいるようなもので、極めて捉えにくい。しかし」

真田は、指で何かが跳ねるような仕草をして見せた。

「機体が金属物体である以上、レーダーのパルスを受けて、それを跳ね返さないわけではない。ステルス機がレーダーに『映らない』のは、レーダーのパルスを『来た方向へ返さない』、つまり『そらして反射する』からだ。だからゴルフボール一個分の電波しか返って来ないので普通は探知されない」

（そうだ）

美砂生は、心の中でうなずく。

仕組みは、理解している。

自分自身、かつてアメリカ軍のF22二機とDACT——異機種間格闘戦訓練を実施し、戦ったことがある。一年前になるが、第六航空団に対し、アメリカ側から『空自のF15と目視圏内での近接格闘戦訓練をしたい』と申し入れがあったのだ。

美砂生が、自分の飛行班の四機で戦った。

F22ラプターは、F35ライトニングⅡよりも古い機体だが、ステルス性能ではF35よりも上だという。しかし嘉手納から飛来した二機のラプターは、その時はレーダーに映った。

彼らは機体に『航空交通管制用レーダー反射板』を取り付けていたのだ。あらかじめレーダーに映るようにして、飛来した。

わざとステルス性を殺して、訓練に臨んできた。美砂生たちと対等の条件で格闘戦をしたい、という配慮もあったのかもしれないが、むしろ『たとえ友軍と言えどステルス機の秘密には触れさせない』という意思の表れだったのだろう。空白の訓練空域を飛べば、F22の機体に当たった防空レーダーのパルスがどんな跳ね返り方をするのか、データを取られてしまう（実際、あの時は目の前の真田三佐が秘かにその準備をしていた）。

ステルス機は、受けたレーダーのパルスを『あさって』の方向へ跳ね返すから、レーダーに映らない。しかしレーダーパルスを吸収して消してしまうわけではない。また、あさっての方向へ反射するにしても、機種により独特の反射パターンを持つという。

「だから」

真田は続けた。

「このように、複数のレーダー・サイトを立体的に配置し、ネットワークで監視をする。一つのレーダーの出したパルスの反射を、別のレーダーが受け取るようにすれば。『あさっての方向』へ跳ね返されたパルスを別のレーダーで受け取れるようにしておけば。演算によって、どこにステルス機が潜んでいるのか推測することが可能だ」

「――はい」

美砂生は、画面を見ながらうなずいた。

真田は温厚な印象の技術者だが、興奮を隠しきれない様子だ。

配備されたばかりのF35に対して、おそらく自衛隊がこれだけ大規模な〈探知実験〉を実施するのは初めてなのだろう。真田が昨夜は徹夜をして、E767のレーダーシステムの調整をしていたのは、技術研究本部で開発したネットワーク演算ソフトを実装し、正常に動くかどうか点検していたのに違いない。

「つまり、今日の『実験』が成功すれば」

美砂生は言った。

「うまくいけば、これは将来、中国のステルス機を探知するのにも役立つ――そういうことですね？」

「その通りだよ」

「探知がうまく行けば」

美砂生は画面のマップの右端を見る。

まだ、第四飛行班の八機は現われない――いや、さっき司令部前エプロンを出たのなら、今、ようやく離陸するところだろう。

「うちの飛行班――『敵艦載機』八機も、データリンク経由で位置情報をもらえるわけですから、簡単にはやられませんよね」

「そう願いたい」

真田は腕組みをしたまま、うなずいた。

「探知できなければ、実際、在来型戦闘機には手も足も出ないだろう。何せ先月は飛行教導隊が、三沢でF35部隊に『全滅』させられているからね」

「え」

美砂生は、目をしばたたく。

今、何と言った……？

教導隊が……!?

「教導隊が全滅──ですか」

「そうだ」

真田は肩をすくめて見せる。

「先月、実働部隊として任務に就き始めた初のF35部隊──三沢基地の第三〇一飛行隊に対し、教導隊が初の巡回指導を実施した。教導隊側はF15DJ四機、三〇一空は同じく四機で、模擬空戦に臨んだ。場所は三沢沖のR129空域。いったい空戦訓練開始後、どのくらいの時間で『全滅』させられたと思う」

小松基地　司令部棟

「――一分三〇秒で、ですか⁉」

月刀が驚いた声を出す。

「教導隊が、ですか」

「そうだ」

日比野がうなずく。

「三沢沖で模擬空戦に臨んだ教導隊は、開始一分三〇秒で、全機やられた」

2

飛行教導隊が、巡回指導に行った先での模擬空戦で、全滅――

それも『情況開始後一分三〇秒』で――？

火浦も、日比野の話す内容に眉を顰（ひそ）めた。

先月の話だという。

そんなことがあった――いや、有り得るのか……?

(いや)

思い出す。

あることは、ある。

そうだ。

ほかならぬ、第六航空団の火浦の率いる第三〇七飛行隊も、かつて戦技競技会において侵攻勢力役の飛行教導隊編隊を『全滅』させたことがある。

その時のことが、頭に浮かぶ。

戦技競技会は、年に一度、航空総隊主催で行なわれる。各航空団が若手の精鋭を選手に出し、実戦さながらの情況下で飛行教導隊と対戦をする……。あの時に出場したのも、漆沢美砂生の率いる第四飛行班。確か、四機だった。

情況は『対艦攻撃に向かうF2の編隊を護衛する』という設定だった。さきに教導隊と対戦をした他の航空団のチームはばたばたやられ……。ところが、うちの番になった時、鏡黒羽が出撃前の土壇場に奇をてらった〈作戦〉を考え出した。それで、まぐれ当たりのようにして勝ったのだ(ただし教導隊には『勝った』が、護衛していたF2隊の対艦攻撃ミッションは残念ながら失敗している)。

凄腕ぞろいの教導隊がやられる、という事態は、考えられないことではないが……。

「火浦隊長」

日比野は、続けた。

「飛行教導群の幹部に、その時の情況を聞いたのだが。三沢沖のR129空域での模擬戦は、双方、防空レーダーの支援無しの戦闘だったらしい」

「防空レーダーの支援無し、ですか」

「そうだ」

「――――」

火浦は、飛行隊長として毎日、組織内の雑務に追われてはいるが。

依然として現役の戦闘機パイロットだ。

月に一回しか飛ばない防衛部長の日比野に比べれば、フライトはしている。有事となれば、多数機編隊を率いて出撃できるし、飛行教導隊が相手の模擬戦でも、自分が編隊を率いて出て行けば、少なくとも負けないくらいの自信はある(若い者に経験を積ませるため、普通は隊長は出て行かないが)。

防空レーダーの支援無し――

日比野の言葉に、思わず目を見開いた。

三沢沖での模擬戦が、どのようなシチュエーションだったのか。

「F35は、レーダーに映らない」

絶句している火浦に、日比野は続けた。

「F15DJの教導隊は、地上の防空レーダーからの支援を得られない。ならば公平に、F35側にも地上レーダーからの支援は無し、という情況設定にしたという。双方『自分たちの目だけが頼り』という模擬戦だったらしい」

「部長、地上レーダーの支援が無くても」

月刀が言った。

「たとえ、相手の位置を要撃管制官に教えてもらわなくても。教導隊の連中は、化物のような視力を持っています。地上レーダーの支援が無く、機上のレーダーも役に立たなくても、三〇マイルの遠方から敵機を目で捉えますよ」

その通りだ。

火浦も、心の中でうなずく。

飛行教導隊のパイロットたちは、全国の部隊から一本釣りでスカウトされた凄腕ぞろいだ。空中戦のプロ中のプロ——彼らはレーダーになど最初から頼らない。『レーダーで見られるのは自分の前方だけだ、腹の下と側方・後方は目で見るしかない』と言う。そして、卓越した〈眼力〉によって、三〇マイル彼方の敵機を見つけてしまう。敵がいるらしいという、だいたいの方向さえ与えられれば見つけてしまう、という。

訓練空域の端と端（おそらく間合いは三〇マイルくらいか）から、お互い向き合って『戦闘開始』したのなら。相手のいるだいたいの方角は分かる。おそらく教導隊機は、目視でF35の姿を、すぐに捉えたはずだ。

相手の姿を目で捉えれば、教導隊ならば巧く相手の死角へ廻り込み、気づかれぬうちに不意打ちで攻撃し撃墜するはずだ——

だが

「目で捉えても、駄目だった」

日比野は頭を振る。

「相手を目で捉え、レーダーを使わず、死角へ廻り込んで不意打ちを食らわすという『教導隊の得意技』は発揮されなかった」

「ど」

月刀が訊き返す。

「どういうことです」

「F35のレーダーが優秀だったのですか」

火浦は訊いた。

「いや――ひょっとして、レーダー以外のセンサーか」

「どうも、そうらしい」

日比野はうなずく。

「教導隊の四機は、情況開始直後、遠方からF35の四機を目視で捉え、さっと散開して四方向の異なる死角から襲いかかろうとした。しかし、横並びにまっすぐに飛んでいるF35四機から、中距離ミサイルを撃たれて全機やられた。開始から撃墜まで一分三〇秒だ」

「――」

「――」

「F35側も、レーダーは一切、使っていなかった」

「それは、おかしい」

月刀が言う。

日本海上空　G空域

E767　スカイネット・ワン

「え」

美砂生は、思わず訊き返した。

「レーダーも使わずに撃墜——ですか？」

「そうだ」

真田はうなずく。

「先月、三沢沖の空域での模擬戦では。F35の四機は機上レーダーを全く働かせることなく、彼らの腹の下や斜め下方の死角へ廻り込もうとしていた教導隊のF15DJ四機を、AIM120Cによってすべて撃墜した。この間、開始から一分三〇秒」

「…………」

美砂生は絶句する。

今、真田の口にした話。

自分は耳にしたことがなかった。

先月のことだという。三沢基地の第三〇一飛行隊のF35が、飛行教導隊の巡回指導を受けたという。

情況は、間合い三〇マイル、対向状態からの模擬空戦だったらしい。

しかし

(………)

どういうことだ。

教導隊の四機が、開始一分三〇秒で全機やられた……?

「どういうことです、三佐」

「言った通りだよ」

真田はうなずく。

「教導隊はレーダーなどに頼らず、目視でF35を捉え、死角へ廻り込んで撃ちおとそうとした。しかし、逆にやられた」

「………」

ステルス機を、目視で捉えたのに。

それでもやられた……？

（……いったい）

何が起きたのだろう。

飛行教導隊の凄腕パイロットたちが、レーダーに頼らず〈眼力〉を駆使して相手を発見し、素早く死角へ廻り込んで攻撃する――これは各地の航空団において定期的に行なわれる巡回指導で、彼らがよく使う手だ。

巡回指導は、空中戦のプロ中のプロである飛行教導隊が、全国の航空団の飛行隊パイロットたちのレベルを上げるために、言わば『稽古をつけに行く』場だ。

稽古をつけられる側の飛行隊のパイロットたちは、模擬戦の情況が開始されると、まずレーダーで必死に教導隊機の存在と動きを捉えようとする。

しかし、機上レーダーで捜索できるのは、機首前方の扇形の限られた範囲の空間だけ（しかも下方は探知できる距離が限られる）だ。探知できる範囲から素早く外れられると、見つけられない。地上レーダーの支援が得られる場合は、要撃管制官が教導隊機の位置を教えてくれるので、その方角へ必死に向かう。だがたいていは、目視圏内へ近づいて『攻撃しよう』と思う前に、いつの間にか死角へ廻り込まれ、腹の下や斜め後ろ下方から一方的に撃たれてしまう。

訓練が終わった後のブリーフィングで『お前たちはどこを見ていた』と叱られるのが普通だ。

いつやられたのか、分からない。教導隊のパイロットは化物のような連中だ――

（それが）

F35は地上レーダーの支援もなく、自らの機上レーダーも使わず……。

いや。

待て。

今、真田三佐は『AIM120を使った』と言ったか。

「真田三佐、変です」

小松基地　司令部棟

「部長、変ですよ」

月刀が言う。

「ではF35は、レーダーを一度も使わず、中距離ミサイルをロックオンして発射したのですか」

「そうだ」

日比野はまたうなずく。

「ミサイルはＡＩＭ１２０Ｃだそうだ。我々の使っているＡＡＭ４とは違うが」

「解せませんね」

火浦も言う。

「アムラーム――米国製ＡＩＭ１２０も優秀なミサイルですが、しかしレーダーで捉えて距離を測らなければ、標的の位置は確定しない。ロックオンして発射するのは無理ですよ。F35が優秀な赤外線センサーを持っていたとしても――」

「それも、教導隊は死角から近づいたのでしょう」

月刀も続ける。

「真下の敵を、どうやって狙った――いや、どうやって気づいた」

「謎だが」

日比野は頭を振る。

「どうやら、F35には死角が無いらしい」

「――」

「――死角が無い？」

「そうだ」

「あの黒い戦闘機には」

日比野は、司令部棟の外のエプロンを、眩しそうに見やった。

すでに第四飛行班の八機のイーグルは、一列になって残らずタクシー・アウトして行った。滑走路へ向かった。

がらんとした中、整備員たちが引き揚げていく。

エプロンの向こうは日本海の空だ。朝から快晴だが、水平線の向こうに白い積乱雲が盛り上がり始めている。

「〈魔物の眼〉が、あるらしい――化物のような視力を持つ教導隊もかなわない」

「――」

「――」

「高好三尉」

日比野は、一歩下がって控えている格好の女子幹部を呼んだ。

「今朝の会議は、何時からだった」

「はい、部長」

秘書のような役目をしている女子幹部は、書類ホルダーを開いて確認しながら応える。

「防衛部の定例会議は、一〇〇〇からです」

「うむ」

日比野はうなずく。

「幸い、時間がある――地下へ降りて、観戦が出来そうだな」

小松基地　滑走路24

F15　レッドアグレッサー編隊　二番機

「――――」

キャノピーには後ろ頭上から陽が射し込んでいる。

黒羽は目をすがめながら、機体を滑走路24の走り出し部分の右半分の中央へラインナップさせると、両足を踏み込んだ。

機体を停止させる。

頭は動かしていない。

前方の視界――

ペイブメント全体が、朝日を反射している。美術の教科書で見る『遠近法』のように、白いセンターラインと、滑走路の右サイドの縁が前方へ伸びている。

幅一五〇フィート、全長八二〇〇フィート。小松基地の滑走路24は、その番号の通りに磁方位二四〇度で海岸線に沿って南西へ伸びている。

F15の編隊離陸では、滑走路の路面の左半分をリーダーの一番機、右半分を二番機が使用する。

黒羽の視野の左下――機首の左下に隠れる位置からからまっすぐ前方へ、白いセンターラインは伸びている。自分はセンターラインと、滑走路の右サイドの縁のラインに挟まれる形だ。

操縦席から見て左前方、四五度の位置には、もう一機のF15の双尾翼・双発の後姿がある。

一番機だ。

イーグルの後姿は、二枚の垂直尾翼をわずかに振って、身じろぎするようにした。

滑走路上の、走り出しの位置を調整したのだ。

黒羽は、たった今誘導路から滑走路へ進入する際、みぞおちで滑走路の一番奥を『見る』ようにし、センターラインの終端と右サイドの縁のラインの終端のちょうど中間の一点を『自分の前へ来い』と念じながら足を使い、前輪を操向した。そうしたら一回で望み通りの位置へ来たので、そのまま機体を止めていた。

『レッドアグレッサー・フライト、クリア・フォー・テイクオフ』

ヘルメットのイヤフォンに声。

管制塔の管制官から離陸許可だ。

『ウインド、スリーワンゼロ・ディグリーズ、アット・ワンエイト・ノッツ。クロスウインド・フロム・ライト』

レッドアグレッサー編隊、離陸を許可。滑走路上の風向は三一〇度から一八ノット。右からの横風に注意せよ。

そうだ、言われなくとも右サイド——海側からやや強い横風。

もう、夏が近い。

朝、日が昇って、地面が暖められると。

飛行場の舗装面はすぐに熱を持つ。温度が上昇する。冷たい日本海の水面との温度差で、海から陸へ向かって『海風』が吹く。

小松の滑走路は海岸に沿っているから、横風になる。

機体を止めていると、右側の主翼だけが風を受け、揚力を発生して浮き上がろうとするが。

だが機体が傾こうとする前に、右腕が自然に操縦桿を右へ取って、押さえる。

景色は水平のまま動かない。

意識しなくとも、左右の水平線の端を両耳で摑んでいるだけで、手が動いてくれる。

みぞおちで捉えよ。

言葉が、蘇る。

前方の水平線はみぞおちで捉えよ。

左右の水平線の端を、両耳で摑め。

眼球は単なる受光器に過ぎぬ、水平線はみぞおちと耳で『見よ』。

（…………）

ノートで読んだ通りだ……。

『レッドアグレッサー・フライト、クリア・フォー・テイクオフ』

イヤフォンの中、若い男の声が、管制塔からの指示を復唱する。

ボイスには酸素マスクの息の音が混じる。

同時に、左前方の一番機のキャノピーの中で、飛行服の右腕が上がり、拳(こぶし)を握って前方へ突き出す仕草。『マックスパワー・チェック』の合図だ。

黒羽は両足を踏み込んで機体を止めたまま、左手の親指と人差し指で二本が束になったスロットルレバーの左側の一本だけをつまむと、前方へ出した。ノッチに当たるまで出す。

ドゴッ
背中で、F一〇〇‐IHI‐二二〇Eエンジンが野太い咆哮(ほうこう)を上げ、機体を押し出そうとする。

指をすぐに戻す。

視野の下側、計器パネルの右サイドで二列に並んだエンジン計器の一段目、二段目、三段目で第一エンジンのN1回転計、排気温度計、N2回転計の針がそれぞれ跳ね上がって、元に戻る。

異常なし。

右側の第二エンジンにも同じ操作を繰り返す。

大丈夫だ、双発のエンジンに異常はない。

計器パネルのアナログ計器の針は、もう見る必要がない――

（――――）

黒羽は左手で、ヘルメットのバイザーを下ろす。

途端に、青みがかった視野に変わる――ヘルメットマウント・ディスプレー（ＨＭＤ）の視野だ。

すぐ眉間（みけん）の先に、白い小さな円が浮いている。

専用の眼鏡（めがね）で３Ｄ映画を見るような感覚。

目の前に浮く小さな円は、前方の滑走路終端の地平線に重なっている。機体のピッチ姿勢を示す横線の列――ピッチラダーも浮かび、『〇度』の線が白い円に重なる。

視野の左側に速度のスケール、右側には高度のスケールが浮かぶ。速度は『〇〇七』、高度スケールは『二〇』を指している。まだ動き出していないが、機首のピトー管が受けている風圧の前方成分が対気速度七ノット、小松基地の標高が高度二〇フィートとして表示されている。

これらがあれば、ヘッドアップディスプレーはとりあえず要らない。

左手を素早く伸ばし、中央計器パネルでＨＵＤの輝度を絞り、表示を消してしまう。

『ワン、テイクオフ』

手をスロットルへ戻したタイミングで、無線に声がした。左前方の一番機の双発ノズルが開いて、橙色の火焰を噴き出し、すぼまる。

ドンッ

一番機が走り出す。

黒羽は左手の親指でスロットル横腹についた無線の送信ボタンを押し「ツー、テイクオフ」と告げながら、左手全体でスロットルレバーを押し出した。

ミリタリー・パワーのノッチ。それを乗り越え、一気にアフターバーナー位置。

同時に顎をさらに引き、ハの字に開いた両足をブレーキから離す。

ドンッ

小松基地　司令部棟

「うん」

防衛部オフィスの窓から、海に沿った滑走路はほぼ全体が見渡せる。

走り出しの位置に並んだ、青みがかったライトグレーの機影が双発エンジンから火焰を噴き出すと、次々に離陸滑走に入る。

まず先頭の一番機。続いて斜め右後ろについている二番機。

アフターバーナー点火の轟きが、少し遅れて空気を伝わってくる。

「行くな──整然とした、良い離陸だ」

「はい」

火浦も、日比野と共に、次々に編隊離陸して行くイーグルを見送る。

F15 レッドアグレッサー編隊 二番機

(──くっ)

今日の発進はバイゲイト──『アフターバーナーを使用した離陸と上昇』で行く。

出撃前のブリーフィングで、そのように打ち合わせた。

〈演習〉はG空域の、奥深くで行なわれる。

けっこう、遠くまで行く。

自分たちは今日は、空域の西の端からやって来る仮想敵の機動艦隊の、艦載機の役をする予定だ。

一分でも早く、所定のポジションに展開して、東側から来る迎撃勢力に対抗できる態勢にしなくては。

そのために、出来るだけ早く上昇して、訓練空域の中央部へ進出する。

今回の編隊のリーダーを取る風谷修がそのように決定し、黒羽を含むメンバー全員も了承した。

「離陸も編隊離陸だ。四機ずつ滑走路へ進入、二機ずつのペアでテイクオフ」

風谷修は、飛行隊ブリーフィングルームに集合したメンバーを前に、ホワイトボードに図を描いて説明した。

「最短時間で空域へ進出、予定の位置につく。俺と二番機の鏡は、標的艦〈ひゅうが〉の進行方向の前方五〇マイルの位置でレーストラック旋回に入り、直衛警戒。三番機の菅野以下六機は、前方一〇〇マイルで横一列――ライン・アブレスト隊形を作り、前方戦闘空中哨戒に入れ」

ドゴォッ
双発のエンジンがアフターバーナーに点火した直後、加速Gが黒羽の背を射出座席に叩きつけた。

走り出す――というか跳び出す。

「――――」

酸素マスクの中で歯を食いしばり、顎を引き直し、みぞおちで前方の一点を『睨む』。

白いセンターラインの終端と、右サイドの縁のラインの終端のちょうど真ん中の一点。目標にすべき、その一点をみぞおちで摑むようにし、同時に背中に主車輪の位置をイメージする。前方の一点と背後の主車輪が縦にまっすぐ並ぶようにイメージすると。

走り出しで、〈風見効果〉で右へ振れようとした機首の動きがすぐに分かった。意識しなくとも黒羽の左足が踏み込まれ、右へぶれようとした機首がまっすぐに直される。同時に両耳で水平線の左右の端を摑んでいると、右手が自然に操縦桿を右へ取り、風にあおられて傾く前に姿勢を水平に保つ。

ズゴォオオッ

滑走路面が、猛烈な勢いで足の下へ流れ込む。

一〇〇――一一〇――

ＨＭＤの視野の左側で、速度スケールが目にも留まらぬ速さで増加、一二〇ノットを超える瞬間に左前方で一番機が機首上げをしてフッ、と頭上へ吹っ飛ぶ。

今だ。

脇を締めるようにして、黒羽は右へ取ったままの操縦桿を手前へ引く。

フワッ

3

日本海上空　G空域
E767スカイネット・ワン

「――〈魔物の眼〉……ですか？」

漆沢美砂生は、思わず訊き返した。

〈魔物の眼〉――？

何だろう。

最新鋭のステルス機F35には『死角が無い』と言うが……。

訝る（いぶか）美砂生に

「漆沢一尉」

「君は、防衛省のレベル3の機密にタッチする資格を持っているかね」

真田三佐は、確認するように訊いた。

「――はい」

美砂生は、うなずく。

航空団で、下っ端ではあるが指揮官をしている。

一年前に指揮幕僚課程を終えたとき、自分は、あるレベルの防衛機密を閲覧する資格を与えられた。

今は法整備がされたが。少し前までは、国の機密を漏らした公務員を罰する法律もなく、わが国は『スパイ天国』と呼ばれていたらしい（いや、国の機密を盗んでいく外国工作員などを捕まえて裁くための『スパイ防止法』は、未だ出来ていない。識者によると『日本は依然としてスパイ天国』であるらしい）。

「資格は、持っています」

「よろしい」

真田はうなずくと、主任管制席の後方の、空いているコンソールを指した。

「来たまえ」

真田治郎三佐は、防衛省技術研究本部の所属だ（前にも何度か、小松基地を訪れている）。兵器システムの研究と開発が任務だという。

今回の〈演習〉では『ステルス機探知実験』の指揮を執っている。

〈演習〉参加機を、じかに動かすことはしないが。

東方からやって来る第三〇一飛行隊のＦ35を探知し、ここから位置の情報を侵攻側のデータリンクへ流す役目をする。

ここで監視旋回に入ったスカイネット・ワン――Ｅ７６７と、Ｇ空域の反対側へ配置したスカイネット・ツー――もう一機のＥ７６７、そしてイージス艦〈みょうこう〉のフェーズドアレイ・レーダーが連携して、空中をやって来るＦ35を捉える。

演算で得られたその位置と、高度・速度・針路などの飛行諸元は、データリンクによって風谷たち艦載機役のＦ15編隊へ送られる。コクピットのＶＳＤ画面上に、シンボルや数字となって表示される。

うまくいけば――

飛行教導隊のように遠方から目視で見つけられなくとも。

Ｆ35の存在は、分かる。

中距離ミサイルＡＡＭ４をロックオンできるかどうかは分からないが、接近して捕まえ、攻撃することは可能だろう。

「これを見たまえ」

真田は、空席のコンソールの情報画面を起動して、キーボードを操作した。

画面に、航空機の三面図が現われる。

これは。

ずんぐりした印象の流線型――

イノシシの化物みたいだな、と美砂生はふと思った。

昔のジブリの映画に出て来た、あれは何と呼ばれていただろう……

「漆沢一尉。これが今回、三沢からやって来るＦ35Ａの仕様図だ。ここを見てくれ」

小松基地　司令部棟

（…………）

相変わらず、見事な離陸だ……。

滑走路上で引き起こして背中を見せ、瞬間的に吹っ飛ぶように上昇して行くＦ15。

突き抜けるように上がって行く機影を目で追いながら、火浦は思った。

この季節——夏が近づくと特に、滑走路上では海風が横から吹き付ける。

離陸滑走をちょっと見るだけで、火浦にはパイロットの腕が分かる。腕の良い——操縦センスのある者は、横風を受けても走行ラインがぶれない。

先頭を切った一番機の風谷も、悪くはない。新人時代は線の細い感じだったが、修業を積んで、最近は頼もしくなってきた。操縦技量も標準以上と言っていい——機体が風見効果で風上側へぶれても、垂直尾翼のラダーがぱたぱたっ、と動き、最小限のズレで走行ラインを直し、上がって行く。

しかし、二番機の鏡は『別格』だ。

鏡黒羽の二番機を見ていると、横風が吹いている感じがしない。何事もないように、まっすぐ走って行く。垂直尾翼に注目しても、ラダーは一度ぱたっ、と動いただけ（走行ラインがズレたとしても数センチか）。

俺も、あそこまでは出来んな……

「火浦さん」

窓の外を見やっている火浦に、月刀が声をかけた。

「地下へ行きましょう、始まりますよ」

「あぁ」

火浦はうなずくと、オフィスの出口へ歩み出す。

ここにいたのでは、洋上の空域の様子は分からない。

すでに防衛部長の日比野は、秘書役の女子幹部を伴って廊下へ消えている。地下へ向かったのだ。

司令部の地下三階には、ここ小松基地の要撃管制室がある。

規模はそれなりだが、自衛隊のデータリンクシステムに繋がるスクリーンと管制席、最新の〈演習評価システム〉を備え、日本海上の空域での訓練の様子を俯瞰することが出来る。

「すまん、行くよ」

「鏡が、気になりますか」

月刀は、火浦のサングラスの下を見透かすかのように、訊いた。

「問題児でも、他所から『寄越せ』と言われると――例の辞令、もう伝えたんですか」

「いや」

そうだ。

今回の〈演習〉とは別に。

鏡黒羽を異動――いや一時期『出向』させる話が持ち上がっている。

「まだ、本人には言っていないんだ」

火浦は歩き出しながら、頭を振る。

「今日の〈演習〉が済んでから、通知しようと思ってな」

日本海上空　G空域
E767　スカイネット・ワン

「…………」

美砂生は、画面に現われた三面図に、眉を顰めた。

コンソールの情報画面。

真田は、ずんぐりした流線型の輪郭の数か所を「ここだ」と人差し指で示す。

「見てくれ。ここと、それからここ」

「……そこが？」

イノシシを想わせる、ずんぐりした横向きの流線型——その輪郭上の数か所を真田が指し示した。

何だろう。

「F35は」真田は腕組みをする。「機体表面の六か所に、光学センサーをつけている。簡単に言えば赤外線カメラだが。もちろん単なるカメラではない」

「——カメラ?」

F35の性能については。

美砂生は、今回の〈演習〉実施が決められてから、資料で勉強をした。

しかし。

空自の保有機であるにもかかわらず。F35ライトニングⅡという戦闘機には、機密とされている部分が多く、概略しか分からない。だいたい、こうだ。まず〈レーダー有効反射面積〉がF15の五〇〇分の一であり、極めてレーダーに映りにくいこと。他には、例えばエンジンの推力が強く、アフターバーナーを使わずに超音速で巡航が出来るらしい(ただし最高速度はマッハ一・六であるらしい)。胴体内燃料タンクが大容量で、増槽を携行しなくとも五九〇マイルの戦闘行動半径を持つ。あとはステルス性確保のため、ミサイルなど兵装を胴体内のウェポン・ベイに収納している――

また、様々な先進のセンサー・システムも持っているらしい。センサーはネットワークで結ばれ、複数のＦ35で索敵データの〈共有〉も出来る。例えば、一機がロックオンした標的へ向け、別の一機がミサイルを発射したりすることが可能だ。

その辺りまでは、分かった。

しかし詳しい能力については、他に何が出来るのか――？　はっきりと公開はされていない。

「カメラが、機体の各所に六基……？」

訊き返すと

「そうだ」

真田はうなずく。

「ＡＮ／ＡＡＱ37電子光学開口分配システム。別名ＥＯＤＡＳと呼ばれるシステムだ」

「ＥＯＤＡＳ……？」

「イオーダス、と呼ぶらしい」

真田は、画面の立体図の中で、機体の周囲六か所をもう一度指した。

「このように機体表面の六か所にカメラを配置することで、空中において周囲三六〇度の球形空間をすべて『赤外線の眼』で監視できる。だがこいつの機能は、それだけではない」

「…………」

赤外線カメラを機体の表面のあちこちに取り付けて、周囲を監視している——

カメラで監視、か。

F15やF2も、IEWSという脅威警戒装置を持っている。これは、どこかから射撃管制レーダーで狙われた場合に、コクピットに警告表示をする。ロックオン警報と同時に、狙って来るレーダーパルスが来る方角を画面上に表示してくれるが——

もちろん、F35にもレーダー警戒機能はあるのだろう。それに加え、機体の各所にカメラ——赤外線光学センサーを取り付け、周囲を監視しているというのか。

死角へ廻り込もうとする敵機がいても、赤外線で探知できる、ということか。

しかし真田は「それだけではない」と言う。

「漆沢一尉」

「はい」

「君たちF15のパイロットも、最近ではHMD——ヘルメットマウント・ディスプレーを使うだろう」

「はい」

美砂生はうなずく。

わが国の保有するＦ15Ｊイーグルは、だいぶ昔に運用を開始した。旧式になりつつある──しかし時代に遅れぬよう『近代化改修』を受けている。

兵装や電子機器は、出来るだけ最新のものへアップデートされている。

最近では、自分たちパイロットはＨＭＤをつけて飛ぶ。ヘルメットの大型バイザーに、ヘッドアップディスプレーに表示されるのと同じ飛行諸元のデータが映し出され、頭をどの方向へ向けても、飛行諸元が摑める。

さらにＨＭＤには、熱線追尾ミサイル照準用のＦＯＶサークルが投影される。これが便利だ。これにより、パイロットが『標的を見る』だけで、短距離用ＡＡＭ５熱線追尾ミサイルをロックオンし、発射ができる。

従来は、格闘戦においては敵機の後方へ廻り込んで、ヘッドアップディスプレーの中に敵の後姿を捉え、照準しなければならなかったのが。

必ずしも敵機の後方の位置を取らなくても、熱線追尾ミサイルが撃てるようになった。

そちらを『見る』だけでよいのだ。目視圏内での近接格闘戦能力が、格段に向上している。

「HMDと、最新のAAM5ミサイルの組み合わせで、君たちの目視圏内距離における格闘戦能力は飛躍的に向上しているわけだが」

真田は続けた。

「F35は、その遥か上を行っている」

「上？」

「このEODASは」真田はさらに続ける。「赤外線光学センサーで捉えた画像そのものを、パイロットのHMD上に投影できる。つまり赤外線全周監視モードにしておけば、パイロットは操縦席で下を向けば、機体の腹の下がじかに見えるのだ」

「………」

美砂生は、目をしばたたく。

今、何と言った。

「腹の下の死角が、じかに『見える』？」

「そうだ」

「機体が、透明になったような感じですか」

「その通りだ」

「しかも」

真田は腕組みをして、言う。

「ＥＯＤＡＳは、標的の熱量にもよるが、有効距離はレーダーと同等の九〇マイル以上と言われる。探知した標的は、ＨＭＤ上でターゲット・ボックスに囲われ、連続的に追跡される から、相手が死角へ廻り込もうとしても無駄だ。腹の下から斜め後ろ下方まで、パイロットが頭を向ければ全部見える」

「………………」

「複数の機で標的情報を共有すれば、レーダーを使わなくとも三角法の演算で距離が割り出せる。真下や後ろの敵に対しても、相手から攻撃される間合いに近づかれる前に、慣性誘導でＡＩＭ１２０Ｃを発射。あとはミサイルが標的に近づいた時点で自分の弾頭レーダーでロックオンし突っ込んでいく――このＥＯＤＡＳには、死角が無い。まさに〈魔物の眼〉だ」

日本海上空
F15 レッドアグレッサー編隊 二番機

「――――」

黒羽は顎を引いた姿勢のまま、HMDの視野で頭上に広がる空を見ていた。

ピッチ角、四〇度――

天を向き、上昇している。

ステアリング・ドットの白い小さな円が、ピッチラダーの［40］の線に重なっている。

視界は空だけだ。

感覚的には垂直上昇――シートに預けた背中に、びりびりと振動が伝わる。

視野の左横、速度スケールは指示対気速度五〇〇ノットで一定。マッハ数表示は〇・九五。

右横の高度スケールは読み取れないくらいの勢いで増加し続けている（もう一五〇〇〇フィートを超えた）。

行く手の頭上から、白い雲の層が迫って来る。みるみる迫る――二〇〇〇〇フィートくらいに高層雲があるのだ――一瞬、目の前が白くなり、軽く揺れるがすぐ突き抜け、機体は再び真っ青な空間の只中へ出る。

（――――）

比較対象物が無いと速さを感じない。しかし前方の頭上から猛烈な勢いで空気は押し寄せ、キャノピーを包み込んで後方へ流れ去っている。

黒羽は顎を引いたまま、脇を締めるようにして、右手の操縦桿は固定している。足はハの字にし、両の親指だけで軽く均等にラダーペダルを押さえている（こうすると、F15の二枚の大きな垂直尾翼の方向舵に微妙な遊びがなくなり、アフターバーナーを炊いていても機体姿勢がぶれない）。

小松の滑走路面を蹴ってから、まだ六〇秒と少しか――しかし高度はもう二五〇〇〇フィートに届く。

『三〇〇〇〇で止まる』

ヘルメットのイヤフォンに、無線の声。

風谷だ。

すでに周波数は小松管制塔からチャンネル・ツー――編隊の指揮周波数へ切り替えてい

る。

『背面で行く。続け』

風防のやや左――視野の左前方に、双尾翼のシルエットが浮いている。

一番機だ。

二機で雁行(がんこう)隊形のまま上昇している。

リードを取る一番機のF15は、橙色の火焔を双発ノズルにちらつかせ、細かく上下に踊るような動き。

「ツー」

黒羽はスロットルに置いた左手の親指で、レバー側面の送信ボタンを押すと短く『了解』の意を告げた。

すると

『スリー』

『フォー』

続いて、別の声がイヤフォンに入る。

(――――)

視野の中で、注意を風防の枠のバックミラーへ向けると。

ミラーの視野の中、後方――ずっと下方で、白い層雲の表面から灰色の機影が一つ、二つと跳び出す。

三番機、四番機だ。後方の位置を保ち、ついて来る。

その後方に、さらに四機が続くはずだ。

――『お前たちは』

ふと、また声が蘇る。

火浦二佐の言葉だ。

――『お前たちは強敵を相手にする』

（…………）

強敵……。

だが、思い出している暇もなく。

視野の左前方——一〇〇フィートの間合いで先行している一番機の後姿が、急上昇の姿勢のまましみじろぎした。

その気配を逃さず。

黒羽は、先を行くF15の双尾翼のシルエットが左回りにロールし始める瞬間を捉え、同時に自分も右手の操縦桿を左へ倒す。

クルッ

歯切れのよい動きで、眉間の先の天空が回転する——およそ一八〇度、廻ったところで右手を戻し、手前へ引き付ける。

ざぁああっ

風切り音とともに視野全体が上から下へ流れ、頭の後ろから逆さまの水平線——遥か下方に雲を張り付けた大海原が降って来た。

ピッチ角四〇度の急上昇姿勢から、いったん機体を裏返して背面にし、操縦桿を引くことにより『機首を上げて』レベルオフ——上昇を止める。

こうすればマイナスGがかからない。

HMDの視野の中、白い小さな円に『逆さまの水平線と重なれ』と念じながら右手を操ると。

イーグルは背面のまま上昇を止め、軽くシートへ押し付けられる下向きGとともに、勢いよく増加していた高度スケールが『三〇〇〇〇』でぴたり、と止まる。

すかさず右手をもう一度、左へ。

視界は再び回転し、世界が順面に戻る――機首の前方に水平線。真っ白い尖った山のような積乱雲が、水平線上にずらりと並んでいる。すぐ左前方の位置で、一番機の後姿も同じように左ロールをして、水平姿勢へ戻る。

編隊のまま、水平飛行へ移った。

『バーナー・オンのままだ』

風谷の声。

『このまま加速する、直衛ポジションまで超音速で行く』

「ツー」

（――今回は）

黒羽は思った。

自分たちの役目は『襲って来る敵機』か……。

4

日本海上空　G空域
F15　レッドアグレッサー編隊　二番機

（…………）

一番機とともに水平飛行に入り、アフターバーナーはそのままで加速する。

高度三〇〇〇〇フィート。ＨＭＤの視野左側で、速度スケール下側のマッハ数表示が増えていく。

〇・九九——一瞬、引っかかるような感じがして一・〇一。

布を裂くような風切り音。

——『今回は』

右手で水平姿勢を保ちながら、黒羽の脳裏にまた作戦室の光景が浮かぶ。

蘇るのは、漆沢美砂生の声だ。

――『今回は、あなたたちは〈敵機〉の役をします』

一昨日のこと。

西日の差し込む、階段教室のような空間で、飛行服姿の火浦暁一郎と第四飛行班長の漆沢美砂生から説明が行なわれた。

「第四飛行班の諸君」

壇上に立つ隊長は、作戦室の全員を見回しながら告げた。

「我々は、急に〈演習〉を行なうこととなった。明後日(あさって)だ」

明後日……？

段々になった席のあちこちで、同僚パイロットたちが顔を見合わせる。

「急な知らせだが」

黒サングラスの隊長――火浦は続けた。

「明後日、お前たちは強敵を相手にする。三沢の第三航空団からＤＡＣＴの申し入れがあった」

途端に

ざわっ

空間全体が、ざわめいた。

三沢の第三航空団……。

その言葉の意味は、空自パイロットならば誰でもすぐ思いつく。

F35だ――

「――――」

黒羽は言葉を発しなかったが。

横の席で、風谷修がちら、とこちらに目をやるのが分かった。

DACT――異機種間格闘戦訓練。

つまりF35との模擬空戦……?

鏡、お前、どう思う。

そう訊かれた気がした。

「おぉっ」

別の席で興奮した声を上げるのは、菅野一朗(いちろう)二尉――風谷の同期生だ。

「F35と戦えるのかっ」

これは腕が鳴るぜ――そう言わんばかりの声。

他の航空団とのDACT、ということになれば。

黒羽は思った。

何機で行くのかはまだ分からない。しかし風谷と、その同期の菅野、そして自分は、たぶん対戦メンバーに選ばれる。

小松基地へ来て、もうずいぶんになる。昔、飛行隊で上の方にいた先輩たちは多くが転出した。出払ってしまった。

赴任したころに中核メンバーだった先輩たちは、那覇に新しく開設された第九航空団へ行ったり、腕を買われて飛行教導隊へスカウトされた者もいる。

今では、風谷と菅野、そして自分が、第四飛行班では中核メンバーと言っていい。

F35――ステルス機との格闘戦訓練か。

だが

(――ガブは)

そう言えば、ガブはどうしている……

ステルス機と聞き、なぜかすぐ頭に浮かんだのは、一人のアメリカ空軍女性士官の面差しだ。

金髪に蒼い目。

金髪と言っても、白に近いプラチナ・ブロンドだ。ガブリエル・エリス中尉。

歳は同じ。

F22ラプターのパイロットだ。

一年ほど前になるが。小松基地を舞台に（極秘だったが）、テロリスト殲滅を目的とする〈日米共同作戦〉が行なわれた。その時、ガブリエル・エリスとは編隊を組んで一緒に闘った。

それに先立ち、彼女の搭乗するF22と格闘戦訓練も実施した。

見かけは白人だが、ガブリエルは日系四世だ（曾祖父が日本人だという）。体形は細く、自分と背格好は似ていた。お互いに飛行服を取り替えて着られるくらいだ（アメリカ人なのに、他人とは思えないくらい気は合った。『雰囲気が似ている』と言われた。顔まで『そっくり』と評する人もいたが、それはどうかと思う）。

日本海上の〈作戦〉を通して友達になった。小松にいた期間は『クロハ』『ガブ』と呼び合った。今でもメールで連絡はするが、お互いに国防に関わる仕事だから、気軽に話せる内容は少ない。

アメリカへ戻って、元気でやっているみたいだが……

「よしみんな、静かにしろ」

火浦隊長の声で、皆は現実に戻る。

空間を満たしていた興奮した息遣いも、鎮まる。

「言っておくが。いいか、今回は、ただの異機種間格闘戦訓練ではない。詳しくは飛行班長から説明をしてもらう」

火浦は、壇上で横に立つ漆沢美砂生へ話を振った。

促され、白い顔の飛行班長は両手を後ろに組んだまま「みんな聞いて」と声を出した。

「私も、先ほど通知を受けて、少し驚いている」

階段状の席を見渡して、漆沢美砂生は続けた。

「今回は、けっこう大規模な〈演習〉となります。スクリーンで説明するから、聞いて」

『バーナー・オフ』

無線に風谷の声。

アフターバーナーを切れ、という指示だ。

超音速で進出してきたが、通常速度へ戻すのか。

（――――）

黒羽はスロットルに掛けた左手と、左前方の一番機の後姿を意識する。

二番機が前方へつんのめり出ないよう、一番機はボイスを出してからひと呼吸おいてバーナーを切る。

黒羽は回想を断ち切り「ツー、オフ」と返答しながら左手のスロットルを最前方からミリタリー・レンジへ戻す。同時に、視野の左前方に浮いている一番機の双発ノズルで橙色の火焔がフッ、と消える。

ビリビリとした振動が止み、背中から機体を前へ押しやるような加速感が消える。

左前方の位置に浮いている一番機は近づいて来ない（近づきも、離れもしない。操作タイミングはちょうど良い）。

ＨＭＤの速度表示は今、マッハ一・二〇。

だがすぐにマッハ数表示は減り始める（アフターバーナーを焚いていないと超音速は維持できない）。

今日は、胴体下ランチャーにＡＡＭ４中距離ミサイル四発。左右の主翼下パイロンに熱線追尾ミサイルＡＡＭ5を二発ずつ（合計ミサイル八発）、胴体下に六〇〇ガロン増槽を装着してフル装備の状態だ。

昔で言えば、武士が鎧の上に槍や弓矢や刀を全部持っている状態だから、重い。

空気抵抗も大きい。

Ｆ15は、増槽を抱えた状態での速度制限はマッハ一・四だが、今日はフル・アフターバーナーで加速を続けても、そこまでスピードは出なかったかもしれない。

『スカイネット・ワン』

風谷の声は、どこかを呼ぶ。

スカイネットは、これから自分たちを管制するＡＷＡＣＳのコールサインだ。

『ディス・イズ・レッドアグレッサー・リーダー。エンタリング・ホットエリア、エンジェル・スリーゼロ』

ここは、どの辺りだ――

（――――）

黒羽は、左手で計器パネル左側のＶＳＤ画面を〈マップ表示〉にする。

パッ、とカラーの情況表示マップが現われる。

画面の中央にある白い三角形シンボルが、自分の機だ。そこから放射状に方位線と、同心円の距離スケールが自機を囲う。まるで蜘蛛の巣のように見える。

まだ機のレーダーは働かせていない。しかしデータリンクによって、自軍の布陣が分かる——左前方に浮いている赤い菱形は、編隊を組む一番機だ。〈RA01〉という表示。菱形の横に小さく『30　610　1G』という数字と文字が浮かぶ。

各機はみずからのコールサインと位置情報、高度・速度・運動Gなどの飛行諸元を味方のデータリンクへ連続的に送っているので、レーダーを使わなくとも味方機の存在は分かる。

今日は、自分たちは〈侵攻軍〉だから、赤いシンボルが『友軍』だ。

今、西を向いて飛んでいる。

マップは機首方向が上だ。画面の上側が進行方向の西、下側が後方——東になる。

レンジ選択のつまみを回し、表示範囲を最大の『半径一六〇マイル』にする。画面の一番下に、斜めの海岸線が映り込む。離陸して来た石川県の海岸だ。

自機シンボルの少し下（後方）に、赤い菱形が六つ。これらは僚機——後続する三番機から八番機だ。

一方、画面の上端付近（遥か前方）には赤い舟形の群れが映り込む。赤い群れは皆、尖端を下へ向けている。

これが、〈侵攻軍〉の艦隊……。

さらにマップの前方の左端、右端の対象の位置に、赤い菱形が一つずつ。それぞれ〈SN01〉〈SN02〉の表示。これらは警戒旋回している二機のAWACS――E767だろう。今日は、中国の早期警戒管制機の役をしている。

もしも『敵機』――艦隊を迎え撃つ空自機が現われた場合。二機のAWACSがそれらを探知すると、索敵情報をデータリンク経由で送って来る手はずだ。遅滞なく、この情況表示マップ上に緑のシンボルとなって浮かび出るはず（F35が、説明を受けた『計画』通りに探知できればの話だが）。

尖端を真下――東へ向ける赤い舟形（艦船シンボル）の群れは、リンク17と呼ばれる自衛隊の統合情報システムを介し、海自の艦艇位置情報がデータリンク経由で提供されている。

これにより、自分たちが護るべき〈艦隊〉の位置も分かる――

『レッドアグレッサー・リーダー、スカイネット・ワン』

無線に声。

風谷の呼びかけに、返答して来た。

スカイネット・ワン――空域の南端と北端にポジショニングした二機のE767、その南側の〈SN01〉か。機上要撃管制員の声だ。

『レーダー・コンタクト』

そちらをレーダー上で確認した、という返答に続き

『レッドアグレッサー・リーダー、真田だ』

別の声が、機上要撃管制員に代わった。

『打ち合わせた通り、所定の位置についてくれ』

日本海上空　G空域
E767　スカイネット・ワン

「一番機・二番機は艦隊の五〇マイル前方、三番機以下は一〇〇マイル前方だ」

真田は、主管制席の後ろに立ったまま、画面を覗き込みながら自分の頭に掛けたインカムに告げた。

本来、艦隊の直衛と前衛の各機へ指示を出すのは主任管制員の役目だが。

真田は今回の『実験』を計画した張本人だ。現場を仕切るつもりか。

「一番機のペアは艦隊直衛、インアンドアウト旋回。三番機以下は前衛、横一列で阻止戦闘空中哨戒の隊形を作れ」

『ラジャー』

『ラジャーっ』

風谷と、菅野だ――

漆沢美砂生は、その様子を真田の後ろから眺めていた。

交信の声は、スピーカーからも聞こえてくる。

酸素マスクの呼吸音交じりの声は、一人がリーダーを任せた一番機の風谷。もう一人は三番機の菅野だ。菅野は五機を率いて前衛の守りにつくから、リーダーの風谷よりもある意味、荷が重い――というか、戦闘機パイロットとして『美味しい』役だ。

「真田三佐、漆沢一尉」

後方の管制席から、〈演習〉の進行をモニターしている管制員がまた呼んだ。

「デビル・ワンからフォー、四機。ただいま三沢を出ました」

「うむ」

「わかった」

真田と美砂生は、振り向いて同時にうなずく。

デビルはF35のコールサインだ。青森県の三沢基地から、三〇一空――第三〇一飛行隊に所属するF35が四機、離陸したのだ（引き続いて第三飛行隊のF2八機も発進するだろう）。

G空域の東側から迎え撃って来る、空自の迎撃勢力だ。F35はAIM120C中距離ミサイルを四発ずつ。後続のF2は、各機に四発ずつのASM2対艦ミサイルを抱いている。

「探知がうまくいけば」

美砂生は言った。

「こちらからも攻撃ができる。三番機以下の六機が、VSD画面上の位置情報を使って三手に分かれ、三番機の指揮によってF35に襲い掛かります」

「うむ」

・

小松基地　地下
要撃管制室

「よう」

火浦が薄暗い空間へ入って行くと。

後ろの壁に背中を預け、飛行服の袖をまくった姿の大男が顎をしゃくった。

「来たな、隊長。始まるぜ」

「デビル・フライト、三沢をテイクオフ」

管制席についた要撃管制官の一人が、前方の壁一面に作りつけられたスクリーンを仰いで報告した。

「釧路、ベアリング二六〇。上昇しながら進出します」

「――うむ」

火浦は、壁際の人物――飛行服の袖をまくって腕組みをしている大男へは目で会釈する程度にして、スクリーンに向かう管制席の後ろへ歩み寄る。広くはない空間に、他にも立ち見をしている幹部パイロットたちがいて、火浦は「失礼」と断って人をかき分ける。

「F35が、出てきたか」

「少し、遅くないですか」

月刀も、壁際の大男へは「どうも」と軽く会釈だけして、火浦とともにスクリーンを仰ぐ。

ここ地下三階にある第六航空団の要撃管制室は、学校の教室くらいの空間だ（管制卓を前に椅子が三つあるだけで、当直管制官以外、基本的に立ち見だ）。

前方の壁の情況表示スクリーンは、黒板大のサイズ。

今、表示範囲は拡大され、視野の右端に本州の東北地方までが映り込んでいる。

「今ごろ三沢を出たんですか」

月刀が目で指す先、東北地方の三陸側の海岸線の上に、緑の三角形シンボルが四つ、その尖端を左手——西へ向けて浮かんでいる。斜め雁行隊形のそれぞれのシンボルの横に〈DV01〉〈DV02〉〈DV03〉〈DV04〉の表示。

「デビル・フライトは、このまま西へ向かい、秋田県の海岸線から洋上へ出たら加速する予定です」

中央の管制席につく主任管制官が、コンソールの情報画面も参照しながら言う。

「〈演習〉の行程表では、高度二〇〇〇〇、マッハ一・六で進出します」

「なるほど」

火浦はうなずく。

「超音速巡航——スーパー・クルーズか」

「F35は、今レーダーに映っているのか？」

主任管制官の背後に立った日比野が、スクリーンを仰ぎながら訊いた。

後ろに、秘書役の女子幹部を控えさせている。

「あそこにシンボルが四つ、出ているようだが」

「あれらは、防空レーダーに映っているわけではありません」

主任管制官は応える。

「F35の各機が、自分の位置情報をデータリンクへ送信しているのです。〈演習〉を統括する航空総隊の中央指揮所と、ここの管制室では必要に応じて位置が見られます」

「では」

日比野はうなずいて、さらに訊く。

「〈侵攻軍〉側の立場に立って、〈演習〉の推移を見ることも出来るわけか」

（――――）

なるほど、と火浦は思った。

ここ小松基地の要撃管制室は。

小規模ながら、自衛隊のデータリンク・システムに接続し、わが国の防空情況を正面スクリーンで見ることが出来る。

日常の防空――国籍不明機がある時ふいに出現して、わが国の領域へ接近してきたような場合、それに対処するのは航空総隊中央指揮所（CCP）だ。横田基地の地下六階にスクリーンを備えた大規模な指揮所があり（見学したことがあるが、劇場のような地下空間だ）、日本列島の周囲二十七か所に配置した防空レーダー・サイト、滞空中の早期警戒管制機からの情報をリアルタイムで集約し、監視の目を光らせている。不明機を探知すれば、全国の航空団の基地へ必要に応じてスクランブル――〈対領空侵犯措置〉の指示が出される。

ここ小松の要撃管制室は、横田の中央指揮所が万一、機能を喪失したような場合には、代わって日本海全体の防空の指揮を執ることが出来る。小さいが、スクリーンと情報処理のシステムは中央指揮所と同等のものを備えている。

ただし、普段はもっぱら、日本海上のG訓練空域で実施される訓練や演習の管制と、モニターに使われている。

小松所属の飛行隊の訓練や、演習の評価は、ここで行なう。最新の〈演習評価システム〉が備わっており、空中で訓練機がミサイルなどの兵装を模擬発射すると、データリンク経由で信号が伝わり、ミサイルの飛行軌跡が計算されてスクリーン上に描かれる（あたかも本当に発射しているように見える）。ミサイルが標的を追いかける様子がＣＧで描かれ、命中したかどうか、撃墜したかどうかの『判定』までシステムのＡＩが行なう。

「〈演習〉を仕切っているのは横田ですが」

主任管制官は言う。

「ここのスクリーンを、〈侵攻軍〉側の立場で見ることは可能です。表示される情報を、うちの八機のＦ15、〈侵攻軍〉のＡＷＡＣＳとイージス艦〈みょうこう〉からのデータリンク情報のみにリミットすれば」

「うむ」

日比野はうなずくと。

周囲で立ったままスクリーンを仰いでいる航空団の幹部たちに、声をかけた。

パイロットもいれば、司令部の事務方の幹部もいる。

「今日は、我々の飛行隊は〈侵攻軍〉です。ひとつ、〈侵攻軍〉側の視点で〈演習〉を観戦してみたいのだが、どうですか」

出世頭の日比野よりも在職年数の長い者も多いので、丁寧な口調だ。

「見えないステルス機に襲われるのは、どんな感じなのか。そして技術研究本部が仕掛ける例の秘策は、功を奏するか」

日比野は、機密にまで言及した。

秘策──技術研究本部による『実験』のことも口にした。

だが問題はない。今朝、この地下要撃管制室へ入室を許可されているのは、防衛省のレベル3以上の機密に触れる資格を持つ幹部だけだ（現場のパイロットならば飛行班長以上だ）。

そうか、と火浦は思う。

鷲頭三郎（わしずさぶろう）が──あの大男が壁際で観戦していられるのは。

昔、飛行教導隊の副隊長だった頃に取得した資格が、まだ活きているということか。

壁際を、ちらと見る。

大男は、映画に登場する一匹狼のアウトローのように独りで壁にもたれ、上目遣いにスクリーンを見やっている。

月刀とは和解したと聞くが──相変わらずの様子だ。

鷲頭三郎は、四十代前半。戦闘機パイロットとして『大』のつくベテランだ。

飛行班に所属している若いパイロットたちとは別に。

一度は隊長などの役職についたが、年齢が行って、役を外れて普通に飛んでいるベテランパイロットはいる。

防大出身ならば、中央へ転勤して組織の管理職につくところだが、航空学生出身のパイロットには地上組織のポストはない。航学出身者はそのまま、現場で飛び続けることになる（むしろその方が良い、と言う者が多い）。

鷲頭三郎二佐も、そのケースだ（もっとも鷲頭の場合は、年齢が来る前に、問題を起こして教導隊副隊長を外されたのだが）。

鷲頭のようなベテランは飛行班には属さず、組織内では『航空団防衛部長付き操縦士』という扱いだ。年齢も職歴も、飛行隊長の火浦より上。飛行班の所属にしないのは、このようなベテランがいると、若手リーダーの飛行班長が極めてやりにくいからだ。

「どうですか、みなさん」

一通り、声をかけ、誰も反対をしないので日比野は主任管制官に屈（かが）みこんだ。

「よし、では〈侵攻軍〉側の視点に変えてくれ」

「は」

「――――」

「――――」

火浦は、月刀と視線を合わせ、うなずき合った。

日比野の提案は、賛成だ。

面白くなりそうだ――

「システムを調整します」

主任管制官が、コンソールのキーボードを操作し始める。

「作業に、五分ほど下さい」

5

東京　お台場

大八洲ＴＶ

同時刻

四階　報道部フロア

「沢渡、ちょっと待て」

背中から、声がした。

有無を言わさぬような感じ。

「待て、ちょっと待――」

（――――）

沢渡有里香は聞こえないふりをしながら左の袖に腕章をはめ、報道部オフィスの出口へ向かうが

「おい待て」

足音が駆けて来ると、背後からいきなり、襟を摑まれた。

「待てったら」

「何するんですかっ」

仮にも、自分は女だ。

報道記者という、男も女もあまり関係ない、荒っぽい職場に身を置いているが。

女子職員の襟首を後ろから摑んで引き戻すとか、セクハラやパワハラで訴えられても当然のような行為を自分に対してする人物は、一人しかいない。

「放してください、チーフ」

沢渡有里香は、デニムの上着の襟をつかまえた手を払いのけるように、振り向いた。

「訴えますよっ」

だが

「お前のために言っているんだ、馬鹿野郎」

逆に怒鳴りつけられた。

睨みつけているのは、黒ずくめの格好に不精髭を生やした三十代の男。

痩せているが、ぎょろりと睨む眼光が鋭い。

八巻貴司。

三十代半ば、大八洲TVの報道番組〈ドラマティック・ハイヌーン〉を仕切るチーフ・ディレクターだ。

「すぐカッとなって、跳び出すのはやめろ」

「――――」

有里香は、睨み返す。

というか、睨み上げる。

ざわざわとスタッフたちが動き回る、報道部フロアの真っただ中だ。

沢渡有里香は報道部所属の記者だ。一五八センチ。女子社員にモデル体型の子が多いTV局では、小柄だ。

社内では〈吠えるスピッツ〉の異名をとる。

今年で二十八歳。中途採用だ。初めはマスコミとは関係のない企業にいた。都内のお嬢様女子大を出て、親のコネで大手商社に入って受付をしていた。

今でもメイクをして、それなりの格好をすれば『お嬢様』で通りそうだ。

しかし。有里香はあるきっかけから『自分の力でやりたいことをする』と決め、放送業界へ身を投じた。今度はコネは無かったので、まず北陸地方のUHF局で契約の報道スタッフになった。過酷な環境で働いていたが、ある〈事件〉をきっかけにキー局の大八洲TV報道部にスカウトされた。

石川県の現場で必死にスクープを取った、その時の『噛みつくような取材力』が八巻の目に留まったのだ。

以来、チーフ・ディレクターの八巻とは上司と部下――というより『親分と懐刀』のような関係だ。大八洲で〈ドラマティック・ハイヌーン〉の専属記者となってからも、いくつかスクープをものにしている。

「だってチーフ」有里香は、睨み返したまま言う。「これからすぐ、裏取り取材にかからないと。今日の午後のオンエアに間に合いませんよ」

「いいから、待て」

言い合う二人――八巻と沢渡有里香の傍らに、デニムの上下に頭にバンダナを巻いた長身の青年が立っている。取材用のVTRカメラを肩にして、『どうするのかなぁ』という表情で二人の言い合いを見ている。

「水産庁が止めた、なんておかしいじゃないですか」

有里香も、服装はデニムの上下だ。走っても寝転がっても破けないし丈夫だし、一週間着ていても汚れが目立たないのでほぼ通年、この格好だ(きれいなのに勿体ない、と言う人もいるが、この仕事をしていたら格好には構えない)。

「『尖閣へ漁業をしに行く』という国会議員を、どうして水産庁が止めるんですか。出港を許可しないなんて権限が、水産庁にあるの!? 変だわっ」

「だから、ちょっと待て」

大きな声で言い合いになるが。

この大八洲ＴＶ局舎四階の報道フロアでは、珍しくない光景なのか。

周囲のスタッフたちは、チーフ・ディレクターと報道記者の言い合いなど気にもかけない様子で立ち働いている。

〈ドラマティック・ハイヌーン〉は午後二時からのオンエアだから、朝から忙しい。

〈ハイヌーン〉は、ワイドショーではない。本格的な大八洲ＴＶの看板報道番組だ。芸能人は使わない。コメンテーターも評論家も、必要なとき以外は呼ばない。進行は局アナが仕切り、大物司会者も使わない。沢渡有里香も含め、真実を追求しレポートする報道記者たちが番組の〈主役〉だ。

そんな硬派の報道番組を昼の二時から流して、視聴率が獲れるのかというと、獲れる。

正確に言うと、広告収入に困らない。

ネットでの配信を、同時に行なっている。スマホやタブレットやＰＣで見ている人が、固定ＴＶの視聴者よりも今や、多い。リアルタイムで見なくても、時間をずらして好きな時に番組を見られるのだ。ネット経由の広告収入が地上波の広告収入を上回るようになり、半年前から〈ドラマティック・ハイヌーン〉は大手広告代理店の世話にならなくなった。大企業をスポンサーに頼まなくても、配信地域に応じて地場の中小企業が広告を提供してくれる。全国各地で、見ている視聴者の地域にいる企業がCMを出す形態だ（現在、受け付けきれないほどの数の企業が広告を申し込んで来ている）。

このため、大企業などに都合の悪い内容の報道も遠慮なく出来るようになってきた。

だから最近、現場の記者たちはますます鼻息が荒い。

「これから水産庁へ、突撃取材します」

沢渡有里香は、握りしめた携帯を八巻へ示した。

「内部の職員から、情報提供があったんです。どこか上の方から『あの国会議員を出漁させるな』って命令が来た」

「――――」

「きっと」有里香は化粧気のない大きな目で、都心の方向――官庁や国会のある方角をきっ、と睨み付けるようにした。「親中派の親玉の、例のあの与党幹事長が、保守派の若手議員が尖閣へ行こうとするのを妨害したに違いないわ」

だが

「頭、冷やせ」

八巻は『いいからちょっと来い』と言うように手招きし、透明なアクリルの壁で囲われたチーフ・ディレクターの専用個室へ有里香を連れ込んだ。

「内部告発ですよっ」

「いいから」

八巻はドアを閉め、自分のデスクの上に腰かけると、有里香を見た。

「情報提供窓口に今朝、そのような通報があったのは、俺も見た」

「じゃあ」

大八洲ＴＶ報道部には、情報提供窓口がある。

一般視聴者からの通報をメールで受け付けている。システムのセキュリティーは万全にし、取材源の秘匿については約束したうえで、実名と身分を明らかにした人からの情報提供に限り、受け付けている。

〈ドラマティック・ハイヌーン〉にとっては有用な情報源だ。

情報提供に、実名と身分の開示を条件とするのは、デマや誹謗(ひぼう)中傷を相手にしないためだ。秘匿は約束されるが、通報をしてくる人も、それなりの覚悟をしている。

今朝早くのこと。

水産庁の職員を名乗る人から通報が入った。

それによると。

今、沖縄県の石垣島漁港で、一隻の漁船が早朝から出港を差し止められている。

ある若手の与党衆議院議員が、地元の漁船をチャーターし、尖閣諸島の魚釣島近海へ漁をしに行こうとしている。

それを、水産庁が出漁許可を出さず、出港を差し止めている——漁船が港を出られないでいる、というのだ。

有里香はただちに、自分でも検索した。

すぐ関連情報にヒットした。その議員は、ユーチューブにチャンネルを開設しており、現地の港からリアルタイムで実況をして『水産庁の許可が出ず、まだ出漁できません』と訴えている。

「告発によると」

有里香は、腕組みをしているチーフ・ディレクターへ訴えた。

「どこか上の方から『議員に出漁許可を出すな。止めろ』っていう〈命令〉が来たって」

「――――」

「議員は、自分のチャンネルで『中国が一方的に不当な内容の〈海警法〉を施行したから、抗議のために漁に行く』と表明しているんです」

「――――」

「ひどいじゃないですか。私も〈海警法〉については取材してきました。今回、中国政府が施行したあの法律はひどいと思います。『中国の管轄する海域』に勝手に入ったら、海警局の船が武器を使用するって言うんですよ。漁民でも撃ち殺すって」

「それは、そうだが」

「抗議をするのは当然でしょう」

有里香の口にする〈海警法〉は、最近、中華人民共和国で制定された。尖閣諸島を含む東シナ海の情勢に、大きく影響する、と言われる。

中国には海警局と呼ばれる、わが国の海上保安庁に相当する海上警察組織がある（軍隊ではなく、沿岸警備隊の類だ）。

この海警局所属の警備船が、ここ数年、わが国固有の領土である沖縄県尖閣諸島の周辺海域へ再三来航しては『自国領海のパトロール』と称して遊弋（ゆうよく）し、島から十二海里以内の領海へも侵入している。

侵入するだけではなく、島の周囲で操業中の地元漁船を見つけると『ここは中国の領海だから出て行け』と威嚇し、執拗に追い回すなどの嫌がらせをする。このようなケースが恒常的に発生している。

これに対し、海上保安庁は、第十一管区の巡視船数隻を島の周囲でパトロールさせ、中国公船に領海から出るよう警告をしている。

これまで勢力は拮抗し、どうにか海保の巡視船で対応が出来ていた。

しかし中国は最近になって、新しい法律を作った。『外国の船舶が中国の管轄する海域において海警局の停船命令などに従わない場合には武器を使用し、外国の組織や個人が設けた建造物などは取り壊し撤去できる』という〈海警法〉だ。

中国は尖閣諸島を一方的に『自国領土』と主張しているので、この法律によれば、海保の巡視船も民間の漁船も〈命令〉に従わないと撃たれてしまう。

一方、わが国の海上保安庁には、海賊船などを取り締まるために必要な場合は武器を使用できる規定があるが、相手が犯罪者でなく『外国の政府の船』の場合は違う。『国家間の武力紛争になってしまう』という理由で、相手が外国公船の場合は、海保は撃てない。無線やスピーカーで「出て行きなさい」と要請するしかないのだ。

これに対して、日本政府はどうしたか。

有里香は調べていた。わが国の政府は、中国の〈海警法〉施行にあたり、〈日中高級事務レベル海洋協議〉の場で「懸念を表明」したことは、した。しかしそれ以外に表立った抗議は何一つしていない。

与党の自由資本党の内部では「けしからん」という声は多く上がっていて、党内の外交部会でも、何らかの強い抗議や制裁をするべき、という意見が出ている。特に若手の議員の中に怒りを表明する者が多いという。

ところが。

取材して行くと、与党では、外交部会の場で『抗議すべき』と決議しても、党の政策調査会に上がった時点ですべて却下されてしまうという。

部会は議論の場、政調会は党の行動の方針を決める場だ。議員たちが声を上げても、党の幹部が握りつぶし、結果として日本政府として何も抗議をしないという態度に落ち着いてしまう――

若手議員の声を握りつぶすのは、党の総裁である活田(いけだ)総理ではない。『陰の実力者』がいる。握りつぶさせているのは、政調会長が所属する派閥のボス――自由資本党幹事長を務める瀬踏大三(せぶみだいぞう)議員だという。党歴五十年以上、年齢は八十歳を超える大物政治家だ。日中国交正常化の時代から政界におり、〈日中議連〉の会長でもある。

「今度も瀬踏幹事長が、水産庁へ命令してきたに違いないわ」

有里香は、鼻から息を吹きながら言った。

「若手議員が尖閣へ漁に出て、〈海警法〉に抗議するのを止めさせろ——」

「それはどうかな」


当該若手議員が、朝からユーチューブで表明している情況は、こうだ。

魚釣島周辺の漁場では、石垣市の地元漁民によって不定期に操業がされているが。もしも中国海警局の警備船がやってきて、漁の妨害や嫌がらせを行なおうとした場合は、第十一管区の巡視船が遅滞なく両者の間に割り込むなどして漁船を護る。海保が確実に任務を遂行できるようにするため、この海域へ出漁したい場合は、あらかじめ漁業者が水産庁へ届出をして、承認を受ける手順になっている。水産庁は漁船の数とスケジュールを第十一管区の本部へ伝え、島の周辺には海保の巡視船が展開して、漁船を護るシフトを敷くのだ。

国会議員は、ゲリラ行動をするのではなくて、ちゃんと地元のベテラン漁師の船をチャーターし、自分は『漁師の見習い』という立て付けで漁に出ようとした。さすがに議員だから、正規の手続きを踏んで水産庁へ出漁許可も申請した。

ところが、現地の水産庁事務所が出漁許可を出さず、「出港もするな」と言う。

理由を問いただしても、はっきり答えない。

「もともと、漁師が漁に出るのに、いちいち許可なんか要らないでしょう」

有里香は、手にした携帯を握り締めて言った。

「私から現地事務所へ直接問い合わせても『法的根拠は言えない』としか言わないし。こうなったら水産庁の本庁へ、突撃取材をかけます。カメラ付きで、問い詰めてやるわ。いったい誰が〈命令〉して来たのか」

「瀬踏大三からの〈命令〉だったと、内部告発者がはっきり知らせてきたのか？」

「え」

「俺も通報のメールは見た」

八巻はぎょろりとした目で有里香を見据えた。

「正確に、どう書いてあった。〈命令〉は与党幹事長からか。それとも『どこか上の方』からか」

「それを」

有里香は、また霞が関とおぼしき方角を指した。

「これから調べに行くんです」

日本海上空　G空域
F15　レッドアグレッサー編隊　二番機

『聞いた通りだ』

無線に風谷の声。

マスクの呼吸音に交じり、日本語の会話体で指示してきた。

『これより、予定の位置につく。菅野、頼む』

『スリー』


（――――）

黒羽はシートに背を預けたまま、前方へ目をやっている。

水平飛行。

HMDの青みがかった視野に、白い小さな円。ピッチラダーの〔0〕度の線がそれに重なり、左には速度スケール、右に高度スケール。下側には分度器のような方位環があり、機首方位が二七〇度であることを指している。

背中に機体の重心を感じながら、同時にみぞおちで水平線を摑むようにしていると、操縦桿を握る右手にまったく力を入れなくても、視野は微動だにしない。機は安定して飛び続ける。

風防の向こう、左前方の位置には一番機の後姿。そのさらに前方——水平線を隠すように、真っ白い雪山のようなものが林立している。

積乱雲だ。

黒羽は眉を顰める。

たくさんある……ライン状に並んでいる。

VSD画面へちら、と目をやる。

レーダーはまだ働かせていない。しかし、どのみち戦闘機のパルスドップラー・レーダーに積乱雲は映らない(火器管制レーダーは空中で移動する物体を検出し、画面上にシンボルとして表示するだけだ)。

ちょうどマップ画面の自機シンボルの下側——後方一〇マイルほどのところで、赤い六つの菱形が次々と進行方向を変え、整然と散って行く。

菅野一朗の三番機以下、八番機までの六機だ。

（……艦隊は）

あの向こうか……？

目を上げると。

前方の洋上に立ち並ぶ積乱雲は、まるで白い雪山の連峰だ。

そびえ立ち、近づいて来る——みるみる近づく。視界の中で『壁』のようになる。小松を離陸した時には水平線の向こうに見えていたのだが……。向こう側の海が隠され、見えない。

艦隊の位置は。

黒羽は、画面のマップの上端から次第に接近する赤い舟形の群れと、前面風防にそびえ立つ積乱雲の『壁』を交互に見た。

空母に見立てた〈ひゅうが〉を中核とする〈侵攻軍〉艦隊は、G空域を横切るように立ち並ぶライン状積乱雲の、向こう側にいる。

一方、マップ画面の下半分では、六つの赤い菱形が横方向に散る——菅野以下の六機は二機ずつのペアを組み、横に大きく広がって『阻止戦闘空中哨戒』の態勢に入る。空域の東から来る迎撃勢力に対し、阻止線を作るのだ。

前衛の連中は、ちょうど積乱雲の『壁』を背にするように、横へ展開する格好か。

しかし

（艦隊の五〇マイル手前、と言うと）

自分と風谷の受け持ちの位置は、この雲の『壁』の向こうか……。

どうする。

目を動かし、立ち並ぶ積乱雲の頂上の配列を見る。雲のトップは高い──四〇〇〇〇フィートを軽く超えている。

上昇し、飛び越すか……いや。

よく見ると。雪山のように発達しているいくつもの雄大積乱雲の間に、隙間──細い谷間のような縦長の空間がある。

左前方を行く一番機の風谷も、同時にその隙間に気づいたか。

先行するイーグルの後姿はわずかに左へバンクを取り、前方に見えている積乱雲の隙間へ向かっていく。

「──────」

黒羽の右手は意識しなくとも反応し、一番機の位置が視野の中で変わらないように、わずかに左バンク。編隊を保ち、ついて行く。

バンクを戻すと、すぐ真っ白い壁のようなものが押し寄せ、視界の左右を埋めた。積乱雲の谷間のような隙間へ進入する。

ゴォオオッ

風防の外の音が変わる。

がくがくっ、と突き上げられるような揺れ。

「く」

発達期か。

積乱雲は朝から急速に発達をし、盛り上がって行く。

雲中へ入らなくとも、すぐそばを通過するだけで上下方向の気流の乱れがきつい。

F15は主翼面積が大きく、発生する揚力が大きい分、乱気流の影響は受けやすい。

黒羽は両目の端で『仮想の水平線の端』をイメージし、両耳でその水平線の端を摑むような気持で操縦桿を握る。すると揺さぶられても、ほとんど機首方位はぶれない。

しかし

狭い。

舌打ちしたくなる。

雲の隙間は狭い——二機が密集隊形で抜けていくのがやっとだ。頭上で日が陰り、暗くなる。まるでトンネルだ、視野の左右を灰色になった『壁』が猛烈な勢いで後方へ流れる。

この機体、昨日『雲中でピトー管が氷結した』と言っていたな——

出発前、整備員の栗栖友美から告げられた内容が頭をよぎる。前日の不具合は、原因を見つけ出して修理した、と言っていたが……。

HMDの視野の左側に浮いている縦の速度スケールには、目立った変動はない。エアデータ・センサーのプローブは正常にヒーティングされ、詰まることなく、速度データを供給している。

計器パネル右側の警告灯群にも、異常は出ない。

小松基地　地下
要撃管制室

「お待たせしました」

管制卓から、主任管制官が振り向いて告げた。

「これより、迎撃側の情報をカット。〈侵攻軍〉側のデータリンク情報のみにリミットします」

「――うむ」

「――」

「――」

日比野がうなずき、スクリーンを見上げるのに合わせるように。

火浦と月刀も見上げる。日本海から本州東北地方までが表示範囲に入る、横長の戦術情況マップだ。

今、まだ迎撃側編隊は姿が見える。

緑の三角形〈DV01〉〈DV02〉〈DV03〉〈DV04〉の四つは、秋田県の海岸線から日本海へ出るところだ。

四つの緑――四機のF35Aは、空自の防空レーダーにも映らないのだが、自機の位置情報を空自のデータリンク・システムへ自動的に送信しているので、こうして情況表示スクリーン上で『姿』を見ることが出来る。

四つの緑の三角形の傍らに、飛行諸元が小さく浮かんでいる。四つとも『20 600 1・1G』という揃った数値――その中の速度を示す値が急速に増える。

(――六三〇、六六〇)

六九〇ノット……音速を超えた。

これは。

火浦は目をしばたたく。

この加速力は……何だ。あっという間に音速を？

広い範囲を俯瞰するスクリーンの中でも、四つの緑はまるでSF映画の中で宇宙船が光速圏に突入する時のように、急に加速をしたように見えた。

同時に

「迎撃側のデータ、切れます」

管制官がコールし、管制卓の上でキーボードを操作した。

「これより〈侵攻軍〉の視点です」

「お」

「おぉ」

どよめきのような声が上がる。

洋上に出て加速を開始した四つの緑がフッ、と消えたのだ。

（消えた……）

思わず、隣の月刀と顔を見合わせる。

「スクリーンの表示範囲を、調整しろ」

日比野が指示する。

「〈侵攻軍〉のＡＷＡＣＳとミサイル巡洋艦から探知できる範囲に、合わせてくれ」

「はっ」

6

日本海上空　Ｇ空域

Ｆ15　レッドアグレッサー二番機

（……う？）

上下に揺さぶられるシートで、顎を引き、右手で機の姿勢を保っていると。

ふいに光が差した。

目の前が明るくなる――

黒羽は猫のような目をしばたたく。

次の瞬間。

「!?」

眩しさに、目をすがめる。

視界が開けた。

グレーの薄暗いトンネルから、いきなり真っ青な空間の只中へ。

急に比較対象物がなくなり、空中に止まったような感覚。上下に揺さぶられる力も消え、静穏な大気だ。

左前方を行く一番機とともに、機は広大な海原の上空にいた。太陽の位置は、自分の左後ろ――頭上はＨＭＤをつけていても眩しいほどの蒼穹(そうきゅう)だ。

ちらとミラーに目を上げると、背後にそそり立つ雲の壁があり、急速に離れて行く。

自分たちが通り抜けた『隙間』が、縦長の裂け目のように見えている。

（だけど、まだ――）

周囲を見回すと。白い雪山のような積乱雲が右前方にまだ一つ。群れはなしていないが、大きい――トップは五〇〇〇〇フィート超か。単独でそびえる高山のような姿だ。

あれには、近づかなければいい――

『予定の位置だ』

イヤフォンに一番機――風谷修の声。

小松基地　地下

要撃管制室

「レッドアグレッサー編隊全機、配置につきます」

主任管制官が報告した。

「一番機、二番機は〈侵攻軍〉艦隊前方、五〇マイルの位置で直衛。三番機以下は、艦隊一〇〇マイル前方で阻止戦闘空中哨戒」

「うむ」

日比野はスクリーンを仰ぎ、訊く。

「今、ここに見えている範囲が、〈侵攻軍〉の〈ひゅうが〉ＣＩＣでも見えている範囲か」

「――」

火浦も、その一歩後ろでスクリーンを仰ぎ、画面の端から端までを眼で測る。

日本海中部――斜め長方形のG訓練空域は、西端から東端までが視野に入っている。

空域のほぼ中央の南と北に滞空する、二機のE767――〈SN01〉と〈SN02〉は、傍らの高度表示が『30』つまり三〇〇〇フィート。あの高さなら概算で半径二〇〇マイル強の空間が、レーダー覆域――探知範囲だ。

何者かが、海面上一〇〇フィート以上の高度で探知範囲に侵入してくれば、ただちに見つけられる態勢だ。

探知されれば、データリンク経由で『敵空母』すなわち〈ひゅうが〉の作戦指令室の情況スクリーンへもリアルタイムで表示されるだろう。

探知できれば、だが――

G空域
E767　スカイネット・ワン

「小松のレッドアグレッサー・ワンおよびツー、ただいま直衛の位置。イン・アンド・アウト旋回に入りました」

主任管制員が報告した。

「スリーからエイトも、二機ずつのペアを組み横へ展開、東へ向きます。阻止戦闘空中哨戒の隊形」

「よし」

真田は管制席の後ろで立ったままうなずく。

頭にはワイヤレスの通信用ヘッドセット。管制席には着席しないが、必要に応じて、いつでも指揮通信へ割り込める態勢だ。

（――――）

美砂生は、その横で一緒に情況表示画面を覗き込む。

まだ画面には、マップの右端――空域の東の端に東北地方の海岸線が映り込み、そこを離れて四つの緑の三角形が、急速に洋上へ出て来る。

この縮尺で見ていても動きが分かるくらい、速い――

「F35も、F22ラプターと同様、スーパー・クルーズ能力を有している」

真田が、説明してくれる。

「アフターバーナーを使わなくても超音速で巡航できるのだ」

「――はい」

「あなたの乗っているF15は」

真田は、マップの中で直衛と、阻止戦闘空中哨戒の態勢に入った計八つの赤い三角形を目で指した。

「最大速度こそマッハ二・四にも達するが。そのスピードを出せるのは、ごく短時間でしょう」

「その通りです」

スーパー・クルーズ――超音速巡航。

真田の言うとおり、F15はアフターバーナーを全開して加速すれば音速を超えられる。ピーク・スピードは条件にもよるが音速の二倍半。

ただし、そのスピードで巡航――長距離を長時間飛び続けることは出来ない。

さまざまな制約がある。

まず燃料だ。イーグルは亜音速の巡航状態ならば一時間当たり四〇〇〇ポンドの燃料消費で済む。しかしアフターバーナーを炊くと、消費率は一時間当たり一〇〇〇〇ポンドを超え、あっという間に燃料がビンゴ――帰投しなければならない量へ減ってしまう。

さらに空力的な制約。

実は、イーグルは増槽を装備すると、機体下へ吊るす葉巻型タンクの空力的強度により、最大速度はマッハ一・四にリミットされてしまう（それ以上無理に加速しようとすると機構を破損する）。

ほかにも。マッハ一を超える領域では、空気の断熱圧縮により、熱線追尾ミサイルの弾頭シーカーの表面温度が上がってしまい、標的を照準できなくなる。短距離用ミサイルAAM5は標的の熱を捉えるが、そのためには赤外線の〈眼〉である弾頭シーカーを十分に冷やしておかなければならない。超音速で飛ぶと、尖った物の尖端は熱くなるのだ。

それだけではない、イーグルのような在来型戦闘機はみなそうだが、ミサイルや爆弾などの兵装は主翼下・胴体下のパイロンやハードポイントに装着して携行する。ミサイルや爆弾を積んでいくと、重量もだが、外部に装着したそれら兵装の空気抵抗によって、スピードは出なくなる。

イーグルがマッハ二・四を出せるのは、実は外部兵装も増槽も無しのクリーン状態で、かつ機体内燃料を半分くらいにして、重量も軽減した状態の時だけだ。

美砂生自身『マッハ二』は今までに出したことがない。通常の訓練やスクランブルの任務では増槽を携行するので、出してもマッハ一・四がリミットだ（今日の〈演習〉のように『兵装全部載せ』状態では、それすら出せるかどうか）。

「Ｆ35は、アフターバーナーを炊かずに、マッハ一・六で長時間巡航できる」

真田は続けた。

「外部兵装も、増槽もないからね。一方、Ｆ15の巡航速度はせいぜい――」

「経済巡航速度で、マッハ〇・八です」

美砂生は言う。

「Ｆ35のマッハ一・六は、一見、遅いように見えますが。常時その速度で移動できるとなると」

「イーグルの倍の速さだな」

真田はうなずく。

「いいかね。ステルス機と言っても、まったくレーダーに映らないわけではない。ゴルフボール大のＲＣＳしかなくても、さすがに地上レーダーサイトの間近を通過しようとすれば、大出力のレーダーによって探知され、見つかってしまう。今回の我々のようにネットワーク探知を試みられる場合もある。だからステルス機は超音速巡航によって、存在がばれる前に敵の探知エリアを通り抜けてしまおう、という思想なのだ」

「――なるほど」

そうか。

ステルス機が敵地へ侵攻する際、海岸のレーダー・サイトのすぐ近くを通過しなければならない場合があるだろう。しかし超音速で巡航できれば、敵が探知に手間取る間に、レーダー覆域を抜けて行ってしまえる……。

「そのため、今回、第三〇一飛行隊のF35四機はAIM9Xを携行していない」

「え」

美砂生は、訊き返す

「サイドワインダーを——熱線追尾ミサイルを持っていないのですか」

「そうだ」

真田は、情況画面を顎で指す。

「サイドワインダーは、持っていない。彼らの兵装は、各機にAIM120Cアムラームを四発。それに機関砲だけだ」

「どうして」

「外部兵装を、つけないためだ」

真田は説明する。

「F35は、胴体内ウェポン・ベイに熱線追尾ミサイルを積むことが出来ない。もともと、敵機の出す赤外線を弾頭シーカーで捉える熱線追尾ミサイルは、目視圏内の距離における格闘戦で使用するが、標的をロックオンするには弾頭シーカーを空気中に露出させ、シーカーに敵機の熱を『見せて』やらなくてはならない。ウェポン・ベイに隠した状態では照準が出来ないので、F35がAIM9Xを——サイドワインダーを携行したい時は、主翼下のハードポイントに装着する必要がある。しかし外部兵装なんかつけていたら、レーダーに映ってしまう」

「なるほど」

外部兵装を一切付けない——

それによってステルス性を保ち、かつ超音速で巡航する性能を維持するのか。

どのみち、ずっと超音速で飛んでいたら、熱線追尾ミサイルは弾頭の温度が上がり過ぎ、赤外線シーカーが働かなくなってしまう。

「彼らは」

真田は画面に目をやりながら、続ける。

「四機のF35は、超音速で襲来し、レーダーも使わずにEODASによって〈侵攻軍〉側のF15を探知して、中距離ミサイルAIM120Cによって目視圏外から攻撃、八機をすべて殲滅するつもりだ」

そこへ

「真田三佐」

主任管制員が、振り向いて告げた。

「我々〈侵攻軍〉は、これより攻撃態勢に入ります。迎撃側のデータリンクを情報画面から排し、我が方のみのデータリンクと、E767とイージス艦で探知できる情報のみにリミットします」

「うむ」

真田がうなずくのと同時に、どこかでデータリンクの根本が切られたのか。

情況画面の中、右手——東側からG空域へ急速に近づいて来ていた四つの緑の三角形が

フッ、フッと次々に消えてしまう。

「よし」

真田はそれを確かめ、指示した。

「ただ今より〈演習〉を開始。各機へ通知せよ」

7

小松基地　地下
要撃管制室

「〈演習〉、開始されました」

主任管制官が自分のヘッドセットを押さえ、振り向いて告げた。

「ＡＷＡＣＳから参加各機へ、通知されています」

「────」

「────」

全員が、スクリーンを見上げる。

火浦も視線を向け、情況を読み取る。

左端から、右──

黒板サイズのスクリーンに、横長の情況マップが広がる。

その左端——西の端には、一様に右手へ舳先を向けた舟形シンボルの群れ。

七つはあるか。

マップ中央付近の下端と上端には、空域を挟むように、それぞれ一つずつの赤い三角形シンボル。〈ＳＮ01〉と〈ＳＮ02〉は二機のＥ７６７だ。ポジションをほぼキープし、滞空している。

そして〈侵攻軍〉艦隊を示す赤い群れの前方、五〇マイルくらいの位置に赤い三角形が二つ。マップ上では、尖端を互いに反対向きにして、重なって同じ位置にいるように見える。これらは、イン・アンド・アウト旋回——小さな小判型の待機パターン上を二機で廻っているのだ。片方が尖端を東へ向けている間、もう片方は西を向いている。ポジションを保ってクルクル旋回待機をする間、必ず片方が艦隊の進行方向へ機首を向ける格好だ。

表示は〈ＲＡ01〉〈ＲＡ02〉。

あれが風谷と、鏡か。

（——————）

一方、マップの中央よりやや右手には六つの赤い三角形が尖端を右手——東へ向け、一列横隊でゆっくり進み始める。

その真ん中、〈ＲＡ03〉で指揮を執るのは菅野か。

「無線を、出してくれ」

日比野が主任管制官へ指示する。

「〈侵攻軍〉側の指揮周波数だ」

「はっ」

管制官は、卓上でキーボードを操作する。

途端に

『――繰り返す。スカイネット・ワンより各機』

天井スピーカーに声。

Ｇ空域

Ｆ15　レッドアグレッサー二番機

『スカイネット・ワンより各機』

無線に声。

さっきも聞いた。Ｅ767からだ。

『ただ今より情況を開始。繰り返す、情況を開始。ファイツ・オン』

「――――」

〈演習〉が始まった――

黒羽は背中をシートに預け、身体からは力を抜いている。高度三〇〇〇〇フィート、五〇〇ノット（待機に入ってから経済巡航速度へおとした）。みぞおちで前方の水平線を摑み、背で機体の重心を摑むようにしていると、自然と余計な力は抜ける。

リラックスとは少し違う。

背中で、機体の重心の位置と動きをプリサイスに摑もう――そう意識すると、自然に力は抜ける。背で重心を摑み、みぞおちで水平線を摑んでいると、視界に入るすべてはぴたりと止まってしまう。操縦桿に添えた右手にも、ほとんど力は入れていない。

（――三〇秒）

視野の右下、計器パネルの小さな円型時計の秒針が、真下へ来る。

ターン開始のタイミングだ。

ついさっき、イン・アンド・アウト旋回――小判型待機パターンを周回し始めた時に、ストップウォッチをスタートさせていた。

前方視界に、一番機の姿は無い。待機旋回に入る際、対称の位置へ別れた。

待機パターンは、まず西へ直進――まっすぐ飛行し、三〇秒したら右旋回して今度は東へ向きを変える。

そしてまた三〇秒間の直進。二機で対称の位置を保ち、長さ六マイルの小判型を空に描く。

この待機パターン自体が、偏西風で少しずつ東へ運ばれるから、二機のパイロットは意識しなくとも〈侵攻軍〉艦隊のおおむね五〇マイル前方の位置をキープできる。

「――――」

今だ。

ストップウォッチの秒針が文字盤の真下を通過する瞬間、黒羽は細く息を吐き、みぞおちで水平線を摑みながら同時に背中で機の重心を摑み、命じた。

右へ傾け。

ぐうっ
自然に右手が、脇を締めるようにして動き、操縦桿をわずかに右へ。

水平線が反応し、ＨＭＤ視野で世界が左へ回転するように傾いて、六〇度のバンクでぴたり、と止まる。

右手首を起こすように引くと、二Ｇ。

ざぁあっ、と景色が横向き――左へ流れ始める。全身がシートへ均等に押し付けられるのを、みぞおちに力を入れてこらえ、旋回で高度が下がらぬよう手首をさらにわずかに起こし、機首をやや上げる。速度が減らぬよう左手のスロットルを出す。

五〇〇ノットをキープし、二Ｇ旋回。

流れる視界を、真っ白い雪山のような積乱雲が横切る。

黒羽はちら、と視線を上げる。

六〇度バンクで旋回すると、キャノピーの頭上に東側の空間が見える。ちょうど対象の位置に、もう一機のイーグル――一番機が小さく見える。こちらに機体の上面を見せ、同様に六〇度バンクで旋回している。

（もう夏か）

ふと、思った。

立ち並ぶ積乱雲の眩しいばかりの白が、今が『その時期』であるのを教えている。

あそこにいる、一番機に乗る男。

風谷修。

この時期になると、あの風貌を――優し気な、繊細さの残る面差しを見るのが辛い。

だから一昨日のブリーフィングの席でも、自分は風谷に視線を向けられても見返さなかった。意識はしていなかったが――あれは辛くて、見られなかったのだ。

――『似ているね』

ふいに声が蘇る。

――『お姉ちゃん。この人、省吾さんに似ているね』

「…………」

黒羽は猫のような目を閉じ、酸素マスクの中で唇を噛む。

この海の、どこかに。

この下の海の底のどこかに今でも……。

ピッ

警告音が、黒羽を現実に引き戻す。

G空域　南端

E767　スカイネット・ワン

「ネットワーク探知、感あり」

主任管制員が、画面を見たまま告げた。

「反応出ました。四つ」

「うむ」

早いな……。

美砂生は、真田三佐の後ろからマップ画面を覗き、目を見開く。

確かに、何か出て来た。

真田が『ネットワーク探知、開始』と命じてから数秒だ。

このE767――スカイネット・ワンと、空域北側に滞空しているもう一機のスカイネット・ツーが、別角度から放った互いのレーダー・パルスの反射波を受け取って識別し合い、どこかに潜んでいるステルス機（パルスをあさっての方向へ跳ね返す）の存在を演算であぶり出す、と言うのだが。

（もう見つけた……？）

主任管制席の情況マップは、ちょうどG空域の端から端までを、長方形のフレームに収めている。

それらが現われたのは、画面の右端――

G空域の東の端だ。演習空域の入口近くに、緑色の三角形が四つ、横並びに出現した。

四つとも尖端を左へ向けている。

じり、じりっと動く。ただし三角形シンボルは『中抜き』だ（レーダーで直接に得られたターゲットではない、不確実のしるし）。

「見つけました」

「飛行諸元は、出せるか」

「お待ちください」

主任管制員は、真田に指示されるまでもなく、キーボードを操作し続ける。

「イージス艦のレーダーもネットワークに加わると、さらに精度が上がるのですが――何とか出せます。速いです、反応は四つとも対地速度一〇三〇ノット。針路は二七〇度。現在、この空域の上層風は五〇ノットの偏西風ですから、推定対気速度は一〇八〇ノット——マッハ一・六」

「うむ」

真田は普段から冷静な話し方をする。

その呼吸が、速くなっている感じだ。

「高度は出るか」

「算出できます」主任管制員はキーボードを続けて操作する。「推定高度、二〇〇〇〇。変わっていません。横一列、西へ向かいます」

「このまま行くと」

美砂生も、思わず声を出す。

「レッドアグレッサーの三番機以下と、正面から当たる」

G空域
F15　レッドアグレッサー二番機

ピピピッ

（——）

ＶＳＤ画面のマップ上に、立て続けに何かが現われた。

何だ。

緑色のシンボル……？

視線を向けようとするが、同時にＨＭＤの視野で白い『壁』が正面へ流れ込んできて、機首方位の表示が〇九〇度になろうとする。

黒羽は水平線に『戻れ』と命じる。

右手が自然に動き、操縦桿を左へ。

ＨＭＤの視野で機首方位が『０９０』に合うのと同時に流れる視界が止まり、世界が水平に戻る。

（——何か来た）

データリンクか。

ＶＳＤ画面へ目をやる。今、機首方位〇九〇——真東が上になっている。中央の自機シンボルの下、五〇マイルほどの後方に赤い舟形の群れ。そして自機の上側、前方八〇マイルの辺りを横一列に、赤い菱形の群れが行く。菅野一朗が率いる六機だ。その前方——

（——中抜き……？）

六機の前方だ。ここからは一二〇マイルほど前方。そこに緑色の菱形が四つ、横並びに出現している。しかし緑の菱形シンボルは中抜きだ。

依然として、機上レーダーは働かせていない。マップ上のシンボルはすべて、データリンクで送られてきた索敵情報（おそらくＡＷＡＣＳが探知したもの）だ。

シンボルが『中抜き』なのは、レーダーでじかに探知したターゲットではない、という意味だ。例えば黒羽の機体には搭載していないが、赤外線索敵システム（ＩＲＳＴ）を使って探知した空中標的がある時、それを確実なレーダー・ターゲットと区別するために、データリンク・システムはシンボルを中抜きにするという。不確実なターゲット、ということだ。

一昨日のブリーフィングで漆沢美砂生が口にしていた『複数のＡＷＡＣＳによるネットワーク探知』が、早速実施されているのか。

ステルス機への対抗策として、技術研究本部では空域に複数配置したＥ７６７を連携させ、レーダーのネットワークにより見つけ出す技術を開発中という。今回の〈演習〉は、その実験を兼ねている。

うまく行けば、データリンクを通じて『Ｆ35の推定位置』が送られてくる。Ｆ15の機上レーダーでは探知できなくとも、どこにいるのかが分かれば――

『スリー、確認した』

小松基地　地下

要撃管制室

「未確認目標、出ました」

主任管制官が声を上げた。

「出た、四つ」

「――――」

全員の視線が正面スクリーンに集中する。

スクリーンには、G空域の東端からやや内側に入った辺りに、緑色の三角形が四つ、横並びに出現している。そこに、ふいに現われたのだ。

「――――」

おぉ、おうと唸る声。

「探知、成功か」

日比野が思わず、という感じで管制卓へ屈みこむ。

「F35四機を、見つけ出したか」

「そのようです」

主任管制官は応えながら、キーボードを操作する。

「飛行諸元も、送られてきました。探知、成功です」

「………」

火浦は、スクリーンに現われた中抜きの緑の三角形に、息を呑む。

F35を探知した。

凄い――

同時に

『スリー、確認した』

天井スピーカーから声。

『いるぞっ』

「火浦さん」

横から月刀が小声で言う。

「見つけたのはいいが――どうやってロックオンするんです」

G空域

F15　レッドアグレッサー二番機

『レーダーではコンタクトできない』

無線に響く声は菅野一朗だ。

速い呼吸。

『レーダーは駄目だ』

（――――）

黒羽は水平飛行を保ったまま、ＶＳＤ画面のマップに展開する情況を読み取る。

八〇マイルあまり前方、横一列となり空域を掃くように進む六つの赤い菱形。

菅野の率いる六機だ。

対するマップ上端近く。そこに出現したのは緑の中抜きの菱形。横一列に、四つ。

近づいて来る。

みるみる近づく――両者の間合いは今、五〇マイルくらい――いや、急速に狭まって行く。

速い……。

眉を顰める。

この〈敵機〉の推定位置の情報は、二機のＥ７６７からか……？　ならば〈侵攻軍〉側の全機に今、データリンクを通じて送られてきている。

（……一〇三〇ノット？）

ネットワーク探知は成功したのか。中抜きの緑の菱形の傍らには、飛行諸元の数字も表示される。

見ているうちに、四つの緑はマップ上を被さるように近づいて来る。

三番機の菅野も、同じ画面を見ているのか。

コンタクトできない、と言うのは。自機のレーダーを働かせ、そちらへビームを向けてみたが探知できない、という意味だ。

目を上げる。

しかし、見えるわけもない——前方の真っ白い『壁』の遥か向こうだ。

『スリー、マスター・アームＯＮ』

菅野の声は、酸素マスクの呼吸音が混じっている。

まだ機動しているわけでもないのに、速い息だ。

『指令誘導でやる』

『わかった』

これは風谷の声。

『任せる、頼む』

『スカイネット・ワン、了解』

G空域
E767　スカイネット・ワン

「三番機以下、これよりAAM4を撃ちます」

主任管制員が、振り向いて報告した。

「データリンクによる指令誘導です」

「うむ」

真田がうなずく。

「予定通りだ」

指令誘導でAAM4を発射――

（…………）

美砂生は、真田の後ろから画面を覗いて観戦しながら、うまくいくのだろうか？　と思った。

出撃前の打ち合わせで、まずそうする、と決めてはいるが……。

ネットワーク探知で敵ステルス機を発見した際、まず第一の攻撃として、中距離ミサイルを母機からの指令誘導で発射する。

ＡＡＭ４は国産の中距離ミサイルだ。射程は、その時の情況にもよるが、実用上四〇マイルくらい（見下ろす角度での発射は、射程が短くなる）。誘導方式は、本来は発射母機のレーダーで標的をロックオンしてから発射、途中からミサイル自体が弾頭に仕込まれた小型レーダーで敵を捉え、軌道を修正し突っ込んでいく。

Ｆ35が二〇〇〇〇フィートで進んで来るのは、たぶん『超音速が出せる中で最も低い高度』だからだ。レーダーは、一般に『見下ろす』ことが苦手だ。敵に海面を背にされると、見つけ出すのに手間がかかる（探知可能距離は短くなってしまう）。

一方、相手を見上げるポジションを取ると。敵の背景は空だけとなる。レーダーでも、その他の赤外線センサーなどでも相手の発見が容易（遠くから発見できる）だ。

Ｆ35はもともとレーダーに映らないが、可能な限り、自分たちに有利な高度を取っている。

向こうもすでに、菅野たち六機をＥＯＤＡＳによって探知しているかもしれない。

（……相手から攻撃される恐れは？）

考えていると

『スリー、撃つぞ。フォックス・ワン』

菅野一朗の声が、スピーカーに響く。

続いて

『フォー、フォックス・ワン』

『ファイブ、フォックス・ワン』

僚機からも発射コール。

フォックス・ワンとは、電波誘導の中距離ミサイルを今から発射する、と仲間に知らせるコールだ。

『シックス、フォックス・ワン』

『セブン、フォックス・ワン』

『エイト、フォックス・ワン』

各機が次々に「発射」を告げ、情況マップの画面上で、六つの赤い三角形から一斉に、細い輝線が前方へ伸び始める。

六本ではない、各シンボルから二本ずつ——計十二本。

小松基地　地下
要撃管制室

「三番機以下が、攻撃を開始」

主任管制官がスクリーンに現われた表示を声に出し、確認した。

「フォックス・ワン。各機、二発ずつです」

「――――」

全員が、息を呑んで見上げる。

正面スクリーンでは横一列に展開する六つの赤い三角形それぞれの尖端から二本ずつ、計十二本の輝線が簾(すだれ)のように伸びていく。

演習評価システムが描き出すミサイルの模擬飛翔軌跡だが、本当に発射されたように見える。

（…………）

火浦は目で追う。

対する緑の三角形四つとの間合いは、およそ四〇マイル——いやたちまち間隔は狭まっていく（相対速度は音速の二倍半を超えている）。

「そうか」

横で、月刀が言う。

「データリンクによる指令誘導ですか」

「そうだ」

この攻撃は。

中距離ミサイルの〈指令誘導発射〉だ。

ミサイル母機である三番機から八番機は、機上レーダーで標的をロックオンできないので、データリンクでＡＷＡＣＳから受け取った標的の位置を、発射したミサイルへ継続して送り続ける。少し前の時代、ＡＩＭ７Ｆスパローなど旧世代の中距離ミサイルは自らの弾頭にレーダーを持っていなかったから、標的に命中するまで発射母機からの指令電波により誘導されていた。

今、三番機以下はその旧世代の攻撃方法を取っている。ＡＷＡＣＳからデータリンクで受け取った標的の位置情報を、発射したＡＡＭ４ミサイルへ継続して送り続けることで誘導する。

そのため、全機は機首のレーダーアンテナをミサイルへ向け続けなくてはならない。

横一列の六つの赤が、迫りくる四つの緑へ向け前進し続けているのは、そのためだ。

（―――）

どうするんだ。

Ｆ35は、赤外線センサーでミサイルの飛来には気づく――いや、六機のＦ15が横一列に、自分たちへ向かって来ることもとうに捉えているだろう。

しかし。

四つの緑も、横一列の隊形をそのままに、進んで来る。

ミサイルの群れとの相対速度はマッハ五を超えるだろう、Ｆ35一機に対して三発のＡＡＭ４だ。

どうするつもりだ……？

スクリーン上を、簾のように横向きに進む十二本の輝線はたちまち四つの緑の三角形へ襲い掛かる――

「――」

「――」

「――」

全員が、息を呑む。

だが

（な）

何……!?

次の瞬間。

火浦は目をしばたたいた。

第Ⅱ章　青い衝撃

1

小松基地　地下
要撃管制室

何……!?
全員が息を呑んだ、その瞬間。
火浦は目を疑った。
何だ。
(……消えた!?)

日本海上空　G空域
E767　スカイネット・ワン

「おいっ」

真田が、思わずという感じで声を上げる。

「どうした」

美砂生は目を擦った。

(……!?)

どういうことだ。

情況マップの中、そろって東へ尖端を向けた六つの赤い三角形シンボルから、一斉に放たれた十二本の輝線――

六機のF15から指令誘導で発射されたAAM4中距離ミサイル十二発。その軌跡を、演習評価システムが描き出していた。

それらは簾のように横向きに進み、正面から対向して来る四つの緑の三角形に、たちまち吸い込まれるように接触する――

そのように見えた。

だが次の瞬間。

(……消えた?)

四つの緑がフッ、フッと姿を消した。

スクリーン上から消えてしまう。

ほんの数秒前まで四つの緑の三角形——四機のF35が西へ機首を向け、横一列になって進んでいた空間を十二本の輝線がまっすぐに通過する。

通り抜けてしまう——

G空域
F15 レッドアグレッサー二番機

「!?」

黒羽(くろは)は、眉を顰(ひそ)めた。

何が起きた。

VSD画面の中、一斉に前方へ放たれた十二個の輝点。

三番機以下が一斉発射したAAM4は、さらに前方から横一列になって急速に近づく四個の緑の菱形(ひしがた)へ、吸い込まれるように接触するところだった。敵機一機につき三発。

菅野(かんの)が、配下の五人の後輩パイロットと事前に示し合わせていたのだろう。ミサイル群は、敵機それぞれに正確に三発ずつ、急速に軌道を寄り合わせるようにして着弾するところだった。

それが――

（――消えた？）

つい一瞬前まで〈標的〉のいた位置をそのまま通り過ぎた十二発のミサイルは、行き場が分からなくなったかのように軌道が乱れ始める（誘導を失ったのか）。

小松基地　地下
要撃管制室

「標的をロスト」

主任管制官が声を上げる。

「全弾、外れました」

「ど」

日比野もスクリーンを見上げ、声を上げる。

「どういうことだ」

「分かりません」

主任管制官が、卓上のキーボードを叩く。

「スクリーンの不具合では、ありません。標的は消えました」

G空域
E767　スカイネット・ワン

「演算不能です」

主任管制員が、サブ画面に現われた表示を見て言う。

「標的をロスト。ミサイル、誘導できません」

「システムは」

真田が訊く。

「システムは、どうなっている!?」

どうしたのだ。

美砂生は、管制席に屈みこむ真田の背を見ながら、眉を顰めた。

たった今まで、ネットワーク探知はうまくいっていた。

二機のAWACSが互いのレーダー反射波をやり取りし、演算によって暴き出していたステルス機の存在――推定位置。

位置情報はデータリンクによって〈侵攻軍〉側のF15全機に伝えられ、菅野一朗以下の六機は指令誘導によりAAM4ミサイルを発射した。ミサイル自体が持つレーダーで標的を捉えられなくとも、発射母機からの誘導で『命中』させられる――

だが、十二発のミサイルが今にも着弾しようとした、その時。

横一列になり、菅野たち六機に真っ向からぶつかるように接近して来た四つの緑の三角形――四機のF35は一瞬にして姿を消した。

襲いかかろうとしたミサイル十二発――十二本の輝線は、標的のいた空間をむなしく通過してしまう。誘導を失ったか、軌道がみるみるばらけていく。

「お待ちください」

主任管制員はネットワーク探知システムの動作状況を、キーボードを操作して確認しようとする。

せっかく、うまくいっていたが――

システムにトラブルが起きたのか……？

「いえ、システムは」

だが

（……!?）

管制員が言いかけるのと、後ろから見ている美砂生が目を見開くのは同時だった。

何だ。

何か、現われた……!?

（……ミサイル!?）

ライン・アブレスト隊形――横並びの六つの赤い三角形が尖端を向ける前方、何もない空間から、いきなり何か出現した。細い輝線が現われ、六つの赤い三角形へまっすぐに伸びる――

G空域
F15レッドアグレッサー二番機

ミサイル……!?

ＶＳＤ画面に突如、何もない空間から出現した六つの輝点に、黒羽は目を見開く。

だがその時、黒羽の計器パネルの時計の秒針が真下へ来ようとする。

東へ機首を向け、水平飛行に入った際にスタートさせたストップウォッチが、三〇秒経過するのを知らせる。

（どうする）

しかし、自分たちの任務は、現在のポジション——艦隊の前方五〇マイル、イージス艦の対空ミサイルの射程のすぐ外側の位置を周回し、警戒に当たることだ。

「————」

目を上げる。

前方視界いっぱいに、雲の壁。

あの向こうだ——

「くっ」

とりあえず、黒羽は機を右旋回に入れた。

バンクを六〇度に決め、再びＶＳＤ画面へ目をやる。

たった今、現われた六つの輝点——ＡＷＡＣＳが捉えた敵のミサイルだろう——は、三番機以下の六機へまっすぐに向かう。画面上に出現した時は、二五マイルくらいの間合いだったが……。

（二〇マイルを切った）

何をしている。

黒羽は、目をしばたたく。

小松基地　地下
要撃管制室

（——くそっ）

火浦はスクリーンの様子に、息を呑んだ。

四機のF35はどういうわけか、姿を消した。

そして——

（F35が、撃って来たか）

何もない空間から突如、出現した六本の輝線は、東へ尖端を向けた六つの赤い三角形へたちまち間合いを詰め、襲いかかる。

速い。

AIM120か。

あれは、姿を消したF35が放ったミサイルか……!?

F35はどういうわけか、見えなくなってしまったが。

それらが発射したミサイルの方は、レーダーに映るわけだから、演習評価システムはあのように飛翔軌跡を描き出している。

間合い一五マイル。

みるみる迫る——

何をやっている……!?

『レッドアグレッサー・スリー、レッドアグレッサー・スリー、ミサイル・アラート』

天井から降る声は、E767の要撃管制員だ。ミサイルが出現し、そちらへ行くぞ、と警告している。

『ミサイル・アラート。回避せよ』

『——あ、あぁっ』

ほとんど同時に、驚くような声。

『来るのか、これ、来る!?』

気づくのが遅い——

いや。

これは仕方がない。

火浦は思わず、唇を嚙む。

情況は、自分たちの放った十二発のミサイルが、着弾寸前で標的に姿を消され、回避された。誘導不能になり全部外れた。その直後、敵が姿を消した空間からは今度は敵のミサイルが現われた。

しかも。おそらく姿の見えないF35は、レーダーを使わずにAIM120アムラームを発射している（普通は不可能だが、Ｆ35は最新の赤外線センサーを持っているから、レーダー無しで中距離ミサイルを撃てるのだろう）。

菅野たちは、レーダーによってロックオンされていないから、コクピットでＩＥＷＳが〈ロックオン警報〉を発しない。敵に射撃管制レーダーでロックオンされたら警報でパイロットに知らせる仕組みが、働かないのだ。

六発のＡＩＭ１２０は、おそらく赤外線センサーで割り出した菅野たちの機の位置情報をインプットされて発射され、標的の間近に迫ってから弾頭の内蔵レーダーを働かせ、突入してくる（下手をすれば警報が鳴るのは命中の一瞬前だ）。

事前のロックオン警報無しで中距離ミサイルに襲われる、などというケースは普通の戦闘機パイロットなら経験したはずもない。

ＡＷＡＣＳにアドバイスされるまで気づくのが遅れるのも、仕方がないと言えば仕方が

――

「逃げろ」

横で、月刀(がとう)が「たまらない」という感じでつぶやいた。

「何をしてる、早く逃げろ」

G空域
F15 レッドアグレッサー二番機

『ブレーク』

菅野の声がした。

速い呼吸。

『レッドアグレッサー・フライト、ブレーク！』

菅野は無線で「各個にミサイル回避の急旋回をせよ」と僚機に指示している。

同時に、黒羽の見るVSD画面上で、東に向かっていた菅野機はじめ六機を示す赤い菱形が、ゆっくりとそれぞれ進行方向を変える。右翼の機は右へ、左翼の機は左へ散開しようとする。中央の菅野機は右旋回――

だが
（――――）

黒羽は右手で旋回を続けながら、マスクの中で唇を結ぶ。

動きが、もどかしいほど遅い。

左手をスロットルからＶＳＤ画面へやり、レンジ選択を最大の『半径一六〇マイル』から半分の『半径八〇マイル』にする。

画面が、拡大される。

回避機動に入った六機の動きは、それでもゆっくりに見えるが、菅野機を示す赤い菱形の傍らの数値は『４３０　２７　７・５Ｇ』──いや『８・０Ｇ』。

菅野は今、八Ｇをかけ右急旋回している。おそらくフル・アフターバーナー、エネルギーをロスしないよう同時に機を下降させ、飛行方向を捻じ曲げていく（凄まじいＧで呼吸も出来ないに違いない）。

（早く）

菅野機が旋回を始めた時、ミサイルを示す輝点は正面一〇マイルまで接近していた。

もう弾頭の内蔵レーダーが働き始める……。旋回し、菅野機の飛行方向がミサイルに対して真横を向いたときには間合いは五マイルを切った。

近づく。

かわせ。

G空域
E767　スカイネット・ワン

「――！」

美砂生は情況マップの中の動きに、目を奪われた。

迫りくるミサイル群に対し、ようやく真横を向こうとする六つの赤い三角形――その中央の〈RA03〉――菅野一朗の機の動きに注目すると、三角形が尖端を真南へ向けるすぐ後ろに、ほとんど接触しそうに輝線が伸びてくる。

思わず、唾を呑み込む。

菅野たちはセオリー通りに回避機動はしている。

ミサイル群――六発のAIM120は、おそらくF35各機が赤外線――EODASで捉えた『F15のおおむねの位置』へ向け発射されている（慣性誘導だ）。そのままでは命中は確実でない。

距離が詰まったところで、ミサイル弾頭の内蔵するレーダーが働き、あらためて標的を捉えて軌道を修正、突っ込んでいくのだ。

しかしミサイル弾頭の内蔵するレーダーは小型だから〈視野〉が狭い。おまけに、パルスドップラー・レーダーは『アンテナに対して真横に動く物体』を捉えるのが苦手だ。

今ミサイルに対して、真横を向いてしまえば――

画面上で真北、真南へ向いたそれぞれ三つの三角形のすぐ後ろに、輝線が伸びてきて接触する。

（………）

小松基地　地下
要撃管制室

「――かわした」

火浦は思わず、つぶやいた。

スクリーンでは、ミサイルの飛翔軌跡を示す輝線が、南北を向いた六つの三角形それぞれの底の部分をかすめるように、まっすぐ通過していく――すれ違う。

おぉ、おう、と声が沸く。

六発のＡＩＭ１２０は、弾頭の内蔵レーダーで標的を捉えきれなかったか、そのまままっすぐ飛んで行く。

管制室で立ち見している全員が、菅野以下六機がミサイルをかわそうとする場面を、息を呑んで注目していた。

演習評価システムが描き出す模擬の弾道とはいえ、ミサイル攻撃は実際に極めて近い形でシミュレートされている。

「か、かわした」

主任管制官が声を上げる。

「かわしましたっ」

よし。

火浦はうなずく。

中距離ミサイルの第一撃はかわした——

もう敵とは、かなり近づいている。もし目視でF35を発見でき、うまく格闘戦に持ち込めれば……。

だが

「あっ」

次の瞬間。

横で月刀が声を上げた。

「な、何だ!? あれは」

2

日本海上空　G空域
F15　レッドアグレッサー二番機

ピッ
何だ……!?
「!?」
鏡黒羽は猫のような目を見開く。
VSD画面。
旋回を終え、バンクを戻し、機首を真西へ向けたところだ。
背にして来た、後方の積乱雲の『壁』の向こうの情況は、マップ上に表示され続けている。

黒羽の目を奪ったのは。

何か、現われた——？

三機ずつ左右へ散開し、ミサイルを避けた菅野たちのF15編隊——真南へ向かう赤い菱形が三つ。

菅野の三番機を先頭とする、三機の斜め前方に、何かが出現した。

ピピッ

（……ミサイル!?）

ふいに出現したのは、さっきのものと同じ——ミサイルを示す輝点だ。

一つ、二つ——？

たったいま八Gかけて急旋回し、真南へ進路を捻じ曲げた菅野の〈RA03〉以下三機は、すんでのところでミサイルをかわしたばかりだ。

しかし間髪を入れず、三機の斜め前方——彼らから見て左前方の何もない空間にポツ、ポツッと輝点が出現した。

ピピッ

さらにもう一個。

（やばい）

近い――間合いは一〇マイルもない、現われた三個の輝点はそれぞれ三つの赤い菱形へ、吸い付くように接近する。重なってしまう。

「う」

思わず、息を呑んだ。

命中を示す『×』マークが次々に、三つの菱形に重なって現われる。演習評価システムが敵ミサイルの『命中』と判定した。

『鏡』

ふいにイヤフォンに声。

『ワゴンホイールに入る』

風谷修（かぜたにおさむ）の声だ。

一番機――

目を上げる。

いる。

ちょうど右前方──幅二マイルの小判型の待機パターンを、向こう側から飛んできて、これからすれ違うところだ。

「わかった」

黒羽は短く無線に応えるが
『ミ、ミサイル・アラート！』

別の声が被さる。

E767の要撃管制員だ。

『レッドアグレッサー、ミサイル・アラート』

今頃、ミサイル接近を警告している。

遅い。

いや、もう一方──VSD画面上を真北へ機首を向けてミサイルを避けたばかりの、六番機以下の三機だ。

それらの斜め右前方にも、輝点が出現した。

何もない空間から──

ピピッ

（――――）

だが黒羽は、それ以上、画面を見ていられない。

小判型待機パターンの長辺を、ちょうど向こうからすれ違う形で一番機――風谷修のF15がやって来る（相対速度一〇〇〇ノットだ、速い）。

『フォーメーション・チェンジ』

風谷の声。

同じ画面を見ているはずだ。

ワゴンホイールに入ろう、と言って来た。

それがいい。

『ナウ』

「ツー」

もう何年もペアを組み、戦闘も経験している。

短い符丁の交信で、意思は通じる。

黒羽は視野の右端にすれ違うイーグルのシルエットを捉え、それが自分の方へひらっ、とバンクを取る瞬間を捉え、脇を締めるようにして自分も右手を鋭く右へ。

ぐっ、と視界が右へ傾く。

右手首を起こし、高度をキープ。

六〇度バンクで傾きを止め、姿勢を決めてから視線を上げると、ヘルメットの眼庇(まびさし)の上に一番機の姿が、上面をこちらへ向けて対称位置で旋回に入っている。

『ミサイル・アラート、ミサイル――』

要撃管制員の声が、途中で絶句する。

ピピッ

ピッ

小松基地　地下

要撃管制室

「レ、レッドアグレッサー・スリー、フォー、ファイブが、フォックス・ワンでキル!」

主任管制官がスクリーンを見上げ、コールした。

「つ、続いてレッドアグレッサー・シックス、セブン、エイトもフォックス・ワンで」

「――」

「――」

「フォ――フォックス・ワンで、キルされました」

主任管制官は、ヘッドセットを手で押さえたまま振り向き、日比野をはじめ観戦している幹部たちを見回した。

これはいったい――!?　そう言いたげな表情だ。

立ち見をしている幹部たちも、皆、言葉を発しない。

（…………）

火浦も腕組みしたまま、スクリーンの様子に息を呑むしかなかった。

やられた……。

画面の中央。

横長のG空域の真ん中あたり、その南端付近で『×』印が三つ。

そしてたった今、空域の北端付近にも〈RA06〉はじめ三機のF15を示す赤い三角形に重なり『×』印がパッ、パッと三つ、現われた。

『――レ、レッドアグレッサー・スリー、キルされた』

荒い息のボイスが、天井スピーカーから降って来る。
菅野だ。
信じられない——そう言いたげな呼吸。
『これより空域を離脱します』
『フォ、フォー』
『ファイブ』

G空域
E767　スカイネット・ワン

（——やられた……!?）
美砂生は管制席の後ろから画面へ目をやったまま、息を呑む。
握りしめた拳に、力が入る。
やられた。
情況マップの上、G空域中ほどの南端付近に『×』印が三つ。
そしてたった今、空域北端近くでも三つの『×』印がパッ、パッと表示される。

「レッドアグレッサー・シックス、聞こえるか」

　要撃管制員が無線に呼んだ。

　戦術指揮ではなく「君たちはやられた」という知らせなので、平易な日本語だ。

「レッドアグレッサー・シックス、セブン、エイト。フォックス・ワンでキルされた。空域を離脱せよ」

　だが

『――』

『――』

　スピーカーには、息遣いしか返って来ない。

「レッドアグレッサー・シックス、アクノリッジせよ」

　すると

『――ラ、ラジャー』

　荒い息とともに、ようやく了解する声。

　六番機か。

　声の調子に、美砂生は唇を噛む。

　自分たちの情況が、分かっていない。

六番機以下の三機は、経験の浅い新人ばかりだ。自分たちが、思いもしない空間からいきなりミサイル攻撃を受け、やられたことが信じられない――

美砂生も五年くらい前は新人だった。気持ちは、分からないでもない。

（……これが）

この情況が、ステルス機との戦い……。

探知できなければ、実戦でもこうなってしまうのか。

姿の見えない敵に、いきなり、どこから襲われるか分からない――

もしも。

（もしもF35を、わが国の敵に回したら……）

「やはりシステムに異常はない」

真田の声で、美砂生は我に返る。

そうだ。

〈演習〉は続いている。実験もだ――

美砂生は管制席の様子に目を戻す。

「しかし、わからん」

技術幹部は、管制卓の出力端子にケーブルを繋ぎ、手持ちのタブレットでシステムの診断をしているようだ。

「わからん。どうして探知をロストしたのか、原因を――ん？」

「？」

真田が、ふいに自分の方を振り向いたので、美砂生は「何だろう」と思った。

「漆沢一尉。ところで、あの連中は」

真田は、気づいたように画面の情況マップを指して訊く。

「一番機と二番機は、何をしているんだ？　重なって、くっついているように見えるが」

「――」

美砂生は、画面をもう一度見直す。

言われた通りだ。

一番機と二番機を示す、二つの赤い三角形。

情況マップの中程より左手――G空域の真ん中よりもやや西側（〈侵攻軍〉艦隊の五〇マイル前方）で、滞空しているレッドアグレッサー一番機と二番機。

さっきまで、二機を示す赤い三角形は、小判型の待機パターンを廻っていたはず。

それが、ぐしゃっと重なり、尖端を互い違いにして回転しているように見える。

ある一点で、回転している……？

小松基地　地下
要撃管制室

（――――――）

火浦は、スクリーンの様子に息を呑むしかない。

六機やられた。あっという間だ……。

しかも、交信を聞いていると、六番機以下の三機は自分たちが「いつやられたか」も分かっていない。

まずい。

姿の見えないF35は、次に直衛の二機を襲うだろう。

邪魔な護衛機を残らず殲滅（せんめつ）したら、F35は〈侵攻軍〉艦隊へ肉薄して位置をマークし、後続のF2隊へ通知する。

データリンクで標的の位置情報をもらったF2八機は、海面高度へ降りて接近、イージス艦の射程の外側から対艦ミサイルASM2を全弾発射（たとえ敵のAWACSに探知されても、護衛機も襲って来ず、イージス艦のミサイルも届かないなら安全に発射が可能）する。

場合によっては、四機のF35は艦隊の見える位置にとどまり、超低空を飛来する対艦ミサイル群が標的を弾頭シーカーで捉えるまで中間誘導する——

これは、わが国の守りが堅い、ということを示す。

しかし一方で、F35と同等のステルス機がもし敵となった場合、在来の戦力では手も足も出ない、ということも意味する。

そこへ

「——火浦さん」

横で、月刀が口を開いた。

何か気づいたように、スクリーンを顎で指す。

「あれ——あの動きは……？」

G空域
E767　スカイネット・ワン

「……そうか」

美砂生は、思わずつぶやいた。

この動き。

あの戦法か――

管制席の情況マップ。

表示範囲が広いので、大海の真ん中でフォーメーションを組む二機のF15――二つの赤い三角形シンボルはぐしゃっ、と重なってしまい、見た目には何をしているのか、よく分からない。

尖端を互い違いにし、重なって、一点で回っている……

「真田三佐、〈ワゴンホイール〉です」

小松基地　地下
要撃管制室

「……おぅ」

火浦は、正面スクリーンの中央やや左手でぐしゃっ、と一つに固まってしまっている二つの赤い三角形に、目を見開いた。

あの動きは――

「あれは」はっ、としたようにつぶやく。「ひょっとして〈ワゴンホイール〉か」

「あの見え方は、やはり、そうですか」

月刀もうなずく。

「風谷と鏡(かがみ)――あの戦法で行くか」

「おい」

日比野が、振り向いて訊いた。

やはり固まって回転しているように見える一番機と二番機が、気になるのか。

「火浦隊長、あの二人は何をしているんだ……？」

G空域

E767 スカイネット・ワン

「〈ワゴンホイール〉戦法……？」

真田が、訊き返す。

「それは何だね」

「昔のミグの戦法です」

美砂生は、情況マップを目で指して言う。

「ベトナム戦争で、共産側のミグが、アメリカ軍のF4ファントムに対して取った防御戦術です」

「ベトナム……」

「見て下さい」

美砂生は二つの三角形シンボルを指す。

「マップの表示範囲が広いので、重なって見えますが。あの二機はコンパクトな一つの円を描いて、旋回しています」

「――――」

「このように」

美砂生は、パイロットではない真田三佐にも理解できるように、両手を戦闘機に見立てて宙に動かして見せた。

「敵が、どこから襲って来るのか分からない時。二機で一つの円を描くように旋回して、一機がもし襲われれば、反対側を飛んでいる僚機がただちに敵の側方、あるいは後尾に食らいついて反撃する」

「……？」

真田が、怪訝(けげん)そうな表情になる。

管制席の管制員たちも、振り向いて美砂生の説明に注目している。

ワゴンホイール（馬車の車輪）、などという言葉を耳にしたのは初めて――という表情ばかりだ。

無理もない。

こんな戦い方は、航空自衛隊の戦術教本のどこにも載っていない。

「しかし、最新鋭のステルス機を相手に」

真田が目をしばたたかせる。

「大昔のベトナムのミグの戦い方……？」

「艦隊直衛という役目を果たしながら、どこから襲って来るか分からない敵を待ち受けるには——」美砂生は唇を嚙む。「このやり方は有効です」

G空域
F15 レッドアグレッサー二番機

（————）

とりあえず。『どこから襲って来るか分からない敵』に対し、防御の態勢は取った。

黒羽は機を六〇度バンクで旋回させながら、視線を上げた。

HMDの視野に浮かぶ高度スケールは『30000』、速度スケール『425』（さっきの待機パターンよりも速度はおとした）。G表示『2・0』。傾いた視界の中を、雲の『壁』が横向きに流れる。

さらに視線を上げる。白い『壁』（積乱雲の頂上はさっきよりも発達して盛り上がり、五〇〇〇〇フィートを超えようとしている）を背景に、円の向こう側――対称の位置を旋回するもう一機のF15の背中が見えている。

この態勢になったら。主に警戒するのは『頭上』に見えている一番機の、そのさらに向こうの奥の空間だ。一番機の腹の下から近づく敵があれば、自分が発見する（同時に自分の腹の下の空間は、一番機が見張ってくれる）。

互いにカバーし合い、敵がどの方向から来ても一応、発見は出来る（六〇度のバンクならば下方の空間も視野に入る）。

ただし。

この戦法が有効なのは。〈敵〉が目視圏内に入って来た場合だ――

（――奴らは）

黒羽は、機を旋回させながら、視線をちらとＶＳＤ画面へやった。

奴らは、どこから来る――？

頭の中で秒数をカウントする。

さっき、菅野たちへ向け中距離ミサイルを放ってから、何十秒経った……？

ＶＳＤ画面には、依然として敵機らしいものは何も映らない。

菅野たち三番機以下の六機が、空域から離脱して行くのが目に入るだけだ。

（………）

菅野一朗は力で押すタイプだが、弱いパイロットではない……。

だが、さっきの交信を聞いていると。

菅野は、ＡＷＡＣＳにミサイル・アラートを出されるまで、自分たちへ向けて中距離ミサイルが発射されたことに気付かなかった。

自分の放ったミサイルが命中するかどうか——そちらへ集中していたこともあっただろう。しかし敵の姿が『消えた』直後、ＶＳＤ画面上に敵ミサイルを示す輝点が現われても、すぐに気付けなかった。気付くのが遅れた。

考えられる理由は一つ。

おそらく、機上のＩＥＷＳがロックオン警報を発しなかった。普段の訓練では、敵機に狙われた際にはまず警報が鳴り、『射撃管制レーダーに照準されている』と知らせる。そこでＩＥＷＳの円型スコープへ目をやれば、自機を照準しているレーダー電波の来る方角と、だいたいの距離を表示してくれる。

中距離ミサイルが撃たれる前には、必ず敵機からロックオンされる。

パイロットはロックオン警報をきっかけに、回避などの対処を決める。

さらにＡＷＡＣＳや地上レーダーの支援があれば、データリンクによって、ＶＳＤ画面上に敵ミサイルの位置と動きが輝点で表示される（ミサイルの動きが分かれば回避もしやすい）。

ところが最初の警報が鳴らないと——

（——Ｆ35は、照準にレーダーを使っていない）

あのステルス機は機密の塊だ。詳しい性能は分からないが——優秀な赤外線センサーを持っていて、レーダーでロックオンしなくても中距離ミサイルを発射できるのか。

いきなり、どこかからミサイル……。

黒羽は酸素マスクの中で唇を噛み、視線を外界へ戻す。

（……どこから来る——？）

3

日本海上空　G空域
F15 レッドアグレッサー二番機

奴らはどこだ――

（――――）

黒羽は右の肘と手首で六〇度バンクの旋回を維持しながら、VSD画面へちらと目をやった。

データリンクで情報が送られて来るマップ上に、〈敵〉の姿はない。

しかし、たった今、奴ら――四機のF35は菅野一朗以下の六機をミサイルによって片づけた。

あっという間だった……

「…………」

マップ上にミサイルが出現した位置と、視界を横向きに流れる雲の白い『壁』を交互に見やる。

もう何十秒か経った。

奴ら四機は、すでに移動している。

確かなのは。

（次に、わたしたちを狙って来る）

目をしばたたかせ、黒羽はついさっきの〈敵〉の攻撃法をイメージする。

どうやってか、四機のF35は突然、マップ上から姿を消した。一斉に姿が消えたのはネットワーク探知に不具合が出たか、あるいは四機は、複数のＡＷＡＣＳによる探知を意図的にかわす方法を持っており、リーダー機の指示によってそれを発動させた。

もしも意図的だったら。

（菅野機以下は、わざと嵌められた……？）

奴らは、最初はわざと姿を見せ、阻止戦闘空中哨戒の六機が横一列になって迎撃のミサイルを放つよう、誘導した。

そして姿を消し、中央の二機が三発ずつ、六機へ向け六発のアムラームを発射。

　同時に両翼の二機は左右へ急速に展開し、六機のF15が慌てて左右へ急旋回しビーム機動に入るのを待ち受けた。

　迫りくる六発に対して高G旋回で真横を向き、ミサイルの内蔵レーダーからの捕捉を必死にかわし、六機がほっとしたところへ斜め前方の近距離から二機が新たにアムラームを発射。今度はかわし切れず――

「――くそ」

　どこから来る……？

　黒羽はコクピットの射出座席から視線を上げ、そそり立つような白い『壁』の稜線を探る。

　もう間もなく、自分と風谷は襲われる。

　散開した四機は、積乱雲の『壁』を越えて来るか。

　あるいは。

　黒羽は、頂上が五〇〇〇〇フィートにも達する雲の『壁』を上下に目で探った。

　すると

「……！」

小松基地　地下
要撃管制室

「――〈ワゴンホイール〉戦法？」

日比野が、怪訝そうな表情で訊き返す。

「それは何だ」


「ご説明しますと」

火浦は説明する。両手を二機の戦闘機に見立て、円を描く二機を表現した。

「かつて、ベトナム戦争において、北ベトナム軍のミグがアメリカ戦闘機に対して取った防御戦術です。このように戦場空域で二機が一つの円――輪を描き、敵機を待ち受けます」

「待ち受ける戦法か」

「そうです」

火浦はうなずき、今度は旋回する片方の一機に対して、外側から敵機が接近して来る様子を示した。

「このように、アメリカ軍のファントムがミグの一機を発見し、これに対して攻撃をかけようとすると。当然、そのミグの側方や後尾へ廻り込む機動になる。すると輪の反対側を飛んでいるもう一機のミグに対して背中をさらす。もう一機の存在に気づいていないと、やられます」

「しかし、ファントムならレーダーで見えているだろう。もう一機も」

「いえ」

火浦は頭(かぶり)を振る。


古いやり方だ。

しかも防御にしか使えない。

だが、上空でのパイロットの心理を巧妙に利用する。

「当時のF4ファントムは、ミサイルを撃とうとすると、ロックオンを確実にするため、レーダーをボアサイト・モードにしなければならなかった。標的だけにパルスを当てて、その間、周囲の索敵は出来なくなるのです」

「…………」

「標的だけに集中してしまうと、その間にもう一機の敵に後方へ廻り込まれても、気づかないことがあります。たとえ搭乗員が二名いて、目が四つあっても、前席も後席も『撃墜してやろう』と血気にはやると」

「……うぅむ」

「ベトナムでは」

火浦は続けた。

「時には、ミグの一機がわざと囮になり、ミサイルに狙わせ、Ｆ４の搭乗員がスパローの発射手順に集中して後方や側方の監視がお留守になった隙に、もう一機が死角から襲い掛かることもあった。機関砲しか持たない旧式のミグ19は、このやり方で当時最新鋭だったファントムをばたばた墜としました」

「火浦隊長」

日比野は腕組みをし、眉を顰める。

「君の三〇七空では、パイロットにそんな戦法を教えているのかね」

「い、いえ」

火浦は頭を振った。

「教えてません」

G空域
F15 レッドアグレッサー二番機

「ツー、テイク・リード」

黒羽は無線に、短く告げた。

呼びかけた相手は、一番機のパイロット——風谷修だ。

「わたしがリードを取る」

『————』

空中に一つの輪を描いて旋回する、もう一機のF15——視線を上げればキャノピーの頭上の位置にいるイーグルから、風谷の息。

無線の送信ボタンを押してから、一瞬、考えている感じだ。

『——分かった』

一言しか、答えなかった。

テイク・リード、という言い回しは『自分に考えがあるから、ついて来て欲しい』という意志表示だ。戦闘機の編隊では、たまに僚機の方が情況の変化に気づき、それについて説明している暇がない場合がある。

そういう時には二番機から『自分がリードを取る』と宣言する。

以後、二番機が指揮をとる。

急を要する場合もあるから、一番機は宣言されたら従う（もちろんリーダーと僚機の間に信頼関係がなければいけない）。

時間はない、急がなければ。

（――――）

黒羽はもう一度、G空域の真ん中を分断するようにそそり立つ巨大な真っ白い『壁』――並び立つ積乱雲の列を見やる。

あれは、あるか……？

（まだ、ある）

目で確認すると、そのままぐるりと旋回し、機首が西へ向いたところで右手を戻す。

いったんロールアウト。

直線飛行。

後方で、自分の真後ろへ廻り込むように一番機がロールアウトするのをミラーの中に確かめ、今度は機首方向を微妙に調節する。

前方視界には、今度は、一つの屹立する高山のような真っ白い巨大積乱雲が近づいて来る（G空域の西半分の中ほどに、単独でそそり立っていたやつだ）。

「ホイールの位置を変える」

無線に、短く言う。

最小限の説明。

「半径も、大きくする」

『そうか』

黒羽が機首を向ける先を見て、意図を理解してくれたか。

風谷の声がうなずいた。

『分かった』

G空域
E767　スカイネット・ワン

「君の言うことは分かるが、漆沢一尉」

真田は、タブレットを手にしたまま息をついた。

「現代戦で、そんな戦法が通用するのか?」


依然として、管制席のマップ上にF35の姿は無い。

探知をロストしたままだ――

「戦闘機のレーダーや、空対空ミサイルがまだ開発段階だったベトナム戦争では、そのようなやり方も通用しただろう」

真田は続ける。

「しかし現代戦では――特にF35は、EODASによって、レーダーも使わずに自機の全周の情況を連続的に摑み、相手がどこにいようと存在を察知して搭乗員へ知らせるのだ。彼らに対し、死角から襲い掛かるなんて」

「――はぁ」

美砂生は、マップ上の〈RA01〉と〈RA02〉――二機のF15を示すシンボルを見ながら唇を噛んだ。

確かに。

現代戦でも通用する戦術ならば、空白が正式に訓練の中で教えるはず。

(――――)

ふと、猫のような不敵そうな眼差しが脳裏をよぎった。

鏡黒羽。

古い資料を、どこであたったのか。

あれはあの子が、ある時期、勝手にやり始めたのだ。

美砂生の飛行班でも、風谷と鏡のペアだけが、ときに半ば『勝手に』使う。

しかし、さきの戦技競技会では飛行教導隊の副隊長機を、あの二人が〈ワゴンホイール戦法〉によって撃墜している。

だから美砂生は「やるな」とは言わない。

そこへ

「あれ」

主任管制員が『何だろう』という感じで声を漏らした。

「レッドアグレッサー・ワンとツーが、位置を変えています」

「……？」

我に返り、美砂生はマップを見やる。

確かに。

二機を示す二つの赤い三角形シンボルは、たった今まで、ぐしゃっと重なって尖端を互い違いに、空中の一点で回転していたが。

旋回を解いて、移動して行く……？

〈ＲＡ02〉が先に立ち、〈ＲＡ01〉を導くように前後一列で移動する。

西側へ？

赤い舟形の群れ――〈侵攻軍〉艦隊の方へ、少し近づいてしまう。

「レッドアグレッサー・ワン、こちらスカイネット」

主任管制員が、無線に呼んだ。

「位置がずれている。直衛の位置を保て」

「真田三佐」

別の管制員が、後ろの管制席から呼んだ。

「F2隊が来ます」

小松基地　地下
要撃管制室

「F2の編隊、来ます」

主任管制官が、スクリーンを見上げて告げた。

「東から来る。G空域へ入ります。機数、八」

「――」

「――」

全員が、正面スクリーンの右端――東側へ視線を向ける。

今、情況の表示は『〈侵攻軍〉側の探知したもののみ』にリミットしている。

G空域の東端付近に新たに現われた、緑色の三角形の群れ。

それらは、空域中央近くの南北に滞空する二機のAWACSが、機体の背に装備するロートドームのレーダーにより探知したものだろう（さっきと違い三角形シンボルはソリッドで、中抜きではない）。

三角形は、数えると八つ——

「竿(さお)になって侵入して来ますね」

火浦の横で、月刀が言う。

「一列で来る——海面高度か」

月刀が読み取る通り。

現われた八つの緑の三角形は、縦一列になり、右手（東側）からG空域へ次々に侵入して来る。

それぞれのシンボルの傍らに数値。揃って同じ。『500　00　1・0G』。

高度の数値が『00』なのは『一〇〇フィート未満』を意味する。E767は三〇〇〇〇フィートに滞空し監視に当たれば、二二〇マイル遠方で海面上一〇〇フィートを匍匐(ほふく)飛行する巡航ミサイルを捉えることが可能だという（ただし海面近いターゲットについては正確な高度は出ない)。

「五〇〇ノットで来ます」

主任管制官が言う。

「超低空で、〈侵攻軍〉艦隊へまっすぐに来る」

「くそっ」

日比野が唸る。

「AWACSで探知できても、阻止戦闘空中哨戒の六機がすでに全滅では」

「ASM2の射程まで、どのくらいだ」

火浦も口を出し、訊いた。

「対艦ミサイル発射までの猶予は」

「はっ」

主任管制官はキーボードに指を走らせる。

正面スクリーンに、左端の赤い舟形の群れを中心とする円が点線で描かれる。

「艦隊の、九〇マイル圏——射程距離へ到達するまで、あと」

そこへ

『レッドアグレッサー・ワン、こちらスカイネット』

天井からの無線の声が被さった。

『位置がずれている。直衛の位置へ戻れ』

（何――？）

火浦は、幅広のスクリーンの左手へ視線を戻す。

何だ。

そこへさらに

『繰り返す』

天井の声が被さる。

『レッドアグレッサー・ワン、位置がずれているぞ。下がるな、所定の位置へ戻れ』

G空域

E767　スカイネット・ワン

「何をやっているんだ」

真田が、マップを見やって唸った。

「F2が接近して来るんだぞ。直衛が後退して、どうする」

(――――)

美砂生も管制席の画面に現われる情況に、眉を顰めた。

後退している……？

〈RA02〉と〈RA01〉の二機。

赤い二つの三角形シンボルは、まるで空域の東の端から侵入して来る緑の三角形の群れ――八機のF2編隊へ背を向けて離れるように、西方へ移動して行く。

そのように見える。

菅野たちの六機は、すでに全滅している。

対艦ミサイルを抱えたF2編隊の攻撃行動を阻止できるのは、直衛のF15二機だけだ。

しかし。

「漆沢一尉」

情況に目を見開く美砂生に、真田が振り向いて言った。

「君の二人の部下は、何を考えているのかね」

「いえ、しかし」

美砂生は、唇を嘗める。

「F35四機が、まだ見えないままで」

そこへ

「レッドアグレッサー二機、加速しています」

管制員の報告が重なる。

「西北西へ向けて加速――あっ、旋回に入ります」

G空域

F15　レッドアグレッサー二番機

急がなければ。

（――――）

黒羽は一時的にスロットルを最前方へ入れ、アフターバーナーに点火していた。

HMDの速度スケールは増加し、六〇〇ノット。

空域を、西北西へ向かう。速度や高度の飛行諸元、機の姿勢などを数値や記号で表示するＨＭＤの視界に、真っ白い雪山のような積乱雲が迫る。みるみる大きくなる。

さっきは『あれには近づかないでおこう』と思ったでかぶつだが――

視野全体が真っ白になる――その瞬間。

「くっ」

黒羽は右手首をこじるようにして、操縦桿(そうじゅうかん)を左へ。

単独で佇立(ちょりつ)している積乱雲へ、突っ込む寸前で左バンク。前方視界が傾いて右向きに流れ、白い雪山の山腹のような雲の表面がざぁああっ、と音を立てるようにして目の前を吹っ飛んでいく。数秒で、白い『山腹』は視界の右側へ流れ切って、消える。

今だ。

すかさず、右手首を返し、切り返す。

右バンク。

巨大な積乱雲の中腹近く――真っ白い『山腹』を巻くように、旋回して行く。

ががっ、と気流に揉まれる。

小松基地　地下
要撃管制室

「おい、あいつらは何をしているんだ……？」

日比野が、スクリーンを仰いで訊いた。

「直衛のポジションから、下がっているぞ」

4

小松基地　地下
要撃管制室

「何をやっているんだ」

日比野がスクリーンを仰いだまま訊いた。

「火浦隊長、あの二人は何を考えている。逃げるつもりか」

「分かりませんが――しかし、F35がまだ、どこにいるのか分かりません」

火浦もスクリーンを見上げたまま、頭を振る。

「い、いえ」

そうだ。

六機のF15をあっさり片づけた後、F35編隊は、直衛の二機をも襲って来る。

そのはずだ。でないと、〈侵攻軍〉艦隊を上空からマーキングし、後続のF2編隊へ位置情報を伝えるのに邪魔になる――

F2八機は、すでにG空域へ侵入して来た。

おそらく、あと数分でASM2の射程に入る。それまでにF35は標的情報をデータリンクで伝えようとするはず。

直衛の二機が、いまF2編隊を阻止しようと東へ向かっても――見えない〈敵〉からアムラームの不意打ちを食う。

考える暇もなく

「――あっ」

主任管制官が声を上げた。

「ミ、ミサイル——!?　近いぞ」

G空域
E767　スカイネット・ワン

「ミサイル出現」

主任管制員が声を上げた。

「一発。〈RA01〉の直後方」

「!?」

「——!?」

美砂生は真田とともに、管制席の画面へ注目した。

出た。

ミサイルが現われた。

あそこは。

空域の中央より西北西――直衛のポジションからやや後退し、〈侵攻軍〉艦隊の前方三五マイルくらいの位置だ。

F15の二機は、そこで〈RA02〉――二番機を先頭に、先ほどよりも大きめの旋回に入ろうとしていた。

交信はスピーカーでモニターしているが、つい今しがた鏡黒羽がぼそっ、と何か言った気がした（「テイク・リード」と言ったのか……？）。低い声でぼそっ、と短くしか言わないので、他のことに気を取られていると聞き逃す（風谷の返答も短い）。

鏡黒羽が、風谷に代わって編隊のリードを取り、それまで旋回していた艦隊の五〇マイル前方位置から急速に後退……？

スクリーン上の見た目では、まるで持ち場を放って逃げ出したようにも――

「――やられる」

F35が襲って来るから、とりあえず逃げた……？

しかし、逃げ切れるわけもない。

ミサイルは、〈RA02〉に追従し旋回に入ろうとしていた、〈RA01〉の真後ろだ。

何もない空間からポツッ、と輝点が現われ、たちまち飛翔軌跡を曳いて後尾へ迫る。

間合い、目測でおよそ一〇マイル……!?

「一二マイルですっ――レ、レッドアグレッサー・ワン」

主任管制員は声を上げ、無線へ向けて言う。

「ミサイル・アラート。レッドアグレッサー・ワン、後ろから来る。ミサイル・アラート!」

美砂生は息を呑む。

やばい、近い。

G空域

F15　レッドアグレッサー二番機

『ミサイル・アラート!』

無線に悲鳴のような声。

『レッドアグレッサー・ワン、シックスだ。ミサイルが来る。レンジ・ワンゼロマイル、回避せよ』

『――鏡』

別の声がした。

風谷だ。

『下へ行く』

呼吸音は混じるが、慌ててはいない。

「ツー」

了解の意味をこめ返答し、黒羽は視線を上げる。

猛烈に、何かが流れている。

四五度に傾く視界には、頭上で激しく流れる白い『山腹』しかない。

ぶぉおおおっ、とキャノピーを叩くような風切り音。

黒羽のF15は、海域に単独でそそり立つ巨大な積乱雲をすれすれに巻いて旋回している。

時折、白い水蒸気の壁に接触してがががっ、と揺れる。

「――――」

VSD画面へ目をやる。

自機を中心とするマップ（旋回に伴ってゆっくり回転している）。

中央のシンボルと対称位置――五マイルほど真横だ。赤い菱形〈ＲＡ01〉の真後ろに、輝点が一つ、出現している。近い。

間合い一〇マイルない、これはＡＷＡＣＳが捉えた（模擬発射された）敵のミサイルか。

輝点は急速に、一番機の後尾へ迫る。

攻撃して来た。

目を上げても、何も見えるはずはない。この巨大な『山』の向こうなのだ。

こちらからは見えない、そして。

（向こうからも）

Ｆ35はレーダーを使わない。赤外線のみの索敵だ。この体勢で、向こうからわたしが見えるものか。

奴らの戦法が、さっきと同じならば――

（――――）

黒羽は、ＶＳＤ画面のマップ上の一点へ目をやる。

睨（にら）む。

そこだ。

小松基地　地下
要撃管制室

いかん、やられる……！

火浦は、サングラスの下で目を剝いた。

正面スクリーンでは。

風谷の一番機を示す三角形シンボル〈ＲＡ01〉の真後ろに、〈敵〉ミサイルを示す一本の輝線が伸びてきて、接触する――

「――」

「――」

また、やられるのか。

全員が、唾を呑み込むようにして注目する。

だが

「──あっ」

主任管制官がまた声を上げる。

「一番機の、飛行方向が……!?」

何。

火浦はまた目を見開く。

赤い三角形──風谷の一番機を示すシンボルが、宙で一瞬、止まったように見えた。

その上を、輝線が被さり、重なる。

しかし命中を示す『×』マークは出ない。

そのまま輝線は伸びていく。

ミサイルが通り抜けた……？

（いや）

宙で停止したように見えた三角形シンボル。

位置はほとんど変わらない、しかしその傍らの数値が、急激に変動している。速度が『540』『570』そして高度の数値が『24』『22』『20』──

これは。

この技は。

「火浦さん」

横で月刀も声を上げる。

「これは」

「そうだ、〈スプリットS〉だ」

「何」

日比野が、振り向いて訊く。

「〈スプリットS〉……!?」

「そうです」

火浦はスクリーンを指す。

もう明らかだ。

何もない空間から出現した一発のアムラームは、風谷機を内蔵レーダーで捉えられず、彼のいた位置を通り越して飛び過ぎた。

「あの通り。ミサイルは風谷の後方一〇マイル、避け切れない近さに現われたが。風谷は咄嗟に機を背面にして操縦桿を引き、真っ逆さまに下降することで飛行方向を直角に曲げた。ミサイルの弾頭レーダーは〈標的〉をロストしたのです」

「う、うぅむ」

居並ぶ幹部たちは「おぅ」と声にならぬ反応をする。

だが

「さっきの戦法なら」

日比野は続けて言う。

「飛行方向を曲げ、第一撃を避けても――」

だがそこへ

『タリホー』

天井から、ぼそっ、という感じでアルトの声がした。

G空域
F15　レッドアグレッサー二番機

「――くっ」

黒羽は一瞬だけバンクを戻して水平にし、機体を巨大積乱雲の真っ白い『山腹』から引きはがすと、すぐに右手を引き付けるように倒して機を右急旋回に入れ直した。

同時に左手でスロットルを再び最前方へ。

アフターバーナー点火。

ドンッ
双発エンジンの推力を背に感じながら、右脇を締めるようにしてさらに右バンク。

世界が傾く。

ズゴォオオッ
空気を切り裂き、バックミラーに水蒸気の筋を曳いて機体が廻る――

前方視界で、水平線がほとんど縦になる。右腕をさらに引きつける。

ぐううっ

猛烈な風切り音がキャノピーを包み、ほとんど縦になった水平線が上から下へ猛烈に流れる。血が下がる感覚。身体(からだ)がシートに押し付けられる。HMDのG表示が『7・5』『7・8』『8・0』。

速度スケールは『425』に減るが、これでいい——F15イーグルの最も効率のいい旋回速度（コーナー速度）だ。

真っ白い巨大積乱雲の『山腹』が、急速に、脇へどくように目の前からなくなる。

前方に広がる空間——

（——見つけた）

いた。

前方、やや下方。

水平線よりも下——

すぐそこにいた。

黒い小さな、鋭い形の影が、遥(はる)か下の海面のまだら模様の上に浮いている。間合いは三マイルもない。

あれか。

猫のような目を黒羽は見開き、獲物を睨んだ。

思ったより小さい。睨んだまま右手を鋭く返してバンクを戻す。武者震いするように、視界が震えながら水平に戻る――すかさず右手を押し込み、機首を下げ、目で捉えた獲物を自分の眉間のまっすぐ前に『置く』。

唸りを上げ、急速に近づいていく。

やはり、そこにいた。

奴らは、やはりあそこから来た。

積乱雲の『壁』を飛び越しては来なかった。思った通りだ、わたしたちがさっき通り抜けた、あの雲の『隙間』を通り抜けてきた。

雲を飛び越せば、蒼空を背景に姿が見えてしまう。

こちらよりも低い高度で、有利な態勢のまま艦隊へ近づこうとすれば。

あの『隙間』を、一列になって通り抜けて来るしか――

「――タリホー」

黒羽は左の親指で無線の送信ボタンを一瞬だけ押すと『標的視認』のコールをした。

G空域
E767　スカイネット・ワン

「タリホー――標的を視認……!?」

天井スピーカーからの声に、真田は『信じられぬ』という表情で唸った。

「どういうことだ」

「分かりません」

主任管制員は、マップを見渡す。

「レッドアグレッサー・ツーが、〈敵〉を目視確認――しかも、ミサイルに追尾されていない、フリーの状態です」

「――――」

「――――」

前後に並ぶ管制席。

そして席の後ろに立って見ている真田と美砂生。

全員が、画面のマップ上の赤い〈RA02〉の動きに目を吸いつけられる。

今、確かに。

鏡黒羽は無線で『タリホー』とコールした。目視で標的を見つけた、という意味だ。

F35は依然として探知をロストしたままだ。マップ上には見えない。

風谷の一番機は、見えないどこかからミサイルを撃たれた。

しかし鏡の二番機は、少なくとも今、フリーだ。

そして『標的を視認』……。

「……あっ」

美砂生はハッ、と気づいた。

次の瞬間、床を蹴り、窓へ走った。

E767のキャビンにはほとんど窓はない。外部の気象状況などを見るために数枚のウインドーがあるのみだ。

通路を走るとぐらっ、と床が傾ぐ。

今日の日本海上空は、大気の状態が不安定——浜松を出る前に、機長からそのようにブリーフィングされている。

旅客機改造のＡＷＡＣＳが、気流の乱れにあおられている――

「――うっ」

窓にとりつき、中腰になって外界へ視線を向けると。

思わず美砂生は息を呑んだ。

「――さ、真田三佐」

「どうした」

「雲です」

Ｇ空域

Ｆ15　レッドアグレッサー二番機

（――何だ……？）

眉間の先にいるもの。

黒羽は眉を顰める。

小さな黒い、のっぺりしたシルエットだ。

それは、初めて目にするＦ35――最新鋭ステルス戦闘機の後姿。

いや、その異様な形状に眉を顰めたのではない。

何をしている……？

踊っている……？

間合い二マイル、さらに黒羽のF15は速度を上げ、緩く下降しながら黒いシルエットへ肉薄する。

さすがに超音速のまま『隙間』を抜けるのは無理だったのだ、黒い戦闘機は亜音速で飛んでいる。追いつける。

だが視野の中央で急速にはっきりするシルエット――そののっぺりした姿は、近づくと宙で微妙にふらついている。

何だ、こいつ……？

ふらつく――いや、ゆらゆらとまるで踊っているようだ。

姿勢が一つ所に止まることなく、不規則に宙で揺らいでいる。風谷の一番機を狙ったアムラームが外れ、動揺しているのか。

（いや、まさか）

余計な思考は断ち、左の親指でスロットル横腹のスイッチを前方へ押し、兵装選択を

〈ＳＲＭ（達距離ミサイル）〉モードに。同時に右手の親指で操縦桿横の自動照準スイッチを押し下げてレーダーをスーパー・サーチモードにする。

ぱっ

ＨＭＤの視野に、五〇〇円玉大のＦＯＶサークルが浮かび、前方の黒いシルエットを囲むが

（駄目だ）

レーダーが測距（そっきょ）しない。

捕捉できない。

スーパー・サーチモードは、パイロットの前方視野に入る空中の目標を自動的にロックオンする。働き始めた射撃管制レーダーが、真ん前に浮かぶ物体へビームを向けるが、ロックオンしない。視野にターゲット・ボックスが現われない。距離も測れない。

おまけに黒いままの単発ノズルはどういう仕組みなのか。ＡＡＭ５熱戦追尾ミサイルの弾頭シーカーにも反応しない。熱源探知を知らせるトーンが鳴らない。

さらに間合いは詰まる。

ミサイルは駄目か。

ならば、ガンだ。

黒羽が左の親指で兵装選択スイッチを引き、〈GUN（機関砲）〉へ入れ直すのと、視野の中央にいた黒いシルエットが身じろぎして、左へひらっ、と急バンクを取るのは同時だった。

逃げるか。

（今頃、気づいても）

こちらの射撃管制レーダーを真後ろの至近距離から当てられ、初めて気づいたか。

前方ばかり注意していたか。

「遅い」

黒羽は右手首を鋭く左へこじり、前方視野の真ん中へ黒いシルエットを入れ直す。

眼は離さない、流れる視界を背景に、黒い姿を眉間の先に捉え続ける。さらに近づく。

間合い一マイルを切る、今度は測距レーダーが働いた。そうか。いくらステルス機でも、これだけ近づけば――

ピッ

HMDの視野の中央に十字のガン・クロスが重なり、照準レティクルが現われて黒いのっぺりした背を囲む。四〇〇〇――三〇〇〇フィート。

捕まえた。

右の中指で操縦桿のトリガーを引く――一段目でガン・カメラが作動、二段目で二〇ミリ機関砲が作動する。指を引き絞る。

「――フォックス・スリー!」

5

小松基地　地下
要撃管制室

『フォックス・スリー!』

天井から声。

アルトの声だ。

何。

火浦は、見上げるスクリーンの様子に息を呑んだ。

スクリーン上、何もなかったところにいきなり『×』印が出る。

まさか。

これは――

(――やった……!?)

まさかF35を、やったのか?

日本海上空　G空域

E767　スカイネット・ワン

「や、やりましたっ」

主任管制員が声を上げた。

「やりました。やった」

(――えっ!?)

美砂生はその声に、キャビンの舷窓から管制席へ駆け戻る。

転びそうになる。

たった今、天井スピーカーから聞こえた声。

聞き間違いでなければ『フォックス・スリー』は『機関砲発射』のコールだ。

管制席の背に取りつくようにして、覗き込む。

「……!?」

「漆沢一尉」

真田も画面を覗いて、唸り声を出す。

「これは、本当か」


見ると。

情況マップのG空域の中程より、やや左――ぽつんと浮いた赤い三角形〈RA02〉の尖端の先の何もない空間に、いきなり『×』印が出た。

〈侵攻軍〉艦隊の赤い舟形の群れの、三〇マイル手前だ。

「………」

息を呑むと
「え、演習評価システムによりますと」

主任管制員がキーボードに指を走らせ、情報を別画面へ出す。

「撃墜の表示は――被撃墜機は、デビル・ゼロワン。敵の一番機」

「――」

「――」

「レ、レッドアグレッサー・ツーが、デビル・ゼロワンをフォックス・スリーでキルしました っ」

G空域
F15 レッドアグレッサー二番機

次は。

(――そこかっ)

黒羽は、模擬発射で機関砲を叩き込んだ相手――黒い戦闘機の背中を踏みつけて飛び越すようにフライオーバーすると、間髪を入れず右手で操縦桿を思い切り左へ倒す。

ぐううっ

再び、横向きに視界が吹っ飛ぶように流れる。

すると。

ざぁあああっ、と風切り音を立てて流れる視野の左端から、もう一つの黒いシルエットが黒羽の眉間の真ん前へ、引き寄せられるように飛び込んで来た。

（いた）

やはり、そこかっ。

もう一機の〈敵〉。

後姿ではない、こちらを向こうとしている。

おそらくたった今、わたしがガンでやったのは敵の一番機だ。

経過はこうだ。敵の一番機が、風谷の真後ろへ忍び寄ってＡＩＭ１２０を『発射』。

真後ろ下方の死角、間合いはジャスト一〇マイルくらいだった。

風谷機はびっくりし、慌てて左旋回をする――左へ逃げる。そうなるはずだと、敵は読んでいた。

なぜなら、パイロットは驚いて反射的に機動する時、利き腕で操縦桿を倒しやすい方へ倒す。たいていは左急旋回でブレークし窮地（きゅうち）から脱しようとする。

敵の二番機は、一番機の攻撃と同時に左へ分かれ、風谷がブレークして来る曲がり鼻を叩くようにとどめのミサイルを撃ち込もうとしていた。

しかし

(攻撃が)

視野に飛び込んで来た黒い戦闘機。そいつは慌てたようにこちらを向き、右旋回していく(弧を描くように白い水蒸気を曳く)。

こちらを見ているのではない、その証拠に、右へそのまま急回頭して腹を見せてしまう。スプリットS機動で意表を突き、真下の海面へ向け離脱した風谷機を追おうとしている

――

風谷は、見えない空間から攻撃されても、反射的に左旋回をしなかった。撃たれるのを待ち構え、備えていたからだ。

「――――」

黒羽は、VSD画面で風谷の一番機を示す赤い菱形が自機の真下を潜り抜け、後方へ脱するのをちら、と確かめながら右手首を引き付け、目の前から左手へずれようとする黒いシルエットをHMD視野の中央へ引きずり戻す。

ざぁあっ

あんたたちの攻撃は。

（ワンパターンなんだよ）

兵装選択は〈ＧＵＮ〉のまま、スーパー・サーチモードも働いている。

ピピッ

今度はＨＭＤの眉間の先にガン・クロスが出る。照準レティクルも表示され、身を翻そうとする黒い機影を囲む。

思った通り、一マイルを切れば射撃管制レーダーで捉えられる――

眉間の先で、黒いシルエットがびくっ、と身じろぎする（ように見えた）。射撃管制レーダーを照射されて警報が出たか。

「――遅い」

ピッ

間合い三〇〇〇フィート。

「フォックス・スリー！」

小松基地　地下
要撃管制室

「――あぁっ」

主任管制官が声を上げる。

「またやった、また」


「………」

火浦はスクリーンを見上げ、息を呑んだ。

続けざまに撃墜……？

鏡はいつの間に、こんな腕に――

しかし
「あ、あぁっ」

別の声が、火浦を現実へ引き戻す。

もう一人の要撃管制官だ。

「ミサイルですっ、ミサイル出現」

「――!?」

「――!」

全員が、スクリーンを注視する。

言われた通りだ。

敵の二番機（と思われる）ターゲットを仕留めた鏡黒羽の二番機――〈ＲＡ02〉。その斜め前方（敵機の後方へ廻り込む攻撃で、黒羽の二番機はほぼ東方向へ機首が向いている）、やはり何もない空間からだ。ミサイルを示す輝線が現われると、まっすぐ赤い三角形〈ＲＡ02〉へ向けて伸びる。

近い。

さらに

「あっ、もう一発」

G空域
E767　スカイネット・ワン

（………）


美砂生はマップ上の動きに、立ったまま拳を握り締めた。

やった……。

たった今、鏡黒羽の二番機が〈敵〉の二番機を撃墜――真後ろに食らいつき、機関砲で仕留めた。

しかし、急旋回で東を向こうとする赤い三角形〈ＲＡ02〉の尖端へぶつけるように、斜め前方から新たに現われた輝線が伸びる。

ミサイルだ。

間合い、八マイル。

さっきより近い。

さらに
「もう一発、現われましたっ」

主任管制員が叫ぶ。

「これは。レッドアグレッサー・ワンの真正面ですっ——うわ」

近い。

全員が息を吞む。

各管制卓に向かう管制員たちも、立って見ている美砂生も真田もスクリーンから目が離せない。

風谷修の一番機——〈RA01〉と表示された赤い三角形は、ついさっきスプリットS機動によって、敵ミサイルをかわした。機体を瞬時に宙で背面にし、真下へ向けて『引き起こす』——宙返りの後半部分を飛ぶことによって下の海面へ向け真っ逆さまに落下、軌道を九〇度捻じ曲げ、AIM120の弾頭レーダーの捕捉を逃れた。同時に宙返りの後半軌道を描くことで、東へ向きを変えた。高度は、スクリーン上の表示では『18』——一八〇〇〇フィートまで下がっている。

艦隊へ背を向け、東へ機首を向けたということは。どこかから迫って来ている〈敵〉の三番機・四番機と正対することになる——

黒羽の二番機へ向け、敵のミサイルが放たれるのとほぼ同時に、風谷の一番機へ向けてもミサイルが発射された。それも、風谷の機へはすごく近い。

(——風谷君っ)

美砂生は目を剝くが

そこへ

『——タリホー』

天井スピーカーから男の声。

かすれ気味だが、上ずってはいない。

風谷だ。

『ワン、エンゲージ』

「……えっ!?」

G空域

F15　レッドアグレッサー二番機

『見つけた、やる』

無線のイヤフォンに風谷の声。

呼吸は速い。

だが、声の色は冷静だ。

「ツー」

黒羽は簡潔に『了解』の意を伝えると、自分の意図も重ねて伝達した。

「ツー、上へ行く」

無線へ短く告げると、その左手でスロットルレバーをシャキン、と一番手前――アイドル位置まで引き戻す。

同時に右手を思い切り手前へ。操縦桿を引く。

下向きG。

「う」

ずざぁああっ

シートへ押し付けられるGと共に、機首が空気を切り裂く。

視界が猛烈な勢いで上から下へ――蒼穹（そうきゅう）のてっぺんへ向く。

たちまち、ピッチ姿勢九〇度。機首が天を向いたところで右手を鋭く戻し、姿勢を止める。

垂直上昇。

ただし推力無し（アイドリング）だ。

エンジン燃焼音が鎮まり、空気の音だけがずぁああああっ、と機体を包む。

（――――）

天を向くＨＭＤの視野で高度スケールは増加。『３４０００』『３６０００』『３６７０0』。同時に速度スケールの数値はみるみる減る。『３００』『２１０』『１１０』。さらに急激に減って『０５０』。

Ｇ空域

Ｅ７６７　スカイネット・ワン

「あ、当たりますっ」

主任管制員が悲鳴に似た声を上げる。

「正面から当たる」

「────」

「────」


美砂生は息を呑む。

風谷は、避けない……!?

このままでは当たる。

マップ上では、右手──東へ向いた赤い三角形〈RA01〉の尖端と、ミサイルの飛翔軌跡を表わす輝線が今にも正面から接触する──

一番機はやられる。

いや。

待て……。

「──そうか」

美砂生は思いつき、頭を振る。

大丈夫だ。

そう口に出す暇もなく。

ミサイルの輝線は、赤い三角形〈RA01〉に真正面からほぼ重なると、そのまま通り抜けた。

「と」

真田が言葉に詰まるように言う。

「通り抜けた……？」

「真田三佐、ミ、ニ、マ、ム・レ、ン、ジ、です」

美砂生は画面を目で指して言う。

「一番機は、あの通り、ミサイルとぎりぎりの間隔ですれ違った。おそらくミサイルの発射母機に近過ぎたのです。弾頭が爆発しなかった」

「爆発しなかった……？」

「そうです」美砂生はうなずく。「中距離ミサイルは、威力が大きい。だから発射した母機に被害を及ぼさないよう、通常は三マイル程度、母機から離れるまでは信管が作動しない。近接信管も働かない」

「――――」

真田は一瞬、絶句するが
「そ、そうか」技術者らしく、すぐにうなずいた。「ミニマム・レンジ――最低安全発射距離か」

「一番機の風谷二尉は」

美砂生は腕組みをした。

「ミサイルが自分のマップに表示された瞬間、その位置——敵の発射母機との間合いを目で測った。そのまま直進すればミニマム・レンジの範囲内へ跳び込める。そう読んで、判断したのです」

「むう」

真田は唸る。

「瞬時に、その判断をし、避けずに突っ込んだのか」

そこへ

「あっ」

別の管制員が声を上げる。

「レッドアグレッサー・ツー、レーダーから消えましたっ」

「何」

G空域
F15 レッドアグレッサー二番機

「──くっ」

イーグルは垂直姿勢のまま、宙に止まりかける。

エンジンはアイドリング状態だ。風切り音すら消える。

対気速度が五〇ノットを切る──

身体がふわっ、と浮くような感覚。

空力舵面（だめん）が利かなくなる、その寸前。

黒羽は天を向いたコクピットの操縦席で、細く息を吐きながら両足で均等にラダーを踏んだ。

傾くな。

機体に言い聞かせ、脇を締め、操縦桿を引いた。

乱暴にせず、やさしく、しかしストロークは大きく（舵の利きはスカスカだ）。

（──）

両耳で、水平線の位置を掴みながら、ロール軸周りに傾かないよう細心の姿勢コントロール（わずかでも傾けば機体はバランスを崩しキリモミに入る）で機首を再び上げ、宙に停止しようとする機体を『裏返し』に。

ざぁっ

背面姿勢。

右手を戻し、止める。

ほんの一瞬、機体は背面となり宙で停止。

身体にかかるすべてのＧが失せる。

「――――」

視線を上げる。

ピピッ

模擬発射されたミサイルが、今、直下方をすれ違うように通過する。ＶＳＤ画面へ目をやらなくとも分かる。

宙でほぼ停止した。パルスドップラー・レーダーにはこの機体はもう映らない。

上下の感覚も失せている。目を上げる。キャノピーから見通す『頭上』に、まだら模様の雲を張り付けた海原がまるで遠い天井のように被さっている。ＨＭＤの高度スケールは正常に表示していて『３８９００』。

いた。

ヘルメットの眼庇越しに、猫のような目の焦点を合わせる。遥か下方――まだら模様の雲の表面を背景に、黒い小さなシルエットが眼庇の上側から、視野に入り込んで来る。

同時に機体は、裏返し（背面）のまま落下を始める。

ざぁあぁっ

6

小松基地　地下
要撃管制室

「レッドアグレッサー・ツーが、レーダーから消えましたっ」

主任管制官が声を上げた。

「し、しかし。キルされたのでは――ないようです。ミサイルはそのまま通過」

「どういうことだ」

日比野が管制席へ屈みこむ。

「システムか、レーダーの異常か」

「お待ちください」

そこへ
「いえ、部長」

火浦は、声をかけた。

赤い三角形〈ＲＡ02〉は確かにスクリーン上から消え失せたが。

その直前までの飛行諸元の数値を読み取れば、どんな機動をしたのか分かる。

エンジン推力を切って、垂直上昇――

「レーダーの異常ではありません」

「何」

「あれは、鏡の〈得意技〉です」

「――？」

G空域
E767　スカイネット・ワン

「レッドアグレッサー・ツー、レーダーから消えました」

主任管制員が、首を傾げる。

「これは――」


「どうした」

真田が覗き込む。

「まさか？」

「いえ、アクシデントでは――墜落などではありません」

管制員は、当惑したような声を出す。

「データリンクで、飛行諸元は送られてきています。しかしこれは。高度三九〇〇〇、速度ゼロ……？」

「何」

そうか。

美砂生は、スクリーンに表示される〈ＲＡ02〉の動きで、鏡黒羽がどのような操縦をしたのか、理解できた。

（……そうか）

あのやり方か。

思った通り。敵ミサイルを示す輝線は、たった今まで赤い三角形のいた位置を素通りして画面の左手へ伸びていく。

ミサイルは、弾頭の内蔵レーダーで黒羽の二番機を捉え損なったのだ。

「真田三佐、データリンクの異常ではありません」

美砂生は言った。

「Ｆ15も『ステルス機』になれるのです」

「？」

真田は振り向き、怪訝そうな表情になる。

「イーグルが、ステルス機に？」

「はい」

美砂生はうなずき、素通りしたミサイルを目で指す。

「ただし、数秒間だけですが」

「――――」

そこへ
「真田三佐」

別の管制員が声を発した。

「F2隊、隊形を変えます」

小松基地　地下
要撃管制室

「――得意技？」
日比野は振り向き、訊き返そうとするが
そこへ
「あっ」
別の管制官が声を上げ、空間内の皆の注意を奪った。

「F2隊が、隊形を変えます。海面高度のまま、八機は横一列隊形へ——対艦ミサイル発射態勢ですっ」

「——!?」

「——!」

接近するF2八機に、動きがあったか。

全員が、横長のスクリーンの右手——G空域の東半分へ視線を向ける。

（むう）

火浦は目を剝く。

確かに。

言われた通り、先ほどまで『竿』——縦一列で、出来るだけ前方からのレーダー探知を避ける隊形で進んでいた緑の三角形の群れ。

八機のF2が、並び方を変えていく。横一線へ展開していく——

これは。

前方へ向け、ミサイルを一斉発射する態勢か……!?

だが

「火浦さん」

月刀は火浦を肘で小突くようにして、スクリーンの反対側を指す。

「風谷の一番機が、急機動を始めた」

「?」

G空域
E767 スカイネット・ワン

「F2八機、ミサイル発射隊形に展開しています」

演習情況をモニターしていた管制員が報告した。

「横一列、海面高度を五〇〇ノット」


「何」

真田が唸る。

「まずい——おそらくF35は、レッドアグレッサー・ワン、ツーと交戦しながらも自動システムで艦隊の位置をマーキングし、データを転送できるのだ」

美砂生は、真田の言葉に情況マップの右手へ目をやる。

「!?」

隊形を、変えている……。

確かに、八つの緑の三角形は展開して、並び直している。横一線で艦隊へ接近――

まずい、発射態勢か。

(距離は)

ＡＳＭ２の射程圏まで、どのくらいだ……?

同時に

「対艦ミサイルの発射まで、どのくらいだ」

真田も訊く。

「はっ」管制員が画面の上をマウスでなぞるようにする。「現在、艦隊先頭のイージス艦〈みょうこう〉まで一〇〇マイル。九〇マイルの射程圏まで、あとおよそ一分」

小松基地　地下
要撃管制室

「むうっ」

火浦は唸った。

月刀の指摘する通り。

スクリーン上の〈RA01〉――赤い三角形の動きは。

廻っている。

一点に止まり、尖端をその場で回している――

飛行諸元の数値は『425　20　8・0G』。

二〇〇〇フィート、八Gの旋回……!?

(風谷は)

たった今、飛来するミサイルとの間合いを見切り、そのまま直進することでぎりぎりにかわして見せた。

それは『見事』と思ったが……。

相手がスクリーン上に見えないから、動きと数値から推測するしかないが。

風谷修の一番機は、ミサイルをかわした直後、その母機のF35と正面から交差、すれ違いざまに格闘戦に入ったか。それも――

「――これは」

思わず唸る。

「巴戦か……!?」

「そうだと思います」

横で、月刀がうなずく。

「この継続する急旋回は。風谷は、F35のおそらく四番機と、すれ違いざまに巴戦――こともあろうに単機同士で互いのケツを取り合う旋回戦に入ってしまった。やばいです」

「――――」

「やばい。F35の性能は、アフターバーナー無しで超音速巡航が出来るんです。おそらく『維持旋回能力』はイーグルよりも上だ」

月刀の言う通り。

スクリーン上に表示される風谷機――〈RA01〉の飛行諸元で、Gの数値は一定だが、

速度の数値が減り始める。『425』のコーナー速度から『405』『395』──

「まずい」

月刀が言う。

「みるみる速度を失っている。このまま同じ円周上を同じGでぐるぐる回ったら、風谷は速度を失い、ずるずる後落してケツに食らいつかれる」

G空域

F15 レッドアグレッサー二番機

「──!」

黒羽は操縦桿を握る右手を引く。みぞおちに当たるくらいに引きつける。

背面姿勢から『機首上げ』。

それも最大操舵角。

ぶぉおっ

逆さまの視界が、上から下へ流れる。

背面の自由落下から、イーグルは仰向けになるように、鋭い機首を真下へ向けて行く。

頭上にあった大海原が、前面視界一杯に――真っ逆さまになる瞬間、操縦桿を戻す。真下の海面へ向け垂直降下。

ぶぉおおおっ
(――――)

視野一杯の海原を背景に、HMDの速度スケールが跳ね上がるように、みるみる増加。『200』『250』。まだら模様の上、視野の中央に黒羽は黒い〈獲物〉――F35の上面形を捉えたままだ。目を離さず、左手を最前方へ。スロットル全開、アフターバーナー点火。

ドンッ
ぎらっ
額の上、キャノピーに付けたミラーが光った。

一瞬だけ、黒羽は視線をミラーへやる。中天の太陽の位置。

(――よし)

目をすがめる。

正午近い太陽は、今、まっすぐ背中にある。

これでいい。

太陽が背中。標的が眉間の先——この角度になるよう計算し、機動したのだ。

どんなに優れた赤外線センサーでも。

こちらの姿を、捉えられるか?

——太陽の中へ隠れよ

ふと、メモの文字が脳裏をよぎる。

かすれた鉛筆。古いノートの紙面にあった文字。

——天象を味方とせよ。接敵の基本中の基本である

ごぉおおおっ

G空域
E767　スカイネット・ワン

「レッドアグレッサー・ツー、現われましたっ」

主任管制員が声を上げた。

「しかしこれは──凄い急降下だ」

「──」

「──」

美砂生は真田と共に、情況マップへ視線を向ける。

〈侵攻軍〉艦隊の三〇マイルほど前方。赤い三角形〈RA02〉が、再び出現している。飛行諸元の数値は『360　31　2・0G』──だが速度の数値は『400』『440』とみるみる増え、一方で高度は凄い勢いで減っていく。

やはり。

「漆沢一尉、これは」

「三佐。二番機の鏡二尉は」

美砂生はマップを指し、説明した。

「先ほど推力を切って垂直に上昇、宙で止まったのです」

「止まった……？」

「そうです」美砂生はうなずく。「その瞬間、速度は『ゼロ』となり、パルスドップラー・レーダーには認識されなくなりました。アムラームは二番機を見失い、そのまま通過しました」

「…………」

レーダーの仕組み。

現代の戦闘機やAWACS、ミサイルなどが搭載するレーダーは、すべてパルスドップラー・レーダーだ。

このレーダーの特長は、空中で『動いている物体』のみを捉えることだ。たとえ標的が低高度で、海面すれすれを這って飛んでいたとしても、背景となる海面の反応の中から動いている飛行物体のみを拾い出し、デジタルのシンボルとして画面に表示する。

低空での侵攻や、巡航ミサイルの来襲に対抗できる。その代わり、その物体がもしも動いていない（速度が極めて小さい）と、レーダーは山とか、海面から突き出す岩などと区別することが出来ない。飛行物体ではないと判定して、表示しない。

しかし

「たとえ一時的にレーダーから消え、一度はミサイルをかわせても」

真田は腕組みをする。

「F35はEODASで、赤外線で全周の物体を探知するのだ。捕捉から逃れることは出来ないぞ」

「いえ」

美砂生は頭を振る。

「たとえそうでも。F35にはもう、ミサイルがありません」

「何」

「さっきから、撃った弾数を数えています」美砂生は右手の指で数える。「どこにいるのか知らないけれど。F35は三番機も四番機も、それぞれさっき撃った一発でアムラームは品切れです」

G空域
F15　レッドアグレッサー二番機

ごぉおおおおっ

（――――）


額のすぐ上でミラーの中の太陽がぎらっ、ぎらっと眩しい。しかし、これでいい。

凄じい風切り音と共に、視野の中央では黒い点のようだった影が、はっきりと機体の形になる。近づく。

わたしを捜している――？

F35はまっすぐに飛んでいる。

わたしが上方へ行ったところまでは、見ていただろう。

しかし。さっきは推力もアイドルまで絞り、エンジンの熱も消した。こうして太陽の中へ入り込み、真上から襲いかかれば――

黒羽は『レーダーを切っておけばよかった』と思いつき、舌打ちしたくなった。

しかしもう、眉間の先――視野の中央に据えた黒い機影は、間合い（高度差）一〇〇〇〇フィートを切る。スーパー・サーチモードのパルスを当てられて気づいても、すでにアムラームのミニマム・レンジは切り、短距離用の熱線追尾ミサイルを持っていたとしても、太陽の中の標的なんてロックオン出来るものか。

ががが っ

だがその時。

機体がふいに、瞬間的に揺さぶられ、上下に跳ねるように動いた。

「くっ」

乱気流か——!?

しまった。

機体姿勢が、踊るように乱れる。

反射的に脇を締めるようにし、操縦桿で機首を抑え込み、左右のラダーを踏み込んでロール軸の乱れを止める。

「く、くそっ」

積乱雲が発達するような大気の状態だ。

二〇〇〇〇フィートも大気を貫いて急降下して行けば、気流の擾乱(じょうらん)層に遭わないわけがないか。

「――ちぃっ」

思わず舌打ちする。

ミラーの中の反射が消える。

太陽からはみ出た。

気づかれる……！

唇を噛む暇もなく。

視野の中央にいた黒い機影――高度差五〇〇〇フィートまで近づいたF35の黒い機体が身じろぎし、次の瞬間ひらっ、と機首上げをした。

こちらへ来る。

フライバイワイヤ機か。動きが鋭い。

G空域
E767　スカイネット・ワン

「真田三佐。レッドアグレッサー・ワンは格闘戦に入っている模様です」

別の管制員が、報告した。

「一番機は八Gで、継続旋回しています」


「何」


「!?」

美砂生は、情況マップ上で尖端を廻す〈RA01〉の動きに目を戻した。

たった今、ミサイルをぎりぎりでかわしたばかりだが。

そうか。

当然、ミサイル母機のF35とは間近で交差したのだ。

赤い三角形〈RA01〉の、一点で尖端を廻すような動き。

これは。

表示される飛行諸元のGは『8・0』だ。速度は目減りして行く。

風谷君が——これは、巴戦に……？

「まずいぞ」

真田が唸る。

「F35はアフターバーナー無しでも超音速巡航が出来る。余剰推力は大きく、維持旋回能力はイーグルより上だ。八Gかけても速度はおそらくおちない、旋回戦に持ち込まれたら——」

「————」

美砂生も、思わず絶句する。

風谷は、F35と巴戦——旋回戦に入ったのか。

F15は、速度を失わずに旋回を続けられる荷重倍数は五Gが限度だ。

マップ上で尖端を廻す〈RA01〉のように、八Gもかけて急旋回をすれば。アフターバーナー全開でも速度エネルギーを急速に失う。速度がおちていく。

単機同士の巴戦で、速度を失えば——

「————」

唇を嚙むと

「あぁっ」

主任管制員が、情況マップを指して声を上げる。

「レッドアグレッサー・ツーも、格闘戦に入りましたっ」

小松基地　地下

要撃管制室

「どうなるんだ、これは」

火浦はスクリーンを見上げ、唸った。

離れた位置で、それぞれ尖端を廻している二つの赤い三角形。

〈RA01〉だけでなく、たった今、二番機――〈RA02〉も一点で急旋回を始めた。

飛行諸元に表示される荷重倍数は『8・1G』。

「まずいぞ、鏡もどうやら巴戦に釣り込まれた」

そこへ

「F2編隊、射程圏へ三〇秒」

管制官の一人が、情況を読み上げる。

「横一列のまま、接近します」

「――――」

「――――」

薄暗い空間で立ち見をしている幹部全員が、息を呑んでスクリーンの左右を注視する。

東方向から来る、F2各機の搭載するASM2対艦ミサイルは、四発。

八機で三十二発だ。

それらが間もなく、〈侵攻軍〉艦隊へ向けて一斉に『発射』される。

（く、くそっ……）

火浦は、スクリーンを見上げたまま歯嚙みするが

その時

「おい」

ふいに背後から、右肩を叩かれた。

「……？」

何だろう。

振り向くと、すぐ後ろに誰かが立っている。

何だ。

自分としたことが。

スクリーンの様子に注意を奪われ、その大男が背後に立つのに気付かなかった。

「……鷲頭(わしず)さん」

見返す火浦に、

「ふふ」

飛行服の大男は、顎でスクリーンを指し、低い声でぼそりと言った。

「あいつら、一人前になったじゃねぇか」

「？」

にやり、と笑った……？

火浦は、鷲頭三郎(さぶろう)が唇の端を歪(ゆが)めるようにしたので、大男が笑ったようにしか見えなかった。

「鷲頭さん？」

「じゃあな」

ご苦労、とでも言うかのようにもう一度火浦の肩を叩くと、大男は両手を飛行服のポケットに入れて、行ってしまう。

出口の方へ行く。

（……え？）

まるで、鷲頭は『これ以上観戦する必要はない』とでも言うかのようだ――

何だ、あの人は。

首を傾げかけた、その時。

『――フォックス・ツー！』

天井から声がした。

G空域
F15　レッドアグレッサー二番機

視界は上から下へ、凄じい勢いで流れている。

斜め宙返りだ。

たった今、急上昇して来た黒いＦ35と交差した。黒羽の操縦席のすぐ頭上を、反対にすれ違う――その瞬間、黒い機影を睨みながら黒羽は操縦桿を引いた。

「――くっ」

ずんっ
思い切り引きつけた。

下向きＧ。

凄じい風切り音が包む。

ざぁあああっ
だが、相手を仕留めるには。

このまま巴戦に入るしかない……。

「うぅくっ」

まるで腹に鉄球をおとされたみたいだ――

引き起こしで、凄じい下向きGが襲い、黒羽の細い身体を射出座席へ文字通り叩きつけた。

痛い。

Gスーツにエアが注入され、脚から下半身を強く締め付ける。

(痛いじゃないか、この――)

顔をしかめながら、視線を上げると。

キャノピーの真上――対称の位置に黒い機影が、こちらへ背中を見せている。向こうも引き起こして同じ斜め宙返りに入っている。

巴戦だ。

(くそっ)

黒羽は操縦桿をさらに引きつけ、旋回を早めようと試みる。下向きのGが、さらに襲い掛かる。

ずしんっ

「くっ」

HMDのGメーターが『7・5』『7・9』『8・1』。

ざぁあああっ

しかし頭上の黒い機影が、視野の中で少しずつ、眉間の上へ降りてくる。

速度スケールが減る——

だが

下がりかけた黒い機影は、止まる。

（く——ガンの射撃範囲に捉えるのは、無理か……？）

舌打ちしたくなる。

F35の機動性能——旋回能力は、ひょっとしてイーグルより上なのか……!?

視野の中のガン・クロスも照準レティクルの環も、黒羽の眉間のずっと上の方にいる黒い機影には届きそうにない。

だが巴戦は、逃げた方が負ける。どちらかが我慢比べに耐えかねて離脱すれば、その直後に背後から撃たれてしまう。

くそっ……。

その時。

ポッッ、と視野の中に紅い火を見たような気がした。

何だ……？

（……………）

黒羽は、凄じいGでほとんど呼吸も出来なかったが、それでも酸素マスクの中で息を呑んだ。

眉間の上の方にいる黒い機影——その尾部ノズルだ。そこから紅い閃光。

あれは。

アフターバーナーを、炊いた……!?

はっ

黒羽は目をしばたたくと、我に返り、スロットルを握る左手の親指で兵装選択のスイッチをスライドさせようとする。Gで腕が重い——指の動きが、もどかしいほど遅い。〈GUN（機関砲）〉から〈SRM（短距離ミサイル）〉へ。

カチリ

途端に

ＨＭＤの視野からガン・クロスと照準レティクルは消え去り、代わって、五百円玉大の白い円——ＦＯＶサークルが浮かび出た。

ピッ

同時に

〈ＥＹＥ　ＳＩＧＨＴ　ＭＯＤＥ〉

視線誘導モード、という黄色い文字表示がＨＭＤ視野の下側に現われ、二度明滅して消える。

くっ。

黒羽は顔をしかめると、身体を押し潰すような下向きＧの中、視線だけを上へ——眉間の上、ヘルメットの眼庇の上方へ隠れて消えようとしているＦ35の背中へ向けた。

白いＦＯＶサークルが、黒羽の『見た』方向へ動き、視線に追従して移動する。

上へ。

視界の上へ消えようとしていた機影を、囲む。

黒い機体の尾部ノズル。

あの火だ。

ジィイイッ

ヘルメットのイヤフォンに、耳を打つような音。

来た。

トーンだ。

赤外線ミサイルシーカーが『標的の熱を捉えた』と知らせる。

ジィイッ

〈ＡＡＭ５　４〉

〈ＬＯＣＫ〉

「ううっ、くっ」

ＡＡＭ５ミサイル、残弾数四。

ロックオン。

捕まえた……。

黒羽は歯を食いしばると、右手の中指で操縦桿のトリガーを引き絞った。

「フォ——フォックス・ツー！」

ほとんど同時に。

イヤフォンに別の声がした。

『フォックス・ツー』

7

小松基地 司令部

二時間後。

「入りたまえ」

先に立った風谷が扉をノックすると。

室内からすぐに、声が応えた。

「待っていたぞ」

(――――)

黒羽は、風谷の制服の背を見ながら、心の中で息をついた。

扉の上に、プレートがかかっている。

防衛部長室――

どうして、呼ばれたのだろう。

――『大事な話だ』

火浦隊長の声。

飛行隊のオペレーションルームで、デブリーフィング（振り返り）を皆でやっている最中、声をかけられた。

――『部長室へ行ってくれ。大事な話だ』

大事な、話……？

フライトの後で、飛行の内容について編隊のメンバー同士で思い出し、反省と検討をするのがデブリーフィングだ。

黒羽は、その後に自分だけでもＡ４のノートに飛行の経過をシャープペンで描き出し、飛んだ内容をすべて思い出してケーススタディーを行なっている（一時間の飛行の再現に、三時間かかる）。

放っておくと、人間は忘れていく。経験したことを分析して、次のフライトで使えるノウハウに昇華させていく作業は出来るだけ、飛行後すぐにしなくてはいけない。

「今、ですか？」

オペレーションルームのテーブルで、風谷が訊き返した。

八名のメンバー全員が座れる大テーブルを使い、皆で検討会をしていた。傍に立てた大型のホワイトボードには『空戦の経過』を航跡図の形で描き出している。

色付きの水性マーカーで飛行の軌跡を描くのは新人の役目だ。

風谷、菅野と共に、黒羽もテーブルでデブリーフィングに参加していた。皆が『そこでそうした』『それから、こうした』と口々に思い出した経過を言い、横長のボードに今朝からの〈演習〉の様子が描き込まれ、再現されて行く。

その最中だった。

「邪魔するぞ」

火浦隊長が、テーブルへやって来た。

いつもの飛行服にサングラス。

八名全員が立ち上がり、敬礼するのを「うん、いい」と押しとどめる。

「お前たち、デブリは続けていてくれ。風谷と鏡、ちょっと来てくれ」

何だろう。

黒羽は『猫のような』と人によく言われる目で、長身の隊長を見返す（偶然だが飛行服の胸に付けている三〇七空のパッチも『黒猫』だ）。

〈演習〉のフライトが終わったばかり。

機体を降りて、汗も乾かぬうちに仲間たちと検討会に入っていた。

風谷修と自分だけ、デブリーフィングを抜けて来い、と言うのか……？

「今、ですか」

「そうだ風谷」

火浦はうなずく。

「それに、鏡もだ。階上（うえ）の部長室へ行ってくれ。大事な話だ」

部長――と言えば、防衛部長のことか。

日比野克明(かつあき)二佐。

実質、航空団の組織を仕切っている人物だ。防大卒、若くして防衛部長に就いている。将来はもっと出世するだろう、と言われる。

「大事な話がある」

火浦は繰り返した。

「それから――あぁ、その格好はまずい。ぐしょぐしょの飛行服ではなくて、お前たち二人、制服に着替えろ。きちんとして行け」

「?」

「――?」

「あの――くしゅっ」

風谷は何か訊こうとして、くしゃみをする。

隊長の指摘する通り。

格好は、一言で言えば『ぐしょぐしょ』だ。飛行中に大汗をかき、風谷と黒羽だけでなくメンバー全員が頭から水でも被ったみたいになっている。いつものことだが、パイロットたちは構わずにデブリーフィングにかかっていた。

いいな、と念を押された。

「構わん」火浦はうなずく。「部長は、お待ちくださるそうだ」

「着替えるとなりますと」風谷は、ちらと黒羽を見た。「少し、時間がかかります」

「詳しいことは、行けば分かる」

「あの。何の話でしょうか」

火浦は、自分も同席したいが、これから会議だという。

お前たち、着替えたら二人で二階の部長室へ行け——

それだけ告げると、隊長は行ってしまった（忙しそうだ）。

デブリーフィングを途中で抜けるのは、本意ではない（まして今日は大事な〈演習〉の振り返りだ）。

しかし、命令だった。

風谷の言った通り。

第六航空団では、独身のパイロットたちは基地内の幹部宿舎で起居している。毎朝、自室から飛行服で出勤している。「制服を着ろ」と言われると、部屋まで戻って着替えないといけない（隊長など役職者になると、制服で外部と応対する仕事もあるので司令部棟のロッカールームに一揃い用意しているらしいが、一般のパイロットにはそんな用意はない）。時間がかかりますよ、とことわっても「いい」と言われた。

「いいよ風谷、鏡」

菅野一朗が言った。

「お前ら、勝ったんだろ。俺たちは、やられた原因と対策について、これからじっくり検討だ。お前たちはいいよ、行って来い」

黒羽はすぐに自転車に乗り、真昼の陽の照り付ける場内道路を走って、独身幹部宿舎女子棟の自室へ戻った。

大汗をかいた飛行服と、下着まですべて脱ぎ捨て、三〇秒でシャワーを浴びた（女子棟には各室に風呂がついている）。うなじまでの髪をドライヤーで乾かし、クリーニングから戻っていたシャツを袋から出して、二等空尉の制服を身につけた。

（――――）

鏡に向いて、ネクタイの具合を確かめると。

室内の様子が映り込む。

サイドボードの上に伏せて置いてある写真立てが、目に入った。

何となく、目に入ったのだ。

急いではいたが。

自分がどうして、今朝、その写真立てを伏せてしまったのか。

そのことを思い出した。

ネクタイを整えると、歩み寄って手を伸ばした。

「…………」

写真を見ようとして、手を止めた。

風谷とは、司令部棟一階の休憩室の喫茶コーナーで待ち合わせた。

自転車を駐輪場に置き、速足で向かうと、一年先輩のパイロットはすでに制服姿で喫茶コーナーにいて、所在無げに立っていた。

「女子棟はいいな」

黒羽の姿を認めると、風谷は言った。

「部屋に、シャワーがあるからな」

「――――」

黒羽は、うなずくともなく、風谷を見返した。

――『似ているね』

脳裏に蘇る声。

まただ――

目を伏せる。

やっぱり。

この顔を、あまりまともに見たくない。

――『この人、省吾さんに』

特に、夏前のこの時季は……。

(――――)

記憶を断ち切り、声を意識の隅へ押しやると。

『――アメリカ政府は、この輸出局長を更迭し、諮問委員会へかけました』

代わりに休憩室のＴＶの音声が、耳に入って来た。

ニュースの声か。

『局長は、韓国からの代金が未納であり、支払いの見込みが立たない状況にあることを知っていながら、韓国海軍向けＦ35Ｂ戦闘機八機の輸出を承認し、ロッキード・マーチン社へ引き渡しを促していました。局長には賄賂を受け取った疑いがかけられ――』

「――」

見るつもりもなかったが。

黒羽は一瞬、ＴＶの画面へ視線を引き付けられた。

外国のものらしいニュース映像。

黒い戦闘機の正面形が、アップになっていた。

あの形――

つい二時間ほど前。

日本海上空の訓練空域で対峙した、黒い機体――

キャノピーから見上げたシルエット。

見間違いようもない。

それが、ＴＶニュースの中に出ている。

世界の主要国で、導入されつつあるのか。

「韓国も、買うらしいな」

黒羽が画面へ視線を向けたので、風谷も言った。

「Ｆ35Ｂか。どこの国も、ステルス機になっていくな」

「――――」

「行こうか」


『――続いての話題です』

休憩室を出際に、ＴＶの声がまた耳に入った。

『女優の岩谷美鈴(いわたにみすず)さんが、聖火リレーを走りました』

黒羽は足を止めかける。

今、何と言った。

（――――？）

聞き覚えのある名を耳にした。

でも、振り向いて眺める暇はない。

司令部棟　二階
防衛部長室

「よく来たな」

風谷に続いて、入室して行くと。

司令部前エプロンを見下ろす窓を背に、執務デスクがある。

革張りの椅子で、ＰＣに向かっていた制服の幹部がこちらへ目を上げた。

眼鏡（めがね）に細い目の男。横の方を指す。

「まぁ、掛けてくれ」


（……？）

黒羽は、風谷と共に直立姿勢で敬礼をしながら『何だろう』と思った。

日比野二佐は、部屋の横の方にある応接用のソファを指した。

あそこに、掛けろ……？

「風谷修二尉、ほか一名。参りました」

「うん。いいから」

四十歳近い幹部は促した。

「掛けろ。二人とも」

聞き間違いではない。

この部屋――

防衛部長室なんて、入ったこともない。

自分も風谷も、幹部（士官）ではあるが、第六航空団の組織では『下っ端』だ。

団の組織でほぼトップにいる防衛部長が、自分たちを立たせておかず、応接セットのソファに座れ、という。

立ったままで、何か話を聞かされるか、あるいは申告をさせられるのかと思っていたが……。

（…………）

横目で、部屋の一方を見る。

国旗が立てられ、応接用ソファセットに、ＴＶがある。

「おぉい」

日比野は、部屋の反対側へ声を掛けた。

「高好君。コーヒーを頼む」

左横に立つ風谷が、黒羽の横顔をちら、と見た。

お前、どう思う……？

あるいは『どうする』と訊かれたような気もした。

（――――）

黒羽は、視線は受け止めるが、見返しはしない。

釈然としないのは、一緒だが――

そこへ

「お掛け下さい」

声がした。

すでに、用意していたのか。

秘書役らしい女子幹部（三尉だ）が、トレーに皿付きのカップを三つ載せて背後から現われる（室内に給湯設備があるらしい）と、応接セットのテーブルへ置いた。

湯気が立っている。香ばしい匂い。

「さぁ」

笑顔で、招かれた。

「ご遠慮なさらず」

「――はい」

「――」

東京　永田町

総理官邸

同時刻。

『こちらは宮城県の松島海岸です。朝から素晴らしいお天気ですが、風が強いです』

ＴＶのニュースが低い音量で流されている。

『ご覧の通り、新しく建設された堤防の上は道路になっています。先ほど、女優の岩谷美鈴さんがこの区間を一キロ、聖火を手に快走しました。岩谷さんに話を聞いてみます』

「夏威(なつい)君」

官邸の四階。

内閣総理大臣執務室には、コネクティング・ルームの造りで、来客を待機させておく小部屋――控室が隣接している。

いくつかのソファと、窓。

正面ゲートから官邸の敷地内へ入り、いくつかある入口のうち職員用通用口から入館すると、二段階の保安チェックを経て、四階へたどり着く。

このフロアには、閣議が行なわれる大部屋とは別に、内閣総理大臣が日常の執務に当たる部屋がある。見晴らしのいい南西の角に位置し、大きな窓（防弾ガラス）からは緑の立木の向こうに議事堂の上半分が望める。

夏威総一郎(そういちろう)が、いつものダークスーツ姿でソファにかけ、ブリーフィング用の資料を見返していると、執務室に通ずる扉が開いた。

「待たせたな、夏威君」

「――？」

目を上げると。

男が立っていた。

五十代後半の男――秀でた頭に眼鏡をかけた中背の男が執務室から出て来たところだ。夏威の姿を認め、歩み寄って来た。

「どうも」

夏威は立ち上がり、会釈する。

この人か。

今日は、夏威はNSS戦略企画班長として、総理への定例ブリーフィング（報告と説明）のため上がってきた。予定通りの時刻だったが、秘書官から『先客との話が長引いている』と言われ、このTVのある控室で待たされた。先客――先に内閣総理大臣の活田誠勝と面談していたのは、この男だったか。

「土師さん、お久しぶりです」

「やぁ、君のおかげだよ」

土師要一――内閣官房参与だ。

年齢は五十代。夏威からは、同じ大学出身の官僚の先輩に当たる（もっとも東大からは年に百人単位で国家公務員Ⅰ種に採用されるし、土師は一度、財務省を辞めているので凄く近しいという程ではない）。

キャリア官僚として防衛省に入った夏威が、その後外務省へ出向し、さらに内閣府に新設された国家安全保障局（ＮＳＳ）へ転籍したのは一年前。

ちょうど総理が代替わりし、今の活田誠勝になった時期だ。

若手議員たちの支持を集めて総裁選に勝った活田は、自身も五十代という若い総理だ。その就任の直後から、夏威が官邸へ出入りする回数は増えた。新しく設置された国家安全保障局の機能が、ようやく使いこなされるようになってきた。官邸のメンバーも刷新され、秘書官などもだが、出入りする外部有識者の顔ぶれも刷新された。

財務省を辞めて、巷間で経済アナリストや大学教員などをやっていた土師要一が内閣官房参与として呼ばれたのも、その時期だ。

「やぁ、助かる助かる」

土師は、秀でた頭を左手で撫でるようにしながら歩み寄ってきて、長身の夏威の胸を右手で叩いた。

機嫌が、よさそうだ。

「夏威君。君たちの働きのおかげで、経済政策が凄くスムーズに運んでいる」

「……？」

何のことだろう。

官房参与は、内閣のアドバイザーだ。総理が、外部の有識者を必要に応じて招請し、専門の知見を活かした助言を求める。

経済や外交の専門家が多い。

土師要一は財務省出身の（というか財務省を追い出された）経済アナリストとして、一般にも有名だが――

「ＮＳＳのおかげだ」

土師は繰り返し、左手で額の汗を拭くようにして笑った。

「今度、一杯おごらせてくれ」

「は、はぁ」

「とりあえず、忙しいから。じゃな」

上機嫌なのだろう。

土師要一はまた夏威の胸をポン、と叩くと、笑顔で行ってしまう（忙しそうだ）。

「――――」

見送ると。

その夏威の胸ポケットで、携帯が振動した。

そうだ、総理ブリーフィングの間は、切っておくか——

上着から政府支給品の携帯（スマートフォンは丸ごとコピーされる危険があるため、折り畳み式の旧型だ）を取り出す。

開くと、メールが入っているようだ。

（……？）

タイトルを一瞥し、眉を顰める。

何だ。

メールの表題。『演習　F35がボロ負けです』とある。

差出人は防衛省時代の後輩だ。

現在でも夏威は、NSS戦略企画班長として、国の安全保障にかかわる任務についている。このポストには防衛省出身の官僚がつく。

古巣の防衛省との連絡は、密にしている。

（……ボ、ボ、ボロ負け——って）

そう言えば。

今朝は、確か日本海で、自衛隊の〈演習〉が行なわれていたはず。

微妙な情況を想定している。中国の空母機動艦隊が、もしもわが国の領域――尖閣諸島などへ侵攻をして来たら、どう対処するか。

新鋭のF35ステルス戦闘機と、対艦ミサイル・キャリアーであるF2戦闘機を組み合わせて対抗すれば、これに対してどれだけ有効な打撃を与えられるか。

その効果を確かめる。

もちろん、日本海で実施したとしても、東シナ海での有事を想定しているのは明らかだから、一般のマスコミなどへは非公表だ。

非公表にしていても、中国は手段を尽くし、〈演習〉の様子を知るだろう。わが空自のF35とF2のタッグが強力であると知れば――

「しかし」

夏威は立ったまま、つぶやいた。

後輩が送ってよこした『F35がボロ負けです』は、どういう意味だ……？

（…………）

演習の経過について、今日の総理へのブリーフィングに、付け加えた方が良いだろうか。

メールの本文を開こうとすると
「夏威班長」

自分を呼ぶ声がした。

三十代の秘書官が、執務室の扉を開いて一礼する。

「お待たせしました。どうぞ」

8

小松基地　司令部
防衛部長室

「今日は、よくやってくれた」

日比野克明は応接セットのソファに腰を下ろすと、来客側の横長ソファの脇に立ったままの黒羽と風谷に促した。

「遠慮をするな、座ってくれ」

「は、はい」

「――――」

風谷に続き、黒羽も横長のソファに腰かける。

制服はパンツルックなので、低いソファでも脚を気にすることはない（昔、スカートも支給された気がするのだが、一度も着たことがない）。

テーブルの上にコーヒーが置かれていて、湯気を立てている。

秘書役の女子幹部は、カップを置くと、部屋の隅に下がった。

（――――）

黒羽は国旗の立てられた室内を、視野の端でちら、と見渡す。

昔、見たな。こういう部屋――

官僚や政治家の執務室、という設定の空間は、ドラマや映画のセットで昔よく目にした。『警察官僚の部屋』のセットには国旗が飾ってあった。

第六航空団の防衛部長室は、そのセットに似ている。違うのは、ソファの後ろにも壁があること（当然だが撮影用のセットには、カメラに映る範囲にしか造作がない）。

照明も、普通の天井灯だ（撮影用ライトではない）。

日比野がこちらを見て、口を開いた。

「実はな」

黒羽は我に返る。

防衛部長――か。

この人物とは、差し向かいで話したことはない。

年かさの男が自分に向いて何か話す時。

たいていは、目的があった。

これまではそうだったが――

「〈演習〉に先立って」日比野は続けた。「航空総隊で会議が持たれた。その中で、こういう話が出た。中国艦隊の艦載機の役を飛行教導隊にやらせたいのだが、教導隊はあまり積極的ではない――どういうわけかな。で、私はこう言った。それならば、うちの航空団の飛行隊はどうですか。前にアメリカ軍のF22とも互角に渡り合っている。最新鋭のF35が相手でも、そう簡単にはやられませんよ」

「――」

「――」

「結果、その通りになった」

目の細い幹部は、うなずくように言った。

「六機やられはしたが。最終的に君たち二人が、F35二機と高G格闘戦に入ったせいで、F35は一時的に〈侵攻軍〉艦隊の位置情報をデータリンクに流すことが出来なくなった。後続のF2編隊は照準データをもらえず、そのうちにF35もやられてしまったので、自分たちのレーダーで艦隊を捉えられる位置まで近づかなければならなくなった」

そうだ。

まぐれのようなものだが。

あの時――訓練空域にそびえていた積乱雲の存在を利用し、あのレーダーに映らない新鋭戦闘機を罠に嵌め、倒すことが出来た。

いつもできるわけではない、たまたま天象・気象を味方に付けられたのだ。

祖父のノートによれば。

天象・気象を味方にするには、いつも空の様子に気をつけていること。出撃のある日は、前夜から天気図を見よ――

思い出す黒羽に

「鏡二尉」

日比野は問いかけた。

「君は、F35の三番機を倒した後、AWACSへ要求したな。『F2編隊の位置データを寄越せ』と」

「――はい」

黒羽は、男を見てうなずく。

確かに。

あの時の巴戦。F35の三番機へ向け、ヘルメットマウント・ディスプレーの視線誘導モードでAAM5を発射、撃墜した後。

斜め宙返りから脱すると、自分は空域を監視しているスカイネット・ワン――E767へ無線で要求した。

接近して来るF2八機の位置――照準データを、データリンクで寄越せ。

ほぼ同時に、風谷もHMDを使った短距離ミサイル攻撃でF35四番機を撃墜していた。

イーグルはF35に対しては、機動性で若干劣る。それは分かっていた。しかし自分たちにはHMDを活用したオフ・ボアサイト攻撃がある。

ぎりぎりの機動戦で、F35にアフターバーナーを炊かせることが出来れば。レーダーが

利かなくても、ＡＡＭ５のシーカーはノズルの熱源をロックオンできるのではないか

……？　出撃前の打ち合わせで、そう風谷と話していた。

わたしがＦ２の位置情報を要求したことで、四番機を倒した直後の風谷にも、すぐに意図は伝わった――

「大したものだ」

日比野は言った。

「Ｆ35四機を殲滅した直後。返す刀で、風谷と君はＦ２八機に対して指令誘導でＡＡＭ４八発を模擬発射。この攻撃により、Ｆ２隊は対艦攻撃ミッションを一時中止して避退しなければならなくなった」

止まってはいけない。

目の前の敵を墜としても、息を抜いてはいけない。

敵を斬って止まらず、連続した動きで次の敵へ向かうこと。それが乱戦の中で自らを守る。そのためには目の前の敵を倒した後に狙う二番目の標的のだいたいの位置を摑め。第一の敵へ襲い掛かる前に摑んでおけ――

「原則通りに、しただけです」

日比野に、あまりじろじろ見られたくないので黒羽は説明した。
興味を持たれる。視線を向けられる。
十代の初めから、頻繁に、そういう経験をした。
航空自衛隊に入ってからも、別の意味で視線の集中は浴びた。
知らんふりをするほかはない。
愛想がない、とどこでも言われた（実際、そうなのだが）。
――『パイロット……』
脳裏をかすめるのは父親の声だ。
意外そうな、確かめるような声。
――『航空自衛隊のパイロット……お前がか』
十七の時。

ある経緯から、空自へ進むことを決め、航空学生の採用試験を受けた。

家族には内緒にしたが、三次試験の飛行適性検査まで通って、合格してしまうと隠してはおけない。未成年者の採用だから、家に地方本部の採用担当幹部がやって来る。

当時。都内のミッション系の女子高校に通っていた。入隊させるのに親の説得は必要と思われたのだろう、地方本部の幹部──女子の三等空佐の人が、部下を伴なって二人で来訪した。それで親にばれた。

母親には一応、墓前に参って報告していた。父親にはまだだった。

「高等部を修了したら」

父は訊いた。

「お前は、大学へ行きながら女優業を続けるのではなかったのか？」

「────」

黒羽は、父を見返すと、応えた。

「気が変わった」

突然、娘から『自衛隊パイロットになる』と知らされたのだ。

父からは、もっと感情的に反対されるかと思っていた。

いま通っている学校の高等部を卒業したら、上の大学へは進まず、航空自衛隊へ入隊する。それもパイロットの養成コース。訓練がうまく行き、選ばれれば戦闘機にも乗る。

いきなり切り出されたら。『途方もなく見当違い』に聞こえるだろう。

だが
アポイントを取って来訪し、自宅のリビングで差し向かいになった採用担当の三佐から黒羽の『航空学生採用試験合格』を告げられると、父親は一言「そうか」と言った。

それきり、少し黙った。

何だろう。

父は、会社を経営していた。忙しいが、予定は自由に出来る。採用担当幹部の来訪を土曜の午後にしてもらったのは、黒羽の学校と、〈仕事〉の休みに合わせた。

「そうか」

父は、黒羽が高校生の時にすでに七十を過ぎていた。

黒羽と、双子の妹は二番目の妻との間に遅くなってから生まれた。

小さいが貿易会社を経営している父は、柔軟な考え方をする。黒羽がオーディションに通って芸能界入りした時にも、あまり反対はしなかった。所属することになる事務所について、よく調べたうえで許した。

「そうです、か」

少しの沈黙の後、いつもの口調になった。

驚いたように見えたのは、最初の「そうか」の時。

その瞬間だけだ。

ひと呼吸おいて「そうです、か」とつぶやいた時には、横顔に不思議な表情が浮かんでいた。

横で見ていて、黒羽は父のその表情を『何だろう』と思った。

「航空自衛隊のパイロット……」

自分の中で確かめるようにつぶやき、父は黒羽の顔を見た。

「お前がか」

「――――」

黒羽は見返す。

何か言われても、決心を変えるつもりはない。

当時、学業の傍らにしていた〈仕事〉でも、撮影の本番で緊張することはあまりなかった。しかしこの時は少しだけ、身構えた。

「黒羽」

「――」

「ドラマや映画の仕事は、どうするんだ。高等部を修了したら、お前は、大学へ行きながら女優業を続けるのではなかったのか？」

「気が変わった」

「そうか」

父――鏡龍一郎は、唇を結ぶと、うなずいた。

対応は冷静だった。

保護者として、入隊について同意するかどうかは、少し保留させて頂きたい。

そう告げて、採用担当幹部にはいったん引き取ってもらった。

妹は学校の部活で留守だった。双子の姉妹が高校生になってからは、通いの家政婦も週に二度来るだけだ。

リビングで二人で、差し向かいになって話した。

「黒羽」

「――」

「今、これだけ売れているじゃないか」

「――――」

「お前のことを『天才』と評価してくれる人もいる。若くして天狗になるのはまずいが、お前は幸い、舞い上がることもない。お前自身も前に、父さんに『女優は天性の仕事だ』と言った」

「――――」

「そうじゃなかったか？」

「――――」

子供のころからだ。

人と話をするときに、相槌を打たない。

ただ相手の顔を、まっすぐに見る。

「十七歳だ。いろいろな考えが浮かんで当然だし、様々な世界を見るのもいい。自分の針路を早くから決めてしまう必要もない」

「――――」

「だが」父は黒羽を見た。「突然というのは、どうかな。なぜ試験を受ける前に、相談しなかった」

「――――」

「問題は」

父はカーディガン姿で、室内の調度を見回した。

会社の所有にしているという、広尾の住宅街の一角にあるマンションの部屋だ。

「お金が動いている、ということだ。お前を頼りに進んでいるプロジェクト――企画がいくつかあったはずだ。どうするんだ。お前が突然辞めると、彼らは投資が回収できなくなる。

父さんはビジネスマンだから、そういうことを考える。確かに大人たちは、お前を金儲けの材料にしている。一方で、お前も大人たちを利用し、自分の好きな表現の仕事をして報酬も得ている。悪い言い方をすれば大人を利用している。持ちつ持たれつだ」

父の言う通りだった。

辞めると言えば、きっと一斉に止めに来る。

だから、当時所属していた事務所へは一切、航空学生受験のことは知らせなかった。

知らせなかったが――

「迷惑はかけない」

黒羽は答えた。

「相談はした」

「？」

父は、怪訝そうな表情をする。

「相談……？　誰に」

「見事な攻撃だった。君たちはエースだな」

目の前で日比野が言った。

（……？）

今、何と言われた。

エース……？

その言葉が、黒羽を我に返らせた。

そうか。

防衛部長室に呼ばれていた。

目をしばたたくと。

テーブルの向こうで日比野はカップを手に取り、美味(うま)そうにすする。

「おぅ」

満足そうな表情でうなずく。

「本物のコーヒーじゃないか、高好君。うまい」

すると

「はい部長」

部屋の隅に控えている秘書役の三尉が、返事をした。

「最近、少しお安くなりましたから。部のお茶の予算でも、何とか買えるんです」

「そうか、そうか」

日比野はうなずく。

「自衛隊のオフィスで出すコーヒーと言えばインスタントばっかりだったが。消費税を凍結してくれた総理に、礼を言わないとな——ところで」

「——」

「——」

日比野がこちらを見たので、風谷と共に黒羽も、何となく姿勢を正す。

大事な話がある、と言われ、出頭するとコーヒーまで出された。

何だろう。

「本題に入ろう」

日比野も威儀を正すようにして、告げた。

「君たち二名を呼んだのは、他でもない。辞令がある」

第Ⅲ章　五番機の黒猫

1

小松基地　司令部
防衛部長室

「これは、前から決まっていたことだが」

日比野克明(ひびのかつあき)は言った。

言いながら、右手の指を上げて合図をする。

「持ってきてくれ」

部屋の隅に控えていた高好(たかよし)三尉が、また歩み寄って来た。

盆に載せて運んで来た何かを、応接セットのテーブルに置いた。

一礼して、下がる。

(……?)

黒羽(くろは)は、目をしばたたく。

　自分と、風谷の前に置かれたのはＡ４サイズの封筒だ。

「君たちに、それぞれ辞令だ」

　日比野は卓上を目で指し、続ける。

「急な〈演習〉が入ったので、数日、通知が延びてしまったが。ま、今日の成果を見て、私も確信が深まったよ」

「――――」

「――――」

　辞令……？

　何だろう。

　自分は、新田原基地での機種転換課程を終えて小松へ新人パイロットとして赴任して以来、一度も異動を経験していない。

　今の三〇七空から、どこかへ行け、と言うことか……？

　それも、一年先輩に当たる風谷と同時に封筒を渡された。

「まず、風谷修二尉」

「は、はい」

風谷が、目を上げて日比野を見返す。

「異動でしょうか」

「そうだ」

日比野はうなずく。

「風谷、来月から市ヶ谷だ。CS課程への入校を命ずる」

CS課程……？

指揮幕僚課程のことか。

黒羽はちら、と風谷の横顔を見る。

驚いた表情。

その風谷に

「風谷二尉、CSを終えたら、当航空団へ戻る予定だ。意味は分かるな」

「……は、はい」

「君には将来、後進の指導に当たってもらう。新人時代には普通の成績だったが、研鑽を重ね、技量・人格共に成長が著しいと評価した」

「………」

「戻ったら飛行班長だぞ。いいな？」

風谷が、ソファの横で固まるのが分かった。

（――――）

黒羽は、出来れば横からその足を踏んずけてやりたい、と思った。

日頃の仕事が評価され、昇進への道がひらけた。

固まっていないで、何か言え。

「あ」

もどかしい間があって、線の細い先輩パイロットは口を開いた。

「ありがとうございます」

しかし。

風谷が、テーブル越しに日比野に肩を叩かれ「頼むぞ」と激励される間。

黒羽は自分の前にも置かれている書類封筒を見て、眉を顰めた。

（…………）

おかしい。

わたしがＣＳへ行かされることなんて、四八〇パーセントくらい、無いぞ……。

どこへ飛ばされるんだ――

「で、鏡黒羽二尉」

「――――」

黒羽は差し向かいの防衛部長を見返す。

いくらなんでも、返事はしよう。

「――はい」

「鏡二尉、君には松島基地へ行ってもらう。来週からだ」


え……？

今、何と言われた。

松島――？

「第四航空団・第十一飛行隊へ臨時で参加しろ。籍はこちらへ残しておくが、半年ほど行ってもらう」

「――――」

「聞いてるか？」

「は、はい」

黒羽はまた目をしばたたく。

「第十一飛行隊、ですか」

「そうだ」

日比野は大きくうなずく。

「君の腕を見込んで発令する」

第十一飛行隊――

有名だから、黒羽にも分かる。

「――わたしが、ブルーインパルス？」

「そうだ」

日比野は、応接セットの脇に置かれたＴＶを、顎で指した。

電源は入っていないが。

その手前に、スタンドに立てられた白地にブルー塗装のＴ４練習機の模型と、未来のロボットのようなマスコット人形が二体、並んで飾られている。

「もうすぐオリンピックだ。分かるだろう、空幕の考えていることが」

東京　総理官邸
内閣総理大臣執務室

「夏威戦略企画班長が来られました」

三十代の秘書官が、コネクティングルームの扉から執務室の中へ告げた。

「総理」


「おう」

室内から、威勢のいい印象の声がした。

江戸っ子、か――

新しい総理とは、頻繁に話をする。

だが夏威は時々『落語家としゃべっているんじゃないか』と錯覚する瞬間がある。

自分は高知県の出身だ。大学入学と同時に上京してから、基本的にずっと東京にいるが――このような〈江戸弁〉を実際に口にする人物は見かけたことがない。

「はいんな。済まねえな、待たせて」

「いえ」

夏威は総理執務室へ足を踏み入れると、ブリーフケースを脇に抱えたまま一礼した。

絨毯（じゅうたん）の毛足が長い。

「ブリーフィングに参りました。総理――」

何だろう。

活田誠勝（いけだまさかつ）は、夏威と同じくらいの長身だ（大学時代はバスケットボールの選手だったと聞いた）。

五十代の前半。この年齢は政界では『鼻たれ小僧』と呼ばれるくらい、若い。

その活田は応接セットのソファ（来客が座る横長の方）に靴を脱いで寝ころび、クッションを枕に仰向（あおむ）けの姿勢でタブレット端末を眺めている。

画面を指でめくり「凄いじゃねえか、畜生」とつぶやく。

何かの資料を見ているのか。

さて。

自分は、どこへ掛ければよいのだろう――？

横長ソファに両脚を投げ出して寝転がっている総理大臣と、室内の調度を交互に見回していると

「こいつぁ凄え――おう、済まねえ」

長身の総理は気づいて、起き上がって座り直すと、差し向かいの席を手で示した。

「遠慮はいらねえ、座ってくれ」

「はい総理」

堅苦しいことを嫌う政治家だと分かっている。このようなことは珍しくない。

夏威は、勧められたソファに腰を下ろしながら、総理の手元をちらと見た。

興奮した様子で、まだ画面を眺めている。

「夏威班長」

「――はい」

「凄え数字が出て来やがったよ。参ったな、こりゃ」

（……？）

数字……。

ひょっとして、さっきまで土師要一と予定を越えて話し込んでいた理由は、これか。

では『凄い数字』というのは。

「総理」

夏威は、画面を見たままの活田へ訊く。

「まさか、消費税凍結の効果が、もう出て来たのですか」

「いいか戦略企画班長」

「はい」

「聞いて驚くなよ、さっき土師先生が持ってきてくれた速報値だ。昨日付の国内における小売売上高、前月比九・八パーセント増加。前年同月比では実に二十八パーセントの増加だ。戦後の高度成長期を入れても史上二番目の増加率と来たもんだ、畜生」

「――――」

夏威は、絶句した。

さっきの土師要一の興奮した上機嫌ぶりは、このためか。

ここ一年余り。

中国に端を発する新型ウイルス拡散の影響をもろに受け、大変なことになっていた。わが国の経済は壊滅的な打撃を被（こうむ）った。国民の活動が制限され、死者の数こそ世界に比しても極めて少なかったが、経済で死ぬ者が多数出るのではないか、と言われていた。

これに対し、活田内閣は緊急経済対策を次々に実施した。取り急ぎ、国民一人当たりに十五万円の緊急給付金を配り、企業に対しても様々な支援を行なった。

そして、様々な根回しの末、先月になって断行したのが『向こう三年間の消費税凍結』だ（このために一四〇兆円の特別予算を計上した）。

経済の専門家からは「最も効果があり、行なうべき施策」とさんざん言われてきた。しかしなぜか頑強に反対する財務省と、財務省の影響下にある多数の議員が抵抗をするため『凍結』実施は不可能だろう、と言われてきた。

それを。

「いいか、これによると」

活田はタブレットを見ながら続けた。

「特に好調なのが自動車と関連部品、衣料、雑貨、飲食もいい。ネット通販はもともと好調だったがそれでも前月比六パーセントの伸びだ。見てみろ、専門家の先生方がさんざん指摘して来たとおり、消費税を止めちまった瞬間に世の中みんな馬鹿売れだ。馬鹿売れ」

「…………」

「わが国はもとより内需の国だ。物を買うのに罰金を取るような消費税をやっていて、世の中が廻るわけがねえ。この勢いで、三十年余り続いたデフレを一気にひっくり返したいぜ、畜生っ」

そんなに、効果が出ているのか。

夏威は、総理大臣の興奮ぶりに目をしばたたいた。

――『君のおかげだよ』

では。

あの〈リスト〉が、役に立ったのか……？

NSS情報班が、苦心の末に作成した〈レッドリスト〉――

「…………」

「夏威班長」

活田はタブレットをテーブルに置き、夏威を見た。

「礼を言う。君たちNSSのおかげだ」

「い、いえ」

夏威は頭を振る。

「我々が得た情報を、国のためにお役立て下さり、こちらこそ」

情報班の連中に、感謝しなくては――

三か月前のことだ。

NSS情報班（主に警察庁出身者で運営される）に『日銀総裁の様子がおかしい』という情報が入った。赤川冬彦日本銀行総裁の言動が、変であることは、前からNSSの内部で注目されてはいた。活田内閣の緊急経済政策を受けて、一度は大幅な金融緩和を打ち出しながら、総裁は「このままでは国の借金が増えてしまう」とうわごとのように幾度もつぶやき、金融緩和の効果が出るのを待つことなく「出口戦略だ、緩和はもうやめる」と発言し出した。

会見では目が泳ぎ、見ていても「心ここにあらず」という様子だ。

NSSでは、情報班が新たに養成した工作員を、日銀総裁の身辺監視に差し向けた。すぐに『異状』は報告された。総裁は、週に三度も都内のホテルで〈女〉と会っている。日によっては昼間からの場合もある――

ＣＩＡから招聘した教官によりトレーニングされた情報班女子工作員は、ホテルに張り込んでこの〈女〉と接触。総裁に会うため部屋に向かう途中で仕掛け、公務執行妨害の名目で逮捕することに成功した。

「私も、女スパイから取った供述調書を見た時は、信じられぬ気持ちでしたが」

夏威は言った。

「まさか。財務省の幹部ほぼ全員が、ハニートラップにやられていたとは」

「うむ」

白昼からホテルで密会を重ね、日銀総裁をハニートラップによって『支配』していたのは中国共産党のエージェントだった。わが国に入り込んでいた女スパイだ。

ＮＳＳが養成したばかりの、経験のまだ浅い女子工作員（一応キャリア警察官だ）に簡単に逮捕されてしまったのは。わが国がスパイ行為を防止する法律も持たず、いわゆる〈スパイ天国〉だったので、安心しきって油断していたのだろう。

女は警察庁の地下特別取り調べ施設へ連行された。日本の警察当局に捕まった以上、その女スパイは本国からは『日本へ情報を売った』という疑いをかけられ、一転、追われる身となる。釈放しても多分、仲間の手で殺される。

安全にアメリカへ亡命させることを条件に、ＮＳＳ情報班は女から知る限りの情報を引き出した。

それが〈レッドリスト〉だ。

女スパイの『同僚』多数により、実に財務省の幹部キャリア官僚の八十五パーセントがハニートラップに嵌められており、中国共産党の命令に従わないと全世界のネットに特殊な動画をばら撒かれてしまう状態にあることが判明した。

「道理で、わが国の経済がどんどん悪くなるのに、それでも消費税をどんどん上げようとするわけだ」

活田が忌々し気に言う。

「内需が頼みのわが国で、消費税をどんどん上げればどうなるのか、この俺にだって分かる。財務省の幹部の連中は、俺よりも経済が分かっていないのか、頭がおかしいのか、どっちかだろうと思っていたんだが——まさかこれまで三十年も、中国共産党の命令で動いていたとはな」

「財務省だけでは、ないかもしれません」

夏威は言う。

「今回は、日銀総裁に食いついていた女スパイを挙げたので、財務関係の官僚に取り憑いているハニートラップについて明るみに出せました。しかし、これだけやられているということは、政府の他の分野でも」

「うむ」

活田はうなずく。

もちろん、ハニートラップにやられているのは官僚だけとは限らない。

政界、財界。

マスコミ――そして意外に国の根幹にかかわる教育界。

大掃除をしようとすれば、どんな〈危険〉が待ち受けるか――

「まず、〈スパイ防止法〉の制定が急務だ」

「はい総理」

夏威はうなずく。

「現行の法制度では。わがＮＳＳ情報班の工作員は、まず相手に先に攻撃するよう仕向け、その後で正当防衛か、公務執行妨害へ持って行かないと中国スパイを逮捕できません。航空自衛隊のスクランブルとまったく同じ、現場では大変苦労しています」

「わかっている」

活田もうなずく。

「しかし、〈スパイ防止法〉をいま通そうとすれば。また野党や親中派議員やマスコミが『人権、人権』と騒ぎ立てて国民を誘導しようとするだろう。国民さえ、正しく理解してくれればよいのだが、残念ながら今はその状態にない。ここは、いま中国が何をしようとしているのか、わが国にどんな危険が迫っているのか。人権をないがしろにしているのは中国とわが国のどちらなのかを、国民に分かってもらわなければならない」

「その通りです」

「俺の力だけでは」

活田は、残念そうな表情になる。

「残念ながら、まだ不十分だ」

その通りだ──

夏威も思う。

わが国は民主国家だ。主権者である国民の投票によって、国会議員は選出される。

リーダーは国民の選挙で決まる。

当然、選出された議員たちは世論――国民の意見や要望を背景に活動する。逆に、世論に大きく逆らうことは、国のためと思っていても出来ない。

それが民主主義の国だ。

だが国民は、日頃、どのような情報に接して暮らしているか――？

一般の、大部分の国民はＴＶのワイドショーを見ているし、新聞を購読している。

多くの国民が、毎日、ワイドショーで話される内容や、新聞の紙面に書かれた内容に接している。ＴＶと新聞で世の中のことを『こうだろう』と把握している。

近頃ではようやく、ネットの世界で自由な言論がされるようになっては来たが。

実際は、ＴＶと新聞しか見ていない高齢の国民ほど、積極的に選挙で投票に行く。

「そこで」

活田は、執務室の一方へ目をやった。

国旗がスタンドに立てられている。

その横に、日の丸と並んで、もう一つの旗がある。

白い旗だ。縁なしの白地に、青・黄・黒・緑・赤の五色のリング――五輪が描かれている。

「考えたのだが。オリンピックが、どうにか開催できそうだ。俺は、オリンピックに合わせ、世界中の民主主義国家の代表をわが国へ招いて〈民主主義サミット〉を開こうと考えている」

「――？」

何だ。

何と言った……？

「総理」夏威は訊き返す。「〈民主主義サミット〉――ですか？」

「そうだ」

活田はうなずく。

「悪いが、急に思いついた。〈民主主義サミット〉だ。五輪に合わせ、これを開催すれば国民は注目する。マスコミも報じないわけには行くまい」

「――――」

夏威は息を呑んだ。

この人は。

普段から『自分は学がない』とか『東大なんか出ていない』とか、二言目には『俺は魚屋のせがれだから』とか口にするのだが。

政治的センスは、目を見張るものがある――

「総理」

夏威は確かめるように訊いた。

「〈民主主義サミット〉というのは、つまり、民主主義国だけで開く国際会議？」

「そうだ」

活田はうなずき、壁際の五輪の旗と、そのむこうの世界地図を顎で指した。

「あんたなら、よく承知と思うが。実は国連加盟国が一九三か国もあるうち、まともな民主主義国家と呼べる国は、ごくわずかだ。一九三の国のうち、実に約八割が独裁か軍事政権か、それに近い状態なのだ。選挙があっても形だけみたいな国が、ほとんどだ。わが国の安全な環境にいると、人権が守られることも民主的な選挙も当たり前に見える。しかし世界の中では、俺たちのような国はむしろ少数派だ」

「――――」

「もしもだ。独裁的な国が、強大な経済力を持ってしまい、自国の軍事力を増やそうと思ったら、そんなことは簡単にできる。誰も反対しないからな。法律も好きに作れる。誰も反対しないからだ。そういう国や勢力が、まともな民主主義の法治国家へ侵食してきたら？　こちらが憲法や法律を守ることを逆手にとって侵略をして来たら、どれほど危険か。実際、オーストラリアでは——俺は先月、オーストラリアの首相と会談したが、向こうでは例えば港を九十九年間取られちまったり、すでにてえへんなことになっているぞ。

この際、東京オリンピックがいい機会だ。俺は開会式に合わせ、世界の民主主義国の首脳、そして『民主主義になりたい』国や地域の代表を東京へ招き、オーストラリアの首相にはお国の現状を話してもらい、それをＴＶに中継させる。皆で、ぶっちゃけて言えば『中国からの侵略への対抗策』を話し合うサミットをやろうと思うんだ」

「——」

「どうだ？」

2

東京　総理官邸

地下

三十分後。

「――」

総理への定例ブリーフィングを手早く終えた。

地下のオペレーションルームへ向かうエレベーターの中で、夏威総一郎は立ったまま腕組みをしていた。

階数表示はすぐに一階を過ぎ、地下二階、三階――と下って行く。

さて。

階数表示を見上げたまま、心の中でつぶやく。

（――どうしたものか……）

たった今、活田誠勝から聞かされた。

東京オリンピックに合わせ、〈民主主義サミット〉を開催――

中国が、〈一帯一路〉構想を旗印に世界へ影響力を拡げようとしている。

多くの途上国に対しては、インフラ整備を提供する代わりに、返しきれないくらいの借金を負わせて支配下に置く（借金の形に重要な港湾を九十九年間租借し占有するなどは、そのほんの端緒だ）。

わが国に対しては、尖閣諸島をはじめ沖縄県全域を『本当は中国の領土だ』と宣言し、海警局の公船を繰り返し送り込んで来る。

いや、目に見えるものは本当は大したことではない――

今回、明るみに出た通り。

旧大蔵省時代から、わが国の財務省は永く中国共産党の支配下にあった。共産党の命令により消費税が創設され、徐々に税率が引き上げられて、わが国は三十年かかって経済力を徐々に削がれ、国力を減衰させられて来た。その間に、逆に中国は経済発展をして、国力の差はついに逆転した。

中国は、遠大な計画で侵略をしてくる。一党独裁が永く続くため、五十年かけて世界を征服できれば良い、と考えている――

そのような説を読んだことがある。

あながち、間違ってはいない……。

「…………」

活田誠勝は、わが国だけでなく様々な国へ侵食しようとする中国に対し、民主主義国が皆で団結し、立ち向かおうと提唱するつもりか。

東京オリンピックの開会式は、世界から注目される。

そこに機会を合わせ、オーストラリア、インド、アメリカなどの首脳を招き、さらに中国を脅威と感じる国々のリーダーも集めて〈サミット〉を開けば――

いや。

ちょっと待て。

夏威はメタルフレームの眼鏡の下で、目をしばたたく。

（あの人はさっき『民主主義になりたい国や地域の代表』と言ったぞ）

国や、地域……。

さっきは、はっきりと口にしなかったが。

活田総理は、国家として全世界から認められてはいないが、台湾の総統――ひょっとしたらさらに東トルキスタン（ウイグル）亡命政府、チベット亡命政府の代表まで招くつもりか。

東京オリンピックの開会式のＶＩＰ席に、アメリカ、インド、オーストラリアの首脳と並んで台湾の総統とウイグル亡命政府、チベット亡命政府の代表が……？

（…………）

本気で、やるつもりか。
開会式のスタンド――VIP席の様子が頭に浮かび、思わず息を呑んだ。
中国は、どう出て来る。
その席に、政府の代表を寄越すだろうか。
アメリカは、大統領は高齢なので、今のところ副大統領が来日を表明しているという。
インドとオーストラリアは、おそらく首相が来るだろう。
その横に、台湾の女性総統と――

「――問題は」
思わず、つぶやいた。
問題は警備だ。
オリンピック開会式のテロ対策を、緊急に見直す必要が――
その時
ブーッ
胸ポケットで携帯が振動した。
誰からだ。

また防衛省の後輩が、何か知らせてきたのだろうか？
頭上の階数表示にちらと目をやりながら、携帯を取り出す。
しかし
「……？」
開いた画面に表示されたネームに、夏威は眉を顰める。
チン
同時に、階数表示が『地下六階』を示し、エレベーターの扉が開いた。

総理官邸
地下六階　通路

（……沢渡有里香（さわたりゆりか）……？）

夏威は、開いた携帯の画面に表示された名に、眉を顰めた。

振動する旧型の携帯。名前が出ているということは、電話帳に登録している人物からのコールだ。

沢渡――

そうか。

思い出す。

沢渡有里香は、大八洲(おおやしま)TVの報道記者だ。


夏威は、エレベーターを出たところで立ち止まると、周囲を見回した。

白い地下通路(一部の職員から『地球防衛軍本部』と呼ばれる)。

左へ進むとNSSのオペレーションルーム。右手の方には内閣情報集約センターと、衛星情報センターがある。

一刻も早く、NSSオペレーションルームへ戻り、情報班と合同での緊急会議を招集しなくてはならない。

「――――」

夏威は、通話のボタンを押すと、携帯を耳に当てた。

「はい、夏威――」

『夏威さんっ!?』

いきなり、ハイトーンの女性の声が耳を打った。

『夏威さんですかっ』

霞が関
中央合同庁舎前　路上

「夏威さん、お忙しいところ、済みませんけどっ」

電話が繋がった。

沢渡有里香は、通話に出た相手に向け、言った。

思わず強い調子になる。

「大八洲ＴＶの沢渡ですけどっ。今、水産庁に取材に来ているんですけどっ」

吠えるスピッツ、と局では呼ばれている。

小柄な自分は、相手が大きい（権力が強い）と、つい声が大きくなる。

携帯を耳につけながら、周囲を見回す。

中央合同庁舎の正門前には、警備の機動隊員二名がフル装備で立っている。

以前、ここではないが霞が関のある省庁の庁舎内で、電話をしながら思わず腹が立って怒鳴ったところ『騒ぎを起こすな、出て行け』と警備員につまみ出された。

大事な通話の最中に、つまみ出されてはかなわない。

今日は有里香は、農林水産省の各組織が入っている合同庁舎の正門を出てから、路上で電話することにした。

相手は、夏威総一郎だ。

こともあろうに。

あの夏威さんが……!?

あの男。

〈ふゆしま事件〉では、一緒に命がけで戦ったのに——

最近は、顔を見ていないが。

夏威総一郎はよく知っている。信頼のおける官僚だ。あの〈事件〉当時、彼は外務省の職員だった。東シナ海に浮かぶ海洋調査船に閉じ込められ、テロ集団によって一緒に殺されかけた(彼の活躍により結果的に尖閣諸島が侵略から救われている)。

有里香も九死に一生を得て、スクープをものにしている。

それはいい。

しかし――

(――夏威さんが、議員の出漁を止めさせただなんて……!)

たった今。

水産庁の本庁にじかに乗り込み、取材――問い詰めをしてきたところだ。

午前中、お台場の大八洲TVから電話し、石垣島からの国会議員の出漁差し止めの件について訊きたい。担当部局に繋いで欲しいと頼むと、あらかじめマスコミからの問い合わせは予想していたのか『責任者が会う』と言う。

スムーズなのを意外に感じながらも、有里香は、相棒の道振カメラマンを伴なって、霞が関の中央合同庁舎へ乗り込んだのだった。

「夏威さんっ」

有里香は、長身で怜悧さを感じさせる三十代の男の姿を思い浮かべながら、訊いた。

「いま水産庁で訊いて来たんですけどっ」

『――』

通話の向こうの男は、息を止めている感じだ。

驚いているのか……?

実は〈ふゆしま事件〉の前にも——〈タイタン事件〉の頃から面識はある。

日本海の竹島上空で、巨大エアバス機がコントロール不能となった、あの事件だ。

自分の取材ぶりを見ていて、報道記者として信用してくれたのか。彼は大事な情報をリークしてくれた。国民のために働いてくれる官僚——そういう印象だった。

それが。

さっき、水産庁の漁業監督課へ乗り込んで、話を聞くと。

今朝、石垣島から出漁しようとしていた若手議員を止めさせたのは、水産庁の判断ではなく『内閣府からの要請』だという。

「内閣府……?」

「そうです。国家安全保障局です」

担当者はうなずいて、言った。

「NSS——内閣府の国家安全保障局から『議員を出漁させるな』と要請をしてきた。私たちが止めたのでは、ありません」

最近、わが国ではネットで保守的な言論をする人が多い。

領土の問題についても、ネットでは危機感を持って盛んに話されている。

中国への抗議のため、尖閣へ漁に出ようとする若手議員を役所が止めた、となると。

水産庁が非難を浴びかねない。

漁業監督課の担当責任者がすぐ取材に応じたのは、自分たちに国民からの非難が集中しないようにしたかったのか。

「でも」

有里香は訊いた。

「水産庁は、農林水産省の組織でしょう。内閣府に、あなたたちへ命令する権限なんて、あるのですか」

「NSSは総理直轄です」

担当者――首席漁業監督指導官は頭を振った。

「確かに、我々のトップは農水大臣ですが。NSSからの要請は総理からの指示みたいなものです。指揮系統は別として、従わないわけには」

「ひどいわっ」

有里香は続けて訊いた。

「そんな、横暴な指示をして来た責任者は、誰ですかっ」

「あちらからは」

指導官は、ワイシャツの袖をまくった腕で、メモを取り上げた。

「国民から問い合わせがあったら、開示してかまわないと言われています。ええと——国家安全保障局の担当官は、夏威総一郎。NSS戦略企画班長です」

夏威……？

えっ……!?

有里香は思わず、目をしばたたいた。

もう一度聞き直しても、確かに担当官の名は夏威総一郎だという。

あの人が。

国家安全保障局の、戦略企画班長……？

知っている官僚が、いつの間にか国の安全にとって重要なポストについていたことも驚き（能力を考えれば当然の人事ではある）だったが。

水産庁に働きかけ、出漁を止めさせたのが夏威さんだった……!?

なぜ、彼が親中派議員みたいなことをするのか。

「夏威さんっ」

有里香は通話の向こうの男に、詰問した。

「いいですか。首席漁業監督指導官に対して『議員の出漁を止めろ』と要請したのは、あなただって――本当ですかっ」

だが

『――その件なら、確かにそうだ』

電話の向こうで、男――夏威総一郎はうなずいた。

悪びれるそぶりもない。

総理官邸　地下

「与党の、若手議員の一人が、抗議のため尖閣へ出漁すると宣言していた。それに対し、今朝、水産庁に要請して出港を止めさせた」

夏威は通路に立ったまま、手にした携帯へ告げた。

「要請をする判断をしたのは私だ」

『――――』

通話の向こうで、女性記者が絶句するのが分かった。

あの沢渡有里香だ。

今朝の俺の措置に対して怒るのも、無理ないか……。

普通の国民には、理解できないかもしれない。

だが、仕方ない。

「確かに私が要請をした」

夏威は繰り返して告げた。

すると

『どうしてっ』

予想した通り。

沢渡有里香は嚙みついて来た。

『どうして、そんなことを――夏威さんは瀬踏大三の手下になったんですかっ』

相変わらず、直截的にものを言う。

夏威は苦笑したくなった。

しかし、こういったことはしっかりと伝えなくては。

「いいか沢渡さん」

時間は無いのだが。

夏威は周囲をちらと見て、手短に言った。

「私が水産庁に要請したのは、国を亡ぼすわけには行かないからだ」

『……!?』

「いいか」夏威は続けた。「わけを話す。中国が現在、尖閣諸島周辺に軍隊ではなく、海警局の公船を出してきている以上。わが国が先に自衛隊を出すわけには行かない」

『………』

「海警に対しては、海保が対抗している。現状は維持できている。しかし今、あの新しい法律のせいで、わが国の議員や活動家が魚釣島の周辺へ行き中国を挑発すれば、海警に撃ち殺される危険がある。そのようになれば、国内の世論は沸騰する。自衛隊を出せ、と多くの国民が言うだろう。だが、そうするわけには行かないのだ」

『……ど』

通話の向こうで、沢渡有里香は訊き返す。

路上でかけているのか、周囲から街頭のノイズが入る。

『どうしてですかっ。どうして自衛隊を出せないのっ』

「今は出せない」

夏威は頭を振る。

「こちらから先に、自衛隊は出せない」

与党のある若手国会議員が、漁船をチャーターし尖閣諸島へ〈漁〉に出ようとした。それをNSSから水産庁に手を回し、やめさせた。

ついさっきの定例ブリーフィングでも、この件については活田総理へ報告をして説明し「仕方がねえだろう」と了承を得ている。

「いいか」夏威は繰り返した。「中国が海警局の公船を出しているのに、わが国が彼らよりも先に自衛隊の護衛艦を出して、武力による威嚇で彼らを排除するようなことは、してはいけないのだ」

『だから、どうしてっ!?』

有里香は声を荒げた。

『ひょっとして政府は、親中派の瀬踏大三の命令で、自衛隊を出せないのっ!?』

「そういうことじゃない」

夏威は頭を振った。

「仮にだ。向こうから――中国の方から先に軍を出して尖閣諸島へ侵攻してきたら。わが政府は〈防衛出動〉を発令し、自衛隊が確実にこれを迎え撃つ。準備はしているし、その能力についても検証している」

『じゃ、どうして』

「沢渡さん」

夏威は沢渡有里香の顔を思い浮かべながら、言った。

「君は、国連の〈敵国条項〉を知っているか？」

『……？』

「突拍子もないことを言うわけではない、聞いてくれ」

「君なら知っていると思うが」

夏威は続けた。

「念のために言うと、国連には〈敵国条項〉というものがある。国連の規約には、いまだに『敗戦国である日本とドイツが再び侵略行為をしたら、連合国は無条件にこれを武力で殲滅（せんめつ）してよい』という条項――いわゆる〈敵国条項〉と呼ばれるものが存在しているのだ。第二次大戦終結時、現在の国連組織が造られた時に制定された条項だが、廃止もされず現在も残っており、かつ有効だ。

中国は、戦勝国の地位にある。彼らは今尖閣諸島を含む沖縄県全域を『中国の領土だ』と主張している。もしもわが国が、彼らよりも先に自衛隊を出して武力を行使すれば。中国共産党は『日本が軍隊を出して中国の領土を侵略した』と宣言し、〈敵国条項〉を発動する。厄介なのは、この条項の発動には安全保障理事会の議決が必要ないことだ。アメリカも止められない。人民解放軍が〈国連軍〉を名乗り、『侵略された領土を奪還する』と言って沖縄全域へ攻め込んで来るぞ」

『…………』

「〈国連軍〉を相手に、わが国は自衛権を発動できるか……?」

3

霞が関
中央合同庁舎前　路上

「…………」

通話を終えた。
沢渡有里香は、黒くなったスマートフォンの画面を見つめた。
すぐには、動けない。
あの男──夏威総一郎とは、久しぶりに話をしたが。
やはり国のことを考える官僚だった。
それはいい。
しかし──
（──）

うつむいて考え込む有里香に

「沢渡さん？」

横で、ビデオカメラを肩にして立つ道振が、覗き込む。

長身から、心配そうな表情で訊いた。

「どうしました」

「――あのさ」

有里香は、息をつくと周囲を見回した。

庁舎前の歩道。

門前に立つ警備の機動隊員、広い歩道を行きかう人々、往復六車線の道路を通過して行くタクシーや黒塗りの公用車。

見慣れた光景ではある――

「道振君、ごめんね」

「ごめん」

有里香はぼそっ、と言った。

「……えっ」

「いつも、無茶な取材につき合わせて」

「えっ？」

額にバンダナを巻いた長身のカメラマンは、目をしばたたいて訊き返した。

「沢渡さん、今、何て言われました？」

「あのさ」

有里香は街頭の様子を見回しながら言う。

「わたし世の中が、分からなくなってきた。分からないくせに、いきり立って」

ひょっとしたら。

今の、わが国の情況。

保守派の言論人が『政府は弱腰だ、尖閣は自衛隊で護るべきだ』と主張したり、多くの人がその考えに賛同したり。

心ある議員や活動家が尖閣諸島へ船で出て行こうとしたり。

こういった、危機感から出た行動が、実は中国共産党の思う壺なのかもしれない。

夏威総一郎の話す内容こそが本当だとしたら。

中国は『海警局に逆らったら撃ち殺す』という無茶な法律を制定し、尖閣でトラブルを起こし、わが国に先に自衛隊を出させようとしている。〈敵国条項〉を発動させようと待ち構えている……？

議員が魚釣島へ出漁して、抗議行動することをむしろ望んでいるのは親中派勢力の方だというのか……？

もしも日本が中国に占領されたら。共産党の手下となり、手引きした者たちは、中国共産党日本支部の幹部にしてもらえるだろう。聞いた話によれば、中国本土では共産党の幹部とその家族は王侯貴族のような暮らしをしている――

「沢渡さん、どういうことです」

「あのさ」

有里香は、たったいま夏威と電話で話した内容を、かいつまんで説明しようとした。

「国連に、敵国――」

その時。

ブーッ

有里香の手にしたままの携帯が、振動した。

小松基地
独身幹部宿舎　女子棟

「――――」

基地の敷地の外れに立つ二階建ての独身幹部宿舎女子棟は、一階部分が古いガレージになっている（というか、元からある車庫に二階部分を増築して〈女子棟〉とした）。
鏡黒羽は、防衛部長室を辞した後、制服姿のまま宿舎へ戻った。

――『分かるだろう』

来週から松島へ赴任――
〈演習〉のために辞令の言い渡しがずれ込んだという。
明日から週末になる。
ずいぶん、急だ。
すぐ準備にかかりたい旨を言うと。

日比野防衛部長は『午後は半休にしてよい』と言う。

黒羽はまた自転車に乗ると、自分の部屋がある宿舎前へ戻った。

少し考え、部屋へ上がる前にガレージの一つへ歩み寄り、シャッターを開けた。

外からの陽が差し込むと、円い前照灯をもつ黒い車体が現われる。

どうするかな。

黒羽は、古い年式のＢＭＷ３２０ｉを前に、拳を口に当てた。

（…………）

――『分かるだろう、空幕の考えていることが』

蘇るのは、日比野二佐の言葉。

黒羽を松島基地へ赴任させることになった、その経緯を話してくれた。

「君たちも」

日比野はソファで、コーヒーカップを置くと、腕組みをした。

「記憶に新しいと思うが。ことの発端は、来たる東京オリンピックの組織委員会だ」

「……？」

「組織委員会、ですか」

風谷が訊き返す。

「鏡が、松島へ行くことの――？」

「そうだ」

まったく。

急に言ってくれる……。

黒羽は思い出す。

自分が、松島基地へ行かされることになった理由。

「先日。こんな騒ぎがあった。大会組織委員会の会長が、会議で『女性蔑視発言をした』として マスコミから糾弾され、辞任に追い込まれてしまった」

「――――」

「――――」

TVのニュースはあまり見ないが。

そう言えば、ネットでも話題になっていた。

確かに、そのような騒動が持ち上がったらしい。

黒羽は、半世紀ぶりに東京で開かれるオリンピック大会は、自分にはあまり関係ないものと思い、日常のフライトに専念していたが。

水面下で、いつの間にか関わることにされていたのだ。

「いいか」

日比野は続けた。

「今は、男女の平等が厳しく言われる世の中だ。実は先日、空幕の方からうちに『腕のいい女子パイロットはいないか』と問い合わせて来た」

「――」

「――」

「来たる大会の開会式では、開会宣言に合わせ、メインスタジアムの上空に第十一飛行隊――つまりブルーインパルスのT４五機が、五色の輪を描く。そのことが決まっているが――どうも与党の中から、そのブルーのチームに女子を入れたい。急きょ、一名でよいから入れられないか。そういう声が出たらしい」

「――」

「――――」

「そうは言われても。ブルーインパルスのメンバーは、素質を認められた優秀なパイロットが選任され、一年間の厳しい訓練を経てデビューする。急に言われたって無理です、と返答したが政権与党の大物政治家が『何とかしろ』と言ったらしい。そこで、開会式で五輪の輪を描く科目だけ出来ればよい、促成訓練でも何とかものになりそうな優秀な女子パイロットを空自の全航空団から探せ、ということになった。鏡二尉」

「――はい」

「短期間の訓練で、あのチームのメンバーになれるのは、航空自衛隊の全部隊を探しても君しかいない」

黒羽は、防衛部長を見返した。

では。

わたしに、ここを離れて松島へ行け……？

「いいか」

日比野はさらに続けた。

「私は当航空団の防衛部長として、君ならば可能だと思い、返答した。しかし君は団の貴重な戦力だ。転属は困る、あくまで一時的に『貸し出す』だけならば、と答えたら、空幕は『それでいい』という」

「――――」

「どうだ。行ってくれるか」

どうだも、何も。

自衛隊では命令されたら、どこへでも行く。

「部長」

黒羽は訊き返した。

「ブルーインパルスには、一時的に参加する。用が済んだら戻る？」

「その通り」

日比野はうなずいた。

「長くて、半年もいてくれればいい。その後は第六航空団へ戻ってもらう。元の飛行班へ戻る」

「――――」

「どうだ」

黒羽は、ちらと目を横へやり、隣の風谷を一瞬だけ見た。

すぐに視線を戻した。うなずいた。

「――ならば。異存ありません」

「問題は」

黒羽は、回想を断ち切り、目の前の黒いＢＭＷの車体を見た。

３２０ｉＣ。カブリオレだ。

円型の四つのライト。普段からガレージに入れたまま、あまり乗らないが、手入れはしている――古いデザインの曲線の多いボンネットは、外から差し込む光線を艶（つや）やかに跳ね返す。

この子を、どうするかだ……。

考えていると

「よう」

背中から、声をかけられた。

独身幹部宿舎　女子棟前

「かしこまって、どこへ行くんだね。鏡二尉」

「――?」

振り向くと。

つなぎの作業服に、保温式の弁当ジャーを提げた年かさの人物が、場内道路からこちらを見ていた。

「班長」

黒羽は、会釈をする。

「遅番ですか」

「うん」

もうじき定年と聞いている。

作業服の人物――整備班長の中嶋(なかじま)とは、ときどき話をする。

航空団の組織では自分は『愛想がない』と言われるが。この人にだけは別だ。

黒羽が空自の戦闘機パイロットとなった、その〈原因〉を知っている。数少ない人たちの一人だ。

「実は」

辞令のことは、話しても構わないだろう。

黒羽は、右手で小さく『遠くの方』を指した。

「松島へ行くんです」

「ほぉ」

老練の整備士は、日に焼けた顔をくしゃっ、とさせた。

「転属かい。教官になるのか？」

そうか。

そう思われたか。

松島と言えば、もともと訓練基地だ。第四航空団に属する第二十一飛行隊がＦ２Ｂを使用し、〈戦闘機操縦課程〉の訓練を行なっている。

航空学生から上がって来た若い訓練生たちが、戦闘機パイロットとなるための仕上げの錬成をする場所でもある――

「——まさか」

黒羽は苦笑して、頭を振った。

「教官じゃありません。ブルーインパルス」

「そうか。ま、そうだろな」

整備班長はまた顔をくしゃっ、とさせてうなずいた。

「あんたみたいに、最初から上手いパイロットは教官になったらいかん。出来ない訓練生が、どうして出来ないのか分からないからな。初めは下手だったのが苦労して上手くなった者の方が、後進の指導には一番いい」

「…………」

黒羽は苦笑した。

確かに、その通りだ——

「寂しくなるな」

「いえ」

黒羽は頭を振る。

「臨時の参加です。オリンピックが済んだら、またここへ戻ります」

「じゃあ」

中嶋は弁当を提げた手で、車を示した。

「そいつは、どうするね。乗って行くか？」

「仙台は遠いので」

黒羽は、思案の表情を見せた。

「古い車だし、途中で故障しても困るな──って」

「置いていくなら、あたしが面倒は見てやるよ」

「本当ですか？」

車で行くか、どうしようか。

考えるところだった。

もともと自分の車ではない。かなり、古い。

手入れはしているつもりだが。長距離を走らせることは普段からほとんど無い。

大事なパーツ──タイミングベルトとか発電機とかが、突然『イッて』しまうと面倒だ。

「週に一度、エンジン回して、オイルを回して充電すればいいだろ」

整備班長は、節くれだった手のひらを差し出した。

「キーを預けな」

「助かります」

黒羽は、自室の鍵と一緒にキーホルダー（青と白のＢＭＷの商標だ）に留めてあったモーター・キーを外すと、老練な整備士へ手渡した。

「お願いします」

「うん」

整備士はうなずき、キャンバス地の幌をかけた黒いＢＭＷを見やった。

目を細め、息をつく。

「永射の車、か」

「…………」

「そう言えば。もうじき命日だな」

「……はい」

総理官邸　地下
ＮＳＳオペレーションルーム

「夏威」

夏威総一郎が、ＮＳＳオペレーションルームの白い空間の中央に鎮座するドーナツ型テーブルの席に独り座り、情報端末の画面を見ていると。

背後から声をかけられた。

「どこに座っているんだ。そこは総理の席だろ」

「──────」

夏威は振り返ると、メタルフレームの眼鏡を人差し指で上げた。

声の主を、唇の端を歪めて見やる。

「留守の時は、いいさ」

「ふん」

白い地下空間へ歩み入って来たのは、似た背格好の男だ。

壁際のオペレーター席から常駐スタッフたちが立ち上がり、男へ一礼するのを「いい、仕事してくれ」と抑える。

速足で近づいて来る。身体は細く、黒いジャケットの下はノーネクタイだ。不精ひげ。この男の癖なのか、歩み寄りながら顎を引いて上目遣いに夏威を見た。

「戦略班長さんよ。電話で話せない内容か――有難いな」

「座ってくれ、円城」

この空間は、総理官邸の地下六階に位置する。

大っぴらには言えないが『二〇キロトンの核の直撃に耐える』。国家安全保障局オペレーションルーム――別名〈作戦室〉。トンネル式の通路で結ばれた同じ階の内閣情報集約センターには全国の省庁・公的機関からマニュアルに従って情報が寄せられ、さらに隣接する衛星情報センターは、わが国が保有し運用する情報衛星（偵察衛星）が送信して来る様々なデータを二十四時間、リアルタイムで解析し続けている。

天井は低いが、空気がよく循環し、小規模な体育館ほどの広さがある空間には中央にドーナツ型の会議テーブルがある（情報端末を備えた席が九つある）。

わが国に緊急の事態が生じた時は、このテーブルに内閣総理大臣はじめ九人の閣僚が着席し、〈国家安全保障会議〉を持つ。テーブルを囲むように多数の補助席、壁際には情報オペレーター席が並び、壁と天井には大小のスクリーン。

「早速だが、相談がある」

夏威は、円城守──NSS情報班班長を務める同い年の男を、隣の席へ招いた。

4

霞が関　路上

(──何だ？)

手にしていた携帯がふいに振動し、止まった。

沢渡有里香は、手のひらに感じた振動の短さに『何だろう』と違和感を持った。

震えかけ、止まった携帯──

「ちょっと、ごめん」

中央合同庁舎の門前で、夏威総一郎と通話したばかり。

有里香は、同行しているカメラマンの道振に、話した内容を説明しようとした。

その矢先。

手にしたままの携帯が瞬間的にだが、震えた。

(――夏威さんが、掛け直してきたとか……？)

通話を終えた直後、言い忘れたことに気づくのは、誰にでもある。

何だろう。

有里香は道振に「ごめん」と謝ると、携帯の通話履歴のページを開いた。

こちらから、掛け直すか。追加の情報やコメントを取れるかもしれない……

「……!?」

だが。

表示された通話履歴の一番上――たった今、着信したコールの相手の名に、有里香は眉を顰める。

この名は。

英文字表記だが、名は朝鮮語だ。

電話帳に入っているから、知らぬ名ではない。

（……カン・シウォン……？）

総理官邸　地下

NSSオペレーションルーム

「――〈民主主義サミット〉……か」

黒ジャケットの男は、夏威の隣席――国家安全保障会議の際には官房長官が座る席で脚を投げ出し、背もたれに寄り掛かった姿勢でつぶやいた。

NSS情報班長・円城守。

元警察官僚だ。この男は、考え事をするときに周りからの見た目を気にしない。東大法学部で夏威と同じゼミにいた頃から、そうだ。

のけぞったような姿勢から、上目遣いの横眼で夏威を見た。

「あの人らしいが」

夏威総一郎は、総理ブリーフィングを終えるとまず、この男に連絡した。

普段は所在不明のことも多いが、じかに会って話せる場所にいた(巡りあわせはいい)。夏威の率いる戦略企画班と、円城の率いる情報班とで合同の会議を持たなくてはならないが、その前に話をしたい。電話では話せぬ内容だと告げると、すぐオペレーションルームへ降りると言う。

たった今、四階の総理執務室で活田誠勝から聞かされた『構想』を説明すると。

円城守は椅子に寄り掛かり、天井を見るようにして考えに入った。

その円城に

「俺に話した、ということは」

夏威は続けた。

「総理の『構想』は、すでに動き出していると見ていい」

「外務省は使えんな」

「おそらく」夏威はうなずく。「官邸主導の外交になる」

「――――」

この構想に、外務省は使えない。いや使ってはいけない――

そのことは、夏威と円城の間では話し合う必要すらない。共通の認識だ。

「いい考えだと思う」

　円城守は、寄りかかった姿勢のまま言った。

「アメリカ、インド、オーストラリア。それらとわが国とで中国を周囲から包囲し、侵略を抑止する。インドとアメリカは仲が良くない。しかし、わが国が間を取り持てば、緩やかな同盟関係の構築は可能――か」

「総理の構想は、〈民主主義サミット〉をオリンピックに合わせて開く」

　夏威も天井を見上げた。

「あの人の凄いところは、それによって国民の注目を集め、わが国の安全保障環境について理解してもらおうと考えたところだ。同時に世界へも『中国の侵略をみんなで防ぐ』とアピールする」

「それはいいが」

　黒ジャケットの男は、頭の後ろで手を組んだ。

「今回の話は、オリンピック憲章への違反にはならないか――？　お前の見立てでは、まだ総理ははっきりと言わないが、開会式に台湾の総統や、ウイグルとチベットの亡命政府の代表まで招くんだろ」

「確かに」

夏威はうなずく。

「オリンピック憲章では、政治利用——政治的アピールに大会を利用することは禁じられている。過去には韓国のサッカー選手が、試合に勝った時に『竹島の領有権』を主張するアピールをして厳重注意を受けている。しかし今回は、大会の中でなく、ただ時期を合わせて東京で〈サミット〉を開くだけだ。たまたまオリンピックの開会式が行なわれる日に世界の要人が来日していれば『ついでに観覧しませんか』とＶＩＰ席へお招きするのは自然なことだ」

「ふふ」

「問題は、警備だな。夏威」

「その通りだ」

「根本的に、考え直す必要がある」

「うむ」

「特に、中国が〈サミット〉開催を知って、大会をボイコットして来たら、やばい」

円城は座り直すと、テーブルに肘(ひじ)をつき、不精ひげの顎を触った。

「そうなったら『やばい』ことになる」

「中国がボイコットしたら、財界や、親中派議員らが〈サミット〉を潰す方向へ動くと……？」

「いや、そんなことじゃない」

不精ひげの男は頭を振る。

「もっと、直接的にやばい——もう中国には知られたかな」

「分からんが」

夏威は腕組みをする。

「官邸が、〈サミット〉へ向けて調整を始めれば。秘密を保とうとしたって」

「うむ」

すでに、東京オリンピックへは、北朝鮮が『不参加』を表明している。

表向きは『日本の戦争犯罪を糾弾する』ためと言っているが。

実際には、新型ウイルスの猛威を受け、核兵器開発に対する国際社会からの経済制裁も加わって、苦しい状態にある。オリンピックへ選手を送る余裕など無いのだと見られている。

中国も、やがて『不参加』となるのか——？

「あるいは、すでに知られてしまったか」

円城は天井を見上げた。

「外務省だけでなく。この官邸にも、中国へ情報を流す者はいる。過去に流れた形跡がある——今、ダミーの情報を何種類か漏らし、官邸のどの部門から向こう側へ流れるか観察しているが。なかなか尻尾を見せん」

「大変とは思うが」

夏威は大学の同期生の顔を見た。

この男も、卒業時に財務省からの誘いを受けながら、それを蹴って警察庁へ入庁している。

思うところあって財務省でなく防衛省を選んだ夏威と、似たところがある。あの当時は、まさか将来NSSで一緒に仕事をするようになるとは予想していなかったが——

「円城。政府内のスパイ狩りは、どのくらい進んでいる」

「あまり無理を言わんでくれ」

円城は息をついた。

「奴らを『狩る』とか——日銀総裁に食いついていた女スパイを逮捕できたのは、あれはビギナーズ・ラックだ。実際、工作員の依田は、帝都ホテルのエレベーターの中で女に職務質問しかけ、その瞬間に襲われ格闘になった」

「――」

「女の蹴り上げた靴先の毒刃が」円城は右手の人差し指で、自分の頬を擦るようにした。

「頬の先、数センチをかすめたそうだ。刺さっていたら今頃――」

「――」

「今、工作員を増員しようとしている。とりあえず候補者を八名集めた。来月からアメリカのＣＩＡ訓練施設へ送り込み、養成する」

「全員、女子か」

「そうだ」

円城は腕組みをする。

「ハニートラップを働くのは中国の女スパイだ。追跡して、女子トイレに逃げ込まれたらもう追えませんでは、話にならん」

「工作員が、九人か」

「全然、足らん」

円城は頭を振る。

「スパイを検挙するための法整備も出来ていない。うすら寒いが、これがわが国の」

ビーッ

不精ひげの男が言いかけた時。

会話を遮るように、オペレーションルームの天井スピーカーが警告音を発した。

続いて

『報告します』

若い男の声だ。

『集約センターより報告します。自衛艦隊司令部より通報。本日一三〇五、日本海上の護衛艦〈みょうこう〉が、朝鮮半島東岸より日本海上空へ向けての飛翔体の発射を探知、確認。弾道ミサイルと見られます。繰り返します――』

東京　お台場

大八洲TV報道部

三十分後。

「チーフ」

局へ戻った沢渡有里香は、報道フロアへ上がると、〈ドラマティック・ハイヌーン〉の本番をオンエア中のスタジオ横から階段で副調整室へ入った。

チーフ・ディレクターの八巻貴司は、報道部第一スタジオを見下ろす管制席につき、本番の進行を見守っていた。

その日の本番で流す内容を記者と詰め、司会のアナウンサーと打ち合わせをしたら、チーフ・ディレクターの仕事は九割が終わってしまう。後はすることがない。レポートをする記者に任せるだけだ――日頃からそう口にしている。

「チーフ、戻りました」

「おう」

八巻は管制席で腕組みをし、眼下のスタジオを眺めていたが、有里香が近づいていくと振り返った。

ぎょろりとした目で、見返してくる。

横の席のサブチーフ・ディレクターと、女性のタイムキーパーはさすがにスタジオの様子から目は離せない。管制卓に出した手書きの進行表と、時刻表示を交互にチェックし続けている（進行表が手書きなのは、急に割り込んだニュースがあるためだ）。

「どうだ、何か分かったか」

「──はい」

有里香は副調整室のスタッフたちに気を遣うように見回すと、八巻の席に屈みこんで、小声で報告をした。

尖閣へ出漁しようとした議員を止めたのは、当の政府──官邸の地下にある国家安全保障局であったこと。NSSの担当責任者とも話が出来たこと。

自分の想像とは、違っていたこと。

「そんなところだろう」

八巻はうなずいた。

「考えても見ろ。あの瀬踏大三──魍魎みたいな日中議連の会長が、簡単に俺たちの取材に引っかかるような尻尾を出すものか」

「……はい」

「ま」

八巻は右手で首の後ろを掻くようにした。

「今回は、勝手な推測で国民をミスリードせずに済んだ。いいことだ。俺たちマスコミの影響力は大きいからな」

そうだ、ちょっと来い。

八巻は手振りで示すと、席を立ちあがった。

横のサブチーフへ「頼む」と一声かけ、有里香を副調整室の後方のテーブルへ招いた。

「沢渡、お前、確か自衛隊の航空基地には詳しかったな」

「え」

有里香は訊き返す。

「航空基地――ですか？」

「そうだ」

何を言われるのか。

とりあえず八巻へ報告を済ませたら、カン・シウォンへまた電話してみよう――そう考えていたところだ。

霞が関の路上で、ふいにコールが来て、切れた。

気になって、局へ戻る車中で折り返しのコールをした。韓国のハングリア新聞の記者であるカン・シウォンは、有里香の盟友（のようなもの）だ。さきの〈ベトナム使節団襲撃事件〉の折、ソウルの青瓦台（せいがだい）――大統領府で前の女性大統領に有里香は質問をし、それが『不敬に当たる』として韓国の警察当局に拘束されて留置場へぶち込まれた。

その時に、同じ会見場で果敢に質問をして、同じように留置場へぶち込まれたのがカン・シウォンだ。

三十代。一言で言うと「かっこいい」。韓国の宮廷ドラマに登場する、昔の青年貴族のような面立ちだ。ハングリア新聞は韓国では進歩的なマスコミとされ、最近では大統領が支持率の落ちた時に『反日』の行動をして国民へアピールするのを「情けない」と断じている。カン・シウォンはハングリアのエース記者だ。

紳士的な男だから、間違って有里香へコールしたならば「失礼、済まない」と言って来そうなものだ（忙しくても、ショートメールくらい出来るのではないか）。

それが。

メールも来ないし。こちらからかけても、向こうの携帯の電源がＯＦＦにされているらしく、繋がらない。

（気になる――んだけどな）

だが
「これを見てくれ、沢渡」

八巻は、打ち合わせ用のテーブルにタブレット端末を置くと、画面をめくって見せた。

「見ろ。うちの局で、来たる東京オリンピックに合わせ、スペシャルドラマを制作することになったのだが。その番組宣伝を兼ね、取材を頼みたい」

「えっ」

有里香は訊き返す。

「わたしに――ドラマの番宣の取材、ですか？」

「航空自衛隊の基地は、取材の経験があるんだろ」

「それは――ここへ呼んでもらう前は、しばらく小松にいましたから」

でも。

ドラマの番宣……？

このわたしを、そんな仕事に使うのか。

「空自の基地の取材要領でしたら、慣れてはいますが。でも」

「あのな」

八巻は、椅子をキイ、と回すと有里香を見た。

「沢渡。お前たまには、こういう仕事――息抜きをして、肩の力を抜け」

「――」

「最近、顔がきつすぎるぞ。お前」

「――」

そうなるように普段から仕向けていたのは、誰でしたっけ。

言い返したくなるのを、こらえる。

そうか。

息抜き、か。

八巻の示したタブレットの画面。

大八洲TVのホームページだ。

フロントページを飾っているのは、大写しになった女優の顔。八巻の言うスペシャルドラマのヒロインだろうか。

「…………」

主人公は、航空自衛隊の女子隊員……？

オリーブグリーンの、有里香には見慣れた飛行服を身につけ、こちらを見返すようにしているのは最近注目を浴びている新人女優だ。

主演、岩谷美鈴（いわたにみすず）……。

ドラマのタイトルは〈青い衝撃〉——？

（——）

航空自衛隊を舞台にしたドラマ、か。

主人公が女子パイロット……

『——先ほど入ったばかりのニュースです』

タブレットを覗き込む有里香の頭上から、オンエアの音声が降って来る。

『ミサイルが発射されました。北朝鮮が、日本海へ向けて弾道ミサイルを発射した模様です。ミサイルと推測される飛翔体はロフテッド軌道を描き、高高度から落下して、わが国の排他的経済水域の中へ着水した模様です。これを受けて政府は』

5

東北新幹線　盛岡行き
車内

二日後。

昼過ぎに東京を出た。

（――――）

鏡黒羽は、空いている〈はやて〉普通車の通路側の席に掛け、身体を前方――列車の進行方向へ向けていた。

ただ座っているのではない。

シートで、操縦している時と同じ姿勢を取っている。両足は『ハ』の字にして、踵を外へ向け、両足の親指でラダーペダルの下の端を軽く踏む気持ちだ。

顎を引き、両耳で車窓の外の地平線を『摑む』、視野を左右の端まで広げる。同時にみぞおちで車両の進行方向を捉え、背中で車両の重心を摑む。

けっこう、揺れるな……。

時速二〇〇キロ余りで、関東平野の北の端辺りを疾走する車両。

レールから、跳ね上がる——

この新幹線の車両が、地面の凹凸の反動でか、軸線周りにまるで『味噌をする』ように揺れるのが分かる。

動きは摑める。

乗物に乗っている時、最近では自然と、このようにする。

座席に座り、運動を五感で摑む。

動く物には必ず重心があり、運動は重心を中心に起きる。

両耳で顎を引き上げるようにして左右の水平線の端を摑み、背中で機体の重心の位置、みぞおちで運動の方向をいつも摑んでいるようにすると、上空での姿勢コントロールが面白いくらい『分かった』状態で出来る。

ただ、戦闘機は上下左右に強いGがかかるので、重心の位置を常につかまえておくのが難しい。

こうして、乗物に乗る機会を捉え、いつも練習していないと――

「――?」

黒羽はふと、左右一杯に広げた視野の右の端に、何かを感じた。

違和感のようなもの。

何だろう。

空いている車内。

ずらりと並ぶ窓の外には、緑の田園が前方から後方へ流れる。

(――見られている……?)

誰かが、見ている。

制服を着ているから、珍しがられたか。

二等空尉の制服を着て、制帽と、小さなボストンバッグは頭上の荷物棚へ置いている。

普段から少ない方だが、今は持ち物はそれだけだ。

半年間、赴任をするための『引っ越し荷物』は、すでに小松から宅配便で送り出してある。スーツケースが一つに、カラーボックスが一つ。

ほかに、ヘルメットなどの個人装具は航空団の庶務課がケアしてくれ、自衛隊の定期便を使ってすでに松島基地へ送ってくれている。向こうで搭乗する予定のＴ４練習機は、第六航空団でも連絡機として日常的に使っているので、ハンドリングには慣れている。Ｇスーツもヘルメットも、自分用のものがそのまま使える（ヘルメットマウント・ディスプレーは別キットになっているが、もちろん今回は小松に置いて来た）。

黒羽自身も、空自の定期便のＣ１輸送機を利用し、小松から埼玉県の入間基地経由で松島まで行くことは可能だった。実際、入間まではＣ１に乗せてもらった。

しかし入間からは、東京都内で所用をするために公共交通機関にした。

自衛隊の基地は、たいてい交通の便の良くない場所にある。基地から基地へ移動するのに電車やバスを使うと、本当は大変なのだが……。

（…………）

女だ。

黒羽は、姿勢はそのまま、視野の端で『違和感』のもとを確認した。

すらりと細い上半身のシルエットが、窓際の席にいる。

肩までの髪。

二十代らしい一人の女が、一列後ろ、反対側の右の窓際にいる――

白い横顔を見せ、視線を窓の外へ向けている。

でも黒羽は、なぜかその女に『見られている』気がした。

年齢は、自分と同じくらいか。

紺の目立たぬスーツに白のシャツ（仕事で出張に行くような恰好に見える）。

空いているので、視野に入る乗客は、その女一人だった。

わたしの制服が、珍しいのか……？

確かに、自衛隊の制服は目立つ。

自衛官には、遠くの基地へ赴任する時に、道中は私服にして、赴任先の近くで出頭前に制服へ着替え直す者もいる。

珍しがられ、見られるのが嫌だ、という。

自分は、そんな面倒なことはやらない。

昔から、周囲から珍しそうに見られることは多かった。

気にしても仕方がない。

松島海岸沿い
ＪＲ仙石東北ライン　車内

仙台で新幹線を降りると、黒羽は在来線——仙石東北ラインの石巻行き快速列車（電車でなくディーゼルカーだ）に乗換え、松島へ向かった。

日曜日だからか、空いている。

仙台を走り出して間もなく、右手の車窓に海岸の光景が広がった。濃い青の海面に、一面に白波が立っている。

（風の強い土地か）

車内がベンチシートなので、黒羽は今度は操縦姿勢の練習はせず、脇に置いたボストンバッグから支給品のタブレットを取り出し、航空団から送られたファイルを開いた。ページをめくり、これから赴く任地の情報を見た。

松島基地——第四航空団の根拠地は、海岸沿いの飛行場だ。滑走路は二本ある。その長さは五〇〇〇フィートと八八〇〇フィート。ほぼ直角に交差し、長い方のランウェイ25は、海岸に沿って伸びている（このあたりの配置は小松に似ている）。
これから夏が本番になると、海陸風で横風が多くなるな……

ＪＲ仙石東北ライン
矢本駅

二十分後。
ボストンバッグを提げたまま、思わず息をついた。
石巻行きのディーゼルカーを、矢本という駅で降りた（小さな駅だ）。
（――一時間に一本か）
日曜で、午後の時間帯のせいか。乗降客はまばらだ。
改札を出た待合室で、黒羽はバスの路線図と時刻表を見た。
ここが松島基地の最寄り駅となるが――
「……まいったな」

不便なのは、覚悟していた。

基地へ向かうバスの路線はあるのだが、特に休日は本数が極端に少ない。

車で来ればよかったか——？　一瞬、そう思った。

ウイークデーならば、幹部が赴任する時には基地の総務課が公用車を出して、迎えに来てくれる場合もある。でも今日は、事務方の隊員も出勤していないだろうし……。

歩くかな。

黒羽は、胸ポケットから私物のスマートフォンを取り出すと、グーグルマップを開いた。

地図を指で広げ、現在位置と、松島飛行場の正門までの距離を目測した。

二キロくらいだ。

（歩くか）

次のバスまで五十分だ。二キロなら、歩いたほうが早い。

息をついて、携帯を胸にしまおうとすると。

ブーッ

短く、スマートフォンが振動した。

「……？」

メールが着信した。

誰だろう。

黒羽は、携帯のメールアドレスをあまり他人へ伝えていない。

家族と、そのほかにはごく近しい人だけだ。

ほとんど使わないし、携帯にメールが着信することも、日常はほとんど無い。

以前は、よく双子の妹から『相談』があったが。最近はそれも無い。

（ええと）

黒羽は、本能的に周囲を見回す。

一点に集中し過ぎないようにする習慣がある。何か気になることが起きた時は、まず周囲を見回してから対処をする（飛行中以外でも『癖』になっている）。

待合室には自分しかいない。

再度、手のひらの携帯の面へ視線を戻す。

指でメールを開く。

『じゃーん』

「な」

なんだ……？

表題は『じゃーん』。発信者は分かる。岩谷美鈴。

（美鈴か──何だこの『じゃーん』って）

写真が添付されている。

親指で、開く。

「……!?」

黒羽は眉を顰める。

見覚えのある顔。

それはいい（少し大人っぽくなったか）。

肩から上をアップにした写真だ。

でも

飛行服……？

目をしばたたく。

（何だ。何でこいつ──フライトスーツなんか着ているんだ？）

メッセージは短い。

『今日、衣装合わせがありました。黒羽さんと同じです。かっこいいでしょ』

黒羽さん、はいいが――

以前は「玲於奈さん、玲於奈さん」と呼ぶので、わたしはもう引退したんだから本名で呼べ、と怒ったことがある。

岩谷美鈴。

初めて会った時。この子はまだ女優志望の中学三年生だった。日本海と朝鮮半島を舞台にした〈ピースバード事件〉で、NPOのチャーターしたボーイング767に乗せられ、北朝鮮へ拉致された――されかかった。

二人で協力して何とか半島を脱出し、生還した後。美鈴は志望の通り芸能界デビューを果たしている。女優の秋月玲於奈が目標だ、と口にしていた。偶然にも黒羽がその秋月玲於奈本人だと知ると、大喜びして、なついてしまった。

デビューしてからは出演映画で賞も受けているし、うまくいっているようだが――黒羽自身が普段、TVをほとんど見ないので、どんなふうに売れているのか分からない。

(まさか)

衣装合わせ――

こいつ、今度はドラマか映画で自衛隊パイロットの役をやるのか……？

肩から上の一枚だが。

役のための衣装として、あつらえたのだろうか。オリーブグリーンの飛行服に、左胸にはウイングマーク。襟にはちゃっかり三等空尉の階級章までつけている。得意そうにカメラを見て、笑っている。

しょうがないな。

空自を舞台にした、ドラマ……？

空幕が協力して、TVドラマか。

――『永射（ながいり）です』

（――――）

ふいに蘇った声に、黒羽は思わず目をつぶった。

6

松島基地　正門

（ここか）

三十分ほどかけて歩き、基地の正面ゲートにたどり着いた。

矢本駅からの道は、途中から飛行場のフェンス沿いの道路となった。

第四航空団は訓練組織だ。学生の訓練をやっている第二一飛行隊も、日曜は飛ばないのだろう。ほかに救難隊も基地に同居しているらしいが、フライトしている機は無い。

風の音だけがする。

静かなものだ。

遮断機の付いた警備詰め所へ歩み寄ると。

黒羽の姿を見て、ヘルメットを被（かぶ）った警備隊の一曹が姿勢を正し、敬礼した。

「ご苦労様です」

「――どうも」

黒羽はバッグを足下において答礼し、初めてなので身分証も出して示した。

「着任です。出頭予定は明日ですが。リストにありますか」

「お待ちください」

若い一曹は、黒羽の差し出した身分証を受付の台に置く（民間企業のように写真付き身分証を紐で首から提げる習慣は無い。自衛隊では階級章と徽章、名札が身分を示す）と、タブレットに表示させた台帳を指でめくった。

「ええと、赴任予定の――」

そこまで言いかけ、何か気づいたように、ヘルメットの下から黒羽を見た。

目を、しばたたかせる。

「え――赴任の方、ですか？」

「……？」

何だろう。

赴任者のリストに、載っていないのだろうか。

「何か問題でも」

「あ、いえ」

一曹は、受付の台に置いた身分証と、制帽を被った黒羽の顔を見比べた。

顔写真と本人を、確かめるようにした。

「あなたは、鏡黒羽二尉――ですか？」

「はい」

どうしたのか。

昔はよく、自衛隊の中でも珍しがられた。訓練生の頃は、女子は少なかったし『秋月玲於奈に似ていますね』とよく言われた。その度に『悪かったな本人だよ』と心の中でつぶやいたものだ。

最近ではさすがに言われなくなったし、女子のパイロットも、それほど珍しくはなくなった。

「すみません、お名前がありました。鏡二尉」

一曹はすみません、と繰り返すと、足下にバッグを置いた黒羽に「ＢＯＱへ行かれますか」と訊いた。

「はい」

黒羽はうなずく。

「場所は、どこですか」

ＢＯＱ——独身幹部宿舎のことだ。

昨日、小松を出る時に『引っ越し荷物』を発送した。

東京で一日過ごした間に、届いているはずだ。

「ここから見て、正面が司令部になっています。そちらへは行かず、ずっと右手の体育館の角を曲がって、建物に沿って奥へ行ってください」

一曹は、ゲートを入った右手の方を指し、説明した。

「歩いて五分くらいです」

「どうも」

礼を言うと。

「はっ」

一曹はまた敬礼した。

松島基地　司令部前

（——あれ）

だがゲートを入り、少し歩いたところで。

黒羽は、ふと足を止めた。

（誰か、いるのか……？）

見ると。

正面ゲートを背にして、中庭のまっすぐ向こう——視界の奥に白い四階建ての建物がある。

たった今案内されたばかりの、司令部棟だ。その一階部分が明るい——内部に照明が点いている。

訓練基地だから、休日は司令部は閉まっていると思ったが。

出勤している幹部か隊員がいるのだろうか。ならば正面エントランスは、開いているだろう。

見ておくか。

明朝の出頭の前に、中の配置を見ておこう。

黒羽は、幹部宿舎へ行くのは後にして、司令部棟へ足を向けた。

ゲートからは、広い中庭をまっすぐ抜けて行く。

芝生がある。

（あ）

ゲートキーパーか。

立ち止まる。

中庭の両側の芝生に、空自のかつて使用していた古い機体がよく磨かれ、来訪者向けにか、展示されていた。

このような基地の入口に展示される機体を、門を守っているように見えるのでゲートキーパーと呼ぶ（歴史のある基地では複数機ある）。

右側で、スタンドに載せられ、鋭い機首を斜め上へ向けて上昇姿勢を取っているのはF104Jスターファイターだ。

銀色の鉛筆のようなシルエットに、日の丸が描かれている。

旧世代の超音速戦闘機だ。

細いな……。

黒羽は、F104の鋭い機首の真下に行って立つと、正面から機体を見上げてみた。

(前方投影面積、小さい……)

これが正面から対向で接近してきたら。きっと視認するのに手こずる――

すでに退役をした古い戦闘機だが。これと戦ったら、どんなだっただろう。

スターファイターの反対側に、もう一機、向き合っている。こちらはもっと古い。白地にブルーのストライプを入れた丸っこい印象の機体(魚のグッピーを想わせる)だ。左右の主翼下の増槽はオレンジ。

こいつは。

「――初代、か」

黒羽は、そのF86F戦闘機の機体を、隅々まで視線を走らせて眺めた。

主翼があり、尾翼があり、まともな飛行機の形だ。

F86Fセイバーは、航空自衛隊の初代ブルーインパルスで使われた機体だ。一九六四年の東京オリンピックでは、開会式のスタジアム上空に五色の輪を描いた。

その当時の記録写真を、黒羽は航空学生として入隊した頃、防府北基地の展示室で見た記憶がある。チーム創設当時の五名のメンバーの写真。確か、リハーサルでは一度もうまくいかず、本番で初めて成功した――そう説明書きにあった。

（――――）

五つの輪を描く科目だけ出来ればいい、か……。

防衛部長には簡単に言われたけれど。

オリンピックの開会式まで、日程の余裕はあまり無いぞ……？

松島基地　司令部棟

「――――」

近づいていくと。

司令部棟の正面エントランスは、ガラスの両開き扉に大きく青いエンブレムが描かれている。

立ち止まる。

〈Blue Impulse〉

ブルーインパルス、か――

黒羽は唇を結ぶと、またバッグを提げて歩を進めた。

気になるとすれば。

操縦そのものもだが。空自の顔として、すでに結束しているチームに、自分が独り、飛び入りで入って行く。そのことだ。

政治が決めたこと――政権の上の方からの指示だと言うが、自分が一つのポジションにつくということは、誰かが外れるということだ。たとえ、五輪の開会式の一回だけとはいえ――いや、その誰かが、その一回を凄く望んでいたとしたら……？

悩んでも仕方ないが。

昔、自分は芸能界にいた。

集団で踊るアイドルグループに所属した経験はないが、舞台から外されるメンバーの気持ちというものは――

（――――）

考え事をした。

それに気を取られた。

自分には珍しいことだった。

　制帽を脱いで脇に挟み、開いた自動ドアに足を踏み入れながら、エントランスの照明が妙に明るい――そう感じた時には頭上から思いもしない声がした。

「はい、カット」

「カット」

「カットです」

「今のシーン、ＯＫ」

（……!?）

　何だ。

　黒羽は立ち止まり、目を見開いた。

　これは。

　この光――

　ざわっ、と大勢の人の気配。

　視線が、自分に集中している……？

（え？）

　黒羽は目をすがめる。

歩み入ったエントランスホールの空間は、強い光――照明に照らされている。見回して『撮影用ライトか』と気づく瞬間には、ホールの一方の壁際に立っていた十数名の人々から拍手が起きた。

「ＯＫ」

「はい、ＯＫ」

たった今、頭上で誰かが発した「ＯＫ」という声をきっかけに、ホールを囲んでいた十数人が一斉に動き出す。

カチャカチャと音を立てて、大ぶりのエプロンのポケットに櫛やハサミ、メイク道具をたくさん差し込んだ三十代の女性が駆け寄って来ると、制帽を脱いだ黒羽の頭に手を伸ばし、勝手に櫛を差し入れた。

「はい、ちょっと動かない」

「――――」

思わず、固まってしまう。

断りもなしに頭をとかされても。昔、撮影の時にはいつもこうされていたせいか、不思議と身体は拒否しない。

いったい、どうなっているんだ。

髪を直されながら、見回す。

こんなに大勢の人がいた……？

前方には、二階の高さのキャットウォークに、見下ろす角度で設置されたカメラ。左手には仮設スタンドにセットされ、白い光を降らせる照明。鼻の下に影が出来ないように斜めから照らすもう一台の照明もある。

額のすぐ上には、釣り竿のような長大なアームの先にぶら下がる、ミノムシのような集音マイク。

軍手をはめたラフな服装の男たちが、床にのたくるケーブルをさばき、それらの機材を手早く片付け始める。

金属音。

照明が消される。

「はい、シーン一五『エントランスを入る渡月夕子二尉』ＯＫになりましたっ」

ストップウォッチを首から提げ、システム式の手帳と、丸めた台本を手にした女性が声を上げる。

「続いてシーン一八。ハンガーへ移動します。司令部内のシーンは今日しか撮れませんから、急いでね」

スクリプターだ……。

黒羽は、声を張り上げてスタッフたちをせかす女性を見て、その役割の呼び名を思い出した。

そして、カメラが止まるたびにしつこく髪を直しに来るこっちの人はメイク兼スタイリスト。

いつも衣装をたくさん吊るしたワゴンを引っ張っている――

(――――)

眩暈(めまい)のような感覚がした。

夢でも、見ているのか。

まるで一瞬で十年前に戻ったような……

「え」

だが、夢ではなかった。

赤いバンダナを額に巻いた女性スタイリストは、メイク直し用の綿付きスティックを取り出し、黒羽の頬に当てようとして「えっ」と声を上げた。

「あなた、メイクは」

「────」

黒羽は、仕方なく女性スタイリストを見返す。

「してない」

「え、えぇっ」

スタイリストは、ようやく何かに気づいた様子になった。

「あ、あなた──誰⁉」

松島基地　司令部棟

エントランスホール

「────」

黒羽は、絶句してしまう。

誰、と言われても──

だいたい。

どうして松島基地の第四航空団の司令部で、日曜にロケなんか……

（………）

そうか。

日曜で人員がいないから、屋内ロケが出来るのか。

何のロケなのか、分からないが――

どうやら自分は、偶然、本番の撮影中にカメラの前へ足を踏み入れたのか。

どういう勘違いをされたのか。

撮影されてしまった……？

「あの」

黒羽がスタイリストらしき女性へ「わたしは自衛官で」と説明しようとした、その時。

「あぁ、ちょっと待って」

黒羽の言葉を遮るように、別の声がした。

低い声。

（え）

聞き覚えがある――

声の方を振り向くと。

壁際から、パンツスーツ姿の女性が駆け寄って来るところだ。

（……！）

思わず、目を見開く。

この人は。

「待って、ごめん」

ごめん、という言葉は、化粧道具を手にしたスタイリストへ向けられていた。

「佳代（かよ）ちゃん、佳代ちゃん、あのさ」

駆け寄った、黒い上下のパンツスーツ。

年齢は、確かもう三十代の後半だ。

この低い声と、眼鏡の下の切れ長の目は覚えがある――

というか、懐かしい。

「ちょっとごめん、メイクの件なんだけど」

黒スーツの女性は、怪訝（けげん）そうな表情をするスタイリストの肩を抱き込むようにして、黒羽から引き離した。

「自衛官だから、やっぱりあえておとしてすっぴんにしようって。玲於奈と話したのよ」

「え」

女性スタイリストは、さらに怪訝そうな声を出す。

「すっぴん──って、でも監督は？」

「いや、だからさ」

「マネージャーと女優だけで、そんなこと勝手に」

「いや、だから」

亜矢子さんだ……。

黒羽は、息をついた。

大柄な体形のスタイリストをエントランスホールの一方へ引っ張って行く、黒スーツの女──本人も背丈はある。黒羽と同じくらい。

変わっていない。

（全然、変わってない）

桐谷亜矢子。

十年前、世話になっていた。

彼女は今『玲於奈』と口にしたか。

ひょっとして、まだ――

「監督、ＯＫ出してくれたし」

黒スーツの女性は、機材撤収の物音で騒然とする中、逆に声を低めてスタイリストに言い聞かせるようにした。

二階のキャットウォークへも、目をやる。

「ほら、もう次のシーンの話をしてる。この建物、休日しか使わせてもらえないしさ。すぐ次、行こうよ」

「――いいですけど」

釈然としない様子だが、スタイリストの女性はうなずく。

「次の格納庫のシーン、飛行服ですよね？」

「そう、そう」

桐谷亜矢子はスタイリストの肩をぽん、ぽんと叩く。

「先に行って。支度お願い」

撮影スタッフたちが、慌ただしくホールから出て行ってしまうと。

　コツ、コツと靴音を響かせ、黒スーツの女は歩み戻って来た。

　ホールの中央でバッグを足下に置く黒羽の前に、立った。

「亜矢子さん」

　黒羽は、会釈をした。

「どうも」

「………」

　女は、眼鏡を上げるようにして黒羽を見た。

　唇の端をきゅっ、と結んだ。

「久しぶりだね。玲於奈」

「わたしは」

　黒羽は頭を振る。

「もう秋月玲於奈じゃ、ありません」

7

松島基地　司令部棟
エントランスホール

「助かったわ」

桐谷亜矢子――年齢は三十代後半、かつて秋月玲於奈のマネージャーであった（いや現在でもそうか）女性は、黒羽を見て息をついた。

「久しぶり――あ、ちょっとごめん」

どこかで携帯が振動している。

黒っぽいパンツスーツ姿の女性は「ったく、あの子、何してるんだろ」とつぶやきながら胸ポケットで震える携帯を取り出し、耳に当てた。

「――玲於奈？　こらっ」

「…………」

黒羽は、思わず口元が緩む。

女性の低い声の「こらっ」を十年ぶりに聞いた。

全然、変わっていない。

桐谷亜矢子は、携帯にかかって来た通話の相手を叱りつける。「何やってるのよ。えっ？」と訊く。

双子の妹。

通話相手は、ひょっとして（ひょっとしなくても）露羽(つゆは)か……？

十年前、自分が『秋月玲於奈』を押し付けた――

見ていると。

桐谷亜矢子は、黒羽にも聞こえるようにか、通話をスピーカーにした。

もう正面エントランスには、黒羽と女性マネージャーの二人しかいない。

急に静かになったホールに声が響く。

『ご、ごめんなさい』

通話相手の声が言った。

『ごめん亜矢子さん、悪いけど、本番ちょっと待ってもらって』

「────」

黒羽は、目をしばたたく。

やっぱり。

声の主は妹──鏡露羽だ。

いや、今は秋月玲於奈か。

「もうシーン一五、撮った」

手のひらに載せた携帯へ、桐谷亜矢子は告げる。

「監督の『ＯＫ』も出た」

『──!?』

通話の向こうで、声の主は一瞬、絶句する。

訳が分からない様子。

それは、そうだろう──

（しかし）

露羽は、どこにいるんだ……？

周囲を見回す。

どうやら、自動ドアをくぐってホールへ入って来た自分を、ここに陣取っていた監督をはじめ撮影スタッフ全員が『秋月玲於奈』だと勘違いして、撮ってしまった。

そういうことなのか。

妹の露羽――秋月玲於奈は、空自の幹部の役で、たまたま自分と同じ制服姿で、基地司令部の入口から入って来る。その動きを、ホールの天井近い位置に据えたカメラから捉える――そういう短いシーンだったか。

ドラマや映画では、台詞は無くても、ストーリーの進行を観客に分からせるため、挿入しなくてはいけないカットがある。役者もあまり演技はせず、登場人物の『動き』が観客に分かればいい（こういった繋ぎの場面の撮影にはあまり時間はかけられない）。

今、本当ならば空自の制服姿の秋月玲於奈が、正面入口からホールへ入って来るはずだった……。

それが。本人は来なくて、たまたま代わりにわたしが？

露羽のやつ、今どこに……？

「あんた、今どこ」

黒羽の代わりに、桐谷亜矢子は携帯に訊きただした。

「本番直前に、どこへ行っちゃったのよ」

『いや、それが』

声は、口ごもる。

どうしたんだ……？

少し、苦しげでもある。

「露羽」

思わず、黒羽はスピーカーフォンへ問うた。

「どうした。お腹(なか)でも壊したか」

すると

『――――!?』

通話の向こうの妹（といっても同い年の双子だが）は、一瞬、絶句する。

『まさか――お姉ちゃん？』

「そうだ」

声で、自分のことはすぐ分かったらしい。

その辺りは、双子だ。

声の様子で体調も何となく察しが付く。

「たった今、あんたの代わりに撮られた」

『えっ』

「今日、こっちへ赴任して来たんだ。しばらく居る」

そうだ。

これまでは、妹からは演技のこととか、様々な〈相談〉をされることが多かった。

双子の妹。

十年前、空自へ入隊する前に、自分は露羽へ『秋月玲於奈』を押し付けて来た。お姉ちゃんの代わりに女優をやってくれ、と無理やり頼んだ。しかし見かけはそっくりでも、自分とは違って、おとなしい子だった。

同じ才能があったかは、分からない。わたしのせいで済まないことをした——その気持ちはずっと持っていた。出来るだけ、話し相手になって来た。

それが最近は、メールや電話があまりなかった。

仕事は順調と思っていいのだろう。『台詞が棒読み』とか言われながら、それでも十年間頑張って来たのだ。前の女刑事の役は、それなりに評価を取った。今度は、空自の女性幹部の役が廻って来たのか（流れとしては自然だ）。

　空自を舞台にしたドラマなのか。

　ならば、わたしに報告してくれればいいのに。アドバイスできることはたくさんあっただろう――

「あなたと同じ制服で、お姉ちゃんが入って来たのよ。偶然にね」

　桐谷亜矢子はスピーカーフォンへ言った。

「私も驚いたけど」


　十年前。

　航空自衛隊に入ってパイロットになる。もう決めた、あとは妹の露羽に代わってもらう。

　そんな無茶な〈提案〉を持ちかけた相手が、いま目の前にいるマネージャーの桐谷亜矢子だった。

　当然、驚かれた。

　無茶を言うな。叱りつけられ、撥ねつけられても仕方ない企てだったが。

　一方で、黒羽がパイロットになろうとした、きっかけとなった〈事件〉がある。所属事務所にも責任の一端があった。事情を知る桐谷亜矢子は、事務所の社長に掛け合い、助けてくれた。

結果として、黒羽の希望はかなえられた。しかし、妹と入れ替わったことがCMのスポンサー企業や広告代理店に知られると契約違反に問われかねない。ある日を境に『秋月玲於奈』が妹の露羽に交替した——そのことは一切秘密とする。口外をしない。

そういう約束で、黒羽は翌年の四月に航空学生として空自へ入隊した。

「私のほかは、誰も気づかなかった」

桐谷亜矢子は続けた。

「監督も気づかないで、すぐOK出してくれた。繋ぎのシーンだしね」

『————』

通話の向こうで、妹が息を呑むのが分かる。

こんな偶然があるのか。

黒羽自身より驚いているのかもしれない——

だが

『あの、お姉ちゃん？』

妹の声は、通話の向こうから訊いて来た。

『まだ、そこにいる？』

「いるよ」

妹は、どこにいるんだ。

女優が、本番直前にどこかへ行ってしまうなんて。

訝(いぶか)る黒羽に

『あの、お姉ちゃん、本当にごめん。でも撮影が遅れなくて助かった』

「いいけど」

気になるのは。

声が、どことなく苦しげだ。

「どうした露羽」

『うん、ちょっといま、トイレ』

「えっ」

思わず、桐谷亜矢子と顔を見合わせる。

いったい——

「露羽。あんた、どうしたの」

『ちょっと、当たった』

「え」

『さっき本番直前に、急に差し込みが来て——駈け込んだ。ごめんなさい亜矢子さん、昨夜、生ガキ食べた』

「——」

「——」

生ガキ……？

「玲於奈っ」

亜矢子が叱りつける。

「あなた撮影の前日に、何やってるの」

『ごめんなさい』

声は、苦しげに言う。

『地元の商工会議所の人たちが、すごく歓迎してくれて、勧めてくれたから、つい』

「つい——って」

地方ロケか。

撮影に、地元の協力は欠かせない。その土地の役場や商工会議所などから〈歓迎会〉に呼ばれれば、ドラマの主演女優などは顔を出して挨拶をするのが慣例だ（黒羽も現役女優時代、地方の地元の人たちと何百枚、写真に収まったか分からない）。

しかし万一、食あたりに遭えば撮影スケジュールに大きく影響するから、当たる可能性のある食材は決して口にしてはいけない。

「大丈夫なのっ」

亜矢子は訊きただす。

「昨夜は、美鈴も一緒だったでしょ」

『あの子は平気よ。わたしよりずっと丈夫だもの。それで、お姉ちゃん』

「何」

『お願いがある』

松島基地　第十一飛行隊
ハンガー内

二十分後。

「渡月二尉」

岩谷美鈴が、デビューを果たした後に〈ムーン・ミュージック〉――黒羽が前に所属していた事務所へ移籍していたことは、今日初めて知った。

マネジメントも、露羽の面倒を見ている桐谷亜矢子が一緒に担当している。

意外だったが。

憧れていた秋月玲於奈を育てた事務所へ行きたい。世話になるマネージャーも同じ人がいい、という本人の望みで、移籍は円満に済んだという。

「わたし、わたし」

正面シャッターを閉めた格納庫の中だ。

オリーブグリーンの飛行服姿で、一機のT4練習機の磨かれた機首側面に右手をつき、肩を上下させる小柄な女子パイロット。

左胸に縫い付けたウイングマーク。その横には〈S　ARIAKE〉というネームに〈Blue Impulse〉のロゴ、垂直尾翼の形の中に描かれた〈5〉という数字。右胸には月桂樹に囲われた地球のような意匠のパッチ。

襟には三等空尉の階級章をつけている。そして左腕に抱えるヘルメットのバイザー部には〈LILY〉というTACネーム。

「どうして隊長は、わたしを五番機に選んだんですか」

唇を噛み、精いっぱいの気持ちで訴えるようにして、女子パイロットは傍に立つ黒羽へ視線を上げた。

「わたしには――わたしにはブルーインパルスの五番機なんか、無理ですっ」

「なら」

黒羽も飛行服姿だ。

ただし自前の服ではなく、ドラマの撮影用にあつらえられた新品なので、襟の辺りが硬い。

左胸のネームも〈Y　WATADUKI〉という役名だ。ネームの上側で垂直尾翼に囲われている数字は〈2〉。左手に新品のヘルメットを提げているが、バイザー部にペイントされたTACネームは〈LUNA〉。

どうやら、今回は新人をしごく先輩パイロットの役らしい――

「なら、やめちまいな」

「カット」

「はい、カット」

「今のシーン、OK」

照明に隠れて見えないカメラの横から、興奮気味の声がした。

「一発OKだ。なかなかいいぞ」

次のシーンも、代わって欲しい。

二十分前。

妹の露羽は、電話越しに黒羽へ頼み込んで来た。

どうやらカキが体質に合わなかったらしい。食あたりで、治療が必要――急いで病院へ行き、薬をもらわなければならない。

今、オリンピックの開会式のすぐ後に放映するドラマを撮っている。

タイトルは〈青い衝撃〉——二時間のスペシャル枠で、制作は大八洲ＴＶ。

舞台はブルーインパルス。

空自の新人女子パイロットが、本人は気づいていないが凄い才能を持っていて、それを見出した上級幹部によってブルーインパルスのメンバーに抜擢される。主人公の役名は有明さおり。チームでさおりを待ち受け、厳しく指導する先輩女子パイロットは渡月夕子だ。さおりは何度も挫折しかけるが、訓練を通して成長し、ついに東京オリンピックの開会式で上空に五色の輪を描く編隊の一員になる——

物語のメインの舞台は松島基地だが、司令部の建物の中のシーンの撮影は、第四航空団が仕事をしない休日や、深夜の間に限られる（スケジュールは立て込んでいる）。

わたしの食あたりのせいで、皆に迷惑はかけられないし、第一、演技はお姉ちゃんの方が巧い。

だから、とりあえず病院に行っている間、次のシーンも代わって。

拝み倒された。

いい加減にしろ、と言いたくなったが。

スピーカーフォンを手にする桐谷亜矢子も「それしか、なさそうね」と言う。

「あなた、赴任って言うけれど、今日は航空団もお休みでしょ」

「そうですけど」

休日のうちに引っ越しは済ませようと思っていた。

亜矢子の言うとおり、出頭は明日の朝だ。

制服は着てきたが、今日は非番ではある——

「じゃあ玲於奈」

亜矢子は、そう呼ぶのが当然、という表情で黒羽を呼んだ。

「久しぶりに、あなたの仕事が見たいわ。私も」

8

松島基地　第十一飛行隊
ハンガー内

「はい、ＯＫ出ました」

台本とストップウォッチを手にしたスクリプターが、また声を張り上げる。

「ではシーン一八『夕子に「やめちまえ」と言われるさおり』に続いてシーン一九、『独りで泣きながらコクピットに座るさおり』に行きます」

ドラマや映画の撮影は、イン・アクション――俳優が演技をしている間は、その場にいる全員が息を殺して見守っているが。

一つのカットを撮り終わった後、監督が演技と画に納得をして『ＯＫ』を出すと。

その途端、スタッフ全員が動き出す。次のシーンの撮影に向け、準備に入る。制作のスケジュールはぎりぎりなのが当たり前で、今日のようにロケの場所を使用できる時間が限られる場合は、さらに厳しい。

十数人のスタッフが、それぞれの役割で一斉に動く。

「秋月君、ちょっと」

照明の横に据えたカメラの横から、銀髪の大柄な男が歩み出て来た。

こちらへ来る。

年かさの男。

監督か……？

今は、無断で妹と入れ替わっている。

あまり近くで話をしたくないが――

「今の演技は、ちょっと台本の指定と違ったんだが」

「――」

黒羽は、仕方なく、近寄って来る大柄な人物を見やる。

ずいぶん、ベテランの人が来ている……。

そう感じた。

若手のディレクターではない――

今回、この二時間ドラマ〈青い衝撃〉の演出を担当するのは、下請け制作会社所属の若いディレクターではなく、大八洲TV制作局の五十代のベテラン・プロデューサーが自らメガホンを取っている。

近寄って来る監督は、確か、業界では有名な人だ。

「秋月君」監督は言った。「今のシーンでは、夕子は厳しく叱りつけるように『やめてしまえ』と叫ぶ指定だったわけだが」

「――――」

黒羽は、丸めた台本を手に歩み寄って来た監督を、見返した。

ばれるんじゃないか――？

そう一瞬、思ったが。

五十代の監督は、感心したような表情でうなずいた。

「実は、本当は今のようにやって欲しかったんだ」

「？」

「今みたいに、ぼそっ、と低い声で『やめちまいな』と宣告したほうが、厳しい感じがする。しかし最近の若い子は、低い小さい声で迫力を出すのがなかなか苦手でね」

この人は。

そうだ、知っている。

大八洲TVのプロデューサーで、昔はドラマの名演出家として鳴らした（確か、小山勝美という）。

芸能界の大御所の俳優たちも、頭が上がらない監督だ。

「だから僕は、シナリオライターと相談して、ああいう指定にしたんだが。いや、感心した」

小山勝美は黒羽の顔を覗き込むと、またうなずいた。

「君の力量を、見誤っていたようだ。今のシーンは君のあの解釈でいい」

「――はい」

黒羽は、監督に向き直ると会釈した。

「ありがとうございます」

「うむ」

監督は大きな右手で、黒羽の飛行服の肩を叩いた。

「引き続き、この感じで頼む」

「岩谷君も、よかったぞ」

監督は、黒羽と並んで立つ岩谷美鈴の肩もポン、と叩いた。

そうか。

わたしが、本物の秋月玲於奈かどうかなんて、関係ない。

作品にとっては、いい演技が撮れていること――それがすべてなのだ。監督は演技の内容しか、見ていない。

「玲於奈さん」

大柄な銀髪の男がカメラの横へ戻って行くと。

並んで見送る岩谷美鈴が、小声で言った。

「わたし嬉しい」

「――何が」

監督が今、美鈴をほめていたのは、嘘ではない。

美鈴の演技はストレートな感情表現だが、てらいもなく、確かだ。台本の注文通りに演じられている。黒羽に訴える時の顔も、ちゃんとカメラによく映る角度に向けられていたし、あれなら視聴者に主人公の感情は伝わり、撮り直しの必要もない。

新人は、これでいい。

「だって」

美鈴は横に並んで、小声のまま言った。

でも呼吸は（演技の余韻か）、心持ち速い。

「玲於奈さんと一緒に、お芝居できるんだもの。夢みたい」

「しっ」

黒羽は横目で叱りつける。

「皆には内緒だ」

「はぁい」

桐谷亜矢子――あの人には恩がある。

自分を女優にした人だ。

人生で頭の上がらない、そういう一人だ。

亜矢子に『玲於奈』と呼ばれ、頼みごとをされたら、ちょっと断れない。

あの後。黒羽はすぐ次の撮影場所であるハンガーへ移動して、衣装に着替えた（台本はマネージャー用のものを歩きながら見た）。

妹の代わりに撮影に入ることは、岩谷美鈴にだけは知らせた。

控室として借りていた格納庫のロッカールームで、久しぶりに会った美鈴は「きゃあ玲於奈さん」と小声で叫んだ。

楽しそうだな。

（――――）

岩谷美鈴。

〈ピースバード事件〉――かつて黒羽が妹の露羽と間違われ、何者かに拉致されて北朝鮮へ連れて行かれそうになった、あの事件のさなかだ。ＮＧＯチャーター機の中で初めて出会った美鈴は、まだ女子中学生だった。

他人のことはあまり言えないが、一言で言うと『いけ好かない』――気が強くて、子供のくせに世間を知ったような顔をする。そのくせ、必要に応じて子供を演じて、大人を手玉に取る。女優になってやろうという〈野心〉だけは一人前――

しかし芯が強いからこそ、黒羽と二人、協力して北朝鮮領内からボーイング７６７を奪取して脱出、生還することが出来たのだ。

あの頃の美鈴の癖の強さは。ひょっとしたら外に出たがっている才能が、動作の端々から漏れて噴き出していたのか……？　普通の学校生活は、美鈴の才能を不自然に抑え込んでいたのかもしれない。

そのしるしに、こうして〈表現〉の場と機会を与えられると、自然で、活き活きしている。生意気だった頃が嘘のように明るくまっすぐで『いい子』だ。

この子は。

きっと、相当なところまで行く。

演技の仕事を楽しんでいる。

正直、ときどき携帯のメールで連絡は取っていたが、これほど活き活きと仕事をしているとは思わなかった――

（――わたしも）

ふと思った。

わたしも、こんなだっただろうか。

十年前――

思いもしないきっかけで、女優としてデビューした、あの頃。

「…………」

黒羽は、手の中で丸めた台本を見た。

わたしがデビューした頃。

秋月玲於奈という女優が誕生した、そのきっかけは……

黒羽が薄く目を閉じた、その時。

「やぁ、凄い迫力ですね」

（……？）

背後から声――男の声がして、蘇ろうとした記憶を遮った。

9

松島基地
ハンガー内　機体横

「あら」

横で、美鈴が声を上げた。

振り向いて呼ぶ。

「奈良橋（ならはし）さん」


（？）

振り向くと。

目に入った影は、長身の男だ。

飛行服――？

今の、声の主か。

格納庫の壁際から、飛行服姿の若い男が近寄って来る。

(誰だ)

一見して、若い――ひょっとしたら年下か。

横で美鈴が「どうも」と勢いよく頭を下げる。

誰だろう。

撮影のカットの合間に近づいてきた……？　でも台本には、パイロット役の男の俳優が絡むシーンは今日のところは無い。

笑うような目の表情が印象的だ(いつも笑っているのか)。

役者ではない――短めの髪のカットが、粗い。

襟の階級章が読み取れる。三尉。

「奈良橋さん、見てくれてました？」

美鈴が、華やいだ声を出す。

何だ、こいつ。

黒羽は横目で、岩谷美鈴の嬉しそうな表情を見る。

近づいて来た飛行服姿の若い男を、美鈴は知っているらしい。

「どうですか、パイロットに見えます？　わたし」

「いやぁ」

男は、右手で頭を掻いた。

「ははは」

「どうも」

若い男――年下に見える飛行服姿の男は、黒羽と美鈴の前に立つと、会釈した。

（……………）

ちょっと、むずむずした。

自衛官同士ならば、お互いに階級章を見て、相手が自分よりも上位であれば先に敬礼をする。

上位の者は、下位の者から敬礼されたら答礼する。

黒羽は自衛隊の生活が長い。普段はあまり階級など気にせずに仕事をしているが、それでも三等空尉が自分の前に来て、敬礼もせず頭を掻いて「ははは」と笑ったりすると『何だ、こいつ』と思ってしまう。

いや。

そうか、今はわたしは役の上で二等空尉であるだけだ。

この男は、わたしを女優だと思っている（当然か）。

「今、ぞくっとしましたよ」

笑っているような目の年下の男は、自分の飛行服の胸をおさえるようにした。

「ああいう声で『やめちまいな』――って」

「………」

黒羽は、見返す。

男の胸のウイングマーク。ネームは〈G NARAHASHI〉――名前の上側の、垂直尾翼の形に囲われたナンバーは〈3〉。

ひょっとして。

第十一飛行隊のパイロットか……？

「昔、訓練学生の頃はずいぶんしごかれましてね」

男――奈良橋というのか。

背は高い。笑うような目で、胸をおさえながら言う。

「教官から『やめちまえ』って厳しく言われた時のことを、思い出しちゃった」

「………………」

「あ、あの」

見返す黒羽に、年下の男は右手を差し出した。

「秋月玲於奈さんですね。奈良橋吾郎(ごろう)です」

「………………」

そうか。

撮影にアテンドしている、隊の幹部か。

「……どうも」

黒羽は、背丈の違いをよいことに、目を合わさずに会釈だけした。

奈良橋三尉と言うのか。

黒羽が握手をしてくれないので、男は右手を自分の胸に戻し「はは」と笑った。

「今のシーンですね、本当にパイロットの教官が厳しくしている時みたいで——凄いな女優さんって」

「あのね、玲於奈さん」

横で美鈴が、長身の男を見上げて言う。

「奈良橋さんとは、一緒に聖火リレーを走ったんですよ。ほらわたし、一足先に松島入りしたでしょ」

「ははは」

奈良橋三尉は頭を掻いた。

「僕が、次のランナーだったよね。岩谷さんの」

「それで奈良橋さんは、今回の撮影にも、世話役でついてくれているんです」

美鈴は、高い天井から水銀灯に照らされるハンガーを見渡す。

小型の体育館ほどの空間に、ブルーと白の垂直尾翼が並んでいる。

数えると、七つ――七機のT４練習機が、機首を互い違いにして格納されている。

複座のコクピット（小さいが双発機だ）。イルカを想わせる、やや寸詰まりの流線型は白地にブルーのストライプを入れられ、光沢を放っている。写真や映像でもよく目にするブルーインパルス使用機だ。

黒羽と美鈴が背にしている一機――撮影用の照明を当てられている機体は、垂直尾翼に〈5〉のナンバーが描かれている。

「練習機の機体は本物だから、いろいろ危険が無いように見ていてくれるし。アドバイスも——あっ、そうだ」

美鈴は、奈良橋三尉の飛行服の袖をつまむと「ちょっと、すみません」と引っ張って行こうとする。

「ちょっと、お願い」

「え」

若い男は、まだ黒羽に何か話しかけようとするが。

引っ張られ、機体の方へ行ってしまう。

「ど、どうも」

「…………」

黒羽は見送ると、踵(きびす)を返し、ハンガーの壁際へ行った。

次のシーンに、自分は出ない。

「お疲れ」

消火設備の設置された壁の前には桐谷亜矢子が立っていて、蓋付きのカップを二つ、手にしている。

黒羽が歩いて行くと、一つを渡してくれる。

「ブラックでいいよね」

「……はい」

黒羽はカップを受け取ると、亜矢子と並んで格納庫――撮影現場の様子を眺めた。

（………）

金属音。

たった今撮影をしたT4練習機の機首の真横に、スタッフたちの手で、金属パイプを組み合わせたやぐらが素早く組み上げられる（カメラと照明を載せる台座だ）。

次のシーンは、台本によれば『コクピットに座って泣くさおり』。それを斜め上方の位置から撮る（打ち合わせで監督がアングルを指定したのか、亜矢子の持っていた台本には後から手書きでそう記入されていた）。

先輩から「やめてしまえ」と厳しく言われて、それでもさおりは飛行機の操縦が好きなので、やめたくはない。でもブルーインパルスで最も難しいと言われる五番機の役目は、自分には務まりそうにない――

それで、さおりは格納庫にしまわれた機体のコクピットに独り座って、泣くのだ。画は、斜め上からのアップになる。台詞はモノローグだが、主人公の心の中の声なので後からアフレコで被せる、と台本にはある。

「奈良橋さん、奈良橋さん。それでね」

見ていると。

美鈴は、長身の奈良橋三尉を機首に掛けられた搭乗梯子(とうじょうばしご)の下まで引っ張って行き、頭上のコクピットを指す。

「次のシーン、わたし、コクピットで独りで泣くんですけど。それで、乗り込み方なんですけれど。梯子を登って操縦席に入る時、どうやったらプロっぽく見えますか」

「う、うーん。そうだなぁ」

「撮影前の〈安全講習〉で教わった通りにやると、どうしても素人に見えちゃうんです。そうじゃなくて、慣れてる人の乗り込み方って」

「う、うーん」

「さすがね」

並んで立って眺めながら、亜矢子が言った。

「台本と違う演技をして、小山勝美が『一発ＯＫ』。なかなか無い」

「いえ」

「どう。思い出した？」

「…………」

黒羽はカップに口をつけかけ、止めた。

思い出す――

（――――）

亜矢子さんは今、演技のことを言ったのか。

それとも。

今、目の前で撮られている『自衛隊を舞台にしたドラマ』。

そうだ。

女優の現役時代。

わたしは、似たようなドラマに出た経験がある。

その時のことを思い出したか、と訊いたのか。

「――」

しかし、黒羽は亜矢子へ顔を向けて、訊きただすことが出来ない。

さすがに、辛い。

それは――

――『永射です』

思わず、目を閉じる。

記憶が蘇る。

十年と、少し前のことだ。

始まりは、同じクラスの子が「つきあってよ」と言って来た。

それが『始まり』だった。

わたしの、女優としての人生――人生、なんて呼べる程の長さではなかったけれど。

「思い出すわね」

隣で、亜矢子がつぶやくように言う。

「あの時のオーディションで、あなたを初めて見た時。その瞬間のこと」

「――――」

黒羽は、中学受験をして、露羽と一緒にミッション系の女学院へ入学した。

中高一貫で、大学まである。

広尾にある自宅から地下鉄で通学していた。

出来事は、高等部に上がって、一年生の二学期――九月のことだ。

黒羽は、休み時間に三人組で一緒にトイレへ行ったりはしない。いつも連れ立っている友達はいなかった。

ある日。昼休みに教室の机で独り本を読んでいると、同じクラスの子が近寄ってきて、言った。

「ねぇ。鏡さん、つきあってくれない」

「――――」

黒羽は、読みかけの文庫本から顔を上げた。

「何」

「オーディション、一緒に受けに行って欲しいんだ」

この子は。

同級生だ。顔はもちろん知っているが——普段、話すこともほとんど無い。

急に、何だろう——

「——？」

見返すと。

ショートカットの子は、微かに肩を上下させている。

意を決して、言いに来た——そんな感じ？

「オーディションって」

「これなの」

ショートカットの同級生は、手にした携帯の画面を示した。

ピンク色。何かの、募集の告知か。

ショートカットの子は、グループの呼び名を言った。

ふだんTVなど見ない黒羽にも、それは分かった。有名なアイドルグループだ。

「今期の、新メンバーの募集なの。受かれば研究生になれる」

唇を結ぶようにして、その子は詰め寄って来た。

「鏡さん。一緒に受けない？」

「別に」

いきなり何を言い出すのだろう。

わたしに、アイドルグループの研究生オーディションを一緒に受けろ……？

「いい」

だいたい、自分にどうして、突然そんなことを。

普段から、特別親しくもない。

でも

「お願い」

ショートカットの子は、顔を近づけると小声の早口で言った。

「私、受けたいけど、一人じゃ心細いの」

「独りで、行けばいい」

芸能界に入りたいのに、オーディションへ独りで行くのが心細い……？

論理が、破綻していないか。

「ねぇ、お願い鏡さん」

「誰か、他の子を誘えばいい」

「駄目なの」

「どうして」

「だって」ショートの子は、昼休みの教室をちら、と見回した。「おちた時、みんなに言いふらされる」

「え」

「あなたなら、決して、そんなことしない」

「――――」

黒羽は、示された携帯の画面を見た。

アイドルグループ……。

(芸能界?)

不思議だった。

どうして、その同級生の子は、必死になって誘うのだろう。

もっと不思議だったのは。

自分がその時、断らなかったことだ。

なぜだか分からない。


なぜだか分からないが、気持ちの底の方で「あ」と思った――というか、気づいた。

一週間後。その子と二人で地下鉄に乗り、オーディションを受けに行った。

予備知識は全くない。芸能界では『作法』があるらしい、受け慣れている感じの子たちは「はい」「はい」とはきはき返事をする。その中に交じって、ディレクターの質問を受けた。

特別なことは何もしていないが、一次選考は通過した。

一緒に受けた同級生は、二次で『消えた』。

自分へは三次選考の通知が来たが、同級生の子には来なかった。

どうするかな。

考えていると、ショートカットの子はまた黒羽の机に来て「受けて」と言う。

「うん――でも」

「いいの」同級生はショートの頭を振る。「私はいいの。だって、受かりっこないもの」

「だって。ああでも言わないと、鏡さん、受けてくれないでしょ」

「どういうこと」

わけが分からない。

「私」同級生の子は、唾(つば)を呑み込むようにして黒羽を見た。「よく――うまく言えないけれど、あなたのファンなの」

「え？」

ますます、わけが分からない。

「どういう――」

「告白するけれど」

机の横から、顔を近づけられた。

「中等部の頃から、鏡さん、あなたのことを見ていたわ」

「――」

「え？」

学校は、一学年に六クラス。中学から高校——内部進学すれば大学まで、女子ばかりの世界だ。

いつも一緒で、仲良しのグループを作る子たち。

自分にはどうしても、それをする気がしない。どうして、休み時間のトイレまで一緒に行く……？

いつも独りで行動した。

それでも、ときどきふと気づくと、どこかから誰かに見られている——そんな感じはしていた。

誰なのかは分からない。特定の一人でもない。いくつかの眼、視線。

普段は、無視するように歩いていたが——

「たぶん、他のどんな、どの子よりも見ていた」

声を低めて、その子は続けた。

「あなたに才能があるって、知っていた」

「どうして」

「どうして——って、よく見ていたから。いつも」

「？」

「私、あなたがあのグループでセンターに立つところを見たい」

「え」

「それが夢。私の――あ」同級生は慌てたように頭を振った。「ごめん、迷惑は知ってる。こんなこと言われて気持ち悪いとか」

「………」

「でも、この際だから。聞いてもらおうって」

その子は相当、成績のいい子で、頭が良いのは知っていた。のちに内部進学せずに、確か東大へ進んでいる。

そういう面では、その子も『変わった』子だった。

わたしと、同じくらいに――

「ごめん」

それだけ言い残すと、走って行ってしまった。

でも、その子には感謝した。

確かに。外側から見ないと分からない、自分の〈才能〉みたいなものもあるだろう。

毎日、学校に通っていて、何となく感じる物足りなさ。

つまらなさ。

これは何なのだろう。

自分は、何がやりたいのだろう。

分からなくて、本ばかり読んでいた。


やってみるか。

ここまで来たからには、受かろう――

そう思った。

オーディションの次の三次審査は、歌を歌う。

自分の好きなスタイルでよいという。

それなら、ほかの応募者たちと違いを出そう。

母が生きていたころは、ピアノを習わされていた。最近は触っていないが、ときどき無性に指を動かしてみたくなり、ピアノではなく父にねだってギターを買ってもらっていた。暇な折に独習して、弾けるようになっていた。

三次審査ではパイプ椅子を用意してもらい、審査員たちの前で弾き語りをした。

その審査で、自分の番が済んだ後。

会場になっていた劇場の化粧室にいると、パンツスーツ姿の女性が入って来た。

黒羽と並んで、鏡の前に立った。

「ねぇ」

大人の女性だ。二十代の後半だろうか。

オーディションを受けに来ている少女たちとは違い、どこか男っぽい――仕事をする人の雰囲気がある。

声は低い。

「ねぇ、あなた」

二度呼ばれて、自分へ話しかけられているのだ――そう理解した。

洗面台に眼鏡を置き、鏡に向かって、顔を直す振りをしながら女性は訊いて来た。

「あなた、集団で踊るグループって、楽しい？」

「……？」

横に立った女性を見た。

主催者側のスタッフの人だろうか（審査員の中には居なかった）。

横顔は鏡を見ているが。

わたしに、話しかけている……？

きつい感じの横顔が、続けた。

「演技をしてみる気はない？　鏡黒羽さん」

後で知ったことだが。

芸能界では、大きなオーディションが行なわれると、主催したプロダクション以外からもスカウトが来ていて、入賞はしないが見込みのある新人を見つけると、主催側に仁義を切ったうえでリクルートして行く（『落穂拾い』と呼ばれる）。

黒羽の場合、三次選考の審査員たちの間で『個性と才能は認めるが、あれで握手会が出来るのか』と議論になっていたという。

アイドルグループを運営する会社と、老舗の芸能プロダクション〈ムーン・ミュージック〉は長年の付き合いで、貸しも借りもある。三次審査をオブザーバーとして見ていた桐谷亜矢子が「それならば、うちに下さい」と頼んだ。

後から、そう聞いた。

10

松島基地　第十一飛行隊
ハンガー内

「まさか」

桐谷亜矢子は、息をついた。

「あなたを自衛隊に取られるなんてね」

「――――」

黒羽は、壁際に亜矢子と並んで撮影の準備の様子を眺めながら（俳優は待ち時間が長い）、横をちらと見た。

彫りの深い横顔。

桐谷亜矢子は、あの劇場の化粧室で声をかけて来た時から、あまり変わらない。

ずっと仕事一筋（結婚したという話は聞かない）。自分が去ってからは、露羽の面倒を見て、十年をかけて一人前の女優に育てた。

「すみません。亜矢子さん」

「いいわ」

亜矢子は頭を振った。

「すべて私の責任。あなたを、あのドラマに出したのが――あぁ、やめとこ。考えても無駄」

「…………」

あのドラマ。

亜矢子さんは、やはり十年前のあの〈事件〉のことを言っていたのか。

あのことか。

思わず、また目を閉じる。

（あの、ドラマ……）

その時

「監督、監督」

美鈴の声がして、黒羽の思考を遮った。

テンションの高い声。

見ると。

「監督、考えたんですけれど」

飛行服姿の美鈴は、いつの間にかT４練習機のコクピットに収まっていて、やぐらの横で台本を手にカメラマンと打ち合わせをする小山勝美へ話しかける。

「こういうのは、どうですか。さおりが、この五番機ちゃんに『名前』をつけちゃうのはどうでしょう」

「あ?」

五十代なのにジーンズの似合う監督は、コクピットを見上げる。

「名前?」

「そうです」

美鈴はうなずき、皮手袋の左手で風防のフレームを撫(な)でるようにする。

「おちこんださおりは、この子に名前を付けるんです。友達になるんです。一緒に乗り切って行こう——っていう、相棒みたいな」

「………」

監督は、機体を見上げ、考える表情になる。

「どんな名前にする。岩谷君」

「そうですね、例えば、さおりが子供の頃に飼っていた犬の名前にするとか。すっごく小さい頃、迷子になって泣いていたところを、その犬に助けられたことがあって」

「そこまで付け加えるのは余計だが。犬は悪くない。ただしポチは駄目だ」

「はい」

「では助監督に、英語――いやフランス語の犬の名前を二十個くらい、考えさせよう。その中からピンと来るものを選びなさい」

「はいっ」

「監督、いいのですか」

横についている助監督らしいスタッフが、慌てたように言う。

「まさか、今からシナリオの変更ですか」

よくやる――

黒羽は苦笑する。

大した女優だ。周囲を引きずり回している。

「今は変更しない」

監督が台本を示し、助監督とカメラマンへ説明する。

「安心しろ。後からアフレコで被せる台詞を、少しいじるだけだ。ここはモノローグで、口は動かないから、画は予定通りでいい」

「わ、わかりました」

「尺も、変更なしですね」

話をする監督とスタッフたちの頭上で、美鈴はT４の前席から伸びあがるようにして風防の枠の後方確認用ミラーに顔を合わせ、両手の指で髪の毛を直す。胸ポケットから櫛も取り出して、自分で直す（さすがにメイク兼スタイリストを、整備員のように搭乗梯子へ登らせるわけには行かない）。

複座の後席には奈良橋三尉がいて、美鈴の動作を見ている。

そうだ。

美鈴は世話役と言ったが。

あれは〈世話役〉ではなくて、〈監視役〉なのだ。

自衛隊の施設や機材を使って撮影が行なわれる時には、必ず、その部隊の幹部が監視役につく。俳優が勝手に、その辺のスイッチ類に触れたりはしないか。出演者やスタッフの安全を護るためでもあり、機密が漏れたりしないように留意する。
もちろん、現場の仕事をよく知っているから、アドバイスも出来る――
（――）
――『困ったことがあったら』
黒羽は、唇を噛む。
あの頃。
彼も、あのようにわたしについてくれていた……。
――『永射です。永射省吾（しょうご）。困ったことがあったら、何でも言って』
「テスト、行きます」
助監督らしいスタッフの声。
機材の準備が出来たらしい。照明の強い光が機体を照らし、黒羽は目をしばたたく。
現実に引き戻される。

「はい。カメラテストです」

「お静かに」

「ところで」

横で一緒に、カメラと照明のテストが行なわれるのを眺めながら、亜矢子が訊く。

「さっきはいきなり現われて、驚かされたけど。こっちへ赴任して来たって?」

「はい」

「小松から、転属?」

「いえ」

黒羽は頭を振る。

「転属ではありませんが、半年くらいは居ます」

「まさか」

亜矢子は、黒羽を見た。

「あなた、ブルーインパルスに入るとか」

「――――」

黒羽は苦笑する。

「その、まさかです」

Ｔ４の機体の周囲ではスタッフたちが配置につき、複座の前席についた美鈴にカメラが向けられて、リハーサルが始まる様子だ。

複座のコクピットでは、後席から奈良橋三尉が身を乗り出すようにして、前席の美鈴へ何か言っている。口を動かし、計器パネルを指しておそらく『そこと、そこには触らないように』と注意をしているのか。

美鈴は、指されたレバーやスイッチ類を見渡しながら『はい』『はい』と口を動かして応えている。

奈良橋は、一通りの注意をすると、美鈴の飛行服の肩を叩き、立ち上がった。後席から搭乗梯子を伝って降りる。

「はい、ではリハーサル行きます」

助監督が声を張り上げる。

「お静かに」

「シーン一八」

スクリプターも声を上げる。

「『コクピットで泣くさおり』行きます」

「用意」

監督の声。

「アクション」

第十一飛行隊　ハンガー内

（――――）

黒羽は、リハーサル一回目の様子に注目した。

自分だけでなく。天井の高い空間の中の全員が、照明に照らされる白いT４の機体へ注目している。

そのコクピット前席では、有明さおり――岩谷美鈴が唇をかみしめ、うつむいている。

だが

まずいな。

すぐに思った。

あれは、まずい。

照明の当て方が難しい。

うつむくと、顔が陰になってしまう――

そう思って見ていると。

操縦席の美鈴も、それに気づいたのか。

やおら顔を上へ向けると、涙をこらえて鼻をすすり上げるような演技をした。

(――あ)

うまい。

黒羽は『巧い』と思った。

同じ泣くのでも、ああいう泣き方もある。

上を向いて泣けば、主人公の前向きさが表現できる。表情もうまくカメラに収まる。照明のセッティングをいじる必要もない。

撮影がスムーズに進行する――

「カット」

監督の声。

「いいだろう、今の感じだ。すぐ本番へ行こう」

「はい」

「はいっ」

スタッフたちが、再び動き出す。

コクピットでは、美鈴が肩を上下させている。

目をしばたたき、前を見る。

気持ちを、リセットして集中しようとしている——

泣く演技を、繰り返しやらされるのは、きついものだ。

(がんばれ)

美鈴の様子に、視線を向けていると
「いいのよ」

横で亜矢子がぼそり、と言った。

「戻って来たら。いっそのこと」

「え」

「いつでも。待ってるわ」

「――いえ」

黒羽は目を伏せる。

「わたしは、もう」

「そう」

亜矢子はカップを口へ運んだ。

「じゃ。あてにしないで気長に待つわ」

「『秋月玲於奈』はもう、露羽のものです」

黒羽は頭を振る。

「あの子なりに、作り上げてきたし。立派だと思います」

「手がかかる子だけどね」

亜矢子は苦笑の表情になる。

「あなたより手がかかる」

そこへ
「いやぁ」

頭を掻きながら、長身の飛行服姿が歩み寄って来た。

撮影でカメラが廻り出すと、もう〈監視役〉はすることがないのだろう。

「凄いですね」

「これは奈良橋さん」

桐谷亜矢子が、お辞儀をした。

「うちの岩谷が、お世話になっています」

「いえ、いえ」

まずいな。

黒羽は、視線を向けないようにする。

この男——明朝に着任する飛行隊のメンバーだ。あまり顔を見られたくない。

「凄いですね、本当に泣いちゃうんですね」

奈良橋三尉は、しきりに感心したような声を出す。

「凄いな、女優さんて」

「いい体験をしていると、泣くのもうまくなります」

亜矢子が、機体の方を指して説明する。

「過去に涙の出た時のことを、一生懸命、思い出すんです」

「そうですか」

奈良橋は「ははは」と笑う。

「いや、実は、僕たちのチームにも今度、女子が入るんです」

「ブルーインパルスに？」

「ええ。政府主導で、オリンピックに向けて、飛び入り参加させるらしいんですが――実はみんな、心配しているんです」

「心配？」

「女子なんか入れて。しごいたら、あんなふうに泣くんじゃないか――って。ははは」

「――――」

黒羽は、あまり顔を合わせたくない。

亜矢子の隣で、格納庫の内部の様子を珍しそうに眺めるふりをした。

イルカの群れのように佇む、七機のＴ４練習機――

その瞬間

（……？）

何だろう。

思わず、眉を顰めた。

何か動いた。


黒羽が、撮影の行なわれる一角から反対の方向へ目を向けると。

水銀灯に照らされる空間の壁際で、何かが動いた。

人影……？

コーヒーの紙コップを手にした黒羽が何気なく視線を向けると、人のような影がサッ、と隠れたのだ。


（誰だ）

わたしが視線を向けたら、隠れた……？

誰だろう。

人影が動いたように見えた一角を、目で探るが。

もう、動くものは無い。

（気のせいかな）

第Ⅳ章　赤のスモーク

1

松島基地
正面ゲート

翌朝。

「大八洲ＴＶ報道部です」

沢渡有里香は、乗って来たランドクルーザーの運転席から身を乗り出すと、首から提げた身分証と報道パスを示した。

「記者、沢渡ほか一名。取材のため入場をお願いします」

朝日が、眩しい。

松島基地へ朝の八時過ぎに着けるように、夜半過ぎに都内を出た。

手にしている報道パスは、昨日の夕方に市ヶ谷の防衛省本省（日曜だろうと祝日だろうと組織が動いている）で発行してもらった。

取材者向けのパスにもランクがあり、基地の施設だけでなく飛行場のエプロンにまで入れる許可証となると、審査に時間がかかる。金曜の午後に申請をして、『発行された』と連絡を受けたのが日曜の夕方だった。すぐ受け取りに行った。

パスを受け取り、本省広報部でついでに第四航空団の団司令へのインタビューを調整してもらえるように頼むと、翌朝の始業後すぐであれば対応可能だという。

司令の有馬（ありま）空将補は〇九〇〇時から会議が入っているから、取材に応じられるのは、国旗掲揚後の実質二十分間だけだ。

「それでいいので、インタビューをお願いしてください」

有里香は広報部の担当者へ頼んだ。

「取材の初めに、ぜひ、司令にお話を伺いたいのです」

「なら、手配はしますが」

広報部の担当官はうなずいた。

「明日の朝一番ですよ？　今から、夜の新幹線で行かれるのですか」

「いえ」

有里香は頭（かぶり）を振った。

「撮影機材もたくさん持って行くし。車です」

「車？　松島まで？」

「夜通し走れば」有里香は腕時計を見た。「ちょうどいいです」

有里香は、石川県の地方TV局の契約スタッフだった頃から、幾度となく自衛隊の取材は経験している。

要領がある。まず『頭』を押さえることだ。保守的な組織だから、初めに基地の組織トップの団司令へ挨拶をして、取材の趣旨をよく説明し、コメントを伺う。

現在、有里香が所属している大八洲TVは、NHKやTV中央とは違う。中立的な報道をするという評価が国民の間にあるし、きちんと説明をすれば、取材への協力を約束してもらえる可能性は高い。そして「先ほど、団司令にもお話を頂きました」と言えば、基地の組織の人たちからも協力が得られやすい。

団司令が、朝一番しか時間が空いていないとなれば。

それに合わせて、行くまでだ。

急いで支度をして、カメラマンの道振(みちふり)と二人で報道部所有のランドクルーザーに機材を積み込み、夜半過ぎに都内を出た。途中まで道振が運転し、助手席で仮眠していた有里香が明け方から運転を替わった。

八巻からは『ドラマの番宣』と言われたが。

報道部のエース（自称）である自分が出て行く以上、ただのドラマナビにするつもりはない。制作部のディレクターとは前もって打ち合わせをした。舞台はブルーインパルスだ。国民の関心も高い。この際、チームの成り立ちや歴史から、携わっている自衛官の苦労まで、短時間で全部伝わるようなレポートにしたい。

そのように言うと。制作部でも「それなら一時間の枠を取りましょう」と言ってくれた。ブルーインパルスの過去と現在を知らせる内容のドキュメンタリーを撮り、それにドラマ〈青い衝撃〉の番宣を入れ込めばいい。

面白くなってきた。

「取材の方ですか？」

ゲート警備係の一曹は、来訪予定者のリストをめくる。

「ええと――」

「あの。〇八三五から、団司令のインタビューを予定しています」

有里香は運転席から畳みかけた。

自衛隊式の時刻呼称も、もう使い慣れている（自然に口から出て来る）。

「できれば、司令部に近い駐車場を」

「えっ、あっ、はい」

一曹は、出入り業者用の駐車場ではなく、司令部前の来賓用パーキング・スペースを割り振ってくれた。

「それでは、取材期間中は、こちらをお使いください。駐車票の裏が地図になっています」

「ありがとう」

有里香は、ゲットした駐車票を運転席のダッシュボードに置き、助手席で爆睡している道振は後で起こすことにして、とりあえず車を進めた。

芝生の上で朝日を浴びているF86F戦闘機の前を通過して、司令部棟の前を右折。

来賓用の駐車スペースは、この先か――

近くていい。

(予定通りに取材に入れる)

停める場所は、どこかな。

場内道路の左右に、視線を走らせていると。

「――？」

あれ、と思った。

始業時刻前の場内道路。

向こうから飛行服姿が一つ、近づいて来る。黒髪と、スレンダーなシルエット。

女子パイロットだ。

朝日の中、歩いて来る。

間近をすれ違うときに横顔が見えた。

（えっ）

この人は。

見覚えがある。

まさか……？

「？」

思わず、振り向こうとするが

「ふぁーあ」

助手席から道振が起き上がって、斜め後方の視界を塞(ふさ)いでしまう。

「――あれ、もう着いたんですか」

東京　永田町
総理官邸地下

同時刻。


「ボイコット国が出たぞ」

人のまばらな、朝のNSSオペレーションルーム。

中央のドーナツ形テーブルで、夏威総一郎(なついそういちろう)が〈開会式警備計画書〉の見直し案をチェックしていると、円城守(えんじょうまもる)が近づいて来て告げた。

不精ひげの横顔で、手にした携帯に入ったばかりの情報を見ている。

「たった今、発表された」

「中国か？」

夏威は、テーブルに広げたPCの画面から目を離さずに訊く。

ここ数日、円城と共に地下に詰め、オリンピック開会式の〈警備計画案〉の見直しにかかり切っている。関係各所とリモート会議を繰り返しているが、調整すべき事項は膨大だ。

円城とは、あらゆる可能性を話し合った。

活田総理の主催する〈民主主義サミット〉――日米豪印の四か国を中核とする新たな安全保障の枠組み構築を、中国が潰そうと狙ってきた場合。どのようなテロ行為が予想されるか……？

サミットは、オリンピックに合わせて都内で開催される。開会式にはアメリカの副大統領、オーストラリア首相、インド首相に加え、台湾の総統、そしてウイグル、チベット亡命政府の代表までが招かれる予定だ。

それは世界に向けて強力なメッセージとなるだろうが――

一方、中国には、外国にいる人民――在外の中華人民共和国籍の者は全員、『共産党からの命令があれば工作活動に従事しなければならない』という〈国防動員法〉がある。

わが国に暮らす留学生から出稼ぎ労働者までが、命令ひとつで『民兵』と化すのだ。

どんなことが起きるか。

対するわが国には、スパイ行為を取り締まれる〈スパイ防止法〉すら存在しない。

現行法の範囲内で、打てる対策はすべて打ちたいが。

日本国憲法には〈非常事態条項〉も存在しない。これは、国の非常時に際して、政府が国民の私権を制限することが出来ないことを意味する。新型ウイルス事態においても強力な防止策が取れなかった。国民の自主的な協力に期待するしかなかったのは、記憶に新しい。

根底には〈平和憲法〉の欠陥があるのだが。

わが国のマスコミは、この問題をなぜか一切、取り上げようとしない。新聞各紙も、NHKも民放各局（大八洲TVを除く）も口を開けば「オリンピックをやめろ」「やめろ」ばかりだ。

「中国が、ボイコットして来たのか」

円城が数日前に危惧——指摘していた。

中国がもしも、オリンピックをボイコットすれば。

開会式の当日、会場のスタジアムには中国政府の要人も、中国選手団も居ないということになる——

やり放題だ。

極めて危険だ。

しかし

「いや、ボイコットしたのは韓国だ」

円城は、手にした携帯を夏威へ向けて見せる。

「たった今、外務省へ情報が入った。間もなく、一般のマスコミも報じるだろう」

「――――」

夏威は、息をつく。

韓国か。

まったく――

あの国は何がしたいのか？

さきに東京が、ＩＯＣ理事会で今回のオリンピック開催地に選ばれようとした際。韓国は時期を合わせたかのように『福島県産の水産物輸入禁止』を決定し、マスコミを使い『日本は放射能で危険だ、危険だ』と大きく報じさせた。

ところが、今度は東京オリンピックを機に、アメリカと北朝鮮の首脳会談が実現しそうだという予測が立つと、一転して『平和の祭典で韓国大統領が米朝対話の仲立ちをする。東京オリンピック開催賛成』と言い出した。韓国では経済政策の失敗により、大統領の支持率が急落しているという。米朝会談を大統領が取り持った、ということにすると支持率回復が望めるらしい。

しかし、北朝鮮は最近になって『オリンピック不参加』を表明した。すると、韓国政府は態度をまた一転させ『福島原発の処理水を放出するのは地球の海を汚す暴挙だ』と非難を始めた。

そして今朝になり、ついにボイコット決定か。

「韓国のことは、置いておいて」

円城は続けた。

「気になるデータがある」

「何だ」

夏威はNSS戦略企画班長として、わが国の防衛政策を立案する。その仕事には、情報班長である円城の協力が欠かせない。

「北朝鮮への、中国からの『食糧援助再開』だ」

円城は携帯の画面をめくった。

「一時期、北朝鮮の最高指導者が共産党の意向に従わなかったとして、中国からの食料援助は止められていたのだが——最近、再開された」

「本当か」

「ああ。国境の橋をトラックが盛んに通過しているのが確認されている。気になるのは、中国からの物資流入が再開された時期と、先日の日本海へ向けての弾道ミサイル発射実験の時期の重なり方だ」

「まさか」

「そうだ。リンクしているんだ」

「————」

夏威は眉を顰(ひそ)める。

そこへ

「情報班長、ＴＶに報道が出ました」

壁際の情報席から、スタッフの一人が振り向いて報告した。

「ＮＨＫは朝ドラの最中ですが。民放各局の朝のワイドショーが『韓国のオリンピックのボイコット』を一斉に報じています」

「わかった」

「スクリーンに出しますか」

「いや、いい」

円城は片手を上げ『見るまでもない』という身ぶりをした。

「どうせ、連中が、どんなことを言っているかは想像がつく」

「マスコミか」

夏威も息をつく。

「そうだな。想像はつく」

「それでな」

円城は、手の中の携帯に目を戻し、続けた。

「実は、北のミサイルに関連し、連中の以前の報道――というか〈主張〉で、気になることがあるんだ」

「……？」

連中、というのは。

円城が言及するのは、わが国のマスコミのことか。

夏威は、その横顔を見やる。

「〈主張〉――？」

「そうだ」

「マスコミの主張か」

「そうだ、気になる」

不精ひげの情報班長――元キャリア警察官僚はうなずく。

「確か、中央新聞の編集委員が以前、社説で主張していた。『北朝鮮の弾道ミサイル発射実験を、ことさら危険視する必要はない。あれは自国を護るためにやっている』」

「…………」

「『わが国を攻撃する意図があるかどうかは、分からない。冷静になるべきだ、もしも北のミサイルが日本の国土に着弾することがあっても、すぐに攻撃されたと思ってはいけない。一発だけなら〈誤射〉かもしれない』と」

松島基地　第十一飛行隊　オペレーションルーム

『――一発だけなら、〈誤射〉かもしれません』

がらんとした空間にＴＶの声が響く。

音量が大きい。

『朝鮮民主主義人民共和国のミサイル実験を「危険だ、危険だ」と煽るのは、もっと危険なのです。そういう発言をする人は「自衛隊が憲法のせいで動けない」とか言って、素晴らしい憲法九条を改悪し、日本を戦争のできる国にしたいのです。またアジアの国々を侵略したいのです』

飛行隊オペレーションルームは、ガラス張りの明るい空間だ。どこの基地でもそうだが、温室のようなガラスの向こうに駐機場が見渡せる。

駐機場の向こうは、海岸に沿って伸びる滑走路だ。

（――――）

黒羽が入室して行くと。

まだ時刻は早い。

飛行隊メンバーの出勤して来ていない広い空間で、喫茶コーナーのＴＶをつけ、長身の飛行服姿が独りで壁のホワイトボードを拭いていた。

カップの並ぶ喫茶コーナーでは、セットされた大型のコーヒーメーカーが湯気を立てている。

どこの飛行隊でもそうだが。

皆よりも早く出勤して準備するのは、一番若い者の役目だ。

『平和を愛する共和国が、日本へ攻めてくるはずがありません』

ＴＶ画面には、コメンテーターの顔がアップになっている。

民放のワイドショーらしい。

『いったい、今の時代にどこの国が、日本へ攻めてくるというのでしょう。日本の周りは平和を愛する、人権を尊重する善い国ばかりではありませんか。情けない、悪い国は日本だけです。共和国が自国を防衛するために開発しているミサイルが、もしも日本の国土のどこかへおちたとしても、すぐに騒いではいけません、冷静になるべきです。先日、中央新聞の編集主幹の方が社説で訴えていた通りだ。一発だけなら〈誤射〉かもしれません』

『川玉さん、北朝鮮のミサイルを怖がり、過剰に反応する必要はない、と言うことですね』

『その通りです』

飛行服姿の黒羽（今朝は自前のフライトスーツだ）は、オペレーションルームの入口に立ち、空間を見回した。

一方の壁にパイロットの人員配置ボード。

打ち合わせに使われる大テーブルと、椅子。

ブリーフィングに使う大型のホワイトボードを拭いている男は、見覚えがある。

そうだ。

昨日、ドラマの撮影にアテンドしていた奈良橋三尉（奈良橋吾郎といったか）だ。

『共和国よりも、戦犯国の日本の方がもっと悪いのです。先日、政府はついに福島原発の汚染水を海洋へ放出して、地球の環境を破壊し始めました。これに対し、見なさい。日本よりも民主主義の進んだ韓国が怒って、オリンピックをボイコットして来ました。当然です、日本政府はただちに汚染水の放出を止めて、謝罪と賠償を――』

音声がうるさいので、黒羽は喫茶コーナーのテーブルにあったリモコンを取り、ＴＶの電源を切った。

途端に、静かになる。

「――え」

ボードを一生懸命に拭いていた飛行服姿が、気づいたようにこちらを見た。

やはり、年下か。

顔は、昨日初めて見たが。航空学生の後輩にあたるのだろう。

黒羽を見て、目を見開く。

「あ、あの。何か御用で――？」

若い男は雑巾を置くと、歩み寄って来た。

長身。ブルーインパルスの飛行服は、展示飛行の際はダークブルーだが、あれはお披露目用の衣装だ。日常の訓練飛行では普通のオリーブグリーンだという。

奈良橋三尉の右胸のパッチは地球をかたどった意匠で、左胸のウイングマークの上には垂直尾翼の形に囲われ〈3〉のナンバーがある。そのほかは、黒羽の着ているものと同じ通常の飛行服だ。

「すみません。ここは飛行隊のオペレーションルームで」

「――」

黒羽は両手を腰に置き、若い男を見返した。

あくまで、今日は鏡黒羽として、ここに居る。

「すみません、ここ――」

今日は、司令部の施設内での撮影の予定はない。

奈良橋は手で通路の方を指し、『ここは入ってよい場所ではありませんよ』と言いたげにしたが。

黒羽が両手を腰に置いたまま、黙って見返すので、怪訝な表情になる。

「――え」

「――」

「あ、あの。あなたは」

「――本日、着任です」

黒羽は口を開いた。

「第十一飛行隊の方？」

「…………」

黒羽の襟の階級章に、ようやく気付いたか。

若い男は慌てたように威儀を正し、敬礼をした。

「し、失礼しました。第十一飛行隊、奈良橋吾郎です。三番機です」

「そう」

黒羽は答礼をする。

「本日着任、鏡黒羽です。ご苦労様」

「ご、ご苦労様です」

「で、でもあの、あなたは」

奈良橋は敬礼しながら『わけが分からない』というように、黒羽の胸のネームを見た。

右胸に縫いつけてあるのは第三〇七飛行隊の黒猫のパッチだ。

「鏡――二尉……？　ですか」

「どうしました」

「いえ、あの」奈良橋は頭を掻きながら、周囲を見回す。「あの、あなたは女優さんでは」

「何のこと」

黒羽は、とぼけた。

あくまで、ドラマに出演しているのは露羽(つゆは)――秋月玲於奈(あきづきれおな)だ。

自分ではない（現役自衛官が、勝手に民放ドラマに出ていいはずもない）。

「双子の妹が、俳優をしています」

黒羽は言った。

「偶然、この基地へロケに来ているようですが――わたしはまだ会っていません」

これは本当だ。

妹とはまだ会えていない。

結局、露羽はタクシーで駆け込んだ先の病院で点滴を受けることになり、昨日一杯は安静を命じられて、撮影現場へは戻れなかった。

電話で話しただけだ。

「妹さん――ですか」

「そう」

黒羽はうなずく。

露羽のせいで、かき回されたが。

ようやく本来の〈仕事〉だ。

「小松から送った、わたしの装具類が届いているはずです。確かめたい。装具室はどこですか」

「あ――はい」

奈良橋は、うなずいた。

「それでしたら、隊のモーニング・レポートが済んでから、僕がご案内します。ちょっと待って――」

その時

「その必要はない」

背後で、声がした。

2

松島基地
第十一飛行隊　オペレーションルーム

「その必要はない」

黒羽の背後で、声がした。

低い声だ。

「モーニング・レポートまで待つ必要はない」

誰だ。

背中に、気配がしなかった――

（――？）

黒羽は、背後を見た。

いつの間にか、誰かが立っている。

もう一つの飛行服姿だ。

中背の男。

襟の階級章は三等空佐。

「君が、飛び入りのパイロットか」

「——はい」

黒羽は向き直ると、男に敬礼した。

「鏡黒羽です。三〇七空より来ました」

「——」

男は、三十代半ばか。

日焼けし、ぎょろりとした目の目尻がやや下がっている。

短く答礼し、その目で黒羽を見た。

「副隊長、二弓（にゅみ）だ」

何だろう。

目玉は動かさなくても。足のつま先から頭のてっぺんまで、見られた気がした。

このプレッシャー……。

だが

（できるな）

同時に、黒羽は感じた。

この男。

向き合って立っただけだが。

立ち姿の、みぞおちの辺りに『揺らぎ』が無い――

「モーニング・レポートまで待つ必要はない」

男――二号と名乗ったか。

胸のネーム〈K　NIYUMI〉の上側の数字は〈1〉。

ぎょろりとした目で、もう一度黒羽を見ると、右手の親指で背後を指した。

「装具は届いている。すぐに支度をしろ。飛ぶぞ」

「えっ」

黒羽よりも先に、奈良橋三尉が驚いたような声を出す。

「副隊長、モーニング・レポートの前に飛ばれる――フライトされるのですか？」

「天気ならいい、見ればわかる」

男は面倒そうに、オペレーションルームの外へ目をやった。

「気象幹部に説明してもらうまでもない」

モーニング・レポートとは、飛行隊の『始業打ち合わせ』だ。

どこの基地でも、一日の初めに実施される。

飛行隊メンバー全員が、オペレーションルームへ集合し、まず気象幹部からその日の天気についてウェザー・ブリーフィングを受ける。

パイロットの仕事は、その日の気象を知ることから始まる。

合わせて、隊長からの訓示、事務方の幹部からその日の訓練について通知、業務連絡などが行なわれる。最後にその日の当番のパイロット（たいてい新人）が、緊急時の操作手順についてホワイトボードを使ってレビューをし、皆で見る。三十分ほどで終わるが、飛行隊の所属パイロットは全員出席するのが普通だ。当然、モーニング・レポートの場で紹介と、挨拶が行なわれるはずだが。

新しく赴任して来た者がいれば。

二弓三佐というのか。

第十一飛行隊の副隊長らしいが、モーニング・レポートには出なくてよいから『来い』と言う。

「これからすぐに、フライトですか」

「そうだ。T４には慣れているな？」

「はい」

黒羽がうなずくと。

ぎょろりとした目の男も「結構だ」とうなずく。

「一緒に来い。腕を見てやる」

松島基地
司令部前エプロン

「機体状況ですが」

初めて会う整備員だが、お互いにプロなので支障なく話は通じる。

黒羽が、司令部棟の端にある装具室でGスーツを身体（からだ）に巻き付け（個人用の装具類はすべて届いていた）、ライフベストをつけ、ヘルメットを提げてエプロンへ出ると。

すでに二機のT４練習機が格納庫から引き出され、外部電源のケーブルをリセプタクルに繋がれた状態で待機していた。

早朝からの飛行を準備するよう、あらかじめ指示されていたのか。

機側で待ち受けた整備員の一曹が敬礼し、整備用ログブックを開いて、黒羽に機体の状況を説明した。

「異状ありません。ただし、ＩＦＦトランスポンダーの調子がときどき悪いらしく、飛行中に作動していない記録が残っています。帰投してからの地上でのシステム・テストには問題なくパスしますので、空中で調子を見て下さい」

「わかりました」

黒羽は整備ログの今日の日付のページにサインすると、整備員へ返した。ボールペンを飛行服の肩のペン差しに突っ込み、ヘルメットを搭乗梯子の下へ置き、機体の周囲をぐるりと廻った。

朝日を浴びて佇む機体を、目視点検する。

Ｔ４練習機。

小松でも、用務飛行でときどき乗るが――この機体は、よく磨かれている。白地にブルーのストライプは目立つ（戦闘部隊にいた黒羽の眼には眩しく見える）。

下反角のついた主翼をもつ機体を、ドルフィン――イルカのようだと言う人もいるが。

自分は、ハチドリに似ていると思う。

F15に比べれば、ずいぶんと小さい。主翼の前縁も、フラップも、じかに手で触れて状態を確かめられる（イーグルは大きいので、黒羽は手が届かない）。

外部点検で見るポイントは、F15もT4も変わらない。

機体の空力的形状に凹み、変形などが無いこと。着陸脚のストラット、フラップ、舵など動翼のヒンジ――可動部分に障害が無いこと。ピトー管や静圧孔などのセンサー類に詰まりが無いこと。

ぐるりと一周し、ウォークアラウンド・インスペクションを一分足らずで済ませ、ヘルメットを取り上げて搭乗梯子を登った。

海からの風が吹いている。

滑走路25の向こうに見えている青黒い海面は、日本海ではなく太平洋だ。

「では、お気をつけて」

着席を手伝ってくれた整備員は、降り際にそう言った。小松のように「ご武運を」とかは言わない（この辺りも戦闘部隊と少し違う）。

「ありがとう」

黒羽は礼を言うと、酸素マスクをヘルメットの留め具に掛けた。自分用の装備だ。顔にはなじんでいる――

（――――）

始めよう。

背中をシートに付け、まず『構え』を作る。

ラダーに置いた両足を『ハ』の字に開くようにして、ペダルの下の端を、軽く両親指で均等に押さえるようにする（踏み込んではいけない。パーキング・ブレーキが外れてしまう）。

足の親指の反発力を使うようにして顎を引き、耳で水平線の左右の端を『摑む』ようにすると。

その瞬間、視野がパッ、と広がる。

右横の位置に並んで駐機している、もう一機のＴ４も視界に入る。

青い垂直尾翼のナンバーは〈１〉。

――『二機で上がる』

ちらと、二弓三佐――あの副隊長の男の言葉が頭をかすめる。

低い声。

――『二機で上がる。科目は編隊飛行だ』

今回の飛行。

モーニング・レポートにも出ずに、いきなり『来い』と言われた。

飛行の内容は、つい数分前、身支度を整えてからエプロンへ出るまでの通路で簡単に言い渡された。

歩きながら『科目は編隊飛行』――

「編隊飛行、ですか」

「そうだ」

二弓三佐はうなずいた。

「編隊飛行だ。二番機として、ただついて来い」

（――――）

Ｔ４は視界が良い。前席からは、しっかり顎が引けていれば左右側方一二〇度までの視野が得られる。

視界を作ってから、黒羽はエンジンスタートの手順に入る。

整備員は前方と左右に計三名、ついてくれている（全員、視野に入る）。

計器パネルのすべてのスイッチとレバー類が所定の位置にあることを、端から右手で触れて確認。

同時に左手で、手早くエンジンの火災警報システムのテスト。

次に右手を上げ『ナンバー2、スタート』の手信号を送り、同時に左手でエンジン・コントロールパネルのスターター・スイッチを〈Ｒ〉へ入れる。

Ｔ４にはジェットフューエル・スターターは無い。外部電源の電力で、始動用のモーターを回す。

背中で、右エンジンのタービン・シャフトがゴロゴロゴロッ、と廻り始める。

計器パネル右側、縦二列に並んだエンジン計器の右上から二段目、〈Ｎ２　ＲＰＭ〉と表記された円型計器の中で針が起き上がる。

小松では月に数回、乗るだけだが。

T4の操作手順も体が覚えている。N2回転計の針が一〇パーセントを超えるところで左手の親指で右エンジンのスロットルレバーを押し出し、アイドル位置へ。

ドンッ

軽い着火音がして、背中で燃焼音がキィイインッ、と高まって行く。

回転計の指示六〇パーセントで、自動的にスターター・スイッチがカチッ、と切れて戻る。

続いて、手信号で『ナンバー1、スタート』。

整備員が『了解』の手信号を返すのを視野の中で(黒羽は計器パネルの計器の針と、外周に立っている三名の整備員の様子が一つの視野の中で同時に見えている)確かめ、スターター・スイッチを今度は〈L〉へ入れる。

計器も整備員も一度に見えているから、黒羽の操作には途切れがない。

同じ手順で左側の第一エンジンをスタート。

双発のエンジンが、両方ともアイドリング回転数で安定すると、エンジンの駆動力で回されるジェネレーターが自動的に発電を始め、電力供給が『外部電源』から『内部電源』へ切り替わる。計器パネルの警告灯がすべて消灯する。

外部電源、外せ。

黒羽が両手で手信号を送ると、左側に立つ整備員が素早く駆け寄って、胴体側面から外部電源ケーブルを引き抜く。

エンジンの駆動力で油圧ポンプも作動し、操縦系統には三〇〇〇ＰＳＩの圧力が供給され始める。黒羽はスピードブレーキ、エルロン、エレベーター、ラダーの順で各舵をフルに操作して、動作を確認する。前方に立つ整備員が各舵面の動作状況を目視確認して『ＯＫ』サインを出す。

（よし）

行こう。

左手でフラップレバーを〈ＤＯＷＮ〉――離陸位置にセット。

パーキング・ブレーキがかかっていることを再確認し、黒羽は両手の親指を外向きにして『車輪止め、外せ』の合図。

左右の整備員が素早く駆け寄り、機体の下側へ潜り込むようにして左右の主車輪から車輪止めを外す。素早く退避し、両側の位置で、外した車輪止めを高く掲げて見せる（整備員の技量の高さは戦闘部隊でも訓練部隊でも、まったく変わりないようだ）。

その時

ザッ

ヘルメットのイヤフォンに無線のノイズが入り、声がした。

『ブルー・トレーニング、チェックイン』

あの低い声。

右に並んでいるT4――垂直尾翼に〈1〉のナンバーを描き込んだ一番機も、エンジンスタートを終えている。

左右の整備員が、外した車輪止めを掲げて示し（『確かに外しました』と教えている）、機首前方に立つ整備員が『発進OK』の親指サインを出している。

わたしと、エンジンスタート完了が同時か。

「ツー」

黒羽がすかさず、左の親指で無線の送信ボタンを押して応えると。

視野の右端で、一番機のコクピット前席（後席は空）からパイロットのヘルメットが一瞬、こちらを向いた。

睨（にら）まれた……？

『松島タワー』

だがすぐに一番機のパイロットは前を向き、無線に低い声が続いた。

『ブルー・トレーニング、リクエスト・タクシー。アフター・エアボーン、ディパーチャー・トゥ・イースト』

黒羽を無線で点呼した後、声は基地管制塔へ地上滑走の許可を求めた。『アフター・エアボーン、ディパーチャー・トゥ・イースト』——離陸したら東方向へ向かいたい。

東か……。

飛行計画は、おそらく二弓三佐があらかじめ提出してあるのだろう。

（————）

東の海上というのは、訓練空域へ向かうのか。

確か、ブルーインパルスは牡鹿半島沖の空域を使用すると聞いている。

腕を見てやる——

さっき、そう言ったか。

松島基地　誘導路

『ブルー・トレーニング、タクシー・トゥ・ホールドポイント、ランウェイ25』

無線に、管制官の声。

（――――）

黒羽の視野では、三名の整備員が機体の左側に整列、見送りの敬礼をする。

右側では一番機が同様に、出発準備を終えている。

『ブルー・トレーニング、ランウェイ25』

編隊で出る場合、管制機関との交信は一番機の役目だ（二番機は応答する必要はない）。

管制に応える声の主を、視野の右側に捉える。

パイロットのシルエット。キャノピーが閉じられる――

黒羽も右手を伸ばし、開閉レバーを引く。涙滴(るいてき)型の大ぶりのキャノピーが、操縦席の頭上から被(かぶ)さり、プシッ、と音を立てて密着。

一番機のパイロットが整備員へ答礼するのに合わせ、黒羽も答礼。

同時に両足でラダーペダルを今度は踏み込んで、パーキング・ブレーキを外し、踏み込んだまま少し待つ。

一番機が身じろぎし、前方へ進み出すのに合わせ、ブレーキを放す。

まったく同じタイミングで黒羽のＴ４もゆっくり進み出す。

よし。

重心は、どこだ……

黒羽は、動き出しと同時に、背を預けるシートの後ろに『機体の重心』を探す。

(………)

そこか。

感覚で摑む。

F15に比べると、ずいぶん近い――T4は背中のすぐ後ろに重心がある。

走り出す。

一番機の左後ろの位置を保ち、誘導路の黄色いラインの曲がりに沿って左へ――

「――」

重心を捉えよ。

地上滑走開始時より、自機の重心を背に捉えれば、操向円滑なり。

祖父の、あのノートの通りだ。

(九六戦もT4も同じか)

曲がる時、背中にある重心が所望のラインの上を通るよう、イメージしながらラダーを踏むと。機体はスムーズに誘導路のカーブを抜けて行く。

視野の右前方――先行する一番機の姿は、そのままの位置に見えている（近づきも離れもしない）。

滑走路25の走り出し部分が、その一番機の向こう――前方から近づいて来る。

滑走路脇の赤い吹き流しが、真横に持ち上がって踊っている。

海からの風は、強いようだ。

『ブルー・トレーニング、クリア・フォー・テイクオフ』

3

松島基地　滑走路25

『ブルー・トレーニング、クリア・フォー・テイクオフ』

無線に管制官の声。

『ウインド、ゼロセブンゼロ・ディグリーズ・アット・ツーゼロノッツ』

ブルー・トレーニング編隊、離陸を許可。

滑走路上の風は〇七〇度（左真横）から二〇ノット――

『ブルー・トレーニング・ワン、クリア・フォー・テイクオフ』

低い声が、復唱する。

「――」

黒羽は、先行する一番機の姿をキャノピー右前方の位置に見つつ、誘導路から同時に滑走路の路面へ進入する。

海に面した滑走路だ。

垂直尾翼に〈1〉のナンバーを描き込んだT4――一番機は、松島基地の主滑走路であるランウェイ25の幅一五〇フィートの路面の右半分の真ん中部分へ、一回でキュッ、と軸線を合わせラインナップする。

（横風が、強い――）

黒羽は、白いセンターラインをいったん跨ぎ越して、滑走路の路面の左半分の真ん中部分へ機をラインナップさせて行く。

右足でラダーを踏み込んで、直角ターン。

（――）

視界が廻る――滑走路の前方へ伸びる白いセンターラインが、自分のすぐ右横へ来るように。遥か前方の滑走路終端部分の真ん中よりわずかに左の一点が、自分のみぞおちの真ん前へ来るようにラダーを使うと、機体はぴたり、と所望の位置へ来る。一番機はキャノピー右斜め前方の位置――ブレーキで機体を止める。

と

(!?)

黒羽は、目を見開く。

自分が停止するかしないかのタイミングで、一番機のパイロット――二弓三佐のシルエットが左の拳を前方へ突き出す仕草(手信号)をした。ただちに、マックスパワー・チェック……?

手順が早い。

小松の飛行隊では。編隊離陸をする際、一番機の編隊長はミラーで後続の僚機の様子を見ていて、後輩が滑走路の所定の位置へ確実に軸線を合わせてラインナップするまで待つ。

僚機の準備が整うのを待ってから、おもむろに離陸前のマックスパワー・チェックに移るものだ。

ところが二弓三佐は、まったく待ってくれる素振りがない。

もしも黒羽が、滑走路へのラインナップが一度で決まらず、位置を合わせ直したり、もたついたりしていたら。そのまま置いて行かれてしまう――

（――）

黒羽も遅滞なく、マックスパワー・チェックに移る。

海からの横風で、左主翼が浮こうとするのを、操縦桿を左へ取ってこらえる。

両足でブレーキを踏み込んだまま、左手の指で右のナンバー2エンジンのスロットルだけをつまみ、最前方まで出す。

グォッ

エンジン計器群で回転計が跳ね上がり、排気温度計も跳ね上がるのを確認し、すぐにスロットルを戻す。続いて左のナンバー1エンジンについても同じ操作。

異状なし――

ひと呼吸も置かず

『ブルー・トレーニング・ワン、テイクオフ』

無線に声。

一番機は離陸——

「ツー」

黒羽も無線に言い、右手の操縦桿を左へ取ったまま、左手で今度は両方のスロットルを最前方へ。一番機の動き出しと同時に両足をリリース。

ぐんっ

加速Gが背中をシートへ押し付け、滑走路の景色がうわっ、と手前へ迫って来る。

「くっ」

横風が、強い。

T4の高い垂直尾翼が海からの風を受け、ハチドリのような機首を左へ——風上へ向けようとする(風見効果だ)。

右足でラダーを踏み込み、左へ振れようとする走行ラインをキープ。

滑走にはコツがある。

みぞおちで滑走路の最奥の一点を摑み、背中で摑んでいる機体の重心と、みぞおちで摑んでいる滑走路最奥の一点が『縦に並ぶ』ように意識すると、走行ラインはまったくぶれずに機体は横風の中を直進する。

（――――）

機の軸線は、しかし完全に滑走路のセンターラインと並行にはせず、わずかに風上側へ機首が振れるようにして、斜めに滑らせながら黒羽は走った。

こうしておかないと、横風が一時的に弱くなった場合に、機体は瞬間的に風下側――右側へずれる。右側を走っている一番機の尾部に接触する恐れがある――

よし、行け。

黒羽は機体をやや滑らせた状態で滑走路上を直進・加速しながら、同時に視野の中で右斜め前方にいる一番機（二弓機の垂直尾翼のナンバーは〈1〉だが、黒羽の機体は無印だ。予備の機体なのだろう）の機体の重心を目で『掴んだ』。

ヘッドアップディスプレーの速度スケールが増加し、たちまち一二〇ノット――離陸速度。

（……！）

一番機の重心がいったん下がる――尾部を押し下げ、機首を上げる挙動を見せた瞬間。

黒羽も操縦桿を引く。

横風の中、視野の両端まで全部見えている水平線が傾かないように、右足のラダーを戻しながら右手の操縦桿を中立へ戻し、浮き上がる機首が風上へ向くのに任せ、そのまま機首を上げ、一番機と同時に滑走路を蹴ってリフトオフした。

松島海岸　上空
T4ブルー・トレーニング二番機

（ギア、アップ）

一番機の姿がキャノピー右前方の位置で止まるように、操縦桿を使うと。

黒羽のT4は、まったく同じ姿勢で上昇に入る。

左手を素早く伸ばして着陸脚レバーを〈UP〉に。

ゴトン
着陸脚が収納されるかされないかのタイミングで、右斜め前方に浮いている一番機が左ロールに入ろうとする。

左旋回か。

二弓三佐は『旋回する』など、一言も言ってはくれない。

しかし黒羽は一番機の機体の重心を目で摑んでいる。

旋回に入る時。

まずパイロットは操縦桿を倒し、それによって、左右の主翼後縁の補助翼が動く。左旋回ならば機体をまず左へ傾けるので、左翼の補助翼の舵面は上がり、右翼の補助翼の舵面は下がる。

これによって軸周りに機体は左へロールし、旋回を始めるが、そのとき重心はいったん旋回の外側――右へ振れる。

意識して目で捉えていると。一番機――白のブルーのＴ４の重心が一瞬、右へ振れるのが分かる。

左ロールだ。

頭で理解するのとほとんど同時に黒羽の右手が反応し、操縦桿を左へ取る。

ぐうっ

傾く――前下方の水平線は右へ傾いていくが、斜め前方に浮いている一番機の位置は変わらない。

黒羽の操縦桿の倒し方とまるでシンクロするように、一番機は左へロールし、上昇しながらの左旋回に入る。

（――――）

内側か。

二番機の自分は、編隊での旋回の『内側』だ。

フォーメーションを保つため、旋回半径を一番機よりもやや小さくする必要がある。

ロールしながら操縦桿をさらにやや深く倒し、同時にやや手前へ引く。

コンパクトな旋回で、一番機よりも少し前へ出ようとするのを、左の親指でスピードブレーキを一瞬だけ使い、抑える。

ぴたり

密集編隊を保ち、上昇旋回。

頭上で太陽が廻り、ヘルメットの眼庇（まびさし）の真上へ来る――

東へ向いていく。

次いで一番機は、左ロール姿勢から中立姿勢へ戻ろうとする。

だいたい真東へ向こうとしている――

今度も重心の動きを掴み、黒羽は先回りするように右手でスティックを握っておき、一番機のロールアウトに合わせて操縦桿を戻して行く。

バンクが戻って行く。

同時に、一番機の重心が持ち上がろうとする――機首を下げようとしている。

「――」

黒羽はその挙動も目で掴み、右手首を『準備』させ、一番機の機首が下がるのを待ち構えて操縦桿を押す。

機首を下げる。

蒼黒(あおぐろ)い水平線が機首の下から上がって来る――

ぴたり

フォーメーション（隊形）を保ったままレベルオフ――水平移行。

水平飛行に入った。

「…………」

訓練空域へ向かうのか……？

エンジン推力は、ミリタリー・パワーのまま。

水平を保ち加速して行く。

（――フラップ、アップ）

HUDの速度スケール二〇〇ノットで、フラップレバーを〈UP〉へ。

ぐん、と抵抗が減り、さらに加速するが。規則で、飛行場から五マイル以内の空域では速度は二五〇ノットに抑える。一番機がパワーを絞るのを待ち構え、黒羽もすかさず左手のスロットルを戻す。速度が二五〇ノットに合うように。かつ一番機よりも前方へ出ないように、スピードブレーキを一瞬だけ使う。

速度、二五〇ノットちょうど。高度は三〇〇〇フィート。

『よし』

無線に声。

『ブルー・トレーニング、ゴー・トゥ・チャンネル・ツー』

二弓三佐の声は、無線をチャンネル・ツー——すなわち編隊の指揮周波数へ変えろ、と指示した。

指揮周波数——

（これか）

計器パネル左脇の無線コントロールパネルに、あらかじめもう一つの周波数がセットされている。

「ツー」

黒羽は返答し、左手で周波数選択スイッチを切り替える。

これで松島管制塔のコントロールを離れた。

編隊を保ち、洋上へ出て行く。

指揮周波数は、編隊の僚機同士で会話するのに使う（管制機関は聞いていない）。

『聞こえるか。鏡二尉』

「はい」

『よし』

二弓三佐の声は、うなずいた。

『では、ＩＦＦを切れ』

4

松島沖
T4 ブルー・トレーニング二番機

「――？」

黒羽は、眉を顰めた。

編隊は、いま水平飛行。東へ――沖へ向かっている。

視野の中に計器パネルがすべて入っている。右側に並ぶ双発のエンジン計器は上段のN1回転計六〇パーセント、三段目のEGT（排気温度計）四六〇℃――異状なし。

さっ、と一瞥で機体の状態を確かめる。

視野の右斜め前方――約一〇フィート（三メートル）の間隔をおいて、白とブルーのT4が浮いている。そのコクピットから、二弓三佐は無線で指示してきた。

しかし

（何だって）

ＩＦＦを切れ……？

今、そう言ったのか。

ＩＦＦトランスポンダーは、航空交通管制用自動応答装置だ。管制機関のレーダーが出す質問波に対し、自動的に識別信号を返す。

自衛隊の防空レーダーは、これにより敵味方の識別をするのと同時に、信号に合わせて送られる高度・速度などの飛行諸元をスクリーンへ出し、管制業務に利用する。

小松のＧ訓練空域では、〈演習評価システム〉とリンクさせて使っていたが――

それを、切れ……？

『入れていると、管制のレーダーに高度が出る』

二号の声は繰り返した。

『ばれると面倒だ、切れ』

「――はい」

仕方がない。

黒羽は命令通り、左手で通信管制パネルにあるIFFトランスポンダーのスイッチを〈ON〉から〈STBY〉位置にする。

「切りました」

『よし』

声はうなずいた。

(―――――)

黒羽は視野の中の一番機のコクピットへ、注意を向ける。

あのキャノピーの下にいる男。

わたしを引き連れて訓練空域へ上がり、これから何をするつもりか。

『では、ついて来い』

言うが早いか。

視野の右前方に浮いているT4の重心がフワッ、と一瞬浮く。

(――?)

機首を下げる――?

飛行機は機首を下げる時、まず昇降舵で尾部を持ち上げることによって機体をピッチ軸廻りに動かす（尾部が上がることで機首が下がる）。

機首を下げる時は、その直前に一瞬、重心は浮く。

右手が反応した。

操縦桿を押す。

同時に視野の中で、一番機が機首を下げる。

ほとんど遅れず、ついて行く。

ざぁああっ

一番機のシルエットの向こうに、水平線が上がって来る——正面から眉間の高さに。一番機の機首下げは止まらない、さらに下げる。

目の前がほとんど海面に。

海面近くまで降下するのか。

黒羽は海面へ向けピッチ姿勢を下げるのに合わせ、左手のスロットルを手前へ引こうとするが

（——!?）

次の瞬間。

目を見開いた。

一番機が、パワーを絞らない……!?

松島沖　訓練空域
T4ブルー・トレーニング二番機

ズゴォオオッ
パワー・ダイブ（動力急降下）だ。

凄(すさま)じい風切り音と共に、黒羽の目の前でHUDの速度スケールが吹っ飛ぶように増加し、
その向こうに青黒い『壁』が迫って来た。

海面……!?

（――！）

目を見開く。

その瞬間、一番機の重心がわずかに下がる――

機首上げだ。

一番機が機首上げする。

追従し、操縦桿を引く――いや速度の急増で主翼の揚力が増え、一番機と同じピッチ姿勢を保つのには相当『押す』力が必要になっていた。押すのをやめるだけだ。機首はそれだけで――

フワッ

「くっ」

こんなに低く降りた経験はない、海面との間合いが分からない――

（くそ）

視野の中でＨＵＤ下側の電波高度計の数値が黄色、そして赤色に変わり明滅するが、数字など読めない。

一番機の左翼端だ。眉間の先に一番機の左翼の端を置く。それに集中するしかない。

ズゴォオオッ

青黒い壁が、目の前を上から下へ激しく流れ、次の瞬間にはヘルメットの眼庇の上側から水平線が下りてきて、眉間の高さでぴたりと止まる。

ゴォオオッ

水平になった。

水平にはなったが——前方から足の下へ猛烈な勢いで波頭が押し寄せる。

両耳で左右の水平線を摑んでいるが、物凄く低い——

「————」

肩を上下させ、酸素を吸う。レギュレータがうるさいほど鳴る。

一番機は、右斜め前に浮いている——

(——!?)

さっきよりも近い。

白いT4の左翼端が、眉間の二メートル前方、五センチ上——

さらに次の瞬間。

ぐうっ

一番機が右ロールに入る。

反射的に右手を追従させ、一番機の翼端を眉間の先に捉えたまま黒羽も旋回に入る。

「くっ」

低い。

視野の中で電波高度計の赤い数値が明滅するが、読めない。

ぐううっ

さらに一番機がバンクを深める。

急旋回。

黒羽も操縦桿をさらに右へ。

高度が落ちぬよう、やや操縦桿を引く。ラダーをわずかに左。

一番機の翼端を、眉間の前へ。

顎を引き、両耳で水平線を捉える。目はピッチ姿勢を摑むので精いっぱいだ、傾きは耳で捕まえるしかない――

（う）

パラパラッ、と何か細かいものが風防を打つ。

これは。

潮か……!?

だが下は見られない、ＨＵＤの高度スケールも見られない――一番機の翼端と姿勢に神経を集中するのが精いっぱいだ。

ズンッ

ふいに突き上げられるように、機体が揺さぶられた。

何だ。

ズンッ

ズンッ

(これは)

この突き上げるようなショックは。

でこぼこ道を、車で走っているような――

乱気流か。

今日は風が強い、海面近くで気流が乱れている――!?

眉間の先で、一番機の翼端がフワッ、と上下する。

駄目だ、翼端だけ見ていたら、それに合わせて機体を上下させてしまう。

重心だ。

一番機の重心を、もっと見なくては――

（――――）

もっと、近づかないと……。

そう思った瞬間、黒羽の左手はスロットルを前方へ出し、両エンジンの回転を上げていた。

推力が増加する

増速。

じりっ

乱気流で上下にがぶられる中、視野の中で右斜め前方の機体が、さらに大きくなる。

気流が悪いときは、長機の翼端だけを見ては駄目だ。

気流静穏無かりしときは、長機の重心に集中すべし。

そうだ。

お祖父（じい）ちゃんのノートに、そう書いてあった。

黒羽は顎を引いた姿勢から視線を上げ、斜め右前に浮いている一番機の胴体を、睨み付けた。

一番機の左水平尾翼が、黒羽のキャノピーの五〇センチ上。

そこで揺れている。

そのまま、耳で捉えた傾きを変えずに追従する。

やがて、揺れは収まった。

『よし』

声が、無線越しに告げた。

『ここまでだ。帰投する』

松島基地　司令部棟
第四航空団司令室

十分後。


「おぉ」

第四航空団司令・有馬空将補は、銀髪の男だ。

五十代の後半。自身も、元戦闘機パイロット——いや、現在もウイングマークは維持しているので、操縦資格のある現役パイロットだという。

有里香の事前取材では、二年前から現職にある。

「朝一番で上がった二機が、帰って来たようだ」

四階の団司令室へ沢渡有里香を招き入れ、応接セットで取材に応じていたが。

駐機場に面した窓を通して、爆音が聞こえてくると。空将補は「見なさい」と立ち上がった。

有里香を窓際へ招いた。

「司令、あれは」

有里香も空将補と並び、執務デスクが背にしている窓から見下ろす。

司令部前エプロンが見渡せる。

ちょうど、編隊で着陸をした二機のＴ４――白とブルーの機体が、誘導路を走行してランプ・インして来るところだ。

二機は、地上滑走でも、ぴたりと斜めフォーメーションを組んでいる。

駐機場へ進入してくると、待ち受けた整備員の手信号に従い、それぞれの駐機位置でパーキングする。

「ブルーインパルスの機体ですね」

有里香が、確かめるように訊くと。

「さよう」

銀髪の空将補はうなずく。

けっこう、かっこいい――

ロマンスグレーの空の男。

有里香は『今度のドラマに、ゲストで出られたらどうですか』と言いたくなる。

朝一番に、無理に時間を取ってもらった形だが。

団司令は、気さくな態度で取材に応じてくれた。

「実は。そちらの局のドラマに、合わせたわけではないのだが」

「――？」

「女子を入れるかもしれないんだ」

空将補はエプロンを見下ろしたまま、言った。

「政府の主導で、今回の五輪開会式のフライトでは、チームに女子パイロットを入れるという話があってね」

「えっ」

有里香は、目を見開く。

初めて耳にした。

ドラマの話ではない。

司令の言葉は、本当か――？

五輪開会式で、スタジアムの上空に五つの輪を描くブルーインパルス――その五機の中に女子パイロットを入れる……!?

「本当ですか」

「しかしね」

有馬空将補は『これはまだ内緒だ』と言うように、有里香へ指を立てて見せた。

「うちの連中のチームに混ざって、やっていける女子が居れば、の話なんだ」

「――」

「第十一飛行隊は、隊長の竜至（りゅうし）二佐以下、総勢七名のメンバーだが」

手を後ろに組んで、空将補は続ける。

眼下のエプロンでは、並んで駐機しエンジンを止めた二機のT4へ、整備員たちが駆け寄る。

「大部分の展示飛行で、一番機として編隊を率いるのは副隊長の二弓三佐だ。彼が、今度の『候補者』の操縦技量を見る」

眺めていると。

垂直尾翼に〈1〉のナンバーを描き込んだ、向かって左側に駐機したT4の複座コクピットから飛行服姿が降りてくる。

「あれは、大変に厳しい男だ」

「——はぁ」

あの飛行服姿が、その副隊長なのか……？

それでは——

有里香が、もう一機——向かって右側に、機首をこちらへ向けて止まっているT4を見やると。

片側へ跳ね上げたキャノピーの下から、もう一つのオリーブグリーンの飛行服が立ち上がり、梯子を降りて来る——

（――？）

気のせいか。

ほっそりした、スレンダーなシルエットだが。

ヘルメットを被ったままの飛行服姿は、地面に足をつけた時、少しふらついた。

近くの整備員が『大丈夫ですか』と問うように歩み寄る。

飛行服姿は『大丈夫だ』と言うように手で制し、頭を振る。

グレーのヘルメットを脱ぐ。

（あっ）

ぱっ、とうなじまでの髪が広がり、風に舞った。

あの人は――

「知っての通り」

空将補はさらに続けた。

「わがブルーインパルスは、空自の〈顔〉だ。高度な技を国民に披露する。危険は伴う。飛行の安全は、必ず確保しなくてはならない」

「は、はい」

「副隊長の彼の眼にかなえば、この話は実現するだろう。しかし彼が『駄目だ』と言えば」

「――――」

「私は彼に、一切の忖度(そんたく)や遠慮をするな、と言ってある。政治家や、たとえ防衛大臣が何と言おうと。ブルーインパルスの安全は『絶対』だ」

松島基地

司令部前エプロン

「鏡二尉」

長い飛行に感じたが。

飛んでいたのは、わずか二十分だった。

地面に降り、ヘルメットを脱いだ途端クラッ、と来た。

黒羽が思わず、搭乗梯子につかまると。

背中から呼ばれた。

「どうした。大丈夫か」

「――」

黒羽は、肩で息をしていたが。

唇を結び、振り向いた。

隣の一番機を背に、男が立っている。

威儀を正し、黒羽は敬礼した。

「ありがとうございました」

「うむ」

男――二弓三佐は、うなずくと近づいてきた。

エプロンの風の中、向き合って立つ。

「鏡二尉」

「――はい」

「F15に乗って、何年だ」

ぎょろり、とした目で、また見られた。

この男――

いきなり、わたしをT4に乗せ、訓練空域へ連れ出した。『腕を見てやる』と言っていた。何をさせるのかと思えば。

「――六年、半です」

「そうか」

「鏡」

男は、沖の訓練空域の方向へ目をやった。

太平洋を、顎で指すようにする。

「さっきは、海面上二〇フィートを急旋回中に、タービュランスに遭ったわけだが」

「――――」

タービュランス。乱気流のことだ。

それよりも。

二〇フィート……？

黒羽はその数字に、息を呑んだ。

そんなに低かったのか。

スピードは、いったいどのくらい出ていたのだ（ＨＵＤの速度スケールを見る余裕すらなかった）。

「普通」男は続けた。「あの揺れに突っ込んだら。新人は怖がって、いったん長機から離れるものだ」

「――――」

「だが君は逆にパワーを入れ、俺に食いついて来たな」

「――その方が」

黒羽は、どうしても肩を上下させてしまう。

飛んでいる最中は、夢中で意識しなかったが。

心臓の動きがまだ鎮まらない。

「その方が、怖くありません」

「？」

「見えている方が、怖くない」

「――ふん」

男は腕組みをした。

ぎょろり、と黒羽を見た。

「鏡、ひとつ訊こう」

「……？」

「君は、バンクのコントロールは何でやっている」

思わず、目をしばたたいた。

バンクのコントロールを、何でしている——？

今、そう訊いたのか。

黒羽は、男を見返す。

機の傾きを、どうやってコントロールしているか——

それは。

自分のやり方はある。

でも、わたしのセンスで、答えていいものか。

この男に、理解できるだろうか。

突拍子もないことを言っている、と思われないか。

（――――）

いい。

唇を噛んだ。

赴任した朝一番、いきなりT４に乗せられ、無茶苦茶な飛び方をさせられた。

この男は、きっと、わたしをチームへ入れたくない。

怖がらせ、『お前には無理だ』と言い渡して、小松へ追い返すつもりか。

隊のメンバーにも引き合わせず飛んだのは。今すぐ荷物をまとめさせ、午後のC１に乗せれば、すっきりしていいからか……？

それならそれでいい、自分から頼んで、ここへ来たわけじゃない――

どう思われたって、いい。

「耳です」

「何」

黒羽が答えると。

男は、睨んだ。

「今、何と言った」

「水平線も、傾きも、耳で摑みます」

操縦教本のどこにも、そんなことは書かれていない。

祖父のノートを参考に、これまでの飛行を通して、黒羽が自分で摑んだ。

「眼よりも耳で『見る』方が、傾きは分かる」

「——!?」

すると。

男——二弓は、黒羽を睨んだ眼を一瞬そらし、何か考えるような表情になる。

(……?)

何だろう。

訝(いぶか)って、見返すと。

「鏡」

男はまた黒羽を見た。

「被れ」

「え」

「もう一度だ」

二弓は、黒羽が右手に提げているヘルメットを指して、『もう一度かぶれ』と手振りで促す。

「もう一度、飛ぶぞ」

「……え」

何と言った。

目をしばたたいて、見返すが。

男は繰り返し言った。

「もう一度、空域へ上がる。ついて来い」

5

松島基地

第十一飛行隊　ロッカールーム

三十分後。

「――はぁっ、はぁっ」

黒羽は、人気のない女子ロッカールームのベンチに座り、肩を上下させていた。

ここは整備隊の女子隊員が使う部屋らしい。

この時刻、自分以外には誰もいない。

脇には、外したばかりのGスーツとヘルメット、ライフベストを置いている。

タオルを首にかけ、うつむいてただ呼吸していた。

「はぁっ」

二度目のフライトから、さっき帰投し、機体を降りて何分経ったか。

でも。

胸の動悸がまだ収まらない――

（――――）

――『五番機』

「う」

思わず、顔をしかめる。
脳裏に声が蘇る。
あの低い声だ。

──『五番機の役目を知っているか』

「はぁ、はぁ」
三十分と少し前。
妙な質問をされた。
早朝から訓練空域へ連れていかれ、海面すれすれの編隊飛行をさせられ、驚いたが。
超低空の飛行から基地へ戻ると、あの男──二弓三佐は黒羽に訊いた。
妙な質問。
バンクは、何でコントロールしている……？
（…………）
黒羽が答えると。
ブルーインパルスの副隊長だという男は、顔色を変えたように見えた。

なぜだか、分からない。

二弓は次の瞬間、黒羽に『もう一度ヘルメットを被れ』と促した。

もう一度、飛ぶという。

「もう一度、空域へ上がる。ついて来い」

「――?」

黒羽は思わず、男を見返した。

「また飛ぶのですか」

「何度も言わせるな」

腕を見てやる。

今朝は、最初にそう言われた。

来たる東京オリンピックの開会式までは、そう日にちがあるわけではない。

今回の黒羽のブルーインパルスへの参加。

政治主導で、上から『女子を入れろ』と指示されたらしいが。

二弓三佐は、技量が十分でない者をチームへ入れるつもりはない。

十中八九、わたしを追い返すつもりだった――

「鏡」

二弓は、背にしている自分の一番機——垂直尾翼に〈1〉のナンバーを染め抜いたT4へ戻る前に、黒羽に訊いた。

「お前は、うちの五番機の役目を知っているか」

「——」

五番機……？

黒羽は考えた。

何だろう。

そう言えば、岩谷美鈴(いわたにみすず)が昨日、台本をしきりにそらんじていた。「わたしが、ソロなんて」——

「ソロですか？」

「そうだ」

二弓はうなずくと、黒羽へ『乗れ』と手で促し、踵(きびす)を返した。

自分の機体へ向かった。

「機付き長、また上がるぞ」整備員へ怒鳴った。「燃料は、あるだけでいい」

また上がる……？

黒羽は肩で息をしながら、その背中を見送ったが。

「――――」

唇を結び、自分も踵を返すと、背後の機体へ向かった。

役立たずだから帰れ。

そう言われるかと思ったが、違うらしい。

（――――）

ロッカールームの薄明かりの中、黒羽はようやく平静な呼吸へ戻る。

ベンチでうつむいたまま、両手のひらを拡げ、眺めた。

指抜きの皮手袋は、まだ嵌めたままだ。

さっきのフライト。

二度目に上がった、訓練空域――

「う」

顔をしかめ、頭を振った。

まだ、頭がくらくらするようだ。

目をつぶる。

上空での光景が、蘇る。

『鏡』

二度目の離陸をし、先ほどと同様の密集編隊で洋上訓練空域へ向かう途中。

二弓の声は無線で告げた。

『いいか。我々のＴ４はアクロ仕様だ』

「――――」

高度三〇〇〇フィート。二五〇ノット。

黒羽は耳で水平線の両端を摑み、右手で水平姿勢を維持しながら、風防の右斜め前方に浮いている一番機――白とブルーのＴ４を見やる。

今、何と言った。

アクロ仕様……？

Ｔ４には馴染（なじ）んでいる。

自分が訓練生時代にウイングマークを取得したのもＴ４練習機だ。

現在でも、第三〇七飛行隊では訓練以外の用務飛行で、月に数回は搭乗する。

だが普通のT4と、ブルーインパルスの機体は違う、と言うのか。

二号の声は続けて説明した。

『ノーマルのT4は、二五〇ノット以上ではラダーの動作角が半分にリミットされる。しかし我々の機体にはリミッターが無い』

「――?」

『これが何を意味するか、分かるか』

(え)

リミッターが無い?

操縦舵面の可動範囲を、速度によりリミットする機能がない……?

黒羽は、目をしばたたいた。

T4は、確か二五〇ノット以上の高速域において、ラダーの動作角を半分にリミットする機能がある。ディパーチャーに陥るのを防ぐためだ。

しかし。

ブルーインパルスの機体は特別なチューニングで、リミッターを外している……?

それでは――

「気をつけないと」

黒羽は答えた。

「ディパーチャーします」

『その通りだ』

二弓の声はうなずく。

『大技が使える。その代わり、腕の無い奴が乗れば生命が無い』

ディパーチャー。

操縦不能の発散運動状態を言う。

高速域でラダーをフルに踏むのは、車で例えれば、高速道路で急ハンドルを切るのに等しい。

F1レースのドライバーなら、スピンしても車体をコントロールするだろうが。普通の腕の運転者には無理だ。

見かけは、同じT4でも。

黒羽は計器パネルを見渡す。

この機体は、違うのか。

ノーマルのT4のコクピットとの違いは、計器パネル右上の位置に見慣れないスイッチ類と、ゲージがある（〈SMOKE〉と表示されている）。見かけ上は、それだけだが――

『今から、二機の科目をやる』

二号の声は告げた。

『お前は五番機の役だ。前へ出ろ。五〇〇フィートへ降りて背面になれ』

「――!?」

前方へ出て、五〇〇フィートへ降り、背面に――？

何を始めるのだ。

『復唱はどうした』

「――高度五〇〇、背面」促され、黒羽は応える。「行きます」

今回は密集編隊を維持するのではなく『単機で前へ出ろ』と言う。

そうしろと言うなら、するが――

「――――」

黒羽は右手の操縦桿を押す。

ぐうっ、と水平線が上がる。

同時に一番機の左主翼のすぐ下をくぐり、前方へ出て行く。

水平線が眉間の上へ——その位置で右手を止め、降下姿勢を固定。左手のスロットルはそのまま、加速するに任せる。

ゴォオオッ

風切り音と共に、海面が近づく。

蒼黒い『壁』を背景に、HUD下側に電波高度計の数値が現われ（対地高度二五〇〇フィートを切ると自動的に表示する）、たちまち『2000』『1500』——吹っ飛ぶように減る。

通常の高度計（気圧高度計）には、微妙な誤差がある。地表面に接触する恐れのある低空では、海面との間隔をじかに測定する電波高度計が頼りだ——

（——五〇〇フィート）

右手を引き、目の前の水平線を眉間の高さに。

耳で水平線の左右の端を摑み、バンク角ゼロを保つ。

エンジン推力はそのまま。降下した分、増速して三〇〇ノット。

よし。

（背面）

両足の親指で均等にラダーを踏む。

操縦桿を、いったん前方へ押す。

「――！」

高度が低い、空気が濃いから舵は驚くほど効く――

目の前で水平線がぐっ、と持ち上がり、眉間の上まで来たところで右手の力を抜き、戻る勢いで機首がやや上がるのと同時に操縦桿を左へ鋭く切る。

「てやっ」

グルッ

一秒足らずで前方の視界は引っくり返り、両足を踏ん張りながら手首を返すとピタッ、と止まる。

背面。

額の上が青黒い『天井』だ。

ずり落ちるな。

操縦桿を押し、逆さまの機首を水平よりやや上側へ持ち上げ、高度が下がらぬようにする——

スロットルを出す。エンジンの回転を上げる（高度を維持する力は、ベクトルをやや下方へ向けたエンジン推力だけだ）。

海面との間隔は？

ＨＵＤ下側へ目をやるが

（電波高度計——あっ）

そうか。

黒羽は目をしばたたく。

今、腹を上へ向けている。機体下面と地表との間隔を電波で測定する電波高度計は、役に立たない……！

『よし』

どこかで、二号の声が告げた。

『そのまま背面で、水平直線を維持していろ。行くぞ』

行くぞ……？

何をするんだ。

(?)

訝る暇もなく。

背面で、パワーで吊るようにして水平飛行を維持する黒羽の後方――風防のミラーの視界に、白いもう一機のT4が現われ、急速に大きくなる。

二号機が、パワー・ダイブで後ろ上方から追いついて来た……?

大きくなる。

「……!?」

追突する?

まさか。

(何をする気――)

だが次の瞬間。

フッ

ふいに跳ねるように、ミラーの視野からT4が消える。

ほとんど同時に

ぶわっ

何かの影が猛烈な勢いで、黒羽のコクピットの周りを螺旋状にクルクル回転しながら追い抜いた。

ドゴォッ

「きゃ」

傾く。

思わず悲鳴を上げた瞬間、螺旋状の気流がまるで竜巻のように、黒羽の機体を宙で捩じるようにひっくり返そうとする。

反射的に両足を踏み、両の耳で水平線の端を掴みながら、右手首を右へこじる。

止まれ。

廻るな、止まれ――――!

「くそっ」

傾きかけた姿勢を、もとの背面へ戻す。

(な)

何をされたんだ……！

目を見開く瞬間には、黒羽を追い越した一番機はずっと前方へ行き、その後姿が螺旋状のバレルロールから水平姿勢へ戻るところだ。

「――はぁっ、はぁっ」

マスクのエアを激しく吸いながら、黒羽は白とブルーの後姿を睨む。

何をした……？

一つ間違えば。

わたしは姿勢を崩し、そのまま海面へ――

『よし』

前方へ追い抜いたT４から、声は告げた。

『いいだろう、順面姿勢へリカバリーしろ』

6

松島基地
第十一飛行隊　ロッカールーム

（―――）

黒羽は目をつぶり、頭を振る。

ついさっき、訓練空域の海面上五〇〇フィートで、体験したこと。

背面で、高さを保ちながら飛んでいる自分を螺旋状に軸周り回転しながら追い越して行った、一番機のＴ４――

なんてことを。

あの時。

また思い出す。

『いいか』

機体を順面姿勢——ようやくまともな水平飛行へ戻し、マスクのエアを激しく吸っている黒羽に、二弓は言った。

『今のがコークスクリューだ』

「――――」

黒羽は肩を上下させ、前方に浮かぶ一番機——白とブルーの機体を睨む。

今、何と言った。

コークスクリュー……？

『五〇〇フィートを背面で直進する五番機の周りを、六番機がバレルロールで巻いて、追い越す』

「………」

コークスクリューと呼ばれるのは。

ブルーインパルスの行なうアクロの科目の名か。

二機の科目、と言っていた。

自分は今『五番機』の役をしたのか……

息を呑む黒羽に

『もう一度やる』

二弓の声は、信じられぬことを告げた。

『今度はスモークを出す』

「――えっ」

目を見開く黒羽に、二弓は『もう一度だ。背面になれ』と命じた。

一番機はひらっ、と急上昇し、頭上で大きく宙返りして、たちまち黒羽の後ろ上方へ廻り込んでいく。

今、何と言われた。

スモーク……？

「う」

ロッカールームのベンチに座っていても。

思い出すだけで眩暈がしそうだ……。

あの後。

黒羽は、海面上五〇〇フィートの低空で、再び背面姿勢にさせられた。

ブワッ

今度は、背面姿勢で直進する黒羽の周囲を螺旋状に軸周り回転しながら追い抜くT４が、尾部から真っ白い煙を噴いた。

「うわぁっ」

コクピットで黒羽は思わず悲鳴を上げた。

たちまち周囲三六〇度が真っ白に。

何も見えない……！

水平が、分からない。

「く、くそっ」

機体が宙で捩じられる。

傾く……！

くそっ。

歯を食いしばり、両耳に神経を集中する。傾斜はどっちだ、機首は上を向いているのか下を向いているのか——もみくちゃにされ、分からない……！

「——うぅ」

黒羽は顔をしかめ、頭を振った。

あの時は両耳に全神経を集中し、機の姿勢を――傾きをゼロに保つのがやっとだった。

ひとつ間違えば……

真っ白いスモークに囲まれ、何も見えないのは数秒間だったが。

姿勢を崩したら、海面はたった五〇〇フィート下だ。三〇〇ノットなら一瞬で――

「――――」

その時

黒羽の背中――ロッカールームの入口の方でコン、コンと叩くような音がした。

「……？」

振り向くと。

「鏡二尉」

声がした。

「中におられますか？」

松島基地　司令部棟
一階通路

「やはり、ここにおられましたか。鏡二尉」

ロッカールームの扉を外からノックしたのは。

声で分かったが。あの若い男――奈良橋三尉だった。

黒羽が内側から扉を開けると、さっ、と敬礼した。

「オペレーションルームへおいで下さい。隊長から、お話があるそうです」

隊長から……？

第十一飛行隊の隊長か――

（――――）

黒羽は、呼吸はもう落ち着いている。

奈良橋の長身を見返して、うなずいた。

「わかった。行きます」

自分のヘルメットやGスーツを、装具室へ戻しておくか。

ちらと思ったが。

（いや）

唇を噛んだ。

ひょっとしたら。

いや、ひょっとしなくても。

このまま、午後のC１の定期便で、入間基地経由で小松へ帰らされることになるかもしれない――

ならば。装具室のラックにきちんと収納したって、また送り返すことになる。

さっきは。

空中で、ぐちゃぐちゃになったのだ。

周囲が真っ白で、わけがわからなくなり、背面姿勢で傾きをゼロに保つのがやっとだった……。地上へ戻っても、しばらく動悸が収まらない。

東京オリンピックの開会式まで、日にちは無い。

二弓三佐に腕は試されたが。

こんな調子では――

黒羽は、装具類はロッカールームのベンチに置きっぱなしにして（どうせ誰も盗らない）、奈良橋に続いて廊下へ出た。

「メンバーが全員、集まっていますよ」

「――そう」

黒羽は、一本道の廊下を行きながらうなずいた。

うなずきながら『周囲が全部真っ白で、耳で水平線が掴めなくなったら、どうすればいいんだ』と考えた。

フライトの後、出来なかったところを分析するのは訓練生時代からの習慣だ。

考えるのが、癖になっている――

（あ）

ふいに思いついた。

ＨＵＤだ。

目をしばたたいた。

計器を見ればいい。

水平線が、まったく見えない状態になったら、ＨＵＤの姿勢表示を見ればいいんだ。

そうだ。

瞬時に計器飛行へ切り替える。

考えてみれば簡単なこと。

さっきは周囲が真っ白になり、一瞬だけ、パニックになった。機体が捩じられるように傾き始め——焦りまくって、わたしはわけが分からなくなっていた。

悲鳴まで上げてしまった。

「そうか」

「え」

半歩先を行く奈良橋三尉が、振り向いた。

「あ。何でもない」

黒羽は頭を振る。

対策は分かった。次からは、そうすればいい。

でも。

次なんて、有りそうにないか……。

「――奈良橋三尉」

「はい？」

「美鈴のこと、お願い。けがをしないように、見ていてやって」

「え」

奈良橋は驚いたように立ち止まる。

だが

「あの、鏡二尉」

「……？」

黒羽も同時に立ち止まって、思わず振り向いていた。

何だ――

後ろだ。

今。

誰か、見ていなかったか。

背後からの視線。

（誰かが見ている……？）

長い廊下の後ろを、確かめるように見た。

「鏡二尉、どうされました？」

「…………」

今、話しながら歩く自分を、誰かが後ろから見ていた。

背中に視線を感じた。

そんな気がしたのだが──

しかし、司令部棟の外れの飛行隊へ向かう一本道の廊下に、人影はない。

（──気のせいかな）

松島基地　第十一飛行隊
オペレーションルーム

「おぉ、来たな」

ガラス張りのオペレーションルームは、今朝とは違い、人の気配に満ちていた。

黒羽が入室して行くと。

一斉に、自分に視線が注がれる。
飛行服姿がたくさんいる——
その一つ——壁を背にしたデスクから、飛行服姿の幹部が立ち上がった。
彫りの深い顔の男だ。

誰に向かって敬礼すればいいのだろう。

とりあえず、デスクから立ち上がった飛行服姿の幹部——その襟の階級章を見て、黒羽は敬礼をした。

デスクの上に〈隊長　竜至二佐〉とプレートがある。

「うむ」

初めて見る顔だ——というか、大テーブルの横に腕組みをして立っている二弓三佐と、自分のすぐ横に控える奈良橋三尉以外、オペレーションルームの中央のテーブルに着席する全員が初対面だ。

「隊長の竜至だ」彫りの深い男はうなずき、答礼した。「鏡二尉、気分はどうか」

「別に」

隊長が答礼を解くのに合わせ、右手を下げながら黒羽は頭を振る。

「なんともありません」

「そうか」

　年齢は四十の少し前か。

　この竜至二佐――彫りの深い、俳優の誰かに似ている男。この人がブルーインパルスの隊長か。

「うちのメンバーだ」竜至二佐はテーブルを指した。「二弓とは、もう飛んだな」

「はい」

　黒羽は姿勢を正すと、あらためてテーブルに着席しているメンバー――飛行服姿が、数えると四つ。四人のメンバーに向け、敬礼した。

「鏡黒羽二尉。第三〇七飛行隊から来ました」

　すると

　ざっ、と床を鳴らして四名は立ち上がり、答礼した。

「二番機、財津（ざいつ）一尉だ」

「四番機、姫野（ひめの）二尉」

「五番機、貌川（かおかわ）二尉」

「六番機、羽下(はが)三尉です。よろしく」

「よろしく――」黒羽は唾(つば)を呑み込むと、応えた。「お願いします」

「それで」

財津と名乗った、四人の中では年長らしい長身のパイロットが、デスクの竜至二佐を向いた。

「送別会は、どの店にします？　隊長」

7

松島基地

幹部食堂　喫茶コーナー

「ですから」

昼食時間帯にはまだ間がある。

松島基地の司令部棟一階にある幹部食堂は、がらんと広い。

隅の喫茶コーナーで、自動販売機で買ったコーヒーを前にして、沢渡有里香は携帯を耳につけている。

通話している先は、市ヶ谷の防衛省・大臣官房広報部だ。

報道パスを発行してくれた部署だ。

「ええ、はい。おっしゃる通りです。しかし開会式で女子パイロットが飛ぶかどうかはまだ『未定』としましても。今のうちに、お願いしておきたいのです」

そばでは、カメラマンの道振が眠そうな表情でコーヒーをすすっている。

早朝から、第四航空団司令へのインタビューを兼ねた挨拶詣でをして、次に司令部の各部署へも挨拶回りをした。山のような菓子折を紙袋に提げて、有里香に続いてくれたのは道振だ。

挨拶回りが済むとすぐに。

有里香は道振を引っ張って、人気のない食堂へ降りた。

「ドラマの撮影隊を、追わないんですか？」

道振は怪訝そうにしたが

「どうせ、今日は基地の外で撮影でしょ」

有里香は制作部から〈青い衝撃〉の撮影スケジュールは受け取っている。

「海岸で、主人公の子が海を見ながら決心するところとか、見てもしょうがない」

それよりも。

たった今、団司令の有馬空将補から『とっておき』の情報を得たのだ。

「電話が使えるとこ。電話」

交渉ごとになると、自分は声が大きくなってしまう。

どこか、いい場所は――？

人気のない喫茶コーナー。ここならば気兼ねなく携帯電話が使える。


とっておきの話。

来たる東京オリンピックの開会式だ。

開会宣言と同時に、スタジアム上空でブルーインパルスは五色の輪を描く。

その五機のチームに、女子パイロットを入れる、という。

政府主導で、急きょ、そのような方針になった。

「T４は、複座なのよ」

携帯の電話帳を指でめくりながら、思わず鼻息が荒くなっていた。

「パイロットの後ろに、もう一席あるのよ」

「でも、なんか」道振は天井を見上げる。「司令の話では、実現は難しそうですよ?」

「そんなことない」

有里香は頭を振る。

「あの人なら――鏡さんなら、きっと」

「え」

だが道振が訊き返す前に、電話は繋がった。

「はい、ですから」有里香は、通話相手に畳みかける。「女子が活躍しているぞ――っていうところを、記者がですね、T4練習機の後席に同乗して撮影すれば」

女子パイロットの操縦するT4の後席に、自分を乗せて欲しい。

開会式の上空で輪を描く女子パイロットの様子を、後席に同乗して撮影し、レポートできれば――

これはチャンスだ。

携帯を握り、市ヶ谷の本省にいる広報担当者へ有里香は力説した。

「国民へ、凄いアピールに――えっ、訓練がいる?　後席に乗るだけでも?　ええ、でもそれも含めてぜひとも今のうちに何とか根回しを——え」

「——？」

道振が、また怪訝そうな表情で見てくる。

有里香の声の勢いが、急になくなったからだ。

「——もう、席は埋まっている……？　実現したとしても——そうなんですか」

鼻息が荒かった分、有里香はどうしても落胆した声になる。

携帯を手にしたまま、頭を下げた。

「あの、でも、もし可能性が出てきたら、ぜひともわたしを一番に——はい」

すみません、お願いします——最後に付け加えて、有里香は通話を切った。

「どうしたんです」

道振が、訊いた。

「T4の後席に乗るなんて、やっぱり駄目？」

「そうじゃなくてさ」

有里香は息をつく。

切ったばかりの、携帯の面を見る。

しょうがないか——という表情になる。

「女子パイロットが飛ぶことになっても。その後席には、本省の広報の人が乗るんだって。

もう決まっているんだって」

「そうですか」

道振はうなずく。

「じゃあ、しょうがないですね」

「ま。他局に取られるわけじゃないから、いいけど——」

言いかけた時。

有里香の手の中の携帯が、ふいに振動した。

(……?)

待て。

ひょっとして、今の広報部の人がかけ直してくれたか。

あきらめなければ、急に状況が変わることはある——

有里香は、親指で『着信』を押そうとするが

「――え？」

震える携帯の画面に表示された発信人の名に、目を見開いた。

松島基地　第十一飛行隊

オペレーションルーム

「その件だが」

竜至二佐――ブルーインパルスの隊長は、オペレーションルームを見回した。

中央のテーブルの周りに、飛行服姿が四つ。

テーブルの横に、腕組みをして立っているのはぎょろりとした目の男――二弓三佐だ。

そして、空間の入口に立つ黒羽。

横に奈良橋三尉もいる。

たった今、敬礼する黒羽に挨拶を返してくれた四人のパイロット。ブルーインパルスのメンバーである彼らの、リーダー格なのだろう。財津一尉と名乗った、上目遣いで相手を見るような感じの長身のパイロットが、竜至二佐へ訊いた。「送別会は、どの店にしますか――？」

何のことか。

「送別会は、無い」

ざわっ

竜至二佐が「送別会は無い」と告げると。

和やかな感じで黒羽に答礼してくれた四人が、表情を変える。

全員が、隊長へ視線を集中する。

「送別会は、やらないのですか」

財津一尉が、念を押すように訊くが

「あぁ、やらない」

竜至二佐はうなずく。

何だ――？

送別会――って。

まさか、わたしの……？

「送別会は無しだ」

竜至二佐は繰り返した。

「代わりに本日午後から、早速、五輪開会式へ向けての特訓に入る」

四名のパイロットは思わず、という感じで顔を見合わせる。

「隊長」

財津一尉が四人を代表するように訊き返した。

「鏡二尉を入れて、ですか」

「その通りだ」

「副隊長？」

姫野二尉が、傍に立つ二弓三佐へ問うた。

「追い返すんじゃ、無かったんですか」

（……!?）

黒羽は、男たちの戸惑うような様子に、目をしばたたく。

何を話しているんだ。

やはり。

ここでは、わたしは追い返されることになっていた……？

すでに、そう決められていたのか。

たった今、四人が和やかに答礼してくれたのは『せっかく来てくれてご苦労だったね』

というような気持か（せっかくだから送別会をして、明日の便で帰すつもりだった？）

それが。

「いいから、みんな聞け」

竜至二佐は、一同の注意を自分に集めた。

「言いたいことは分かっている」

彫りの深い隊長（たぶん防大卒だ）は、両手を後ろに組むと、デスクから歩み出た。

飛行服の胸のナンバーは、二弓と同じ〈1〉だ。

入口の傍の黒羽と、中央のテーブルとの間に立つと、メンバーを見回した。

「腕の無い奴は、追い返す」

「――――」

「――――」

「私は、お前たちにそう言った。我々、ブルーは国民の関心を集めている。何があっても安全に関するトラブルを起こしてはならない」

それはそうだ。

黒羽も思う。

自分が参加するのはいいが――

「だから」

竜至は続けた。

「このチームで飛べる技量のない者を、一緒に飛ばすわけには行かない。腕のない者は全員を危険にさらす」

竜至はテーブルのメンバーと、黒羽の横に立つ奈良橋を順に見た。

「たとえ政治のゴリ押しがあろうと、飛び入りするのが五輪開会式の一度だけに限るとしても、腕の無い奴を一緒には飛ばせない」

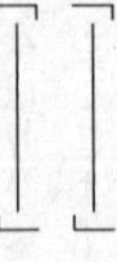

「――」

「――」

メンバー全員の視線が、隊長に集まる。

その通りです――そう皆の視線が言っている。

「だが」

竜至は、振り向くように黒羽を見た。

「腕があるんだから、仕方がない」

「どういうことです」

貌川二尉――飛行服の左胸に〈5〉のナンバーを入れた、眉の濃い、いかつい感じのパイロットが訊いた。

「腕がある……？」

「二弓三佐」

するとと
竜至は、テーブルの脇に立っている二弓を呼んだ。

「私と君とで決めたことを、皆に話してやれ」

「わかりました」

「貌川」

二弓三佐は、逆に、眉の濃いパイロット——たぶん黒羽よりも少し年上の、〈5〉のナンバーをつけたパイロットに訊き返した。

「お前は、五番機パイロットとして任用される時。コークスクリューの技をマスターするのに、どれくらいかかった」

「コークスクリューですか」

コークスクリュー。

(——————)

黒羽は、顔をしかめたくなる。

さっき、その『五番機』の役目をさせられ、死ぬような思いをしたばかりだ。

ブルーインパルスの五番機パイロットは、毎回の航空祭で、あの〈技〉を観衆の目の前で披露しているのか。

「知っての通り」

二弓は続ける。

「コークスクリューは、五番機と六番機の二機で行なう。背面で直進する五番機の周りを、六番機がバレルロールしながら螺旋状に巻いて追い越す。これを五〇〇フィートの低空で行なう。観衆からは、派手にバレルロールしながら追い抜かす六番機の方が目立つ。難しそうにも見える。しかし実際は、対地五〇〇フィートで背面にし、周囲を六番機に巻かれても直線をキープし続ける五番機の方が難しい。背面で、激しい気流の渦に巻かれても姿勢を崩さず直進するのは至難の業だ」

「その通りです」

ナンバー〈5〉のパイロット、貌川二尉はうなずく。

「ただでさえ、背面で『バンク角ゼロ』を保つのは、サーカスで言う『玉乗り』のように難しい。わずかな外力が加わっただけで姿勢は崩れてしまう」

「――――」

「――――」

全員の視線が、貌川二尉――五番機パイロットに向けられる。

五番機。

ドラマ〈青い衝撃〉の中でも、主人公が悩み、ナレーション付きで説明しているが、ブルーインパルスの中でも五番機は最も腕が要求される難しいポジションらしい。

「私は、周囲を六番機に巻かれても背面で水平を維持できるようになるまで、二か月。スモークを炊かれても姿勢が崩れないようにするのにさらに一か月」

「まともに出来るようになるまで」

二弓はうなずいた。

「貌川、お前の腕でも三か月かかった——そういうわけだな」

「その通りです」

「だが、そこの鏡は」

二弓三佐は、顎で入口の黒羽を指した。

「今朝、初回でできた」

「——!?」

「——?」

ざわっ、とまた空間がざわめいた。

〈5〉のナンバーをつけた貌川二尉は、濃い眉の眼で『何!?』と言うかのように黒羽を見た。

何だ。

(——)

黒羽は、集中して来る視線に、思わず後ずさりたくなる。

だが、続く二弓の言葉が、さらに黒羽を戸惑わせた。

「鏡を」

二弓三佐は宣言するように、入口の黒羽と、テーブルの前に立つ貌川二尉を見た。

「オリンピック開会式のフライトで五番機に充てる」

「え」


（……え!?）

今、何と言われた。

黒羽は目を見開く。

二弓三佐の言葉。

わたしを、五番機にする――!?


「五」

貌川二尉は、二弓と、入口の黒羽を交互に睨んだ。

「五番機を……!?」

「そうだ、貌川」

二弓はうなずく。

「オリンピック開会式では、お前は予備機に乗れ」

「………」

「いいか」

二弓三佐は、全員を見回して告げた。

「鏡は、今回の参加だけだ。年間の展示飛行には出さない。五輪の開会式が済んだら、三〇七空へ帰ってもらうが」

「………」

「………」

「少なくとも、俺たちのチームで飛ぶ資格が無いわけではない以上、いま追い返す理由もない」

すると
がたっ
物音がして、テーブルの周りに立つ四人の中から長身のパイロット――胸に〈2〉のナンバーをつけた財津一尉が歩み出て来た。

（え）

睨まれている……？

のけぞりそうになる。

長身が、ずんずん歩いてきて黒羽の前に立った。

「あらためて」

財津は、上目遣いに睨むような目で、黒羽へ右手を差し出した。

「よろしく頼む。二番機の財津だ」

「――はい」

黒羽は、右手を握り返す。

強く、握手された。

「よろしくお願いします」

続いて、〈4〉のナンバーをつけたパイロット――屋内でも薄い色のサングラスをかけている――が歩み寄って、黒羽に右手を差し出す。

「四番機、姫野。よろしく」

続いて〈6〉のナンバーのパイロット。

「六番機、羽下です。よろしくお願いします」

最後に〈5〉のナンバーのパイロット——貌川二尉が歩み寄って来た。

貌川は目を合わせようとせず、ただ黒羽の肩を右手でポン、と叩いた。

「しっかりやれよ」

「——はい」

そうか。

黒羽は、理解できたような気がした。

(この人たちは)

わたしを疎んじたのではない。

この人たちは『女子だから』と言う理由で、資格のない者がチームに入れられることを忌避したのだ。

コークスクリューが初回でできた(自分では『できた』とは思わないが)と言われ、その瞬間に皆の態度が変わった。

腕が——実力があれば、素直に認めてくれる。

ここは航空自衛隊で随一の腕を持つ者たちの集団——リミッター無しのＴ４を乗り回す『空の暴走族』みたいな集まりだ。

「ようし」

竜至二佐が、両手をぱん、と合わせた。

「みんな聞け」

「——」

「——」

「今日の午後から、早速、特訓に入る。打ち合わせをするぞ」

「はい」

「はいっ」

（——）

黒羽は、まだ信じられないような気持だ。

わたしが、このチームに入るのか……。

「鏡二尉」

横で、奈良橋が言った。

「よかったですね。よろしくお願いします」

「…………」

しまった……。

はっ、とした。

横にいる奈良橋。

わたしはさっき、どうせ追い返されると思って、奈良橋へ余計なことを言わなかったか

――？

だが

「ところで、だ」

竜至二佐の大きな声が、また黒羽の思考を遮った。

「実は、もう一人。みんなに紹介するメンバーがいる」

「……？」

「？」

全員の視線が、また隊長に集中した。

意外そうな表情で、パイロットたち全員が竜至二佐を注視した。

メンバー……？

黒羽も『何だろう』と思う。

自分以外に、飛び入りのパイロットがいるわけもない――

隊長は、黒羽の立つオペレーションルーム入口の、その背後を呼んだ。

「依田(よだ)二尉」

「入って来てくれ」

松島基地

幹部食堂　喫茶コーナー

「――えぇっ!?」

有里香は思わず立ち上がると、握った携帯に訊き返した。

「今、何と言ったんです!?」

市ヶ谷の防衛省広報部との通話を切った、その直後のこと。

ふいに有里香の携帯が振動し、着信を知らせた。

広報部からか……?

たった今、T４の後席に搭乗しての取材は『席が埋まっている』として、断られてしまったが。

だが

情況が変わって、『やっぱりＯＫ』と告げられることも、この世界にはよくある――

携帯の面に表示されていた発信者の名は、違った。

英文字表記だ。

有里香は目を見開いた。

（――カン・シウォン……?）

また、カン・シウォンか。

あの韓国人の男――ソウルに拠点を置くハングリア新聞のエース記者だ。

自分とは『死線を共にした』と言ってもいい。

「はい」

前にも、着信があって、すぐ切れてしまった。

有里香が『受信』の緑ボタンに触れると、今回は繋がった。

『――沢渡記者か』

低い、憂いのこもる声。

懐かしい――

思わず、息を呑む。

青瓦台（せいがだい）での〈事件〉が、脳裏をかすめる。

ソウル警察の留置場の隣同士の独房で耳にした、あの声だ。

『君は沢渡記者で、間違いないか』

「は、はい」有里香はうなずく。「お久しぶりです、シウォンさん」

『長くは話せない』

三十代の記者は、韓国では『両班（ヤンバン）』の血筋の出だという。宮廷ドラマで言えば、青年貴族だ。

カン・シウォンの声は、低い早口で続けた。

『君は日本の政権内部に、繋がりはあるか』

「――えっ」

『いいか。政権の有力者へ伝えろ。東京オリンピックを、ただちに中止するんだ』

「ど、どういう」

『大変なことになる』

男の声は、畳みかけるように告げた。

『大変なことに――大勢が死ぬぞ。オリンピックを中止――』

プツッ

唐突に、通話は切れた。

「――えぇっ!?」

切れた――?

今、何と言った……!?

有里香は携帯を耳につけたまま、思わず立ち上がる。

「今、何と言ったんです!?」

第Ⅴ章　蒼穹の五輪

1

東京　永田町
総理官邸地下　オペレーションルーム

三十日後。

七月十六日、正午。

時報が鳴った。

「あと六日か」

ざわめく地下六階のオペレーションルーム。

白い空間には、NSS——国家安全保障局のスタッフたちが忙しく立ち働いている。

中央のドーナツ形テーブルで、夏威総一郎(なついそういちろう)はPCの画面から顔を上げた。

思わず、眼鏡(めがね)の下の眉間(みけん)の辺りを指で揉みしだく。

壁面の情報スクリーンの一つが『カウントダウン』表示になっており、一分単位で数字が減って行く。

東京オリンピック開会式の開始時刻まで、あと六日。

「――――」

今回の東京オリンピックの警備体制は。

活田(いけだ)総理の指示により、内閣危機管理監が責任者とされた。内閣府において危機管理監の下にある国家安全保障局が、各省庁を統合し指揮に当たる。

NSSで戦略企画班長のポジションにある夏威は、情報班長の円城守(えんじょうまもる)と共に、実質的な警備の総指揮官だ。各省庁からの情報はすべて同じ地下の内閣情報集約センターへ集められ、全国の警察も、自衛隊の統合幕僚会議もNSSの指揮下に入る形だ。

「ここは、〈司令塔〉になるな」

円城守がコーヒーのカップを手に、中央のテーブルへ歩み寄って来た。

不精ひげが、さらに濃くなっている。

「防衛省の方の体制構築は、どうだ」

「そっちは？」

「何とか」

夏威はネクタイを緩めると、息をついた。

自宅へは何日、帰っていないか——

鏡を見る暇もないが、自分も不精ひげが伸びているだろう。

「自衛隊と海保による備えは、何とか間に合いそうだ。そっちは？」

「全国からの警察官の動員は、順調に進んでいる」

カップから一口すすり、円城はうなずく。

「不幸中の幸いか、今般のウイルス禍のせいで、外国人が予約していた都内のホテルががら空きだ。動員した機動隊員を宿泊させる施設には困らない」

「そうか」

「あそこの、ばかでかいスタジアム」

元キャリア警察官僚——現在でも警察に太いパイプを持つ円城は、目を上げる。

天井の上——明治神宮外苑とおぼしき方角を見やる。

「開会式が行なわれる新国立競技場と、その周辺の警備は任せてくれ。警察が総力を挙げて固める。幸いに、今回は海外からの訪日客が極端に少ない。会場でも、その周囲でもテロは起こさせん――そう言いたいが」

「そうだな」

「何事にも『パーフェクト』は無い」

円城は、今度はドーナツ形テーブルの正面にあるメインスクリーンを見やった。

今、スクリーンには海に囲まれる日本列島の姿が浮かび、その上と周囲に無数の緑色の光点が散っている。

「あれは、横田の地下からの画像か」

「そうだ」

夏威はうなずく。

「横田基地の地下にある空自のＣＣＰ――統合指揮所の防空システムの映像を、リピーターとしてここにも出している」

「未確認機が出現すれば、すぐに分かるわけか」

「あぁ」

夏威も、椅子を回して頭上の『日本列島』を見た。

メタルフレームの下の眼を、細める。

「開会式当日から、会期中。わが国の日本海沿岸には、常時、最低三ペア――三編隊・六機の要撃戦闘機をCAP（戦闘空中哨戒）させる。スクランブルでは間に合わないような、突発事態にも備える」

「うむ」

円城は腕組みをする。

「東京に世界の要人が集まる。それを狙って、どこから、何が来るか」

「さらに」夏威は続ける。「警戒航空隊のE767全機を日本海と東シナ海へ展開させ、ネットワーク探知による上空警戒も行なう」

「ステルス機への対策か」

「そうだ。中国大陸や朝鮮半島方面からの、万一の侵入に――」

ブーッ

言いかけた時。

夏威の胸ポケットで携帯が振動した。

「――すまん」

発信者の表示を一瞥した夏威は、円城に断り、着信を受けた。

「夏威です」

松島基地　構内
航空医学実験隊

「夏威さん、沢渡です」

貸与されたばかりの、オリーブグリーンの飛行服を身につけた有里香は、携帯を耳につけたまま頭を下げた。

「たった今、〈減圧訓練〉が終わりました。ありがとうございました」

夏威さんの、お陰だ――

これで〈認定証〉が取れる。

予備機に乗れる。

「これで乗れます」有里香はまた頭を下げた。「感謝です、便宜を図って頂いて」

ここは医学実験隊の受付ロビーだ。

松島基地には、第四航空団の他に、航空医学実験隊の施設が併設されている。

高高度飛行が人体に及ぼす影響などを研究する機関だという。

体験搭乗者向けの〈訓練〉も、行なっている。

空自の保有する戦闘機に、マスコミ関係者や学者などが取材や研究目的で搭乗したい時——総じて『体験搭乗』と呼ぶが、希望者は許可を受けたうえで、所定の〈訓練〉を受けなくてはならない。

高高度を高速で飛行する戦闘機は、どんな緊急事態に陥るか分からない。後席に搭乗する『見学者』と言えど、空中で緊急脱出——ベイルアウトをさせられる事態に遭う可能性がある。

このため、空中での緊急脱出を想定した〈訓練〉を受け、『そのような事態になっても身体は大丈夫』という航空医学実験隊による〈認定証〉を発行してもらわないと、搭乗は出来ない（体験が地上滑走のみで、飛び上がらない場合は必要ない）。

急に気圧の低い空間へ放り出された時の状態を模擬できる、〈減圧チャンバー〉と呼ばれる施設は、全国でも松島基地の実験隊にしか無い。使用スケジュールは立て込んでおり、ようやく今朝——開会式六日前の午前中というタイミングで、有里香の訓練を割り込ませてもらうことが出来た。

だが

『便宜を図ったわけではない』

通話の向こう——背後にはざわざわと人の動く気配がする——で、夏威総一郎は否定するように言った。

『誤解しないでくれ。昔の借りを返しただけだ、礼は要らない』

開会式当日。ブルーインパルスは、五色の輪を描く五機だけではなく、予備機も随伴して飛ぶ。

不意の機材故障などに対応するためだ。一機がもし、演技ができない状態に陥った時、すかさず入れ替われるようにする。

その予備のT４の後席に乗れるよう、図ってくれたのが夏威だ。

話は三十日前にさかのぼる。

カン・シウォンからの突然の電話を受けた時のことだ。

いったい、どこからかけて来たのか。

切迫した調子の声が、有里香に告げた。

オリンピックを中止しろ。

そうしないと、大変なことが起きる――

(何だ)

唐突にかかって来て、すぐにプツッ、と切れた。

何を言われたんだ……?

有里香は訝(いぶか)ったが。

(でも。いい加減なことを言う人じゃない)

カン・シウォンは『政府の有力者へ伝えろ』と言う。

しかし。

こんなに短い通話内容では『伝えろ』と言われたって、困る――

政府の有力者……?

有里香の頭に、すぐ夏威総一郎の顔が浮かんだ。

そうだ。

国家安全保障局で、責任ある立場らしい。内閣府から、各省庁へ指示を出せるくらいのポジションだ。

一応、話しておこう。

先日、尖閣へ出漁しようとする議員を止めた件で、抗議をしたばかりだが――

携帯に登録してある夏威の番号へ掛けてみると、繋がった。

有里香は、先日の『抗議電話』のことを詫びると、ハングリア新聞の記者から奇妙な通話を受けたことを知らせた。

だが『オリンピックを止めろ、大変なことになるぞ』などという発言は、地上波ＴＶのワイドショーで毎日、大勢のコメンテーターが大声でしている。

いまさら、これだけの内容を告げられても、困るだろう――

『いや』

その通話の向こうで、夏威は言った。

『君が掛けて来るからには。そのハングリア新聞の記者は、信用できる人間か』

「そうです」

『わかった』夏威の声はうなずいた。『韓国か……。何か、この後、追加で判明したことがあったら知らせてくれ』

「はい」

その時、ちょうど電話する有里香の背後に、訓練に向かう機体だろう、Ｆ２戦闘機の離陸する轟音が伝わって来た。

『ところで。君は今、空自の基地にいるのか？』

夏威が訊いた。

『今の音は――F2か』

「は、はい」

有里香は驚いた。

「よく、分かりますね」

『防衛省は古巣だ。爆音で機種ぐらいわかる』

「あの、夏威さん。実は――」

有里香は、話のついでに、松島基地へ取材で来ていること。ブルーインパルスに参加する女子パイロットの後席に乗りたくて防衛省の広報部へ頼んだけれど、断られた――そのことを話した。

『それなら、予備機に乗せてもらえばいい』

夏威はすぐに言った。

『君さえよければ。開会式当日のブルーは急な機材故障に備え、予備機を随伴させるはずだ。よければ、本省の関係部署へ話を通しておく』

「ほ、本当ですかっ」

有里香と知り合った頃は外務省勤務だったが。

夏威は、もともと防衛官僚だという。現在もＮＳＳで防衛政策を担当している。

やった……。

総理官邸地下

オペレーションルーム

「それで」

夏威は、通話の向こうの大八洲（おおやしま）ＴＶの女性記者へ問うた。

「カン・シウォン記者からは、その後、何か連絡は？」

韓国か……。

ひと月ほど前の、沢渡有里香からの知らせ。

普通なら、相手にもしない内容だが――妙に気になった。

夏威は『盲点』を教えられたような気がした。

韓国は、アメリカの同盟国ではある。

しかし現政権になってから、北朝鮮や中国への『接近』が目立つ。

日本海における、海自哨戒機への〈レーダー照射事件〉は記憶に新しい。あの事件も、現政権――今の大統領が就任してからのことだ。

何か、引っかかる。

沢渡有里香の口にした名――ハングリア新聞のカン・シウォン記者について、夏威も調べてみた。

前にソウルの青瓦台で、大統領へ遠慮のない質問をして、沢渡有里香と共に留置場へぶち込まれている――

『それが、こちらからも連絡を取ろうとしているんですが』

通話の向こうで、沢渡有里香は言った。

『大八洲新聞のソウル支局に頼んで、連絡をつけてもらおうとしたんですが。ハングリア新聞のカン記者は行方が分からない――って』

「そうか」

夏威は、眉を顰める。

「わかった。また何か判明したら、知らせて――」

言いかけた時。

別の着信を知らせて、携帯が振動した。

「何か分かったら、知らせてくれ」

沢渡有里香との通話を切ると。

夏威は、着信の画面を見た。

「……？」

「どうした」

怪訝な表情になる夏威に、そばにいた円城が訊いた。

「今の、例の大八洲ＴＶの記者だろ」

「そうなんだが」

夏威は、通話の最後に割り込むようにかかって来た、別の着信の番号を見やる。

知らない番号だ。

そこへ

「戦略企画班長、情報班長」

NSSのスタッフが、背後から声をかけた。

「間もなく、十二時十五分です。総理へのブリーフィングの時間です」

「わかった」

夏威は、自分の携帯の番号を、限られた人間にしか知らせていない。ほとんどの相手は登録している。知らない番号からコールしてくることは(間違い電話を除いて)ないはずだ。

夏威は着信を取らず、電話を切った。

「行こう。今日の説明は、大変だ」

2

総理官邸
総理執務室

十五分後。

「続いて」

夏威は、薄暗い総理執務室の壁面に映写した画像をリモコンでめくり、説明を続けた。

今日のＮＳＳから総理への定例ブリーフィングは。

まず円城が、警察による警備体制について説明を行なった。

カーテンを閉めた執務室の空間で、いつも通りにソファに脚を投げ出した活田誠勝に対して、オリンピック開会式当日の新国立競技場と、その周辺地域の警備体制について説明した。

全国から動員した警察官による会場警備は、すでに度重なるサミットの開催などで、ノウハウが蓄積されている。

現場に任せておけばいい。

活田誠勝からも、あまり質問は出なかった。

円城に続き、夏威からは防衛省――自衛隊による防備について説明をした。

日本海沿岸上空を、戦闘機を空中哨戒させて固めることや、警戒航空隊のＥ７６７を日本海だけでなく東シナ海にまで展開することで不測の事態に備える。

そして最も重要なのが。

東京都上空と、その周辺空域の防備だ。

「東京と、その周辺の防備です。ご覧ください」

今日は、NSSで詰めた開会式の警備体制を、活田総理へ説明する。疑問点を出してもらい、調整した上で『これで行こう』となったら、次の段階として国家安全保障会議にかける。〈拡大九大臣会議〉において、円城と夏威は閣僚たちに対しても再度、同じ説明をしなくてはならない。

いや、それだけでなく。

夏威は、今日は総理に覚悟のいる『決定』をしてもらわなくてはならない。

「開会式当日」

夏威は、壁に映写した東京都心部の地図を指す。

「会場――新国立競技場を中心に、半径一〇マイル――一八キロ以内の空域は、無人のドローンを含め、一切飛行禁止。報道のヘリもスタジアム上空へは入れない。報道の空撮は一〇マイル離れたところから望遠で撮ってもらう。開会式の間、スタジアム付近に空から唯一近づけるのはブルーインパルスだけです」

「うむ」

活田誠勝はうなずいた。

ソファの横には首席秘書官も立ち、一緒に壁の映像へ視線を注いでいる。

飛行禁止、などという言葉が出た辺りから、その表情もやや険しくなる。

「夏威さんよ」

活田は訊いた。

「ドローンも飛行禁止、というが。あんな小さいものを勝手に飛ばされたら、防ぎようがねえだろう」

「それについてですが」

夏威は説明した。

「ドローンについては、遠隔操縦に使われる帯域の電波を全部、開会式の時間帯のみですが警察が規制する――平たく言えばジャミングして潰します」

「何」

「法規すれすれですが。警察による『警備用電波の試験発振』という名目にし、事前に告知をしたうえで行なえば、何とか可能です」

「うぅむ」

「それしか、ドローンによるテロ攻撃を防ぐ有効な手段がありません」

「次に」

夏威は壁の画像をめくった。

「有人の小型ヘリを使用したテロ攻撃の防止についてです。ご覧ください」

「――」

「――」

活田と、首席秘書官の視線が壁へ注がれる。

活田はソファに仰向(あおむ)けになっていたのが、起き上がる。

「この地図は」

総理大臣は壁の画像を指した。

「俺の実家がある築地の辺りだな」

「表示範囲を拡げます」

夏威は、リモコンで画像の地図の表示範囲を広げる。

ぐっ、とカメラが後退するような感じで、東京湾の全域が画面に出る。

「新国立競技場と、その周辺は警察が水も漏らさぬよう固めている。また、都内の市街地で小型ヘリを隠しておいて発進させることが出来るような場所は、事前にすべて警察が洗い出してチェックしてしまいます。陸上から、有人小型ヘリを飛び立たせることはほぼ防げます」

「――」

「――」

「合わせて、空自のE2D早期警戒機を東京周辺部に周回させ、万一、不審な飛行物体が飛び上がったならばただちに探知できるようにします。また百里(ひゃくり)基地のF15戦闘機を二編隊四機、東京周辺に周回させ、不測の事態に備えさせ――」

「ちょっと待ってください」

首席秘書官が、思わず、という感じで口を挟んだ。

秘書官という役職は、『秘書』とは違う。総理秘書官は活田が政治家として雇っている秘書ではなく、官庁からキャリア官僚が派遣されている。

この首席秘書官（夏威より少し若い）は、確か、財務省の出身だ。ハニートラップにやられていないことは、選任前に円城がチェックしてある。しかし官僚であることに変わりはない。

「空自の戦闘機を周回させておくと言われますが――不審な飛行物体が出てきたら、何をするんです」

「あとで詳しく言います」

夏威は、秘書官の質問には答えず、説明を進めた。

「最も警戒すべきは、東京湾の水上にいる船舶です」

「――――」

「貨物船やタンカーの甲板から、ロケット砲などの火器を携行した有人の小型ヘリが飛び上がり、新国立競技場を襲う可能性がある」

夏威は、手にしたレーザー・ポインターで、東京港から浦賀水道の辺りをくるくると指した。

赤い光が、入り組んだ湾岸の港から、房総と三浦半島に挟まれた水道を嘗める。

「これに対しては、海上保安庁のヘリを総動員し、東京湾周辺の港湾、水上の船舶を警戒します。海保のヘリには武装した特殊警備隊を便乗させ、外観上から『犯罪を起こす可能性があると認められる』船に対してはただちに臨検します。わが国の領海内であれば、警察官職務執行法に準じた武器使用が可能です」

「問題は」

夏威は、室内の一同を見回して続けた。

「それでも水上の貨物船の甲板から、不審な有人ヘリが離陸してしまった場合。または貨物船の甲板から新国立競技場へ向け、ミサイルが発射されてしまった場合」

「――」

「――!?」

活田誠勝と首席秘書官が、息を呑むのが分かった。

秘書官が『ミサイル……?』と声に出さずに繰り返した。

それでも、説明は続けなくてはならない。

「ミサイルに対しては、市ヶ谷の防衛省本省敷地内に配置したパトリオット迎撃ミサイルシステムが、これに対処。撃ちおとします」

「――」

「――」

「そして、もしも不審なヘリが貨物船の甲板などから離陸してしまった場合ですが」

「その時は、どうするんだ」

活田が訊いた。

「戦闘機で対処か？」

「それも物理的には可能ですが」夏威は続けた。「低空を低速で飛行して行くヘリを、上空から戦闘機が攻撃し撃墜することはかなり難しい」

「だ、第一」

秘書官が口を開いた。

「地上への被害が――それから法的根拠は――法律上、そんなことをやっていいのですか!?」

「そこで」夏威は続ける。「浜離宮付近に陸上自衛隊のAH64攻撃ヘリを十八機、配備します」

「――」

「――」

「ここです」

夏威は、東京都の港湾地区――品川から汐留（しおどめ）の辺りをポインターで指す。

「この辺りが、海上から神宮外苑への最短コースの通り道になる。そのような不審ヘリが飛来したら、ここに十八機のＡＨ64で『壁』を作り、都内への侵入を防ぎます。そのために総理にお願いがあります」

「――」

「――」

「総理」

夏威は、活田を見ると、畳みかけた。

「開会式の時間帯だけで構いません、自衛隊に〈治安出動〉を発令してください」

「……!?」

「?」

活田が目を見開き、夏威を見返した。

「戦略企画班長」

「はい」

「やっぱり、そこまでやらないと駄目か」

「駄目です」

夏威はうなずく。

「現行法では、自衛隊は不審なヘリが現われても、自分が撃たれて生命が危ない場合の『正当防衛』を除き、武器は使用できません。ＡＨ64が不審ヘリを攻撃することも、飛来するミサイルをパトリオットが撃ちおとすことも、できません」

「うぅむ」

「〈治安出動〉を」夏威は続けた。「開会式の時間帯のみでも発令して頂ければ。自衛隊は、警察官職務執行法の範囲内で武器が使えます」

「…………」

「今の状態では、不審ヘリが飛び立って都内の市街地へ進入しようとした時、海保あるいは陸自のヘリが身体を張って進路を妨害し、防ぐしかありません」

「…………」

「――総理」

首席秘書官が、口を開いた。

「これほどまでのことをして、オリンピックをやるんですか？」

総理官邸
四階　廊下

十分後。

「〈治安出動〉は前向きに検討、か」

総理執務室を後にし、エレベーターへ向かいながら円城がつぶやいた。

「やってくれるかな。総理」

「どうだろうな」

並んで歩きながら、夏威は頭を振る。

これからまた地下のオペレーションルームへ戻り、準備作業を続けなくてはならない。

「今、俺が解説したのは、あくまで『最悪』の事態を想定してのことだが――〈治安出動〉が発令されなければ、面倒なことになる。万一、俺の危惧した『最悪の事態』が起きた時に自衛隊は手が出せない。海保のヘリが身体を張って防ぐしか――」

ブーッ

言いかけた夏威の胸で、また携帯が震動した。

「……？」

何か、嫌な感じがした。

勘のようなものだ。

携帯を取り出すと、画面に表示されているのは知らない番号だ。

さっきと、同じ。

誰だ。

「……はい」

夏威は立ち止まると、今度は着信を受けた。

「どちら様ですか」

すると

『……クックック』

通話の向こうで、喉（のど）を鳴らすような、笑うような呼吸の音がした。

『夏威君。ようやく電話を取ってくれたようだねぇ』

「――――!?」

松島基地
司令部前エプロン

「〈認定証〉、取れたんですね」

沢渡有里香が、〈減圧訓練〉で着ていた飛行服はそのままに、エプロンが見渡せる格納庫前に立っていると。

道振(みちふり)がＶＴＲカメラを担いで、近寄って来た。

「よかったですね」

「あぁ、ごめんね」

有里香は道振に、ぺこりと頭を下げる。

「今回は。わたしばっかり、一人で乗れることにしちゃって」

「構わないですよ」

道振は頭を振る。

「前に、テーマパークの取材でVTR担いだまま絶叫マシンに乗って、ひどい目に遭っていますから」

「――――」

「最近、殊勝ですね」道振は有里香の横顔を覗く。「どうしました？」

「うぅん――」

有里香はエプロンへ目をやる。

風が吹いて来る（松島基地は今の季節、日中はいつも海風らしい）。

金属音がして、白地にブルーのストライプを入れた機体が、列を作ってランプ・インして来る。

丸っこい流線型のシルエットは、五つ。

エプロンの各スポットで誘導する整備員の手信号に反応して、各機はクルッ、クルッと向きを変えると、歯切れのよい動きで進入し、停止する。

午前中の訓練から、帰ってきたな――

「なんかね」

有里香は、訓練から帰投して来たらしい五機のT4の様子を眺めながら、つぶやいた。

「無事にオリンピック――開けるのかなぁ、って」

総理官邸
四階　廊下

『――クッ、ク』

低い声は、通話の向こうで喉を鳴らした。

ふいにかかってきた電話。

夏威は立ったまま「うっ」と顔をしかめる。

なぜだか、ぞっとする――まるで声の主に、首筋をぺろっ、と舐められたような気がしたのだ。

『ようやく電話に出てくれたねぇ、夏威君』

「――あ、あなたは」

しかし声には聞き覚えがある。

この、舐め上げるような感じ……

海外のＳＦ映画に登場する、人語をしゃべる巨大両生類のような宇宙人——何という名だったか、それによく似た感じの人物だ。

「まさか」夏威は目を見開く。「瀬踏（せぶみ）先生……？」


『そうだよぉ』

声は、なぜか愉快そうに告げた。

また夏威は首筋の辺りがぞくっ、とする。

うっ、くそ……。

『幹事長の瀬踏だよ。戦略企画班長の夏威総一郎君』

夏威は、耳に付けた携帯を左手で指し、横で怪訝そうな顔をする円城に『瀬踏だ』と口だけ動かして教えた。

声の主。

かけて来たのは、瀬踏大三（だいぞう）——

政権与党の幹事長だ。

ある意味、活田誠勝を上回る力の持ち主……。

しかし、党の役職者は、たとえ実力者と言われても、政府の中での権限やポジションは無い（閣僚ではない）。

夏威も、自由資本党の幹事長から直接命令をされたり、あるいは報告を上げたりする関係にはない（当然、携帯の番号も知らせていないし電話帳にも入れていない）。

「――先生が」夏威は、言葉を選ぶようにして問うた。「私に、どのような」

いったい、何の用だ……？

『そりゃあ、わかるだろう』

瀬踏大三は、近畿地方に選挙区を持つ大物議員だ。

夏威が生まれた頃から国会にいる、という。

与党幹事長であるだけでなく、〈日中議連〉〈日韓議連〉という二つの大きな議員グループを会長として束ねる。

議員会館の事務所には、中国国家主席と並んだ写真パネルが飾られ、どのような関係なのだろうか、日常的に中国人と韓国人が大勢出入りしている――と言われる。

『わかっているだろう、オリンピックだよ』

『東京五輪だけでも無謀だというのに、オリンピックに合わせて〈民主主義サミット〉などと』

瀬踏大三の声は、通話の向こうで「やるせない」と言うかのように息をついた。

『アメリカだけでなく、インドやオーストラリアやあまつさえ台湾まで巻き込んで、何をするつもりかね。この日本の経済が、いったい誰のおかげで廻っていると思っているのかね？』

「――――」

『夏威君、こんなことをやり続けたら、大変なことになるよぉ？』

「お言葉ですが」

夏威は、言い返す。

「東京オリンピックを開催するのは、政府の方針です」

『だからさぁ』

声は、また舐め上げるような調子で続けた。

『君に、頼んでいるんだよぉ。あの男に進言してくれんかね。今からでも遅くはない、東京オリンピックなんかやめるのだ。〈民主主義サミット〉なんかもやめるのだ。私がいくら言ってもねぇ、あの男は「東京五輪はやるんだ、サミットもやるんだ」と言って、聞く耳を持たん』

「――――」

『君は、あの魚屋のお気に入りだそうじゃないか』

「先生。お言葉ですが」

夏威は切り返した。

「私も、東京オリンピックの開催と、〈民主主義サミット〉の開催は、わが国の国益に合致していると考えております」

『そうかねぇ。知らんよぉ』

瀬踏大三の声も繰り返した。

『何が起きても知らん。大変なことに』

「大変なこと？」

『知らんけどね。あぁ、あれだ。一発だけなら、〈誤射〉かも知れないよぉ――クク』

3

松島基地
司令部前エプロン

「そんなことより」

道振は言った。

「『オリンピックが開催できるか』とかより、本番の開会式で後席に乗っている時、ハンディカムを取り落とさないで下さい。僕はその方が心配です」

今日は、午後から〈青い衝撃〉の撮影がある。

ブルーインパルスの訓練が、今日は午前中のみなので、午後は機体が空くのだ。

このチャンスに、主人公がT４を操縦して離陸させるシーンを撮る。

五番機に、実際に主演の岩谷美鈴を乗せ、シミュレイテッド・テイクオフ——模擬離陸を行なうのだという。

岩谷美鈴は飛行服——フライトと同じ装備でT4の前席に乗り、三台の小型カメラをキャノピーのフレームや射出座席のヘッドレストの横に取り付けて、美鈴演じる主人公が操縦桿を握って離陸する様子を撮るのだという（実際には手を添えているだけで、後席のパイロットが操縦をする）。

ただし、美鈴は体験搭乗をするための〈訓練〉は受けていないので、滑走路上を『離陸滑走』はするが、飛び上がらずに停止する、という。

有里香と道振は、岩谷美鈴が実機のコクピットに乗せてもらい、模擬離陸へと向かう様子を「メイキング映像」としてカメラに収める（これまでも度々、基地内で行なわれる撮影ではメイキングを撮りためて来た）。

「大丈夫。しっかり左手にテープでぐるぐる巻きにしとく」

有里香は、開会式当日にブルーインパルスの予備機の後席に搭乗し、新国立競技場の上空を飛べるということに気持ちが行って、ドラマの番宣はもう正直『どうでもいい』という感じだったが。

引き受けた以上、仕事は果たさなくてはならない。

だから、予定通りにエプロン前で道振と落ち合ったのだ。

「それに万一、何かトラブルが起きて、予備機が〈輪〉を描くことになっても」

飛行服の脚のポケットに入れたメモを、有里香は取り出す。

取材のため、ブルーの訓練ブリーフィングにも『見学者』として参加している。

「五輪の輪を描く機動は六〇度バンク旋回だから、最大二Gしか、かからないんだって。難しいのは、位置決め——五機の位置関係を精確に保って、演技空域のスタジアム上空へエントリーすることなんだって」

「位置関係、ですか」

道振は、訓練飛行から帰投して、各機のコクピットからパイロットが降りてくる様子を眺めながら、訊いた。

「五機の、互いの位置？」

「そう」

有里香はうなずく。

「前の一九六四年の大会でも、それで苦労したんだって。機動の開始までに、五機の互いの間隔と位置関係が完璧に決まっていないと、きれいな〈五輪〉にならないんだって。だから、五分間の『助走』をするんだって」

「助走……？」

「神宮外苑上空まで、五分間、水平直線飛行をして隊形を整える。そのために五機は、神奈川県の江ノ島上空からスタートするんだって。開会式で『選手宣誓』が始まる時刻まで、江ノ島の上をぐるぐる回って待機して、タイミングを見計らって、会場へ向けてスタート」

「へえ」

感心して見せる道振の向こうで、エプロンでは〈5〉のナンバーを垂直尾翼に描き込んだT４から、搭乗員が降りてくる。

飛行服姿が二つ――

(――――)

有里香が見やると。

搭乗梯子(とうじょうばしご)が、後席にも掛けられている。

前席から降りて来るオリーブグリーンの飛行服は、鏡黒羽(かがみくろは)だ。すぐに分かる。スレンダーなシルエットがまるで猫のように、するすると梯子を下りる（まるで体重が無いみたいだ）。

しかし

（あの、後席の人――）

有里香は、キャノピーを横向きに跳ね上げたコクピットの後席から、整備員に手伝われながら降りて来る、もう一つの飛行服を見つめた。

ほっそりしたシルエットで、一見して『女性だ』と分かる。

何者なんだろう。

わたしから、あの後席を取った――

鏡黒羽については、有里香は北陸地方のＴＶ局にいた頃から、知っている。

黒羽はエプロンに降り立つと、ヘルメットを脱ぐ。

同じように、後席からエプロンへ降りた飛行服姿も、ヘルメットを脱いだ。

黒羽はうなじまでの髪だが、後席搭乗者はもう少し長い髪を、首の後ろで一つに結んでいる。

背丈は同じくらい。肩から、小型のカメラバッグのようなものを斜めに提げている。

何か話しながら、二人でオペレーションルームの方へ歩いていく。

「午後の『模擬離陸』をやってくれるパイロット、鏡さんですよね」

道振が言う。

有里香は「え？」と道振を見る。

「鏡さん？　世話役の奈良橋さんじゃなくて」

「さっき、編成表を見させてもらいました」

道振はオペレーションルームの方を指す。

「美鈴ちゃんを前席に乗せて、鏡さんが後席で操縦するそうです。今は、五番機のパイロットは鏡さんですから」

「そうなの」

「奈良橋三尉は、美鈴ちゃんの乗り降りの手伝いとかをするって」

「そう」

そうか。

あの五番機は、今は鏡黒羽の『愛機』なのか。

「ねえ」

有里香は、エプロンからオペレーションルームへ歩いていく二つのシルエットを目で追いながら、言った。

「それはいいけどさ。あの人、誰だろうね」

「え」

道振は、怪訝そうな表情をする。

「誰――って、本省広報部の報道官でしょう」

女子パイロットの後席には、防衛省本省広報部の広報官が搭乗する――

映像を撮影し、様々な記録を取る、という。

そのため、有里香の後席搭乗は断られてしまった。

鏡黒羽――女性自衛官がオリンピック開会式で、ブルーのメンバーとなり五輪の輪を描く、というのは防衛省の広報にとっても〈世紀のイベント〉かもしれない。撮影した素材は自衛隊のＰＲのため、様々な使われ方をするだろう。

それはいいとして。

（あの人、誰だ……？）

飛行服の女。

ブリーフィングの見学の時に、傍で見た。

空自の女子幹部で、二等空尉だという。名前は依田美奈子。

有里香が松島へ来る前日に、すでに〈減圧訓練〉も済ませたという。

でも。

本省の広報部へは、取材の協力依頼とかで時々、出入りしているが。

あんな人、広報に居たかな……。

鏡黒羽と、女子の広報官は連れ立って歩いていく。

猫を想わせる横顔の女子パイロットは、横に誰が居ようと気にしない風情だ。さっさと歩く。

半歩後れて、女子広報官がついて行く形だ。ヘルメットを脇に抱えている。

（あの人――）

ブリーフィングの時に顔を見たけれど。

依田二尉は、背格好は黒羽に近い（訊かなかったが、年齢も同じくらいではないか）。ほっそりした体型で、細い切れ長の目が特徴的だ。笑っているのか、よく読めないような表情をしていた。

一見して、有里香が受けた印象は『女狐（めぎつね）』。

「なんかさ」

有里香は、二人の後姿を目で追いながら、つぶやいた。

「あの『つかず離れず』――って言う感じ」

「何です？」

「仕事なんだろうけど。ああやって、鏡さんにいつもくっついて――まるで女優とその付き人みたい」

総理官邸　地下
オペレーションルーム

同時刻。


「中国がボイコットしました」

情報席にいたスタッフが、振り向いて叫んだ。

「中国が、東京五輪をボイコットです！」

その知らせは。

夏威が与党幹事長からの通話を切り、エレベーターで地下六階へ降りて、息もつかぬうちに来た。

ＮＳＳのスタッフ全員の間では。

最悪の事態は想定しつつも、開会式当日のＶＩＰ席に中国政府の要人が来ているならば、大規模なテロ攻撃はあるまい——

そう見てはいた。

しかし

「何」

来たか……！

夏威はドーナツ形テーブルの席を蹴ると、壁際の情報席へ駆け寄る。

「やはり、来たか」

「本当か」

同時に円城も走り寄った。

「いつ発表された⁉」

「たった今です」

情報スタッフは、入電したメールの内容を画面に出して示す。

「北京の日本大使館へ通告が——すぐ、マスコミへも発表されるでしょう」

「——」

「——」

ざわめいていたオペレーションルームの白い空間が、全員が息を呑んだことで一瞬、しん、となる。

「つまり」

円城が、確認するように言う。

「開会式当日、新国立競技場には中国政府の要人も、中国選手団も居ない——そういうことか」

「——」

「これで『最悪の事態』が、現実味を帯びてきたな。夏威」

「——あぁ」

夏威は、思わず、オペレーションルームのメインスクリーンへ目をやった。

ＣＧで描かれる日本列島と――日本海。

横田基地の地下にある航空自衛隊の総隊司令部・中央指揮所（ＣＣＰ）からリアルタイムで送られて来ている画像だ。

龍のような姿勢の列島とその周辺に、無数に散らばる緑の光点は航行中の航空機だ。

（――）

夏威は、視線をスクリーンのもっと左――日本海西方へやる。

朝鮮半島の入り組んだ海岸線も、画面のフレームの中にある。

――『一発だけなら』

「くっ」

唇を嚙む。

――『一発だけなら、〈誤射〉かも知れないよぉ』

「夏威」

その夏威へ、円城が問うた。

「例の懸念についての対策は、どうなっている」

「それなら」

夏威が、言いかけた時。

『――北京支局の金田（かねだ）さんに、中継が繋がっています』

頭から抜けるような、明るい声が響いて来た。

「班長」

情報席のスタッフが呼んだ。

「民放はちょうど、午後のワイドショーの始まる前の時間帯ですが。ＮＨＫが昼過ぎの情報番組を流しています。生放送です」

「何」

「見て下さい」

『北京支局の金田さんから、中継でレポートです』

ざざっ、足音を立て、スタッフたちが情報席の壁の画面に駆け寄る。

北京支局から中継……!?

「――」

「――」

夏威の左右で全員が、地上波TV放送――NHKの情報番組だという映像を注視した。

ニュースではない。

定時のニュースまでは間がある。

画面の隅には〈スタジオからハローハワイユー〉という、番組名らしいテロップ。

民放のバラエティーかワイドショーを模したような、昼過ぎの緩い番組だが――

だがたった今、中国政府が『東京オリンピックのボイコット』を発表したのだ。

『呼んでみましょう。金田さーん』

スタジオのセットから、司会者らしい女性アナウンサーが、どこかを呼ぶ。

画面が切り替わる。

しかし

「……!?」

「？」

夏威を含め、スタッフたち全員が息を呑んだ。

何だ……。

ぱっ、と画面に現われたのは。

どこか、郊外の景色だ。

これは。

(北京の景色では、ないぞ……?)

空が抜けるように青い。

マイクを手にした、女性記者らしい上半身がアップになる。

その肩の向こう、蒼(あお)く霞(かす)むような山々が連なり、空の下半分を隠すかのようだ。

カメラが引いていく。

(……草原?)

何だ、ここは。

『はーい、NHK北京支局の金田です』

スタジオからの呼びかけに応えるように、長袖のウインドブレーカーを羽織った女性記者が、これも頭から抜けるような声を出す。

『今日は私は、新疆ウイグル自治区へお邪魔しています。あぁ涼しい。ご覧ください、見渡す限りの美しい大草原と、山々です』

「──」

「──」

本当に、生中継か。

夏威は目をしばたたくが。

しかし女性記者は、スタジオの司会者と掛け合いをしている（これは中継だ）。

撮影しているカメラが引いていくと。

画面に立つ女性記者が、広大な草原を背にしていることが分かる。

広い土地だ。

数百メートル奥には、青い山脈を背に、巨大サイズの看板が立ち並んでいる。建設中の施設──工場のようなものが、いくつも建てられている途中であることが分かる。

「おい」

円城が、たまりかねたように言う。

「ＮＨＫは、臨時ニュースをやらないのか。テロップも出さないのか」

しかし

『ご覧ください、あの美しい山々』

大陸の奥地——新疆ウイグル自治区からという中継は、緩い調子で続く。

『実は、この新疆ウイグル自治区は〈ウインタースポーツの聖地〉でもあるんですよ。来たる北京冬季五輪でも、競技種目の候補地になっているんです』

『それは、楽しみですね』

スタジオの声も重なる。

司会者に、ここで臨時ニュースです——などと言い出す空気は無い。

『北京冬季五輪は、人類がウイルスに打ち勝った、輝かしい最初のオリンピックになるわけですね』

『その通りです、木下(きのした)さん』

「——」

「——」

全員が見上げる中、緩い調子で『中継』は進む。

『そしてご覧ください』

女性記者は振り向き、背後の看板の群れを指す。
『ここ新疆ウイグル自治区には、日本の企業がたくさん進出しているんですよ』
（……！）
確かに。
カメラがズームアップして、並んだ看板に描かれたロゴを映し出す。
いくつものロゴは、誰もが知っている日本企業ばかりだ。
『では、日本企業の工場で働いていらっしゃる、現地の人たちにお話を伺いましょう』
女性記者が、画面を右手へ歩き出す。
カメラが横向きに追って行くと。
そこにもう、待機させられていたのか。
七、八人の現地人らしき人々が並んでいる。
真ん中の、民族衣装を着た三十代らしい女性に、記者はマイクを向けた。
『こちらでの暮らしは、いかがですか』
女性記者は、現地の言葉だろうか、マイクを向けてから別の言葉で質問を繰り返す。

一見してイスラム系に見える、民族衣装を着た女性はにこにこ笑って、マイクに答えた。

女性記者は『はい、はい』と笑顔でうなずいてから、カメラへ向き直った。

『私たちは、とても幸せです。職業訓練を受けさせてもらって、日本企業の工場で働いています。豊かで、毎日とても楽しいです――とおっしゃっています』

『そうですか』

スタジオの司会者の声がうなずく。

『新疆ウイグル自治区で、北京五輪の種目が開催されたら、素敵ですね』

『はい、こちらではみんな、それを待ち望んでいます』

女性記者はカメラに向かって、笑顔で手を振った。

『ご覧の通り、新疆ウイグル自治区では、みんな幸せに暮らしています』

『はい、ありがとうございました』

画面は、東京の放送センターだろう、スタジオ内部へ切り替わる。

司会者の女性アナウンサーの顔が出る。

『日本経済を支えている、新疆ウイグル自治区から中継でお送り――』

プツッ

円城が、たまりかねたように後ろから手を出して、画面を切った。

「——夏威」

円城は振り向いて、訊いた。

「例の懸念は——弾道ミサイルへの対策は、どうなっている」

「うむ」

夏威も人差し指で眼鏡を直し。答えた。

「準備は——海幕との調整は、できている。すでに海自の保有する全イージス艦六隻が、日本海に急行中だ」

「イージス艦を、全部か」

「そうだ」

「北朝鮮が」

夏威はメインスクリーンを目で指して、言った。

「もしも固体燃料の中距離弾道ミサイルを移動車両に載せ、山間に隠して発射する場合。衛星による事前の察知は難しい。半島内部から飛翔体が発射された時に、瞬時に弾道を予測して、備えるしかない」

「それでイージス艦六隻か」

「もちろん、わが国の保有する偵察衛星を総動員し、監視は強化する。〈誤射〉を装うなら、発射して来るのは一発か、多くて数発。北朝鮮も生き残りたいから核は使わず、弾頭は通常弾頭だ。もし新国立競技場へ照準を合わせて弾道ミサイルが発射されても、六隻のイージス艦が六段構えで迎撃し、叩きおとす」

「――しかし」

いつのまにか、周囲から視線が注がれている。議論する円城と夏威を、周囲のスタッフたちが注視していた。

「しかし夏威」

円城は息をついた。

「万一、そのような事態となり、迎撃が出来なかったら」

「――」

「朝鮮半島から弾道ミサイルが発射された場合、東京へ着弾するまでわずか十分だ」

「――」

「新国立競技場には、当日、六三〇〇〇人が入るんだぞ」

「確かに、そうだ」

4

総理官邸
総理執務室

十五分後。

「そうか」

ソファに仰向けになった活田誠勝は、天井を見たまま言った。

「あの瀬踏さんが、そう言って来たか」

オリンピックの開会式当日に。

北朝鮮から、弾道ミサイルが『間違って』発射されるかもしれない。

間違って発射されたミサイルを、もしもイージス艦で撃ちおとせなかったら——

そのミサイルがパトリオットでも防ぎきれず、新国立競技場へ落下したら。

開会式には六三〇〇〇人が入場しているのだ。

それでも、オリンピック開会式を――いや東京オリンピック自体を、開催するのか。

同時に都内で〈民主主義サミット〉を開くのか。

これは役人で決められる事項ではない。

夏威と円城は、再度、総理への〈緊急ブリーフィング〉を上申した。

中国のボイコットにより、たった今情況は大きく（危険な方へ）変化したのだ。

「よく、話してくれた」

活田は起き上がると、室内に立つ夏威と、円城を見た。

傍には首席秘書官も立って、三人の様子を見ている。

「そうか。〈誤射〉――『間違えて発射』か」

「総理」

円城が口を開く。

「もしも北朝鮮が〈誤射〉して来た場合。万一、撃ち漏らせば競技場の六三〇〇〇人は逃げる暇もありません」

「――――」

活田は、うなずくと腕組みをした。

考える表情だ。

「――撃ち漏らせば、か」

「開会式には中国も北朝鮮も、ついでに韓国も来ないのです」

円城は付け加える。

「わが国を狙う者は、やりたい放題です」

「君たちは、どう思う」

「総理」

横から首席秘書官が口を挟んだ。

「本当にオリンピックを、やるんですか。〈治安出動〉とか、ミサイルとか、これではまるで戦争ではありませんか」

「戦争だよ」

だが活田は『当然だ』とでも言うようにうなずく。

「実は、とうに始められている。これは戦争だ」

「――――」

「悲しいけどな」

「そ、総理」

秘書官は続ける。

「六隻のイージス艦で防げるのかどうかとかより、そういったリスクが存在するのに、オリンピック開催を強行し、国民を危険にさらすのは――」

「国民はもう、危険にさらされている」

活田は頭を振った。

「もう、さらされている」

「――？」

「なぁ、お前さんたちよ」

五十代の、歴代の中では若い総理大臣は、若手キャリア官僚である夏威、円城、首席秘書官を見回した。

「もしも。俺たちが、親中派議員を通してもたらされた〈脅し〉に屈して、奴らの言うとおりに東京オリンピックを中止にし、〈民主主義サミット〉の開催をあきらめたりしたら、どうなる」

「────」

「世界は平和になるのか？」

活田はソファから立ち上がると、嵌め殺しになっている防弾ガラスの窓へ歩み寄った。

官邸四階の執務室は見晴らしがよい。

樹木の向こうに、国会議事堂の尖った屋根が頭をのぞかせている。

「東京オリンピックを中止し、〈民主主義サミット〉をあきらめてしまったら。奴らは、次にもっと要求してくる。例えば『尖閣諸島から巡視船を全部引き揚げろ。さもないと〈誤射〉するぞ』」

「────」

「────」

「もしも、〈誤射〉されたミサイルが東京や、福島原発におちたら。北朝鮮はただちに『間違いだった』と言い、責任者を処刑する。中国が国連安保理で北朝鮮を擁護する。そして、わが国のマスコミは、全部俺のせいにする」

「――」

「――」

「譲歩をすれば、いずれ政権は倒される。早いか、遅いかだ――そして今、瀬踏大三と大手広告代理店が組んで〈電子投票システム〉を準備している」

電子投票システム……？

（……!?）

夏威は、顔を上げた。

初めて聞く。

何だろう――

「――」

思わず、横の円城を見ると。

警察官僚出身の情報班長は『その話か』という表情になる。

円城は、知っているのか……。

夏威は長身の総理大臣の背中を見やる。

「〈電子投票システム〉、ですか。総理」

「そうだ」

活田は背中でうなずく。

「連中は、国政選挙向けに、まず導入しろと言う」

「――――」

「――――」

「表向きは」活田は続ける。「『選挙の効率化とコスト削減』が目的だが――システムを導入しようとしているのは瀬踏大三と〈日中議連〉のメンバー、大手の広告代理店と、大手人材派遣会社も嚙んでいる。経団連も導入に大賛成、そしてシステム構築をやっているのは中国企業だ」

「――!?」

何だって。

夏威は眉を顰める。

電子投票システム——

さきのアメリカ大統領選でも使われた、あのシステムに似たものか。

それを、わが国の選挙に……？

（………）

政権与党の中で、経済界と組む形で、そのようなことが進められていたのか。

「それを」

活田の背中が言った。

「その動きを、俺が今、独りで止めている状態だ」

「俺が総理になる時」

活田は息をついた。

「瀬踏大三は『財務大臣にしろ』と言って来た。力関係から、抑えきれない。何とか、党幹事長のポストを用意して、閣外へ追いやったが——」

「………」

「………」

「うぬぼれて言うわけじゃない、しかし、党内で今、瀬踏に逆らえる——対抗できるのは俺だけだ。オリンピックの時期の後は、どのみち衆議院の任期切れで総選挙になる。俺がどかされたら、次の総選挙からは中国製の〈電子投票システム〉が、わが国の国政選挙で使われる」

活田誠勝は、珍しく、苦々し気な声を出した。

「そうなったら——二十年後にはこの国の国民は、どうなっているんだ、畜生」

松島基地
独身幹部宿舎　女子棟

夕刻。

「ただいま」

ぽつり、と黒羽はつぶやいた。

ときどき、一人の居室へ戻った時につぶやくことがある。

意識したことはないが。

昼間のフライトが、うまくいった時にそうすることが多い。

「――と言っても、誰もいないか」

小声で、自分へ言いながら飛行服姿の黒羽はベッドの上へショルダーバッグを投げる。

シャワーは、後でいい。

覚えているうちに、やってしまおう。

今日は、午前中のフライトで、五輪開会式の〈科目〉へ向けての準備が概ね整った。

小松では、編隊飛行はF15でやっていた。機体の小さいT4では、目測で間隔を摑むのが難しい。

密集編隊よりも、ある程度の間隔をあけた編隊の隊形をキープするのは思いのほか、難しかった。でもそれも今朝のフライトでだいたい、慣れた。

コト

椅子を引いて、座る。

小松でもこうして、フライトから戻ると部屋の机で、白いA4の紙を前にして、その日にあったことを『すべて』書いていた。シャープペンを使い、機を表わすシンボルと、諸元の数字、自分のした操作、その結果どうであったか――機のシンボルと、飛んだ軌道――空間に描いた軌跡を描いていく。

一時間のフライトを再現するのに、だいたい三時間かかる。

これだけ飛行をしてきて、慣れたつもりでいても。毎回、驚くくらいに新しい発見はあった。

昼間の情況――上空で自分が取った一挙手一投足、他機との交信、手順の処理、思い出して描いていると夢中になる。時間はすぐに過ぎてしまう。この振り返り作業を、初級課程の訓練生の頃から毎回、毎日毎日繰り返して来た。

なぜそうして来たのかと言うと。

（――――）

黒羽はふと目を上げ、机上の本立てに差し込んだ黒い背表紙を見た。

分厚い糸綴じの、ノートの背表紙だ。使い込まれ、擦り切れているのを何度か自分で修繕した。

引き出して、手に取ってみる。

表紙に名がある。『帝国海軍　鏡龍之介(りゅうのすけ)』。

ラダーのフルに効くT４、か——

茶色がかったページを、めくってみる。

（高速域でも、気をつけないと凄い廻り方をする——お祖父ちゃんの九六戦の技、何か使えるかな）

あの五番機。

白とブルーの機体。

ノーマルのT４だと思って下手にぶん回すと、大変な目に遭う……。

（…………）

ブルーインパルスのアクロ仕様機には、ラダーのリミッターが無い。

二五〇ノット以上の中・高速域でも、平気でフルに舵角を取るのだ。

試しに今朝、訓練空域へ出たところで、ウォーミングアップ代わりにバレルロールをやってみた。

あの〈コークスクリュー〉の時の六番機のように、螺旋状にクルクル廻らせてみよう、と思ったのだ。

驚いた。

ラダーは、通常は『ヨー軸』つまり機首を振れさせる動きに使う。

しかし速いロール機動では、軸周りの回転を速めるために、エルロンと合わせて使う。

三〇〇ノット、やや機首上げにして、六番機の動きをイメージして、見よう見まねで操縦桿を左へ倒し左ラダーをぐい、と踏むと。

その途端、マスクの中で息を呑んだ。

まるで竜巻のように世界が回転した。

後席で依田美奈子が「きゃっ」と悲鳴を上げた。

一緒に乗せるようになってひと月近く、細面の印象からは意外なほど度胸が据わっていて、フライト中に声など上げることは無かったのに――

黒羽は、三〇〇ノットでラダーを踏み込んだ時の機の挙動と感覚を、思い出せる限り紙面へ書き込んだ。

チームの皆は、今夜は飲みに出かけている。

一番機の二弓三佐が「だいたい形になって来たな」と評価してくれたので、開会式の本番を六日後に控え、一息入れに行ったのだ。

黒羽も誘われたが、遠慮した。

付き合いたくないのではない。フライトで得た感覚を、時間が経つことで忘れるのが嫌なのだ。指に間隔が残っているうち、書き残してしまいたい。

作業に集中して、Ａ４の用紙三枚に入り組んだ曲線と図を描き終わり、シャープペンを置くと。

いつの間にか、二時間経っている。

「――――」

あと、六日か……

机上に出した携帯の画面の、日付と時刻表示に目をやると。

ブーッ

その携帯が、短く振動した。

5

松島基地
独身幹部宿舎　女子棟

（？）

黒羽は、猫のような目で机上の携帯を見やる。

メールが入っている――

発信者は『岩谷美鈴』。

そうか。

昼間の写真でも、送って来たか。

思った通り。開くと、メールには写真が添付されている。

飛行服姿の岩谷美鈴と、自分――機体の横で、搭乗前に美鈴の携帯で撮ったものだ。

『黒羽さん、ありがとうございました。すごい記念。すごーい』

すごいはいいけど。

この写真、ドラマの宣伝とかに使うなよ……。

心の中でつぶやくと。

ちゃんと『非公開にしますね』と文面の末尾に添えられている。

あの子らしく、考えてくれてはいる——

（——だけど、メイキングのＶＴＲには映り込んじゃったからな）

搭乗からエンジンスタート、タクシー・アウトのところまで、取材用のＶＴＲカメラに撮られてしまっている（あの沢渡有里香が番宣の撮影を兼ねて取材に来ている）。

ま、いいか。

息をつく。

もし、自分の姿が番宣の映像に映り込んでいても。視聴者は、後席に乗り込んでいるのは渡月夕子（わたづきゆうこ）役の秋月玲於奈（あきづきれおな）だ、と思うだけだろう。

妹の露羽（つゆは）は、あれ以来、体調を崩すこともなく撮影に取り組んでいるようだ——

（…………）

ドラマ、か……。

――『困ったことがあったら』

「…………」

黒羽は、唇を噛む。

目をつむり、昼間のことを思い出す。

今日は。昼過ぎからは、ドラマの撮影に協力し、岩谷美鈴をT４の前席に乗せて模擬離陸を行なった。

後席は教官席だ。操縦もエンジンスタートも、前席と同じように行なえる。

出発前、黒羽は後席について、始動前のセットアップを行なった。

その間、前席に収まった美鈴は、世話役の奈良橋三尉から説明や注意を受けていた。

奈良橋吾郎は、搭乗梯子の上から前席に屈みこんで「ここと、ここには触らない」と説明している。

美鈴は「はいっ、はいっ」と元気な声だ。

「わからないことは？　何か、困ったことある？」

「大丈夫ですっ」

あぁ、まずい。

思い出してしまう。

「…………」

机に負かったまま、黒羽はうつむいた。

――『永射省吾（ながいりしょうご）です』

（…………）

――『今回の撮影で、世話役をします。何か、困ったことがあったら、言って』

どうして。

死んじゃったのよ。

（二番機にしてくれるって――約束したのに）

独身幹部宿舎　女子棟
談話室

黒羽はマグカップを手に、廊下を歩いて行くと談話室に入った。

照明はついていたが、しん、としている。

「――――」

ハーブティーのお湯を、もらいに行こう。

思いついて、部屋を出て来た。

気分も変えたい。

黒羽は夕食というものを、普段、ほとんど食べない（フライトの日は朝食と昼食。フライトの無い日は、一日に一食しか食べない）。

今夜も、自分用に店でオーダーして調合してもらったハーブティーだけで済まそうと思っていた。

お湯だけあればいい。

松島基地でも、独身幹部宿舎の女子棟は、倉庫の二階を改装して造られている。

住人は少ない。

自分の他に、気象隊と整備隊の女子幹部が数名いるきりだ。

廊下の両側に居室のドアが並ぶばかりで、殺風景だ。

二階の端に、共用の談話室――ラウンジがある。ソファとTV、それに湯沸かしポットが置かれているが、人のいるところを見たことがない。

（あれ）

古い大型TVに向かって、低いテーブルと、ソファがある。

古びた長いソファ（基地内のどこかの施設から、お下がりをもらって来たのだろう）の上に、一本のギターが置いてある。

天井灯を跳ね返し、それだけが明るい茶色に、光っているように見えた。

ギターか。

誰のだろう。

ここに宿泊するようになって、ひと月になるが。

こんな楽器を、置いてあるところを見たことがない。

（新品かな）

気になって、覗くと。

真新しい感じだ。

ニスの匂い。

誰かが街中で買い求めて、ここに置いた――置き忘れたのか……？

「…………」

黒羽は自分の左手を見た。

そういえば――最近、指を動かしていない。

小松ではF15に乗っていた。スロットルレバーにはたくさんのスイッチがついていた。レーダーや、火器管制。無線やスピードブレーキの操作も、すべて左手をスロットルに置いたまま指で操作する。

一方、T4は練習機だから、スロットルはただのレバーだ。

最近、指がなまっている気がする――

悪いかな、と思ったが。

黒羽はマグカップをテーブルに置くと、ソファに腰を下ろした。

ギターを持ち上げて、抱きかかえるようにした。

「うん」

軽く弦を弾いてみる。

チューニングは、されている。


十年ぶりかな。

芸能界へ入るきっかけとなったオーディションで、弾き語りをした。他の子たちとの違いを出そうと、自分なりに考えた。

ギターを触るのなんて、あれ以来か……。

ポロン

構えると、指が自然に動く感じだ。

（――――）

黒羽は周囲を見回し、誰もいないのを確かめると、少し弾いてみた。

オーディションで演(や)ってみせた曲――こうだったかな。

左手の指で弦を押さえ、右手で弾いた。自然と低く、声が出た。

木綿の服をなびかせて
よく笑うあの娘も
いまでは大人の恋をして
僕を忘れたろうか

「……？」

ふと気づいて、手を止めた。

後ろに、誰かいる。

「あ、ごめん」

ラウンジの入口に、いつの間にかほっそりしたシルエットが立っていて、黒羽の方を見ていた。

「邪魔をしたかしら」

「いいけど」

黒羽は、依田美奈子——飛行服姿の女子幹部に応えると、ギターを脇に置いた。

「もっと、聞かせて」

ほっそりした女子幹部は、ラウンジに入って来た。

防衛省本省の広報部所属だという。

ひと月前——黒羽が赴任したのと同じ日に、松島基地へやって来た。階級は同じ二等空尉。

今回のオリンピック開会式へ向けてのブルーインパルスのミッションを、記録するのが任務だという。

特に『女子パイロットがブルーに参加する』ところは重点的に映像に撮りたいので、訓練の段階から黒羽の後席に搭乗する。そのために〈減圧訓練〉も受けている。

宿舎も、同じ女子棟に居室をもらっている。寝起きまで、毎日ほぼ一緒だ。

「素敵ね。歌」

「——」

黒羽は、苦笑した。

美奈子は、特徴のある切れ長の細い目で黒羽を見ながら、ソファの向かい側へ座った。

狐さん、か。

本人には失礼だから口には出さないが、そんな印象だ。

「鏡さん、飛行服姿のままなのね」

「あなたも」

黒羽は、差し向かいの美奈子を見た。

自分は、部屋へ戻るなり、すぐにフライトの振り返りをした。そのまま没頭したので、この格好だが。

依田美奈子は、宿舎へ引き上げてきても、することはあるのだろうか――？

ひょっとしたら。自分と同じように、記録をつけたり、撮影した素材を整理したり、作業していたのか。

「仕事熱心なのか。それとも、まさかその格好が好き？」

「――両方、かな」

小首をかしげるような仕草で、依田美奈子は斜めに提げていた四角い黒いバッグ――カメラバッグだろうか――を肩から外し、脇に置いた。

「結構、気に入っているわ」

総理官邸　地下
オペレーションルーム

「海上幕僚監部より連絡が入った」

夏威総一郎は、ＰＣの画面を見ながら言った。

「よし――自衛艦隊司令部では、日本海におけるイージス艦の展開を、開会式前日までには完了させるそうだ」


地下のオペレーションルームへ戻ってからも。

夏威はずっと、円城と共に警備体制――防備の構築の作業に忙殺されていた（今夜も、オペレーションルームに泊まりになるだろう）。

懸念は尽きない。

本当に、撃って来たりするのか。

中国の影響下にあると思われる北朝鮮が、東京オリンピックの開会式の最中に本当に弾道ミサイルを〈誤射〉するのか――？

どうなるのかは、分からない。

中止させたいために脅しているだけなのか。

親中派議員を通した〈脅し〉に対しては、今は譲歩しない……。

〈奴ら〉の脅しに屈するわけには行かない――それが活田総理の言葉だ。

譲歩はしないが。

開会式まで、まだ五日と十二時間くらいある。

情況は変わるかもしれない。また、ぎりぎりまで、政治判断を変える余地もある（東京オリンピックの催行者は東京都知事という立て付けだが、総理が必要と認める場合は、都知事へ要請して中止させることになる）。総理が判断を翻し、『中止』の決定が出るかもしれない。

自分たち官僚は、今は警備と防備の態勢を、出来る限り完璧に近い形へ持って行くだけだ。それしかすることがない――

「衛星はどうだ」

円城が訊く。

「半島の監視は」

「出来る限り、やっている」

夏威はPCの画面を、〈内閣衛星情報センター〉からの画像に切り替える。

「だいたい、常時見えている。わが国の情報衛星を総出で監視に向けているから、何か動きを摑んだら、衛星情報センターから知らせて来る」


「ところで」

夏威は、ドーナツ形テーブルの一つ置いた席でPCに向かっている円城に問うた。

「さっき、総理の言われていた〈電子投票システム〉。あれはやばいものなのか」

「――あぁ」

円城は、自分のPCの画面を渋い表情で眺めながら、横顔で応える。

「昨年から大手の広告代理店が、与党の執行部へ売り込みをかけていた。瀬踏幹事長が『これはいいものだ』と言って、導入へ向け動き始めた」

「政府ではなくて、与党執行部へか」

「そうだ」

「――」

「広告代理店が売り込んだのか、あるいは幹事長が、売り込みに来させたのか——そのあたりははっきりしない。ただ、お前も見ただろう。この間のアメリカの選挙を」

円城は、アメリカとおぼしき方角を顎で指す。

「勝てる見込みのない候補者の票が、なぜか夜中に、一瞬で十万票も増えた——あれと同じことが、わが国の国政選挙でも起きるかもしれない」

「——」

「瀬踏大三の身辺は」

円城は続ける。

「洗ってはいるが、なかなか尻尾は見せない」

「そうか」

「実は、瀬踏が他にも、何か企んでいる可能性がある」

「他にも……？」

「そうだ」

円城はうなずく。

「俺のところ——情報班で、考えられる限りの〈対策〉は取っているが」

松島基地
独身幹部宿舎　女子棟

「鏡さん」

依田美奈子は、切れ長の目で黒羽を見た。

ラウンジのソファで差し向かいに座り、脇にカメラバッグらしき物を置いている。

「ところでね。お願いがある」


「……？」

何だろう。

かしこまって、言われた気がした。

この人は——不思議に表情が読めない。

美形だとは思うのだが……。

ひと月近く一緒にいて、不思議にふわふわした感じだ。

「何」

「あのね」

美奈子は、唇を嘗めるようにしてから、言った。

「今度の開会式で飛ぶの、やめてくれないかしら」

（……!?）

何だ。

今、何と言った……？

黒羽は見返すが

「辞退して欲しい」

美奈子は繰り返した。

「開会式で、飛ばないで」

「どうして」

「どうしても」

「……？」

黒羽に見返されると。

美奈子は細い目を伏せた。

「ごめん」

「あの」

いったい、何を言い出すのか。

この人は。

広報の仕事で、撮影や記録に来ている――そう言っていた。

わたしを撮る、と言う。

わたしを撮るために後席に乗る。あまり他人を乗せて飛んだことは無いけれど、美奈子はフライト中には無駄口もきかず、多少の機動をしても平気で座っている。

邪魔にならないから、最近は二人で飛ぶのにも慣れてきたところだ。

それが――

「あなたの、本来の仕事は」

あなたの本来の仕事は、開会式で一緒に飛ぶことではなかったのか。

そう訊こうとしたが。

「鏡さん」

美奈子は、脇のカメラバッグを開いて、何か取り出した。

手帳のようなもの。

「ごめんなさい。わたしの本当の身分は、違うの」

「え」

「防衛省広報部の広報官、というのは本当。内閣府から要請して、正式に辞令を出してもらった。空自の二等空尉という階級は――本当は、わたしに相当なのは二等空佐だったらしいんだけれど、あなたに合わせてもらった」

「――どういう……？」

どういうことだ。

わけが分からない。

訝る黒羽に

「見て」

依田美奈子は、手にした黒い手帳のようなものを拡げ、面を黒羽に向けた。

「わたしの本当の身分は外事警察官。所属はＮＳＳ――内閣府の下にある国家安全保障局の、情報班」

「――国家安全……？」

「国家安全保障局」

美奈子は繰り返した。

「内閣府直轄で、わが国の安全を護る」

「………」

黒羽は、示された身分証――警察のＩＤか――を見た。

確かに美奈子の顔写真と、階級が記されている。

「……警視？」

偉いのか……？

よく、分からないが――

警部とか警部補とかよりは上なのだろう。

「キャリアだと、わたしの歳で、このくらいになる」

「キャリア？」

黒羽は目をしばたたき、目の前の女子幹部――いや外事警察官だという細面を見る。

年齢は、同じくらいだと思うが……

「東大とか？」

「うん」

「鏡さん、正直に言います」

「何を？」

「あなたに、スパイの嫌疑がかかっている」

「――えっ」

黒羽、目を見開いた。

6

松島基地　独身幹部宿舎　女子棟

談話室

スパイ……!?

（いったい）

黒羽は思わず、目を見開く。

いったい、何の話だ。

「あのね」

依田美奈子は続ける。

「オリンピックの開会式の時、新国立競技場の上空へ進入できる航空機は、ブルーインパルスだけなの」

「それが」

それに、どんな意味があるのか。

「ブルーインパルスに女子を入れろ、と政府へ圧力をかけたのは」

美奈子は言う。

「与党の幹事長なの。瀬踏大三と言う人物」

「…………」

「きっかけは、JOC組織委員長の『女性蔑視発言』問題だったけれど。幹事長の目的は、与党がマスコミや野党から追及を受けるのをかわすためだけだったのかもしれない――でも、それだけではないのかもしれない。

航空自衛隊に、わずか一か月の準備期間でブルーインパルスに交じって飛べる女子パイロットがいるのかどうか。その条件で探すと、たぶん、あなたしか候補にあがらない。訓練中の成績とか、戦技競技会での戦績とか、検索してみると、あなたしか」

「…………」

「あなたが選ばれるのを予想したうえで、瀬踏大三は『女子を入れろ』と言ったのかもしれない」

「だから――って」

「鏡さん」

美奈子は、黒羽を見て言った。

「あなたに関しては。防衛省内に機密データのファイルが存在する」

「え」

「あなたに決まってから、わたし、あなたのことを急いで調べたわ。飛行経歴から――入隊する前のことまで遡(さかのぼ)って」

「…………」

「女優、妹さんに押し付けて、空自に入ったんでしょう」

「…………」

「そんなことまで」

「省内の機密データには、さすがに、そんなこと書いてないわ」美奈子は頭を振る。「本当はあなたが『秋月玲於奈』なんだとか、そこまでは」

「――――」

「そこはわたしが、自分で調べた」

「――――」

「十年前」

美奈子は、視線を上げて天井の方を見た。

「あなたは、自衛隊を舞台にしたドラマに出ている」

そんなことを。

調べた、というのか。

（――――）

黒羽は、本当は外事警察官だという女子幹部の顔を見た。

見覚えは無い。

でも、不思議だけれど、この声──語り口を聞いていると嫌な感じはしない。逆に、親近感のような……。

何だろう。

この人は、何だ。

「ドラマは」

依田美奈子は続けた。

「〈天翔ける広報部〉──防衛省の広報部を舞台にしていた。元パイロットの広報官が、TV局の女性ディレクターと組んで、奮闘するお話」

「──」

「あなたは、ちょうどデビューして半年──ゲスト出演だった。ドラマの中で、新人のパイロット訓練生が飛行訓練で奮戦するエピソードがあって。あなたはその回に女子の航空学生の役で出演した。本当はシリーズの中の一エピソードに過ぎなかったのが、あなたは人気が出て、その後数回、出演した」

「……………」

「芸能界をやめて、空自へ入ったのは。おそらく、その時がきっかけね。それ以外に、女優と自衛隊パイロットの接点なんて、無いもの」

「…………」

「翌年、あなたが本当に航空学生で入隊した時、ちょっとした評判になった。『秋月玲於奈そっくりの訓練生が入った』って。でも、『秋月玲於奈』は引き続きTVや映画やCMに出続けていたから、みんな騙（だま）された」

美奈子は黒羽へ視線を戻した。

「わたしも」

黒羽は、息を呑んだ。

この人は。

そんなことまで調べて、わたしの後席に座っていたのか。

なんてやつ――

気持ちを察したように、美奈子は黒羽を見て、詫びるようにした。

「ごめんね」

「黙っていようかと思ったんだけれど。今日、岩谷美鈴さんと二人で、仲良さそうにしていたでしょう」

「それが？」

「あなたたち二人に、嫌疑がかかっている」

「え？」

「何かが起きる前に、何も起きないようにしたいの」

どういうことだ……？

黒羽は眉を顰める。

「どういうこと」

だが

「空自でＦ15のパイロットになった後」

美奈子は問いに答えず、さらに続けた。

「あなたは一度、妹さんと間違われて拉致されています」

「…………」

「〈ピースバード事件〉。あなたはコンテナに閉じ込められて、ＮＰＯのチャーター機で北朝鮮へ連れて行かれた。その機内に——偶然かしらね。学生使節団のメンバーとして岩谷美鈴さんもいた。あなたは美鈴さんを伴って、チャーター機の７６７を奪取、半島から脱出して生還している。でもね」

「？」

「鏡さん。どうして、そんなに簡単に帰れたの？」

何を、言っている……？

簡単――？

「ごめんね」

美奈子はまた詫びるようにして、続けた。

「防衛省の機密ファイルには。〈事件〉ではあなたがＮＰＯのチャーターした７６７を奪取して、使節団の少女たちを伴って帰還した――それしか記されていない。でも、こう見ることも出来る」

「……？」

「あなたたちは、拉致された先で工作員として教化され、送り返された。だから簡単に帰って来られた」

「まさか」

「待って」美奈子は訴えるような声になる。「ＣＩＡのマニュアルで訓練されて、諜報活動をしていると、こういう考え方になる」

「………」

「何の証拠もない。でもわたしは——わたしたちは、オリンピックを無事に開催するためにあらゆる可能性を考えて、危険の芽を摘み取らなくてはならないわ」

「もしも」

美奈子は、目を伏せ、唇を噛んだ。

「あなたが、親中派議員を通じて、どこかから〈指令〉を受けていて。開会式の真最中に新国立競技場の上空で突然、変な挙動を始めたら」

「——？」

黒羽は、美奈子の表情に目を引かれる。

普段はあまり感情を表わさないのに。みるみる苦し気になる。

おそらく歳は同じくらいだろう。細身の飛行服姿は、傍らに置いた黒いカメラバッグに右手を置いた。

「万一、あなたが突然、下の競技場へ向けて変な挙動に出たら。急に突っ込もうとしたら。わたしはあなたを、警察官職務執行法に基づいて、後席から銃を突き付けて止めなければならない。あなたが言うことを聞かなければ――」

でも。

いったい。

この人は何を言っているんだ。

わたしが、スパイ――!?

「ちょっと」

「あなたを」

美奈子は目をしばたたいた。

「あなたを撃ち殺して、機体を海へ向けて、ベイルアウトする――そこまでの操作は、メーカーのシミュレーターを借りて練習して憶（おぼ）えて来た。それが、わたしに与えられた任務。でもそんなことしたくない」

細い目が赤い――

この人は、本気で言っているのか。

「わたし、あなたがスパイでもいい」

「え」

「スパイでもいいから、何もしないで」

7

松島基地　第十一飛行隊
オペレーションルーム

六日後。

二〇二一年　七月二三日。

一一〇〇時。

「要領を確認します」

オペレーションルームに、午前中の陽が差し込む。

強い日差しだ。

ホワイトボードの前に立つ奈良橋三尉が、空間に着席する全員を見回した。

ボードには飛行経路——三浦半島から東京都心部までの地形図が貼られている。

「本日午後」奈良橋は、手にしたレーザー・ポインターで地図の都心部を指す。「開会式会場上空の〈実施空域〉は、高度一〇〇〇〇フィート、プラスマイナス一〇〇〇フィート。会場周辺一〇マイルには報道ヘリは一切入れません。我々だけで占有します」

（————）

沢渡有里香は、飛行服に身を包んで、オペレーションルームの端の席にいた。

いよいよ、今日か……。

本番を前にした出発前のブリーフィングだ。

空気は、張りつめてはいるが、あまりピリピリしてはいない。

大テーブルを中央に着席しているパイロットたちは、いつもと変わらない『通常の緊張感』に見える。背を椅子に預け、皆リラックスした姿勢だ。

有里香は、今日乗せてもらう予備機のパイロット・貌川(かおかわ)二尉の隣で、ブリーフィングの進行を見守っていた。

（——いつも通りだな……鏡さんも）

見回すと。

オリーブグリーンの飛行服の群れ（今日は『本番』だが、観衆の前をウォークダウンするわけではないので通常の飛行服だ）の中に、ほっそりしたシルエットが二つ。

鏡黒羽も、チームの一員として自然にしている。

猫のような目でボードを見ている。

その横に。

あの狐のような印象の女子幹部もいる。いつも肌身離さない黒いカメラバッグを肩からかけて、お腹の上に置いている。

いつもつかず離れず、黒羽と一緒にいるが、ここ数日はあまり会話をしていないように見える――

「我々の描く五輪の輪は」

奈良橋の話が続き、有里香は視線をボードへ戻す。

「直径六〇〇〇フィートの円を五つ」

「――」

「――」

全員の視線が、ボードに注がれる。

「それぞれの円は」

奈良橋は、地図の横にマーカーで描いた機動図をポインターで指す。

「隣の円と、一〇〇〇フィートずつ重なります。カラースモークは一番機が青、二番機が黄、三番機は黒、四番機が緑、五番機が赤」

すると

「練習で、何度もやった通りだ」

二番機の財津一尉が立ち上がり、ボードの図を指した。

「直径六〇〇〇フィートの円は速度二五〇ノット、二Gをかけ六〇度バンクで水平旋回すれば描ける」

「――――」

「――――」

「ターン開始後、バンクを確立したら一番機の『スモーク、ナウ』のコールで噴射、三六〇度を旋回し、自機のスモークの後尾へ突っ込んだならばスモーク・オフ、急上昇し会場上空から離脱する」

「重要なのは」

奈良橋が引き取って続ける。

「各機の間隔を保つこと。このように、一番機の真後ろ七〇〇フィートに三番機、その七〇〇フィート後方に五番機」

（――――）

有里香は説明を聞きながら（すでに訓練のブリーフィングで何度も聞いた内容ではある）、飛行服の脚ポケットから携帯電話を指で引き出すと、その画面をちらと見た。

あれから。

ひと月ほど前、ふいの着信があってから、カン・シウォンからのコールは無い。

気づかないうちにかかって来ていないか、着信履歴も気を付けて見ているのだが……。

NSSの夏威総一郎からは『何か分かったら教えてくれ』と言われていたが。

何もないまま、とうとう本番の日だ――

（――カン記者は）

無事なのだろうか。

いったい、この間は、どこからわたしへコールして来たのだろう。

大八洲新聞のソウル支局に調べてもらっているが、依然としてカン記者の行方は、分からないままだという。

「二番機は」

奈良橋は確認するように、ボードの図をポインターで指す。

「一番機の斜め左後ろ、四十五度の位置。四番機は二番機の七〇〇フィート後方に占位。二番機の位置決めが最も重要です」

「うむ」

テーブルの横に立っている二弓三佐がうなずいて、引き取るように言った。

「念のため、隊形を整えるのに五分間の水平直線飛行の区間を設定した」

「――」

「――」

「ここだ」

二弓は、ボードへ歩み寄ると、三浦半島から都心部までが入っている地形図を下から上へなぞるようにした。

「神宮外苑上空まで、五分間の水平飛行を確保するため、待機ポイントはここだ。神奈川県の江ノ島上空にて、我々は五機で待機旋回に入る。タイミングを見計らい、一番機を先頭に待機パターンを離脱したら、神宮上空までの五分間で隊形を整える」

「東京上空の天候ですが」

ボードの反対側に控えていた気象隊の幹部が、報告した。

「快晴です。午後に至るまで、邪魔な雲は出ません」

「よし」

打ち合わせを引き取るように、隊長席から竜至二佐が立ち上がった。

「スケジュールだが。もう一度、確認してくれ」

「はい」

奈良橋は、自分用のニーボード（膝に括り付ける小型のボード）に貼り付けたメモを読み上げた。

「開会式の開始は一二〇〇時――正午。一二四〇時に、選手入場行進が完了。続いて、JOC、IOCの会長挨拶、東京都知事の『開会』宣言の後、五輪旗が前回の開催都市の市長から引き渡され、聖火ランナーが入場、点火。選手宣誓と同時に一万羽の鳩が放たれて飛び上がります」

「――――」

「場内の観客の視線が、鳩を追って空へ向いたところで、ブルーインパルスが会場上空へ進入、VIPボックスから見上げ角七〇度――上空一〇〇〇フィートにて編隊をブレーク、五輪の輪を空に描きます」

「タイミングとしては」

二弓がうなずいた。

「聖火ランナー入場と同時に、江ノ島上空を出ればいい」

松島基地　司令部棟

女子化粧室前

「これから出ます」

本番のミッションは、松島から東京への往復も含めて二時間ほどのフライトだったが。

もちろん、フライト中はトイレになど行けない。

ブリーフィングが済んだ後、装具室でGスーツなどを着ける前に、有里香は化粧室へ寄っておいた。

思いついて、東京の局の報道部へも電話した。

「江ノ島経由で、東京です」

『おう』

報道部オフィスにいるのか。

ざわついた空気を背にして、八巻貴司の声は応えた。

『こっちも、今朝から大忙しで大変だ――カメラ、取りおとすんじゃねえぞ』

「わかってます、大丈夫ですよ」

『何が忙しいって、お前』

八巻は、後ろのスタッフに『あれをそうしてくれ』と指示しながら有里香にも言う。

『急に、NHKが中継を取りやめたんだ』

「――えっ」

どういうことだ。

NHKが――？

有里香は携帯を耳につけたまま、眉を顰める。

中継を、取りやめ……？

八巻の声は続ける。

『NHKが、新国立競技場へ中継に来ない。連中の開会式の特番は、遠くからの空撮と、スタジオ解説だけだそうだ。なんだか知らないが、急に、局の方針だとさ』

「――――」

『VIPボックス近くの、いい場所が空いたんだ。今朝から各局で取り合いだ』

「――――」

『じゃな。生きて帰って来いよ』

何だろう。

有里香は、違和感を覚えながら携帯を切る。

そこへ
「――はい」

横から、誰かの声がした。

返事をする声。

目を上げて、見やると。

（――あの人か）

目の細い、特徴的な顔の女子幹部が携帯を耳につけている。

自分同様、どこかへ『これから出る』と報告しているのか。

小声だから、話している内容は分からない。

（あれ……？）

有里香は、でも依田美奈子の手にしている携帯――黒い、ごつい感じの携帯電話に目を引き付けられた。

スマートフォンではない。

あの人の使っている携帯、イリジウムだ……。

いいなぁ。

衛星携帯電話か。

衛星経由で通話をする衛星携帯電話は。普通は電話の通じない南極でもエベレストの頂上でも、災害地でも、地球上であればどこでも通じる。

エベレストの頂上でも通じる、ということは。

(上空一〇〇〇〇フィートを飛行中でも、たぶん通じるよな)

そうか。

わたしも局に頼んで、レンタル品を支給してもらえばよかった——

カン・シウォンのことが気になっていたせいか。

今まで、思いつかなかった。うまくすれば上空から『実況』が出来たかもしれない(今頃気づいても遅い)。

総理官邸　地下
オペレーションルーム

「新国立競技場、観客の入場は順調です」

情報席からスタッフが振り向き、報告した。

「今のところ、トラブルの報告なし」

「——」

夏威は、オペレーションルームの全スクリーンへ情報や映像を出し、ドーナツ形テーブルの総理席から情況を俯瞰していた。

今日は、活田総理も主だった閣僚たちも新国立競技場へ行っている。

夏威と円城で、守りの指揮を預かる格好だ。

スクリーンの一つには、新国立競技場の場内の様子が映し出されている。

無数の人影――六三〇〇〇人の観客が、席について行くところだ。

最終準備は、順調か――

「警察庁からの報告は」

「警備中の警察からは、異状の報告なし」

別のスタッフが振り向いて告げた。

「競技場周辺の交通規制も順調。トラブルありません」

「海保から報告です」

別のスタッフが報告する。

「今のところ、東京湾岸、浦賀水道全域、ヘリと巡視艇による巡察では異状を認めず」

「わかった」

うなずく夏威の肩を、横から円城が叩いた。

「今のところ、静かだな」

「あぁ」

夏威はうなずくが
「問題は」

「やはり、あれか」


「――――」

夏威は唇を結んでうなずくと、卓上のインターフォンを押した。

同じ地下六階にある〈内閣衛星情報センター〉とは、直接に話が出来るようにしてある。

「情報センター、情況はどうか」

すると
『夏威班長』

衛星情報センターの担当オペレーターか。声が、早口で応えた。

『ちょうど、ご報告しようとしていたところです。半島内陸部で、ミサイル弾体らしき物を積載した移動車両を発見。山間部で、発射台を動作させています』

「映像を寄越せ」

夏威の指示と同時に、オペレーションルームの空間がざわっ、と緊張した。

「総理はどこだ」

「競技場へ移動中です」

スタッフが振り向いて報告する。

「車内です」

「繋いでくれ。総理へまず報告する」

松島基地　司令部前エプロン

T4ブルーインパルス　五番機

「美奈子」

垂直尾翼に〈5〉のナンバーを描き込んだT4の機体の横で、搭乗梯子に片足をかけた黒羽は、その姿勢で依田美奈子を呼んだ。

飛行服姿の美奈子も、後席の搭乗梯子に足をかけるところだ。

この狐さんは。

外事警察官――NSSの工作員であることを、打ち明けてくれた。

自分の秘密を話してくれたのだ。この人は、わたしの〈敵〉ではない。

黒羽はそう思った。

「わたしは、スパイじゃない」


「…………」

依田美奈子はヘルメットを被った頭で、黒羽を向いた。

細い目が見返してくる。

黒羽も見返して、言った。

「スパイじゃないから、飛ぶ」

「…………」

「あなたもそこにいて」黒羽は顎で、頭上の後席を指す。「〈任務〉を果たせばいい。何事も起きないよ」

「……うん」

美奈子はうなずく。

「わかった。鏡二尉」

「黒羽でいい」

松島基地　司令部前エプロン
T4ブルーインパルス　予備機

「じゃ、行って来るから」

有里香はヘルメットを抱えて、エプロンの一番端に駐機しているT4の機体の横までやって来た。

道振が続きながら、VTRカメラで有里香の様子を撮っている。

撮りながら「気をつけてください」と言う。

「うん」

有里香は機体を仰ぐ。

垂直尾翼にナンバーは入っていないが、白とブルーの塗装の機体だ。

すでに貌川二尉は、前席に入ってセットアップを始めているようだ。
整備員が一名、有里香の搭乗を助けるために待機してくれている。
行かなくちゃ。
だが
(……!?)
ヘルメットを被ろうとすると、有里香の飛行服の脚ポケットで何かが振動した。

8

東京　神宮外苑　路上
内閣総理大臣専用車

「見つかったのは、その一台か」

総理専用車を含む車列は、前後を白バイに固められ、間もなく新国立競技場の関係者用昇降口へ到着するところだ。

後部座席で、活田誠勝は携帯を耳につけたまま、訊いた。

通話は、官邸地下のNSSオペレーションルームの通話システムに直結している。

活田の声は、オペレーションルームの天井スピーカーに出るはずだ。

「ミサイル車両は、その一台だけか。夏威班長」

総理官邸　地下
オペレーションルーム

「一台だけです」

夏威は、総理席に備えられたマイクに応えた。

脇に置いたPCには、〈内閣衛星情報センター〉からの画像を出している。

オペレーションルームの空間全体から、通話に応える夏威へ視線が集中する。

「今のところ、確認できるのは」

「総理」

情報衛星が、低高度周回軌道から超望遠で捉えた画像。

今、わが国の持つ情報衛星をありったけ、半島上空へ投入している。

すぐに画像が切り替わり、別の衛星からのアングルで『その物体』の姿が現われる。

「衛星で『見つけられている』のが一台です――弾体が、垂直に持ち上げられつつあります」

「――」

「――」

スタッフたちが息を呑み、夏威の通話に注目する。

『――』

天井スピーカーから、通話の向こう――車中で携帯を手にしているはずの活田誠勝の呼吸のようなものが伝わって来る。

「総理、円城です」

夏威の横から、円城がマイクへ言う。

「いかがしますか。開会式開始まで、あと十分です」

松島基地　司令部前エプロン
T4ブルーインパルス　予備機

「――あっ」

T4予備機の横。

搭乗梯子の下で、脚ポケットから携帯を指で引き出した有里香は、声を上げた。

振動しているスマートフォンの画面。

表示されている発信者の名。

カン・シウォン――!?

「ちょっと、ごめんなさい」

搭乗を手伝ってくれようとする整備員に「ごめんなさい」と断り、有里香は受信ボタンを押して携帯を耳に当てる。

すぐに

『――沢渡記者かっ』

声がした。

間違いない。

あの韓国人記者だ。

その呼吸が、速い。

どうしたんだ……!?

『聞いてくれ、いいか』

総理官邸　地下
オペレーションルーム

「ミサイルが発射態勢だ。まずい――」

夏威はPCに出た次の画像を一瞥し、つぶやいた。

表示されたのは粗い拡大写真だが。どこかの山間で、十二輪の大型車両に載せられたミサイル――固体燃料中距離弾道ミサイルと見られる細長い物体が、鎌首を起こし、垂直に立ち上がっている。

「――総理」

神宮外苑　路上
内閣総理大臣専用車

『総理、発射態勢です』

「――――」

活田誠勝は、携帯を耳につけたまま、動かない。

何かをこらえるかのように、無言だ。

「総理？」

後部座席の横から、首席秘書官が訊く。

専用車は防音が良いので、活田が耳につけている携帯の声が、漏れ聞こえてしまう。

「今の、その報告は――ミサイルが発射態勢なのですか!?」

「――――」

総理官邸　地下
オペレーションルーム

「駄目だ、発射するぞ」

夏威は「うっ」とのけぞった。

ＰＣ画面へ送られてきた次の画像で、白色の閃光(せんこう)――ミサイル弾体の基部で噴射炎とおぼしき輝きが瞬いている。

まずい……！

（くそ）

胸ポケットで携帯が振動し始めるが、構っていられない。

夏威はマイクへ向けて告げた。

「総理、発射されます！」

神宮外苑　路上
内閣総理大臣専用車

「そ、総理!?」

首席秘書官が、悲鳴に近い声を出した。

活田の耳につけた携帯から『発射されます』という声が聞き取れたのだ。

「どうするんですかっ」

だが
「――――」

活田は無言のまま、動かない。

固まっているのではない、何かを我慢し、こらえている――そのような表情だ。

「総理、や、やめましょう」

首席秘書官が、泣き声を上げた。

「もうオリンピック、やめましょう」

松島基地　司令部前エプロン
T4ブルーインパルス　予備機

「——出ない」

有里香は、機体の横に立ったまま、携帯を耳につけている。

カン・シウォンからの通話は、短く切れてしまった。有里香はその後で、すぐ携帯に記憶させてある夏威総一郎の番号を呼び出した。

知らせなくちゃ。

しかし、コール音ばかりが続く。

唇を噛んだ。

出ない。

夏威さんが、出ない——

(——)

今の、カン・シウォンからのごく短いメッセージ。

有里香が訊き返す暇もなく、息せききったような声は切れてしまった。

今の言葉は、何だったのだ。

聞いてくれ、という言葉に続けて告げられた、あのメッセージは――

とにかく、官邸地下にいる夏威総一郎へ知らせなければ。

しかし夏威は――通話は全然、繋がる気配がない。

「沢渡記者」

頭上から、声がした。

前席についた貌川二尉――この予備機のパイロットだ。

「早く乗ってくれ。遅れてしまう」

「は、はい」

総理官邸　地下
オペレーションルーム

「海上幕僚監部より報告」

情報席のスタッフが、振り向いて叫んだ。

「北朝鮮領内から飛翔体が発射。〈みょうこう〉が飛翔体発射を確認。ただちに、軌道解析にかかります」

ざわっ

「――くっ」

撃たれた。

夏威は、拳を握り締める。

思わず、メインスクリーンを振り仰ぐ。

日本列島周辺の防空情況画面に、海自イージス艦の位置も重ねて表示されている。

小さな緑の舟形シンボルだ。六つ。

頼む。

歯を食いしばり、スクリーンを見るしかない。

いつしか、胸の中の携帯の振動も止んでいる。

「班長っ」

情報席からまたスタッフが振り向いて告げた。

「海上幕僚監部より。〈みょうこう〉が飛翔体の軌道を解析——解析結果が出ました。ロフテッド軌道です」

「何」

ロフテッド軌道……!?

思わず、振り向いた。

「本当かっ」

「間違いありません」

別のスタッフが、情報画面へ送信されてきたグラフを見せ、報告する。

描かれているのは。

真上へ高く放り上げるような、放物線の形だ。

「〈みょうこう〉からのデータリンクで、解析データが来ました。発射された飛翔体はロフテッド軌道——高く上がるだけで、飛距離は伸びません。落下予想水域、日本海の西部」

「——」

「——」

「わが国の本土へは飛来しません。〈みょうこう〉は『迎撃の必要を認めず』。SM2ミサイルは、発射しない模様」

神宮外苑 路上
内閣総理大臣専用車

「――そうか」

夏威からの報告を受けた活田は、携帯を耳につけたままうなずいた。

ロフテッド軌道という言葉は、活田にも馴染みがある。ミサイル実験の報告で、時々使われる。

遠くへ飛ばす意志のない時の打ち上げ方だ。

「分かった。開会式は予定通りだ。引き続き、警戒は続けてくれ」

「そ、総理……」

後部座席の横で、首席秘書官がすすり上げた。

日本海西部へおちます――そう報告して来た声は、横にいても聞こえたのだろう。

活田から見ると、動転しかけた様子だ。

やむを得ないか……。

「今のは、寿命が縮みました総理」

「そうか」

活田は携帯を胸にしまいながら、息をついた。

「だが、思った通りだった」

「え」

「俺は、北の最高指導者は、ある意味〈骨〉のある男だと思っている」

「〈骨〉──ですか」

「食糧援助をしてやるから、東京へミサイルを一発、〈誤射〉を装っておっことせ──そういう取引には乗らなかった」

「………」

「いくら『国連安保理でかばってやる』と言われても、だ。東京へミサイルをおとして数万人を殺傷したら、ただで済むわけがない。やっこさんは食糧援助を引き出して、自分の身も守ったんだ。しかし」

「……しかし？」

「俺が」

活田は、自分の胸を右の親指で指した。

「発射台が持ち上がっただけでびびって、オリンピックを中止にしていたら。まんまと〈奴ら〉の思う壺（つぼ）だった」

「………」

そこへ

「新国立競技場へ到着しました」

運転席からドライバーが告げた。

総理官邸　地下

オペレーションルーム

十分後。

「開会式が始まりました」

スタッフの一人が告げた。

「予定の時刻通りです」


「――――」

夏威はドーナツ形テーブルの総理席で、椅子に背を預けた。

思わず、息をついてしまう。

「各方面、異状ないか」

スタッフたちに報告を求めた。

警察、海保など警備に当たっている各組織からの報告は、いずれも『異状なし』。

「班長、空幕からです」

スタッフの一人が報告した。

「ブルーインパルスの六機が、先ほど松島基地を離陸しました」

「そうか」

夏威は、メインスクリーンを見やる。

「日本海は、とりあえず大丈夫そうだ。首都圏を拡大してくれ」

「はい」

オペレーションルーム側の操作で、空自の防空システムから引っ張って来ている画像を、関東方面のみの拡大表示にする。

関東平野の下に房総半島、三浦半島などがぐうっ、と大きくなる。

ちょうど北関東から、緑の三角形が六つ、密集編隊を組んで南下してくるところだ。

「来ました。ブルーインパルスです」

拡大操作をしたスタッフが言う。

「銚子沖から房総上空、浦賀水道から三浦半島上空を経由して、いったん江ノ島上空へ向かい、そこで出番まで待機します」

「うん」

夏威はうなずく。

そうだ――

(――――)

思い出した。

沢渡記者が、あれの一機に乗っているのだった。

「ブルーインパルスか」

テーブルの横の席で、円城がつぶやく。

「無事に、演技が済んでくれるといいが」

「何だ」

夏威は、円城の横顔が何か含んでいるような気がして、訊いた。

「何か、気になる――」

言いかけた時。

ブーッ

夏威の胸で、また携帯が振動した。

「ちょっと、すまん」

夏威は断ると、胸ポケットから携帯を取り出す。

そう言えば。

さっきも、かかって来ていたようだが――

「――？」

スマートフォンの画面を一瞥し、怪訝そうな表情になる。

沢渡有里香……？

目を上げる。

メインスクリーンだ。

宮城県から、茨城県の海岸線に沿って南下して来た、六つの緑の三角形シンボル。あれがブルーインパルスだろう（ジェット機にとっては宮城から千葉など、短時間でひと飛びのようだ）。

俺が、予備機の後席に取材で乗れるよう、手配したのだ。

あの編隊の中の一機に、沢渡有里香は今、搭乗しているのではないのか……？

「……はい」

訝りながら、着信を受ける。

「私だが」

『夏威班長でいらっしゃいますか。国家安全保障局の』

繋がった通話の向こうは、男の声だ。

誰だ？

『沢渡有里香の携帯から、掛けています』

男は名乗った。

『道振と言います。大八洲ＴＶ報道部でカメラを担当しています』

「――あぁ」

夏威は、合点が行って、うなずいた。

沢渡記者は、確か、相棒のようなカメラマンといつも一緒だ。

道振と言うのか。

デニムの上下に、頭にバンダナを巻いた青年だろう。憶えがある。

「君か」

『はい』

道振の声はうなずくと、続けた。

『沢渡は、お陰様でブルーの予備機に乗せて頂き、先ほど離陸しました。私は沢渡から、この携帯を預けられ、あなたに掛けるように頼まれたのです』

「――？」

『ついさっき、韓国のハングリア新聞のカン・シウォン記者からコールがあったそうです。

聞いたメッセージを、あなたへ伝えるように――』

「カン・シウォン記者？」

夏威は思わず、背を預けていた椅子から身を起こした。

「何を言って来たんだ」

『短いメッセージなのですが』

道振の声は、言った。

『すごく短かったそうです。次の通りです。「三浦半島、貨物――」それだけ告げて、すぐに切れたそうです』

「――――」

三浦半島――？

貨物、と言ったのか。

（――――）

夏威が眉を顰めると

「班長」

背中からも呼ばれた。

「海保からです。緊急の報告です」

9

三浦半島　三崎港沖　海上
海上保安庁　監視ヘリＡＳ３３２ピューマ

「繰り返し、報告する」

海面上、高度一〇〇〇フィート。

金魚鉢のように見晴らしのよいＡＳ３３２のコクピットからは、遮るもののない海面が広がり、正午過ぎの陽を反射して眩しく光っている。

この時刻、南の方角は逆光となり、目視による監視は好天とはいえ難しい（船影などが光に溶け込むとシルエットだけになってしまう）。

船舶監視のため、低空で滞空する大型ヘリのコクピットは、足の下も一部は監視窓となっており、真下すぐに青黒い海面が見えている。

「報告する。先ほども通報した、当該貨物船から離陸した飛行物体は、ヘリにあらず。ヘリにあらず」

サイド・バイ・サイドの座席配置のコクピットで、右側操縦席についた機長が無線に報告した。

「ヘリではない、貨物船から飛び立った機影は、航空機に見えた。低空を高速にて横須賀・浦賀水道方面へと飛び去った。繰り返す――」

総理官邸　地下
オペレーションルーム

「海保からの報告です」

スタッフが、メモに書き記したものを読み上げる（メールではなく、電話で知らせてきたのだ）。

「三浦半島突端の沖を航行中の大型貨物船の甲板より、飛行物体が飛び立った。ヘリではない。低空・高速にて、横須賀・浦賀水道方面へ飛び去った。以上」

「ヘリでもない、ドローンでもない？」

ドーナツ形テーブルの席から、円城が訊いた。

「いったい、何だ」

「低空、高速……？」

夏威も、スタッフに訊く。

「どのくらいの高さで、どのくらいのスピードだ。機種は分からないのか」

「詳しい報告は、まだありません」

スタッフはメモを見る。

「海面上一〇〇〇フィートで監視飛行していたヘリよりも低く、海保のピューマが追跡をあきらめるくらいの速さ──だそうです。機種は判別できず」

「とりあえず、空幕へ通報しろ」

夏威は指示した。

「三浦半島の沖の貨物船なら、まだ距離に余裕は──」

三浦半島。

貨物船……？

待て。

「……………」

円城が、急に口をつぐんだ夏威を覗き込む。

「どうした、夏威」

「班長、すでに空幕――横田の総隊司令部中央指揮所へは、マニュアルに基づいて伝達済みです」

スタッフが言う。

「横田ＣＣＰも了解済み」

「とにかく、今日は」

夏威は言う。

「空幕は、首都圏周辺にＥ２Ｄ早期警戒機を二機、周回させている。低空であっても、アンノンが出現すればすぐに探知される。スクリーンに東京湾を拡大してくれ」

「はい」

「陸幕へ連絡してくれ。念のため、芝浦・汐留地区に待機中のＡＨ64を全機、離陸準備させろ」

「はっ」

「班長」

別のスタッフが呼んだ。

赤い有線の受話器を手にしている。

「横田ＣＣＰからです。さきに指摘された浦賀水道周辺空域に、低空を含め、飛行計画を提出していない航空機は存在しない。探知できないそうです」

「何」

浦賀水道　海上

海上保安庁　ベル412

「湾の入口より、低空を高速で接近中の飛行物体あり」

海面上五〇〇フィート。

房総と三浦半島に挟まれた、浦賀水道は幅五マイルの水路だ。

東京港へ、列をなして入港して行く船舶の通り道に沿って監視に当たっていた中型のベル412ヘリは、浦賀水道の中央部付近で空中に停止すると、横腹を東京湾の入口へ向けた。

「発見した。通報のあった飛行物体だ」

「第三管区本部へ。こちら〈おおとり〉。当該飛行物体は接近中——東京港方面へ向かうとみられる」

右側操縦席の機長は、機体の右横腹を湾の入り口方向へ向けて、海面上を高速で飛来するその物体の前に立ちはだかるようにした。

「これより当該機の前方にて、針路を妨害する」

『了解』

第三管区——首都圏を管轄する海保の本部が、無線の向こうで了解した。

『現在、特別警戒中につき、東京港への接近を規制せよ』

「了解、無線による警告を実施する」

「来る。警告を開始」

東京湾　上空

T4ブルーインパルス　五番機

『――警告する。警告する』

「……？」

高度一〇〇〇〇フィート。

速度二五〇ノット。

宮城県から首都圏までは、ジェット機では、あっという間だ。

すでに房総半島を斜めに横断し、湾の上に入るところだ。

前方視界には、陽光を反射する東京湾の海面、三浦半島の緑が広がっている。

黒羽は座席で顎を引き、耳で水平線の左右の端と、右前方の二番機、右真横の四番機のシルエットを同時に掴みながら操縦桿を保持していた。

編隊は、移動の際の基本隊形――デルタ型編隊だ。

自分の五番機は、デルタ型の左後ろの位置だ。

『接近中の国籍不明機。こちらは海上保安庁。ただちに針路を変え、東京湾外へ退避しなさい。繰り返す――』

何だ……？

無線は、二チャンネルある片方を編隊の指揮周波数。もう片方は、国際緊急周波数に合わせている（ナビゲーションに出る時の標準的なセッティングだ）。送信は、一度に片方しかできないが、聴取は両方同時にできる。

海保が、国際緊急周波数で警告している――？

何だろう。

海上保安庁の、警備に当たっているヘリコプターだろうか。

湾の上で、何か起きているのか？

『接近中の国籍不明――』

プツッ

浦賀水道　海上
海上保安庁　ベル412

「──うわ」

その黒い影は、湾の入り口方向に見えた時には点のように小さかったが、数秒後には急速に大きくなった。

低い。

海面すれすれをやって来る黒い鋭い影──それは正面から見ると、尖った二本の角を生やした『魔物』のようでもあった。

腹の下に白いしぶきを引っ張りながら、みるみる迫る。

「ぶ」

「ぶつける気かっ」

右と左の操縦席についた機長と副操縦士が同時に叫んだ。

「これは」

「F──」

ドンッ

黒い魔物のようなシルエットは、ベル412の横腹にぶつかる寸前で、わずかに右へ傾くとフッ、と瞬間的に横へ移動した。

ほとんど同時に、海保ヘリの機首のすぐ前を通過した。

「うわあっ」

高速で通過した、黒い流線型の引っ張っていた衝撃波がまともに襲い掛かり、中型ヘリコプターはまるでアッパーカットを食らったかのように円(まる)い機首を持ち上げられ、宙で立ち上がるかのように機首上げしながら後退させられ、そのままテールローターから海面の波頭へ突っ込んだ。

総理官邸　地下

オペレーションルーム

「海保より緊急報告」

情報席からメモを破り取って、スタッフが振り向いた。

「ヘリが、やられています」

「何」

「何!?」

夏威と円城が、同時に声を上げた。

いったい。

何が起きている……!?

「海保のヘリか」

夏威が訊くと

「浦賀水道を監視中の海保ベル412です」

スタッフがメモを読み上げる。

「付近を警戒中の巡視艇から報告。正体不明の黒いジェット機が東京湾内へ侵入、警告し制止しようとした海保ヘリが空中接触しかけ、墜落しました」

「黒いジェット機?」

夏威は、思わずメインスクリーンを見やる。

国籍不明機――アンノンが探知されていれば。

空自のレーダー防空システムが探知できていれば、あのスクリーンの中にオレンジの三角形として表示されるはず――

E2Dが出ているんだぞ。

たとえ低空目標だって……。

「空中接触したのか。そのジェット機もおちたか？」

「いいえ」

スタッフは頭を振る。

「当該機は、海保ヘリの至近を高速で通過。ヘリは衝撃波を食らって海面へ叩きつけられた模様」

「――――」

「――――」

「巡視艇の目撃報告によれば、二枚の垂直尾翼を持つ黒い戦闘機です。あまりに速くて、機種、国籍マーク等、読み取れず」

「――！」

「――!?」

全員がメインスクリーンへ視線を注ぐ。

しかし、拡大された東京湾の上には『未確認』を示すオレンジの三角形シンボルは、出ない。

代わりに、ちょうど六つの緑の三角形が一塊になり、浦賀水道を斜めに横切って行くところだ。

夏威の横で、円城がスクリーンを見たまま胸ポケットに手を入れた。何かを取り出そうとする。

「陸幕へ指示」

夏威は言った。

「待機中のＡＨ64を、全機、上げろ。汐留から芝浦までの海岸線に『壁』を作るんだ。都心へ入れるな」

「班長」

別のスタッフが言った。

「開会式は、もう始まっています」

東京湾　上空

T4ブルーインパルス　五番機

「鏡さん」

後席から依田美奈子が呼んだ。

T4の前席と後席は、飛行中は酸素マスク内蔵のマイクを使って、インターフォンで会話する。

「鏡さん、大変」

（――？）

黒羽が前席で目を上げると。

風防に取り付けたミラーで、後席の様子は分かる。

マスクを外している……？

依田美奈子は、いつの間にか酸素マスクを外し、黒い携帯電話のようなものを右手に持っている。

スマートフォンではない、ごつい感じの携帯からは細いコードが伸びて、右の頰の脇からヘルメットの中へ入り込んでいる（イヤフォンを耳に入れているのか……？）。

何をしているんだ。

「鏡さん」

美奈子は、左手に持った酸素マスクを口に当てると、インターフォン越しに言った。

「ＮＳＳから知らせてきた。三浦半島沖の貨物船から、国籍不明の戦闘機が発進。海保のヘリを撃墜して、湾内奥へ向かっている――でも、レーダーに映らないの」

「何」

黒羽は、右手で操縦桿を保持しながら、ミラーの中の後席搭乗者を見返した。

今、何と言った。

国籍不明の――？

美奈子の細い目も、ミラー越しに黒羽を見て来る。

「どういうこと」

「わからない」

美奈子はヘルメットの頭を振る。

「でも、わたしたちのちょうど下――NSSから『そっちから何か見えないか』って」

(――!?)

黒羽は思わず、視野の中で注意を下方――海面へ向けた。

何か、勘が教える。

右下か――

その視界に。

スッ、と細い筆で掃いたように一本の白い筋が伸びた。

海面の上……?

(何だ)

「美奈子」

黒羽はインターフォンに訊く。

「今、何て――貨物船から飛び立った……?」

「そう言ってる」

「テロか?」

訊きながら、視野の中で白い筋のようなものが伸びた先を、見やる。

くそ……。

見えたのは、一瞬だった。

白い筋は、右下――東京湾を奥の方へ伸びて行った。

その方向へ視線を上げる。

入り組んだ形の埠頭と、湾岸の高層ビル群。さらにその向こうに――

「わからないわ」

美奈子の声。

「わからない」

東京港　竹芝桟橋　上空

陸上自衛隊　ＡＨ64Ｄ攻撃ヘリコプター

「アタッカー・ワン、竹芝上空、高度三〇〇。位置についた」

攻撃ヘリコプターは前席・後席の複座だが、戦闘機と違うのは、後席に機長であるパイロットが座るところだ。前席には射撃を担当する射手がつく。

浜離宮を離陸して、予定している警戒ポジションはすぐだ。

濃い緑色のＡＨ64Ｄアパッチは機首を海へ向け、対地高度三〇〇フィートでホヴァリングに入った。

「接近中の〈目標〉のデータを送れ」

しかし

『アタッカー・ワン、データは無い』

浜離宮庭園に展開している前線指揮官が返答して来た。

『空自ＣＣＰから、アンノンのレーダー情報は来ていない。海保からの目視による情報のみ』

「何」

『五〇〇フィート以下の高度で、湾内奥へ侵入中。見えるか？』

「何？」

後席の機長は、前方へ目をやる。

アパッチの後席は、前席よりも三〇センチ高いので、視界に遮るものは無い。

「――？」

何だ、あれは。

何か見える。

視界の右手――湾にかかっているレインボーブリッジの下をくぐって、白いしぶきの筋のようなものが走って来る――海面すれすれを、高速で何かが来る。

ぐっ、と曲がって、こちらへ来る。

「機長、レーダーに映ってない」

前席の射手が、インターフォンで訊いて来た。

「何ですか、あれは」

すでに自衛隊には、政府から〈治安出動〉が発令されている。

テロを働く犯罪者に対し、警察官職務執行法の範囲で、武器が使用できる。

今回の任務は『有人ヘリによるテロへの対処』と聞いて来た。抑止力として、機首下の三〇ミリ機関砲には実弾、短い両翼端のランチャーにはヘリ用ＡＩＭ92スティンガー空対空ミサイル二発を装備している（ただし武器が使用できるのは、テロ犯が警告に応じず、人に危害を加えたり、逃走するおそれが認められる場合のみだ）。

「わからん」

機長は無線の送信を国際緊急周波数に切り替え、警告の用意をしようとするが。

思わず、手を止めた。

ブワーッ

水上を超低空で飛来した、黒い影。

そいつは埠頭の手前で、黒い鋭い尖端を持ち上げて、宙に立ち上がるようにして減速した。

爆発したような凄じい水煙が、黒いシルエットを覆い隠してしまう。

「な」

何だ……!?

二名の乗員が、息を呑む暇もなく。

白い水煙の中から、何かが現われる。

黒い影。

「ホ」

ホヴァリングしている――!?

キィイインッ

黒い、ずんぐりした流線型が、凄じい噴流を真下の水面に叩きつけながら、目の前の宙に停止していた。

正面から見ると昆虫の触角のようにも見える二枚の垂直尾翼。

流線型の背部にはカバーが開き、白煙に半ば隠されているが、尾部の太いノズルは曲がって真下を向いている。

「こ」

「こいつはっ」

機長も射手も、それの知識は持っていたが、実物を見るのは初めてだった。

「――F35B!?」

「機長、友軍じゃないんですか」

キィイインッ

凄じい金属音と共に、水煙の中から黒い魔物のような機体はゆっくりと前進を始めた。

水面の上から、岸壁の上に。

「おいっ」

この機体は、アメリカ海兵隊か……!?

わが国の海上自衛隊には、確かまだ配備されていない。日本の周辺でF35Bを運用しているのはアメリカ海兵隊だけのはずだ。

でも、なぜ海兵隊が――

「おい、止まれっ」

「機長」

射手が叫んだ。

「こいつ、米軍のマークはつけて」

射手が最後まで言い終わらぬうち、黒い機首の下側でチカチカッ、と紅(あか)い閃光が瞬いた。

宙で向き合った形のAH64の機体へ、真っ赤な光点の奔流のようなものが伸び、襲いかかる。

10

東京湾　上空
T4ブルーインパルス　五番機

チカッ

何か、光った。

（――!?）

黒羽の視界の、右横の下――

遠くで紅い閃光のようなものが一瞬、光った。

何だろう。

真横に浮いている四番機――白とブルーのＴ４の機体の下側、湾の奥の東京港の方角だ。

さっき海面に見えた、白い筋のようなもの。

今、光ったのは。その筋の伸びて行った先の辺りだ。

（何か、爆発した……？）

黒羽はヘルメットの頭を回し、右下へ目をやった。

地図の通りの形をした東京湾が、ゆっくり後ろへ動いていく。

六機の編隊は整然と進んでいて、間もなく三浦半島の海岸線にかかるところだ。

（皆は、気づいてない）

それはそうだ。

ミラーへ目を上げると。

携帯のようなものを手にした美奈子も、ちょうど黒羽を見る。

「鏡さん」

またインターフォンに声。

「何か、起きてる」

東京港　竹芝桟橋付近　上空
陸上自衛隊　ＡＨ64Ｄ攻撃ヘリコプター

「アタッカー・ワンがやられた」

五〇〇メートルの間隔をあけて、横一列にホヴァリングしていた総勢十八機のＡＨ64攻撃ヘリ。

その列の中央にいた一番機――〈アタッカー・ワン〉が、ふいに出現した黒い戦闘機によって機関砲らしきものを撃ち込まれ、瞬時に爆散した（携行しているミサイルにも当たったか）。

すぐに両脇から、二機のＡＨ64がメインローターを縦にするくらいの急機動をして、駆け付けた。

しかしすでに黒い戦闘機は内陸方向へ飛んで行った後だ。

「侵入機は、内陸へ――都心方向へ向かった模様。指示を乞う」

『アタッカー・ツー、侵入機の所属・機種を知らせ』

浜離宮庭園に展開する前線指揮所からは、おそらく水煙と爆煙に隠され、何も見えなかったに違いない。

二番機の〈アタッカー・ツー〉からも、その黒い姿は一瞬しか見えなかった。

「かろうじて目視したが」

二番機の機長は、一番機の爆発した後の黒煙を通り抜けながら、顔をしかめてラダーを踏み、アパッチの機首を内陸方向へ向ける。

内陸方向のビルの谷間へも爆煙が流れ込み、視界は悪い。

「侵入機の所属は不明。機種は、おそらくF35B——F35Bと思われる」

『——』

前線指揮官の声は一瞬、絶句したが。

すぐに指示を出してきた。

『アタッカー・ツー、スリーはただちに侵入機を追跡し、抑止せよ』

「アタッカー・ツー、了解」

『スリー、了解』

総理官邸　地下
オペレーションルーム

「陸幕より緊急報告」

情報席のスタッフが振り向き、叫んだ。

「攻撃ヘリが――ＡＨ64が一機、やられましたっ」


「何」

「何っ」

夏威と円城は、そろってメインスクリーンを仰ぐ。

首都圏一帯が拡大されている画像だが――

「もっと拡大しろ、東京港と都心部だ」

メインスクリーンのＣＧのマップがぐうっ、と東京港付近へ寄る。

縦横に走る道路と、ビルの配置まで分かる感じだ。

陸上自衛隊の攻撃ヘリも、緑の三角形としてマップ上に表示されている。港湾の埠頭に沿って横に並んでいる。

そのうち二つの緑の三角形が、街路に沿って北上し始める。

「報告によると」

スタッフがメモを読み上げる。

「竹芝桟橋中央付近にて警戒滞空中のAH64一番機が、侵入した国籍不明戦闘機により機関砲を撃たれ、撃破」

「――――」

「――――」

「国籍不明戦闘機は、目視報告によるとF35B」

「な」

夏威は、目を剝く。

「今、何と言った」

「F35Bです」

スタッフは書きとったメモを示した。

「黒い、垂直尾翼二枚の戦闘機で、ホヴァリングしていたそうです。当該機はAH64の一番機を撃墜した後、内陸方向――都心方向へ向かっています」

都内　港区上空

陸上自衛隊　ＡＨ64Ｄ攻撃ヘリコプター

「侵入機を視認した」

二番機〈アタッカー・ツー〉の機長は、複座の後席から前方を睨んで告げた。

機首をやや下げた姿勢で加速している。

先ほどの爆煙から抜けてしまえば、天候はよい。

竹芝桟橋から道路に沿って内陸へ入り、浜松町駅の海側に立ち並ぶ高層ビル街だ。片側三車線の両側を、ガラス張りのビルの壁面が前方から手前へ猛烈な勢いで流れる。

路上の自動車、トラックなどが操縦席のすぐ足の下をすれすれに擦過する。

その視界の奥、ヘリと同じ高さで飛んで行く黒い後姿。

単発エンジン、二枚の垂直尾翼。

やはり、あれは――

何をしに来やがった。

「都心へ向かっている。指示を乞う」

『侵入機はすでにＡＨを撃破している』前線指揮官は命じてきた。『凶悪犯とみなし、武器を使用せよ』

「確認する」

機長は、無線に問うた。

「武器を使用か」

訊いている間にも。

黒い戦闘機はひらっ、と身を翻し、メインノズルを曲げているのか、ヘリコプターに劣らぬ運動でビル街の交差点を直角に曲がってしまう。

ビルに隠れ、姿が見えなくなる。

「くそっ」

『現在、オリンピック開会式が進行中』

前線指揮官は言う。

『侵入機の進行方向に新国立競技場がある。地上への影響を最大限考慮したうえ、武器を使用し侵入機の進行を阻止せよ』

「――くっ」

二番機もビル街の交差点を、右へ大バンクを取って廻り込む。

ヘリの乗員はGに慣れていない、荷重がかかると、無線に声が出せなくなる。

片側三車線の交差点の直上を、九〇度、右へ廻り込んだ。

廻り込んだ先も、ビル街だ。

両側がガラスの壁のような、直線状の視界の前方に黒いシルエット。間合い、六〇〇〇フィートか。

「全速で、追いつくぞ」

二番機の機長は、射手へ命じた。

「離された。スティンガーを使う」

しかし

「だ、駄目です」

前席で、射手がヘルメットの頭を振る。

「測距レーダーが――標的を捉えません。照準できない」

「何っ」

総理官邸　地下
オペレーションルーム

「馬鹿なっ」

夏威は唸った。

スクリーンでは、緑の三角形が二つ縦になり、港区浜松町一丁目の交差点を無理やりに直角ターンして行く。

それ以外、何も映っていないが。おそらく陸自のヘリ二機の追いかける先に、侵入機がいるのか。

「F35Bだと!?　わが国の周辺で、F35Bを運用するのはアメリカ海兵隊だけだぞ」

「いや、待て夏威」

円城が言う。

「確かに、海自がまだ導入していないから、わが国の周辺ではF35Bは海兵隊の機体しか存在しないはずだ。しかし先月、韓国の購入した機体――数機のF35Bがロッキード・マーチンの工場を出ている」

「何」

「韓国が『軽空母導入のため』として購入した。しかし、中国へＳＴＯＶＬ艦載機の機密が漏れる恐れが出たため、『代金が支払われない』と言う理由をつけて、引き渡しは差し止めになった。ところがアメリカ政府の係官が買収され、韓国側へ数機を引き渡してしまった。当局が船積みされる前に機体を押さえたが、うち一機か二機は、別の船で港を出てしまった」

「――――」

韓国……。

夏威はハッ、と気づいたように目をしばたたいた。

カン・シウォンは。

まさか。このことを知らせたかったのか。

そこへ

「班長」

スタッフの一人が、赤い受話器を手にして報告した。

「横田CCPより。侵入機がレーダーに映らず、市街地を低空で飛行しているため、上空からのF15による制圧と排除は困難」

「――――」

そうか……。

夏威は唇を噛む。

高い高度を飛んで来れば、この好天だ。レーダーに映らなくても、空自の戦闘機パイロットなら目視で見つけ出し、体当たりしてでも侵入を防ぐだろう。

しかし、ビルの谷間を低空・高速で飛ばれたら。

「くそ、手の出しようが」

「班長っ」

もう一人のスタッフが、スクリーンを指した。

「追跡中のヘリが、交差点を左へ曲がります。あの方向は」

「――――！」

「――――!!」

「班長、開会式では間もなく、聖火ランナーの入場です」

「――――」

「どうする、夏威」

円城が言う。

「陸自のヘリが、追いつけるかどうかわからん。Ｆ35ＢならＪＤＡＭ――統合直接攻撃弾を持っているぞ」

「――――」

「六三〇〇〇人、今から避難させるのか」

「――――」

夏威は、歯を食いしばった。

くそ……。

「止むを得ん」

夏威は顔を上げる。

被害を、最小限にするには。

新国立競技場に避難を命じるしか――

だが

「あっ」

スタッフの一人が、スクリーンを指した。

驚きの声を上げる。

「あれを見て下さい。緑の三角形が、もう一つ」

都内　港区路上　超低空

「追いつけない、くそっ」

AH64二番機の機長は、ビル街の谷間の前方を睨み、歯噛みした。

魔物のような黒いF35B——垂直離着陸も可能なステルス戦闘機は、直線飛行と中間ホヴァリングの状態を巧みに使い分け、交差点を直角ターンする時にはヘリ並みの機動、直線になるとジェット機のスピードで飛ぶ。

高度は、左右の高層ビルよりも低い。

事前に飛行経路を計画してあるのか。交差点を直角ターンしながらも、次第に都内を神宮外苑の方角へ進んで行く——

いったい、あのステルス機はどこから来た、何物なのだ。

神宮へ向かっているのか。

やはり、テロの標的は――

「指揮所、追いつけない」機長は早口で無線に訴えた。「この先の青山墓地の向こうは神宮外苑だ。新国立競技場に対して避難命令を」

だが
「あっ」

前席の射手の声が、機長の訴えを遮った。

「あれを――機長、上ですっ」

「何」

次の瞬間。

ゴォッ
頭上の後ろから、突然凄じい音がすると。

一瞬、日が陰った。

「何だっ」

超低空でビルの谷間の道路の上すれすれを飛ぶ、AH64Dアパッチ。

そのメインローターをかすめるように、何かの鋭い影が日差しを遮って、真後ろ上方から前方へ追い越した。

ドゴォッ

「な、何だっ――うわ」

機長は、食らったダウンウォッシュで道路へ叩きつけられないよう、操縦桿で高度を保つのが精いっぱいだ。

歯を食いしばりながら、目を上げると。

「な」

下半角を持つ、白い小柄な機影がヘリをすれすれに追い越し、さらに有り余る勢いで前方にいる黒いシルエットにも追いついていく。ジェット機だ、双発のノズル。

何だ。

あれは。

「機長っ」

射手が叫んだ。

「ブルーインパルスです」

「ば」

馬鹿な……！

港区　路上・超低空
T4ブルーインパルス　五番機

「くっ」

黒羽はスロットル全開のまま、ビル街の谷間を進んで行く黒い機体を真後ろから追い越すと、思い切り操縦桿を突っ込み、一瞬だけ左手の親指でスピードブレーキを使った。

フワッ
機体が沈む。

両耳で高さを掴み、両側のビルの中腹の高さに来た瞬間、操縦桿を鋭く引いて戻し、沈降を止めた。

路上、高度二〇フィート。HUDの電波高度計は今度も真っ赤だ。

黒い機体を追い越した瞬間、その真ん前に舞い降りた。

「……！」

「やったわ」

後席の美奈子が。真後ろを振り向いて言う。

「F35の、真ん前に嵌まり込んだ」

「ちいっ」

だが。

ビルの谷間を行く黒い戦闘機の真ん前に割り込み、針路を塞いだのはいいが。

風防の枠につけたミラーの中、黒い機体の機首下の機関砲の砲口が、黒羽の視線と合ってしまう。

まずい、撃たれる――

つい数分前。

編隊で、江ノ島上空へ向かう途中。

依田美奈子は、後席から黒羽に『情況』を教えてくれた。

美奈子はＮＳＳ――国家安全保障局の情報班のメンバーだ。彼女の上司――班長が持たせてくれた衛星携帯電話は、実は、あれからずっと通話状態でオープンにされていた。

その班長と話はしなくても。総理官邸地下のＮＳＳオペレーションルームの様子や、そこで交わされる会話がすべて、美奈子の耳のイヤフォンへ筒抜けで流れ込んでいた。

謎のＦ35Ｂが出現したこと。陸自のヘリが機関砲で撃墜され、国籍不明のＦ35Ｂは、超低空で都心方向へ向かっている。神宮外苑を――新国立競技場を目指している恐れがある

――

美奈子は、インターフォンで後席から『実況』してくれた。ＮＳＳのオペレーションルームで分かっていることは、黒羽にもほぼ、摑めた。

上空警戒のＦ15では駄目だ。

ヘリでも駄目だ。

わたしが、行くしかない。

だけど――

編隊を組む僚機を見回した。

皆に話して、説明をする猶予はない……。

「五番機、エンジン不調」

咄嗟に、言い訳した。

「すみません、羽田へ緊急着陸します」

『えっ』

『何？』

「ごめんなさい貌川二尉、わたしの代わりをお願い」

それだけ言い残すと、黒羽は操縦桿を思い切り左へ切り、単機で編隊をブレークした。

機首を都心方向へ。スロットル全開で急降下。

侵入機のだいたいの位置も、美奈子の『実況』を聞いていて、おおむね摑めた。

T4に武装は無い。

侵入機のテロ行為を止めるには、前に割り込んで進路を塞ぐしかない。

どうにか、間に合ったが――

（――！）

撃たれる。

「くっ」

黒羽はとっさに操縦桿を鋭く、腹に当たるくらい強く引く。

下向きG。景色が下向きに吹っ飛び、目の前が空だけになるのと同時に歯を食いしばり、左足を踏み込む。

「──てやっ」

アクロ仕様のＴ４は、速度があってもラダーがフル舵角動く──ぶわっ、とすべてが右向きに吹っ飛び、同時に左側の主翼だけが瞬間的に失速。

がくっ

世界が瞬間的に回転する。

寸詰まりの流線型をしたＴ４は、上方へ跳ねながらクルッ、と軸周りに左回転、宙を瞬時に後退した。黒いＦ35の背中をすれすれにかすめ、次の瞬間、その真後ろの位置へ嵌まり込んだ。

ざぁあっ

スナップロール。

背後に迫る敵に対し、瞬時に後ろを取り返す。九六式艦上戦闘機の技だ。

(取った)

だが、武器は無い。

どうする。

すぐ目の前に黒い機体の単発ノズル。

水平に機体を下げ、道路すれすれにする。凄じいジェット後流で揺さぶられるが、こいつの後ろ下方の『死角』に入れれば、見つからない。

どうやって倒す……!?

がくがくっ、と凄じい揺れ(後席の美奈子はしがみつくのがやっとの様子だ)。

左右を、きらきらした壁のようなものが猛烈な勢いで前方から後方へ流れる。ガラス張りの高層ビルの壁面か。ビルの谷間――溝のような空間を飛んでいる。ビルの中腹くらいの高さ。

左右を吹っ飛ぶように流れる並木――真下は六車線の道路だ。

低空……

(そうか)

ちら、と計器パネルに目をやる。

右上。〈ＳＭＯＫＥ〉のスイッチ。

「美奈子」

黒羽は叫んだ。

「つかまっていろ」

神宮外苑　新国立競技場

うわぁああっ

中央部が陸上競技場となっているスタジアム。

聖火のトーチを手にしたランナーが、楕円の競技場トラックへ入場して来た。

満員のスタンドから、地鳴りのような声が沸き起こる。

歓声だ。

聖火ランナーは赤茶色のトラックを廻って、聖火台への階段の昇り口へ向かう。

うわぁああっ

港区　超低空

「てやっ」

黒羽はまた操縦桿を鋭く引き、機首に上向きの力を加える。

目の前に、ぶつかりそうな間合いに見えていた黒い単発ノズルが下向きに吹っ飛び、視界が瞬間的に空になる。

同時に。

左右両側を激しく流れていた鏡のようなガラス面が途切れ、広い空間へ出た。

黒いステルス機にくっつく形で、ビル街の道路から、広い公園のような場所へ出たのだ。

黒いF35Bは鋭い機首をややもたげ、緩く上昇しながら、腹部のウェポンベイを開放する。

空気抵抗で速度がやや鈍る。

その魔物のような機影のすぐ上を、白地にブルーのストライプを引いたT4練習機が跳ね上がるように追い越す。

「今だ」

黒羽はコクピットで、やや機首上げ姿勢から操縦桿を左へ倒し。同時に鋭く左ラダーを踏み込む——いや蹴った。

グルッ

次の瞬間Ｔ４は宙でクルッ、と軸廻りに回転した。

クルクル回転し、黒い機体の周りを螺旋状に巻いて追い越していく。

「スモーク——」

黒羽は左手を伸ばし、計器パネル右上のスモーク・コントロールパネルのスイッチを入れ、その手をスロットルへ戻しながら圧力ゲージが正常に跳ね上がるのを視野の隅で確かめ、右手の人差し指で操縦桿のトリガーを握った。思い切り、引いた。

食らえ。

「スモーク、ナウ！」

ぶわっ

小柄なT4はクルクル螺旋状に回転しながら、その尾部から真っ赤な煙——スモークを噴出した。

そのまま螺旋状に、爆撃態勢に入ろうとするF35Bを追い越す。

広がれば、大空に巨大な輪を描けるスモーク——固体のように濃い赤い煙が、竜巻のように黒いF35Bを巻き込んで、完全に隠してしまった。

ブンッ

T4は前方へ離脱。

スモークを切る。

「——!」

黒羽は、追い越した黒いステルス機を振り向いて見ようとしたが。

魔物のような機影は、完全に濃密な赤いスモークに包まれ、外側からはどこにいるのか分からない。

『ギャ』

ふいに、国際緊急周波数に合わせてある無線のレシーバーに何かが響いた。

声……!?

『ギャァアアッ』

悲鳴は続かなかった。

振り向いた黒羽の視野の中——個体のような赤い煙の中から飛び出した黒い機影は、背面になっていた。

大量のスピンドル油を浴び、ＥＯＤＡＳシステムのカメラを六個すべて潰されたか。

Ｆ35Ｂは、自分の姿勢も分からないかのように背面のまま、地面へ向かう——真下の青山墓地の中央部へ突き刺さるように突っ込んだ。

ズドドドォーンッ

神宮外苑　新国立競技場

うわぁあああっ

トーチを手にしたランナーが、聖火台へ火をくべる。

勢いよく点火され、燃え上がる聖火に、競技場へ詰めかけた六万以上の人々の歓声が沸き起こった。

歓声にかき消され、神宮外苑のすぐ外側の墓地で起きた大爆発の轟(とどろ)きは、競技場へは伝わって来なかった。

エピローグ

北海道　千歳市
航空自衛隊　千歳基地

二か月後。


『ご来場の皆さま』

大勢に埋め尽くされた、千歳(ちとせ)基地の駐機場エリア。

親子連れや、カメラを手にした人たちでごった返している。

午後一時のメイン・イベントを控え、人々の頭上にスピーカーの声が響き渡った。

女性の声が珍しいのか、格納庫前に設けられた演台の方を見やる人も多い。

『本日はようこそ、千歳基地航空祭へおいで下さいました。ただ今から、ブルーインパルスの展示飛行を開始いたします』

東京オリンピックが成功裏に終わって、ひと月余りが経(た)った。

快晴の空の下、千歳基地では航空祭が開催されていた。

『本日、特別のお許しを頂き』

超満員の観衆が、エプロンに揃って駐機した白とブルーの機体――六機のT４練習機に注目している。

並んだ六機に向かい、演台の上でマイクを握っているのは小柄な飛行服姿――ダークブルーのフライトスーツの胸に〈５〉のナンバーをつけている。

『わたしが展示飛行のナレーションを務めさせて頂きます。ドラマ〈青い衝撃〉に出演しました岩谷美鈴(いわたにみすず)です。どうぞ、よろしくお願いしますっ』

拍手。

歓声が沸いた。

松島基地　司令部棟

団司令執務室

『ありがとうございます、ありがとうございますっ』

応接セットのテーブルに置いたＰＣの画面で、歓声が沸いている。

ユーチューブの実況画面だ。

右下に『千歳基地航空祭　いよいよブルーインパルス展示飛行』というテロップ。

「いよいよ、始まりますね」

来客用ソファで、竜至二佐が画面を覗いて言う。

「本当は、彼女は展示飛行には出さない方針だったのですが」

「ま」

差し向かいのソファで腕組みをした有馬空将補が、苦笑の表情をした。

「政府から『一度くらい、やらせてやれ』と言われたんだ。仕方ない」

第十一飛行隊――ブルーインパルスの展示飛行は、北海道の千歳基地航空祭を皮切りに、沖縄県那覇基地まで順に全国を巡る。

今年は、オリンピックの影響でスケジュールが少し後ろへずれ込んだ。

今日の千歳が、シーズンの始まりだ。

「鏡を出してやれ。そう言われたのは総理だ、とも聞いている」

「そうですか」

また画面から歓声。

演台の上で、女優の岩谷美鈴が手を振って応えている。

展示のナレーションを、ドラマ〈青い衝撃〉で主演を務めた女優に任せるのも、今回一度きりの趣向だ。『みなさんも、東京オリンピックの開会式で空に描かれた五色の輪は、よく覚えていらっしゃると思います』と元気な声が続く。

画面を見ながら「しかし」と有馬空将補はつぶやく。

「あの時は、よく間に合った。奇跡だな」

「そうですね」竜至はうなずく。「侵入したF35Bを墜(お)としたのが、新国立競技場のわずか一マイル手前でした」

「いや、そのことではなく」

有馬は、執務室の壁を指す。

蒼空に、見事に描かれた五色の輪――さきの開会式当日の東京の空の様子が、大判の写真パネルにされ、飾られている。

快晴の中、スタジアムの上空に五つの輪が精確に描かれている。

「もう少しで、あの五つ目の輪が『白』になるところだった。予備機のスモークは白色だったからな」

「あぁ」

竜至も写真パネルを見る。

「戦闘の行なわれた場所が、競技場近くでしたから——もっとも、公式には、あれは陸自の手柄です」

「うむ」

「謎のテロ機は、陸自がやっつけてくれた」

竜至も腕組みをし、苦笑する。

「公式には陸上自衛隊がやってくれた。ですから我々には——もちろん鏡にも、命令違反とか危険飛行とかのお咎(とが)めは、無しです」

「うん」

東京　総理官邸　地下

オペレーションルーム

「それで」

夏威総一郎がドーナツ形テーブルの上にＰＣを置き、動画を見ていると。

円城守がコーヒーのカップを手に、歩み寄って来た。

「例の爆沈した〈貨物船〉の調査なんだが」

「ん——何を見ているんだ」

円城は夏威のＰＣの画面を覗いた。

「お前がユーチューブなんて、珍しいじゃないか」

「千歳の航空祭だ」

夏威は、顎でストリーミングの実況画面を指す。

マイクを手に、演台の上で前振りの説明をする飛行服姿の女優が映っている。

この女優が主演した、ブルーインパルスを舞台にした民放ドラマは高視聴率を獲ったらしい。

「今日だけ、例のパイロットが出るんだ」

「そうか」

円城は不精髭の顎を人差し指で掻いた。

「命拾いさせてもらったからな、あの子には。多くの国民、活田総理に——ついでに俺たちも」

「あれだろ。総理が『一回くらいショーに出させてやれ。俺が見てえんだ』って言われたんだろ」

「円城、それより〈貨物船〉の方はどうなんだ」

「うん」

円城はカップを置き、腕組みした。

ようやく、調査が進み出したのだろうか。

あの侵入機を発進させた船——

「〈事件〉の直後、三浦半島沖で爆発して沈んだ貨物船——ようやく海保の潜水部隊による調査が開始されたが、水深が思いのほか深いらしい」

「そうなのか」

「当該不審船は、あのF35Bを発進させた後、乗組員が自ら爆沈させて逃げた——当初はそう見られていたが。海保による〈事件〉直後の捜索では、脱出した乗組員が少なくとも海面上には一人も見当たらない。天候は良好だったが発見されない。かといって、ヘリで逃げた形跡もない」

「――――」

「いったい、どこの何者が仕掛けてきたのか――？　今のところ分かっているのは、あのF35Bが韓国軍向けに製造された機体だった。それだけだ」

「――――」

「だからと言って、韓国の仕業だったという『証拠』も無い。今のところな」

「そうか」

夏威はうなずく。

「ところで今日は」

夏威は、オペレーションルームの空間を見回した。

今日は、あの子の姿が無い。

事件――〈新国立競技場空襲事件〉が、陸自ヘリ一機と、青山墓地の一部損壊という被害のみで終息してから。

NSSでは事件当日と、当日に至る情況の分析が、忙しく行なわれていた。連日のミーティングや報告書の作成で泊まり込みに近い毎日は変わらない。

「お前のところの優秀な工作員は、今日はどうしたんだ」

「ゼロゼロナイン・ワンのことか？」

円城は、ちょうど夏威が開いている実況動画を指した。

「今日は、そこへ行っているよ」

千歳基地
司令部棟　廊下

「鏡さん」

ショー直前の打ち合わせを終え、Ｇスーツを腰に巻きつけた黒羽(くろは)が女子ロッカー室を出ると。

背中から、声をかけられた。

よく耳になじんだ声。

「鏡さん、ひさしぶり」

「――？」

振り向くと。

確かに、声の主だ。

廊下にパンツスーツのほっそりしたシルエットがいて、こちらを見ていた。

黒羽は目を見開く。

「美奈子。来ていたのか」

「うん」

依田美奈子は細い目で黒羽を見て、歩み寄って来た。

「ひさしぶり」

「どうしていたんだ。あれから」

黒羽は右手にヘルメットを提げ、美奈子に向いた。

「顔も、見せないし」

「報告とか分析とか――」美奈子は、東京らしき方角を目で指す。「地下にこもって、それぱっかり」

「そうか」

「一日だけ、休みをもらって。今日は見に来た」

「やっぱり。その格好だよね、ブルーインパルス」

美奈子は、黒羽の真新しいダークブルーの飛行服を下から上まで見た。

胸には〈5〉のナンバーがある。

目を細める。

「かっこいい」

「今日一日しか、着ないのに」

黒羽は苦笑する。

「ヘルメットまで新しくしてもらって。勿体ない」

「ねぇ」

美奈子は、向き合った黒羽を、あらたまった感じで見た。

「ところで鏡さん」

「ん」

「まだ、気づかない？」

「――？」

黒羽は猫のような目をしばたたかせる。

気づく……？

「何を」

「わたしのこと」

美奈子は、自分の胸を指す。

「わたしが誰だか、分からない？」

「……？」

誰だ――って。

何のことか。

「鏡さん」

美奈子は言った。

「今度の〈事件〉では、疑ってごめん。これも仕事だから」

「いいけど」

「それで。わたしのこと、憶(おぼ)えてる？」

「え」

「でしょうね」

「あのね」美奈子はまた自分の胸を指す。「工作員になる時、表向きの名前は変えたの。万一、家族・親族・友人に類が及ぶといけない」

「――――」

「名前は変えたけれど。でもこれだけ一緒にいて、気づいてくれないのは寂しい」

「――？」

「寂しいわ」

「あの」

黒羽は目の細い『戦友』を見返す。

もうすっかり顔も見慣れた〈狐〉さん。

線が細いように見えて、しっかりしている――信頼できる。

その彼女が、謎めいたことを口にする。

でも、意味が分からない……。

「何を言われてるのか」

「高校の頃」

　依田美奈子は、右手で自分の髪に触れた。

「あの頃は、髪を短くしていた。教室で、あなたの席へ行って、頼んだわ。『オーディションに付き合って』」

「………」

　え……!?

　黒羽は思わず、目を見開く。

　この人は。

（……!?）

「ふだんは話していなかったし。勇気が要ったけれど」

　美奈子は目を伏せる。

「でも、あなたは断らないだろう――って、確信みたいなものがあった」

「ご」

　黒羽は、ようやく口を開く。

　エプロンに整列する時刻が迫っている。

なるべく早く、行かなくてはならないのだが——

「ごめん」

「………」

「気づかなかった」

そうだった。

どこかで聞いた声。

やっと、思い出した。

十年前——わたしが〈女優〉になったのは。いや、なれたのは。

彼女のお陰だ。

「ごめん美奈子。でも、これからは一生友達だ」

「………」

「もう、行くけど。今度ゆっくり話そう」

話そう。

そう言葉をかけると。

依田美奈子――いや、昔の名前は何だったか――？

かつてのクラスメートは瞬きをして、視線を上げた。

「嬉しい」

微笑した。

「鏡さん」

「だから」

黒羽は皮手袋の右手を振る。

「黒羽でいい――って」

石川県　小松基地

第三〇七飛行隊　オペレーションルーム

「始まりますよ」

ブリーフィング用のテーブルにＰＣを拡げて、菅野一朗が手招きした。

もう、昼休みは終わるのだが。

さっきから航空自衛隊のユーチューブ・チャンネルを画面に出し、千歳航空祭の実況を流している。菅野は音も出して見ている。

「始まりますよ、班長」

　これは叱るところか――？

（――――）

　漆沢美砂生は思ったが。

　でも飛行班のほかの若いパイロットたちも、一緒になって画面を覗き込んでいる。

「班長、班長、早く」

　今日は。

　オリンピック開会式で大役を果たした鏡黒羽が、ブルーインパルスの展示飛行に一度だけ出る、という。

　今朝から、基地じゅうで隊員や幹部たちが噂をして、皆で楽しみに待つ空気だ。

（まったく……）

『それでは、本日のメンバーの紹介です』

　おまけに今日のナレーションは、表現力一杯の女子の声（プロか……？）だ。

美砂生は腕組みをして、菅野のＰＣの画面を横目でちら、と見た。

北海道も天気は良いらしい。

快晴の下、ダークブルーの飛行服姿のパイロット六人が、エプロンに横一列で整列している。

『紹介します。まず一番機、二弓鋭也（にゆみかずや）三等空佐』

端のパイロットが手を挙げる。

わぁあっ、と歓声。

『二番機、財津達男（ざいつたつお）一等空尉』

わぁあぁっ

（――――）

妙な話を聞いた。

ふた月前の、オリンピック開会式の日だ。

東京でテロがあったらしい。

神宮外苑に近い青山墓地で爆発が起きたのだが。なぜか地上波ＴＶや新聞は、あまり報じない（特にＮＨＫは全く報じない）。

防衛部長が空幕上層部から伝え聞いてきた話では、開会式はかなり危なかった。

〈治安出動〉していた陸上自衛隊が活躍して、テロ犯を制圧したというが――

ユーチューブなどの動画サイトには、一般人からの『不可解な動画』がアップされているらしい。

美砂生は見ていないが、『ブルーインパルス機がアクロの技を使い、正体不明の黒い戦闘機を叩きおとす』ところらしい――しかしブルーのチームは新国立競技場の上空で五色の輪を描くところだったのだから、動画はよく出来たフェイクだろう。

（……そうだよな）

そこへ

『さて本日の五番機ですっ』

ナレーションの声が元気よく、美砂生の耳に飛び込んで来た。

『五番機はブルーインパルス初の女子メンバーです。鏡黒羽二尉っ』

どわぁっ

大歓声が沸く。

『オリンピック開会式で、上空に真っ赤な輪を描きました。本日は五番機で、どのようなソロ科目を見せてくれるのでしょうかっ』

「――――」

とりあえず。

東京オリンピックも、同時にわが国主催で行なわれた〈民主主義サミット〉も。成功裏に済んだ。

とりあえずは、いいか。

「班長」

菅野が画面を指す。

「どうします、大人気ですよ。鏡のやつ、本当に帰って来るんですか？」

「――――」

『六番機、羽下央介（はがおうすけ）三等空尉。以上のメンバーです。皆さん、お待たせしました』

美砂生が画面にまた目をやると。

ちょうど六人のパイロットが横一列でさっ、と姿勢を正し、歩き出すところだ。

心なしか。

左から二人目の、ほっそりした女子パイロットは楽しそうな表情だ。

あいつ。

こっちにいる時、あんな顔したか……？

『さぁ』

マイクの声が響く。

『ウォークダウンの始まりです』

〈蒼穹の五輪〉

了

この作品は徳間文庫のために書下されました。
なお本作品はフィクションであり実在の個人・団体などとは一切関係がありません。

徳間文庫

スクランブル
蒼穹（そうきゅう）の五輪（ごりん）

2021年7月15日 初刷

著者 夏見正隆（なつみまさたか）
発行者 小宮英行
発行所 株式会社徳間書店
東京都品川区上大崎三－一－一 〒141－8202
目黒セントラルスクエア
電話 編集〇三（五四〇三）四三四九
販売〇四九（二九三）五五二一
振替 〇〇一四〇－〇－四四三九二
印刷
製本 大日本印刷株式会社

ISBN978-4-19-894660-9 （乱丁、落丁本はお取りかえいたします）